HAYMON verlag

Natalka Sniadanko

Frau Müller hat nicht die Absicht, mehr zu bezahlen

Roman

Aus dem Ukrainischen von Lydia Nagel

MIX
Papier aus verantwortungsvollen Quellen
FSC® C083411

Auflage:
4 3 2 1
2019 2018 2017 2016

HAYMON verlag
Innsbruck-Wien
www.haymonverlag.at

Die Originalausgabe erschien 2013 unter dem Titel
„Фрау Мюллер не налаштована платити більше" im Verlag
Клуб Сімейного Дозвілля, Charkiw.

ISBN 978-3-7099-7229-8

Umschlag- und Buchgestaltung nach Entwürfen von
hœretzeder grafische gestaltung, Scheffau/Tirol
Umschlag: Katja Maasböl, Hamburg; www.maasboelbuch.de
Illustration: 123RF
Satz: Da-TeX Gerd Blumenstein, Leipzig
Autorenfoto: Kateryna Slipchenko

Gedruckt auf umweltfreundlichem,
chlor- und säurefrei gebleichtem Papier.

Ein Flüchtling aus Afrika, der in einem Warencontainer nach Europa gekommen war, erhielt keine Aufenthaltserlaubnis, da sein Bericht „zu monoton und ohne jede Beschreibung der durchreisten Landschaften" war.

Aus der polnischen Presse

„Heute früh wurde in der Salzstraße neben dem Haus Nummer 5 die Leiche einer Frau gefunden, die sich aus einem Fenster des dritten Stocks gestürzt hat. Zuvor hatte sie die Wohnungsinhaberin, die zweiundneunzigjährige Hanna Kopyryz, vergiftet", las Chrystyna auf der ersten Seite der Zeitung, die auf dem Küchentisch lag. „Ersten Ermittlungen zufolge handelt es sich bei der Toten höchstwahrscheinlich um eine illegale Migrantin aus der Ukraine, die zweiunddreißigjährige Solomija Krawez. Sie war die Pflegerin des Opfers."

Solomija Krawez teilte sich mit Chrystyna ein Zimmer. Noch gestern Morgen hatten sie sich beim Frühstück unterhalten.

„Was soll ich denn am besten für den Kleinen mitgeben, ein ferngesteuertes Auto oder Legosteine?", hatte Solomija sie gefragt.

Chrystyna versuchte, sich ihren schlanken Körper mit den leicht krummen Beinen und dem Muttermal unter dem rechten Knie auf dem Pflaster der Salzstraße liegend vorzustellen. Stattdessen erinnerte sie sich nur an eine grelle Packung preisreduzierter Legosteine, die sie unterwegs in einem Supermarkt gesehen hatte. Sie hatte sogar versucht, Solomija anzurufen, sie aber nicht erreicht.

Chrystyna las die Meldung noch einmal, als hoffte sie, dass sich die Buchstaben abnutzen würden, wenn man sie nur oft genug las, dass sie langsam aufgesogen werden und zwischen den Papierfasern zerfließen, zu großen schwarzen Blumen vor grauem Hintergrund werden, aufblitzen und verdampfen, und dann alles wieder wäre wie früher, ohne die vergiftete alte Frau und die Kreidekonturen eines fremden Körpers auf dem Pflaster.

Fast mechanisch machte sich Chrystyna wieder an die Arbeit, verzichtete auf ihre Pause mit Kaffee und Zeitung, die sie sich immer gestattete, wenn sie das Frühstücksgeschirr der Bewohner der Montagswohnung weggeräumt hatte. Ihre Arbeitgeber waren die ehemaligen Arbeitslosen und jetzigen Inhaber eines angesagten Naturkosmetikladens Bettina und Rudolf. Bettinas Gesicht war trotz der unregelmäßigen Züge schön. Dieses Gesicht musste man einfach ansehen – wie sich seine zu lange Nase, der zu große Mund und die hervorstehenden Augen mit einem Mal zu einem harmonischen Ganzen fügten und ein inneres Selbstbewusstsein ausstrahlten, ohne das jede Schönheit unzulänglich, welk und unecht erscheint. Besonders schön war Bettinas Lächeln, um das sich, wie um einen unsichtbaren Magneten, die Gesichtsmuskeln strafften, sich symmetrisch und ebenmäßig ausrichteten, so wie sich manchmal müde Kassiererinnen im Supermarkt aufrichten, wenn sie den aufmerksamen und interessierten Blick eines Mannes bemerken. Und die Männer ziehen in diesem Augenblick unwillkürlich den Bauch ein und heben ihre Hand zum Kopf, um mit einer theatralischen Geste in der Luft die fließende Linie nachzuziehen, an der attraktiven Dichtern und Schauspielern das Haar in die Stirn fällt. Diese Geste bleibt auch bei jenen gleich, deren Haar seine fließende Linie längst verloren hat, deren Haar nie ausgesehen hat wie das von attraktiven Dichtern und Schauspielern, und sogar bei jenen, die schon längst keine Haare mehr haben.

Rudolf war nicht sehr groß und blond, er hatte ausgeblichene Augenbrauen und ließ schwermütig die Schultern hängen. Auf seinen Wangen breiteten sich fast immer, wie Borschtsch auf einer Tischdecke, unregelmäßige rote Flecken aus. Wenn Rudolf sprach, schaute er irgendwohin zur Seite. Er hatte gelbe Zähne und nahezu farblose grau-blaue Augen. Er kaute auf seinen Nägeln und Lippen herum, versuchte aber, das im Beisein der Kinder zu vermeiden.

Bettina und Rudolf hatten beide an der philosophischen Fakultät einer kleinen Provinzuniversität studiert und ein paar Jahre lang erfolglos versucht, in ihrem Bereich Arbeit zu finden. In der Zwischenzeit hatten sie zwei Kinder bekommen und waren von dem Universitätsstädtchen in Bettinas Heimatstadt umgezogen. Ihre Mutter hatte sich scheiden lassen und war ins Ausland gegangen, sobald die Kinder volljährig waren. Chrystyna hatte sie sogar einmal kennengelernt. Die stille und zugleich aktive Frau mit dem üppigen Busen und festen Hintern hatte sich fünf Fremdsprachen angeeignet, während sie mit ihren drei Kindern zu Hause saß. Sie gehörte zu dem Typ von Frauen, die nie vergessen, wie viel Zucker man in den Kaffee gibt, und die, wenn sie einen zum zweiten Mal treffen, den Kaffee ohne eine weitere Frage so zubereiten, als hätten sie mehrere Jahre mit einem zusammengelebt. Aber aus irgendeinem Grund reagiert man auf diese halbmechanische Fürsorglichkeit, für die sie nicht einmal Dankbarkeit erwarten, eher gereizt als begeistert.

„Weißt du, es ist gar nicht mal so schlecht, Hausfrau zu sein", sagte sie. „Du machst morgens die Kinder fertig, und wenn sie in der Schule sind, hast du eine Menge Zeit für dich. Ich lese ja gern und lerne Fremdsprachen." Und sie lächelte mit einem genauso warmen Lächeln wie Bettina, von dem das Licht, das durch die Scheiben fiel, heller wirkte und sich Chrystyna unwillkürlich aufrichtete.

Bettinas Vater gefiel es offensichtlich auch besser, zu Hause zu sitzen und Bücher zu lesen, als eine Baufirma zu leiten. Also kaufte er sich nach der Scheidung ein Häuschen und ging vorzeitig in Rente. Jetzt saß er die ganze Zeit zu Hause. Zumindest hatte Chrystyna diesen

Eindruck, denn während der zwei Jahre, in denen sie an verschiedenen Tagen und zu verschiedenen Zeiten zum Putzen gekommen war, hatte sie es nie erlebt, dass er irgendwohin gegangen wäre oder zumindest Anstalten gemacht hätte, das Haus zu verlassen. Er war ein kleiner, dürrer Mann mit einer Hakennase. Wenn man sich mit ihm unterhielt, hatte man immer den Eindruck, er würde dabei insgeheim nach einem Loch suchen, in dem er verschwinden und schweigen konnte, sollte es seinem Gesprächspartner plötzlich einfallen, ihm eine Frage zu stellen.

Bettinas Mutter lebte jetzt in ihrer eigenen Villa am Meer und arbeitete als Immobilienmaklerin.

Als sie finanzielle Schwierigkeiten hatten, waren Bettina und ihr Mann zu Bettinas Vater gezogen und dann dort hängen geblieben.

Bettina und Rudolf wirkten wie ein glückliches Paar. Sie verbrachten nicht nur die Arbeitszeit in ihrem Laden gemeinsam, sondern auch die Abende. Einen Fernseher hatten sie nicht, dafür eine Menge Brettspiele, CDs und ein Klavier. Abends unterhielten sie sich, tranken Tee und lasen sich gegenseitig vor. Rudolf spielte gern Klavier, und Bettina häkelte.

Manchmal, wenn sie allein in der Wohnung war, gestattete sich Chrystyna auch ein paar Minuten am Klavier.

Wenn Rudolf und Bettina zu Hause waren, luden sie Chrystyna zum Kaffeetrinken ein, fragten, wie es ihr gehe, boten ihr an, die ausgelesene Tageszeitung mitzunehmen, fragten, ob ihr die Bücher gefallen hätten, die sie sich das letzte Mal ausgeliehen hatte, und empfahlen ihr neue. Sie sahen nie auf die Uhr und bezahlten sie stets für die vereinbarten vier Stunden. Sie kontrollierten auch nicht, wie sorgfältig sie Staub gewischt oder die Fenster geputzt hatte, sie waren mit Chrystynas Arbeit voll und ganz zufrieden und es war ihnen sogar unangenehm, wenn Chrystyna putzte, während sie noch frühstückten. Anfangs hatte sich Chrystyna darüber gewundert, aber dann wurde ihr klar, dass Rudolf und Bettina zu den Leuten gehören, die eine Putzfrau nicht brauchen, um ihre Wohnung in mustergültiger Ordnung zu halten. Nach all den Jahren, die sie sich selbst mit Gelegenheitsjobs über Wasser halten mussten, brauchten sie die Gewissheit, dass auch sie es sich endlich leisten konnten, jemanden anzustellen. Rudolf hatte sich während seiner Arbeitslosigkeit etwas als Taxifahrer dazuverdient, noch dazu illegal, um sein Arbeitslosengeld nicht zu verlieren, und Bettina hatte genauso illegal abends in dem pakistanischen Restaurant um die Ecke gekellnert. Jetzt schafften sie es irgendwie, ihre postproletarische Solidarität mit dem Stolz frischgebackener Unternehmer zu vereinbaren ebenso wie den Drang, sich etwas zu leisten, was früher unerreichbarer Luxus gewesen war, mit dem Versuch zu vereinen, denen gegenüber loyal zu bleiben, für die jedweder Luxus immer noch unerreichbar war. Das wäre sicher einfacher gewesen, wenn ihre Putzfrau nicht Chrystyna gewesen wäre, die ein Musikstudium absolviert und jahrelang unterrichtet hatte, sondern eine rustikale Frau vom Lande. Denn dann hätten sie sich darüber freuen können, dass die Jahre, die sie mit dem Studium verbracht hatten, nicht umsonst gewesen waren, und die soziale Differenzierung gerechterweise entlang der Grenzlinie von persönlicher Entwicklung und Bildung verläuft. Aber Chrystyna passte nicht in dieses bequeme Ordnungssystem, und deshalb mischten sich in ihrer Beziehung zu ehrlichem Wohlwollen und demokratischer Nachsicht kaum merkliche Schuldgefühle.

Chrystyna schätzte ihre Art, aber wenn sie allein in der Wohnung war, arbeitete es sich deutlich leichter. Denn nachdem sie freundlich miteinander geplaudert,

Kaffee getrunken und die Zeitung gelesen hatten, kam früher oder später der Moment, wo die Hausherren auf die Veranda gingen und sich sonnten, oder ein Brettspiel ausbreiteten und mit den Kindern spielten, während sie Eimer und Lappen aus der Kammer holte. Und dann dachte sie, dass es ohne das gemeinsame Kaffeetrinken besser wäre, ehrlicher, brutaler und ohne überflüssige Höflichkeiten.

Obwohl Chrystyna auf all diese Feinheiten mittlerweile längst nicht mehr so empfindlich reagierte wie am Anfang. Vielleicht deshalb, weil sie sich ihre Kunden jetzt aussuchen konnte und nicht mehr jede Arbeit annehmen musste. Außerdem hatte sie gelernt, gleich beim ersten Gespräch die Leute, bei denen man gut arbeiten konnte, von diversen Freaks zu unterscheiden, die sie nur brauchten, um mit ihren eigenen Problemen und Komplexen fertigzuwerden.

Wie zum Beispiel einer ihrer ersten Kunden, der wartete, bis sie mit dem Putzen fertig war, sie dann in die Toilette rief, seine Hose aufknöpfte und auf Wände und Fußboden urinierte. Dann bot er ihr an, entweder alles sauberzumachen und die vereinbarte Summe zu erhalten oder ohne Bezahlung zu gehen.

Oder ein sehr wohlhabendes Juristenpaar, das zu zweit ein dreistöckiges Haus bewohnte und sie einmal im Monat per Banküberweisung bezahlte. Die beiden waren nie zu Hause, wenn Chrystyna putzte, und ein paar Monate arbeitete sie ruhig vor sich hin. Aber dann erhielt sie eines Tages statt der Bezahlung einen Brief, in dem die während des vergangenen Monats festgestellten Mängel aufgelistet waren. Die Liste bestand aus zwanzig Punkten wie „Überprüfungen haben ergeben, dass in der vierten Reihe im Bücherregal des Gästezimmers nicht jedes Mal, sondern lediglich jedes zweite Mal Staub gewischt wurde, und dass die Bilderrahmen überhaupt nur einmal pro Woche abgewischt wurden", „Das Geschirr wurde nicht ordentlich in die Spülmaschine geräumt – oben gehören nur Tassen und Gläser hin, dort befand sich aber ein Teller". Oder „In der Gästetoilette müssen sich immer vier Ersatzrollen Toilettenpapier befinden, einmal waren es jedoch nur drei" und dergleichen mehr. Aufgrund dieser Mängel wurden ihr hundertundfünf Prozent vom Lohn abgezogen, sie schuldete ihren Arbeitgebern also noch fünf Prozent, die ihr jedoch großzügig erlassen wurden. Der Brief endete mit dem Satz: „Frau Müller hat nicht die Absicht, mehr zu bezahlen, als sie für angemessen hält."

In Chrystynas Sammlung aus der Vergangenheit gab es noch ein Ehepaar, das nur auf sie wartete, um sich im Schlafzimmer, das vom Wohnzimmer ihrer Zweiraumwohnung nur durch eine Schiebetür aus Mattglas getrennt war, zu lieben. Außerdem gab es noch ein paar irre Gestalten, die Sex wollten, und einen aggressiven Typen, der sie mit einem Küchenmesser bedrohte. Und natürlich die endlose Reihe von Hausfrauen, denen man nichts recht machen konnte und die ihr auf Schritt und Tritt folgten und ihr jede übersehene Staubflocke und jeden nicht abgewischten Fleck auf einer Glasscheibe oder den Spiegeln zeigten. Manche wollten sich auch einfach nur „unterhalten" und die nervten Chrystyna am meisten mit ihren endlosen Tiraden: „Also, wissen Sie, die beiden von gegenüber, die sind wirklich so was von dreist. Gestern haben sie um 17 Uhr 15 ihr Auto vor der Garageneinfahrt der Nachbarn geparkt. Ich habe eine Stunde lang am Fenster gesessen, denn wenn die Nachbarn plötzlich zurückgekommen wären, hätte ihnen ja wohl jemand sagen müssen, wer ihnen da die Einfahrt versperrt."

Chrystyna mochte keine Montage. Kaum jemand mag Montage, und das ärgerte sie nur noch mehr, denn sie musste sich auch noch ihre eigene Durchschnittlichkeit eingestehen und die Unfähigkeit, sich mit ihr abzufinden.

Dieser Montag versprach, besonders lang zu werden. Außer bei Bettina und Rudolf (vier Stunden) musste sie noch oben bei Bettinas Vater putzen (eine Stunde), dann bei dem blinden Musikwissenschaftler Rolf Mikschunesku (vier Stunden), und zum Schluss bei Eva, wo sie dann bleiben oder nach Hause gehen konnte. Aber den Gedanken daran schob sie erst einmal so weit wie möglich von sich weg.

***

Die Treppe zu ihrem Arbeitszimmer war steil und lang. Der dritte Stock eines alten Hauses aus Zeiten der k.u.k. Monarchie. In dem Plattenbau, wo Chrystyna wohnte, wäre das schon mindestens der fünfte Stock gewesen. Sie benutzte nie den Aufzug. Die Treppe war schonungslos ehrlich. Man brauchte sich bloß ein paar Wochen oder manchmal auch nur Tage gehenzulassen, und schon klopfte nach dem Aufstieg das Herz wie wild, blieb einem die Luft weg, und wenn man endlich oben angekommen war, musste man erst einmal ein paar Minuten verschnaufen.

In dem kleinen Zimmer stand ein Klavier, darauf ein Saure-Gurken-Glas und in dem Glas Plastikmohnblumen mit schon leicht ausgeblichenen und eingestaubten Blütenblättern. An einer der Blüten fehlten ein paar Blätter und auf dem Glas ein Teil des Etiketts, das allmählich abging und einen fettig-matten Abglanz hinterließ, wie Raureif an einer Fensterscheibe. Jeden Tag, wenn sie zur Arbeit kam, setzte sich Chrystyna auf den Klavierhocker, verschnaufte und starrte die Mohnblumen an, als wollte sie den Nikotingeschmack, den sie neuerdings nach körperlicher Anstrengung immer im Mund hatte, obwohl sie schon vor Jahren mit dem Rauchen aufgehört hatte, das Herzrasen, den unangenehmen Schweiß, der ihr den Rücken hinunterrann, und das beängstigende Gefühl, die Kontrolle über ihren Körper zu verlieren, in das leere Glas verbannen. Sie mochte keine Kunstblumen, und diese hier mochte sie am allerwenigsten, sie glaubte, dass nach dem Treppensteigen ihr Gesicht aussehen musste wie diese unnatürlich roten, staubigen Blüten, und sie stellte das Glas jedes Mal in die Ecke, wo sie es jedes Mal vergaß, und die gewissenhafte Putzfrau Pani Genja stellte es jeden Tag wieder zurück an seinen Platz. Manchmal, so um Ostern herum, tauschte die Putzfrau die Blumen aus. Chrystyna war es unangenehm, dass sie immer vergaß, die Blumen zurück auf das Klavier zu stellen, Pani Genja gab sich schließlich Mühe, das Zimmer irgendwie zu verschönern, und dass Chrystyna keine Kunstblumen mochte, gab ihr noch lange nicht das Recht, sie zu beleidigen.

Außer dem Klavier befanden sich noch ein Kleiderständer, zwei Hocker und ein Schreibtisch in dem Raum. An der Wand hing ein Porträt des Komponisten Mykola Lysenko, der die Arme vor der Brust verschränkt hatte. In den Nachbarzimmern hingen ebenfalls Lysenko-Porträts, aber das waren formeller wirkende, strenge Brustbilder, auf denen der Schatten den halben Kopf weiß färbte. Und nur das Porträt in Chrystynas Zimmer war ein bisschen anders, die verschränkten Arme verliehen Lysenko etwas nahezu Vertrautes, Privates, als würde er gleich einem ängstlichen Erstklässler zulächeln und ihn für die gerade gespielte G-Dur-Tonleiter loben. Das Zimmer war so klein, dass sich darin maximal drei Personen gleichzeitig aufhalten konnten, die sich dann aber vorsichtig bewegen mussten, damit sie nicht aneinander anstießen. Aber das war Chrystyna ganz recht, war es so doch wesentlich einfacher, allzu fürsorgliche Mütter und Omas, die gern bei den Stunden ihrer Zöglinge dabeigeblieben wären, nach draußen zu bitten. Einige waren allerdings hartnäckiger als sie und blieben auf dem wackligen Hocker beim Tisch sitzen. Zum Beispiel die Mutter von Ostap, einem ihrer begabtesten Schüler. Sie brachte ihn immer zur Musikschule, wartete auf ihn und ging dann gemeinsam mit ihm wieder, selbst als Ostap schon ein Teenager war. Ostap schien das überhaupt nicht peinlich zu sein, und wenn sich seine Mitschüler über ihn lustig machten, beachtete er sie einfach nicht. Früher oder später wurde es ihnen langweilig und sie hörten auf. Er war ein kleiner, plumper und völlig unsportlicher Junge, trug von klein auf eine Brille und reckte den Kopf immer leicht vor, als würde er seinen kurzsichtigen Augen trotz Brille nicht trauen. Seine Mutter hatte die gleiche Angewohnheit und so ähnelten sie, wenn sie vorsichtig die Straße entlangtrippelten, von weitem zwei Riesenschildkröten. Ostaps Vater hatte Chrystyna noch nie gesehen, vielleicht wohnten er und die Mutter allein. Sie leitete die Kinder- und Jugendbibliothek in der Nähe der Musikschule. Die Bibliothek hatte eine gut sortierte Abteilung mit Musikliteratur, und Chrystyna lieh dort manchmal etwas aus. Ostaps Mutter unterstanden mehrere Frauen, deren Alter irgendwo bei „mittleres" erstarrt und jetzt längst nicht mehr konkret zu bestimmen war. Diese Frauen schienen von Tag zu Tag mehr darin aufzugehen, die Anordnungen ihrer Chefin und die Wünsche ihrer Leser noch eifriger zu erfüllen, noch weniger aufzufallen und sich selbst noch mehr zurückzunehmen, und darin schienen sie von Tag zu Tag besser zu werden, sie wagten offenbar nicht einmal zu altern, solange es dafür keine Anweisung gab. Sie saßen in ihren Sesseln, lächelten verträumt hinter ihrem Strickzeug und produzierten endlose grün-graue Pullover. Einen Teil dieser Pullover bekam Ostap geschenkt, und er zog sie gehorsam an, sogar in die Schule, wo er schon vor der Eingangstür den Kopf zwischen die Schultern zog und unsichtbaren Schlägen auszuweichen schien. Seltsamerweise konnten die Kinder jeden neuen Pullover sofort erkennen, obwohl es für Chrystyna aussah, als würde ein und derselbe Pullover einfach mit Ostap mitwachsen, so gleich sahen sie aus. Wenn er in einem neuen Pullover auftauchte, hänselten ihn die anderen Kinder, was ihnen aber schnell langweilig wurde. Ostap war einfach ein zu leichtes Opfer, er schwieg zu allem, was sie sagten und taten, und das war natürlich öde und machte keinen Spaß.

Während Ostap spielte, saß seine Mutter die ganze Zeit auf Chrystynas Hocker, wobei sie nie um Erlaubnis gebeten hatte. Er spielte, seine Mutter blickte auf die hängenden Schultern ihres Sohnes, und zwischen ihnen schien sich eine unsichtbare Saite zu spannen, die beinahe physisch spürbar war. Wenn Chrystyna in diesem Moment hinter dem Jungen vorbeiging und die Saite kreuzte, verspielte sich Ostap fast immer. Beim Vorspiel der Musikschule, wenn seine Mutter nicht dabei sein durfte, spielte er selbst die Stücke grauenhaft, die kurz zuvor in Chrystynas Zimmer noch ganz wunderbar geklungen hatten. Ostap nahm auch nie an den Musikwettbewerben teil, wo diejenigen hingeschickt wurden, die das Vorspiel am besten absolviert hatten, denn wie sehr sich Chrystyna auch um eine Sondererlaubnis für seine Mutter bemühte, die Schulleitung war jedes Mal dagegen.

Aus irgendeinem Grund war das Vorspiel in der Schule nicht öffentlich. Manchmal, wenn der Direktor und seine Stellvertreterin nicht zum Konzert kamen, ließen Chrystyna und Solomija heimlich die Eltern der aufgeregten Erstklässler in den Saal, aber das kam selten vor. Meist tauchten der Direktor und seine Stellvertreterin Adelaida Hryhoriwna dann doch auf.

Adelaida Hryhoriwna ähnelte einer großen, wohlgenährten Eidechse. Ihr massiver Körper wogte behäbig und auf seine ganz eigene Art elastisch unter den weiten Kitteln, die sie gewöhnlich trug. Wenn sich Adelaida Hryhoriwna bewegte, war schwer auszumachen, welche Körperteile sich zuerst in Bewegung setzten und welche später dazukamen. Sie schien sich ruckartig abzustoßen, um eine bestimmte Strecke zurückzulegen, dann für einen Augenblick innezuhalten, als sammelte sie die nötige Energie, um ihr solides Körpergewicht vom Fleck zu kriegen, und dann wieder klar und entschlossen den nächsten Abschnitt zurückzulegen. Zwischen diesen Rucken bewegten sich diverse Körperteile weiter – die einen konnten sich noch nicht bremsen, und die anderen bereiteten sich schon auf den nächsten Ruck vor. Ihre Bewegungen zu beobachten war genauso interessant, wie dem Wellengang zuzusehen, und obwohl es ebenso leicht war, einen Schritt Adelaida Hryhoriwnas vom nächsten zu unterscheiden wie eine Welle von der anderen, blieb der Eindruck eines monolithischen Ganzen. Diese Bewegung schien nie aufzuhören, ganz so wie die des Meeres, sie wurde nur manchmal etwas ruhiger, um sich dann wieder zu verstärken.

Über Adelaida Hryhoriwnas Gesicht zog sich ein großer roter Fleck, ein Ekzem, ein Muttermal oder ein Brandmal, vom rechten Ohr über die ganze Wange bis zum Mund, der dadurch in zwei Hälften geteilt wurde. Und wenn man sich beim Anblick ihres massiven, schwankenden Körpers von hinten noch vorstellen konnte, dass man vielleicht imstande war, mit ihr zu streiten, anderer Meinung als sie zu sein, ihr zu widersprechen, so war jedwede Illusion diesbezüglich ein für alle Mal zerstört, sobald sie sich umdrehte und der Blick ihres Gegenübers unwillkürlich an der helleren Hälfte ihres Mundes hängen blieb.

Meist erschienen Adelaida Hryhoriwna und der Direktor gemeinsam. Der Direktor reichte ihr ungefähr bis zur

Taille, er war dürr und kahlköpfig, auf den Schultern seines ausgeblichenen, braun gestreiften Anzugs lagen immer Schuppen, und seltsamerweise war stets das rechte Glas seiner Brille gesprungen. Gelegentlich wechselte der Sprung seine Position – dann hatte der Direktor das Glas, die Fassung oder die ganze Brille ausgetauscht, aber er hatte einfach kein Glück und der Sprung war bald wieder da.

Schweigend betraten sie den Saal, schweigend blickten sie die Lehrerin an, die es gewagt hatte, die Eltern zum Vorspiel reinzulassen, die Lehrerin breitete entschuldigend die Arme aus, und die Eltern liefen in trübseliger Reihe zurück auf den Flur. Dort stellten sie sich an der Wand auf und versuchten abwechselnd, einen Blick durch die weit geöffnete Tür zu erhaschen. Dieses Ritual hatte, wie auch andere Rituale in der Musik, seine eigene Logik. Um sich den Geweihten zugehörig fühlen zu dürfen, musste man bestimmte Initiationserniedrigungen über sich ergehen lassen: stundenlanges Üben, die unerreichbare Scholastik des Solfeggio, die Unmöglichkeit, einen einmal gut gespielten Takt zu wiederholen, das Ringen mit dem Rhythmus. Außerdem hatte man das eigene Auserwähltsein natürlich der Allgemeinheit, in diesem Fall den Eltern, zu demonstrieren. Die unbequeme Haltung, in der sie das Konzert verfolgen mussten, machte das ganz deutlich.

Ähnlich verhält es sich zwischen den Angestellten und Besuchern jener Einrichtungen, in denen der Besucher nicht Kunde ist, sondern Bittsteller oder jemand, der ein bestimmtes Prozedere zu durchlaufen hat, wie zum Beispiel die obligatorische Bezahlung der Betriebskosten an einem speziellen Schalter der Wohnraumverwaltung. Niemals wird sich das Schalterfenster auf einer für den Zahlenden bequemen Höhe befinden, sondern immer irgendwo in der Nähe seines Bauchnabels, sodass er die

Kassiererin nur sehen kann, wenn er eine tiefe Verbeugung macht. Der Abstand, die Trennwand, die unbequeme Haltung, die Verbeugung oder der gereckte Hals nivellieren als ausdrucksvolle Machtsymbole alle sozialen, Bildungs- und sonstigen feinen Unterschiede. Chrystyna war sich sicher, dass die Eltern, die da im Flur versuchten, über die Köpfe der anderen hinweg in den Saal zu spähen, nichts sahen außer dem bräunlich-dunkelroten Fleck auf Adelaida Hryhoriwnas Wange, der in seiner Form einem angebissenen Hörnchen ähnelte.

Die Treppe war aus Marmor, ausgetreten, gesäumt von einem an manchen Stellen gebrochenen Geländer. Längst nicht alle k.u.k. Gebäude hatten Marmortreppen, die meisten mussten sich mit hölzernen zufriedengeben, aber außer dieser Treppe hatte die Musikschule wenig von dem ehemaligen Glanz des Gebäudes bewahrt. Man brauchte nur die erstbeste Tür zu öffnen, und schon sah man die Ölsockel an den Wänden, die mit Kunstleder überzogenen Türen und Bänke, die ewigen Tradeskantien in ihren Flechtübertöpfen, die Makramees und die ausgeblichenen Plakate mit Hinweisen zum Verhalten im Brandfall. Die Spuren der verschiedenen Epochen vermischten sich hier an den Wänden, fest versiegelt mit einem schmutzig-grauen Sowjetanstrich, unter dem nur hier und da Details farbenfroherer Zeiten zum Vorschein kamen, wie eben diese Treppe.

Als Chrystyna noch klein war und diese Treppe hinauf zu ihrem Vater lief, der in dem Zimmer arbeitete, wo jetzt das Sekretariat war, hatte der Marmor noch weniger Risse, und Chrystyna konnte lange an einem besonders auffälligen Muster hängen bleiben, sich beim Betrachten der Liniengeflechte in ihrem eigenen, inneren Labyrinth verlieren, das aus Bildern und Visionen bestand, halb realen und halb imaginären, halb gesehenen und halb nichtgesehenen. Wenn sie sich darauf konzentrierte und lange und aufmerksam genug die Muster der Marmorwand vor ihren Augen betrachtete, konnte sie spüren, wie ihr Schauer von unten nach oben über den Rücken liefen, wie die Welt ringsum verschwand, das Gewicht ihres Schulranzens und der Tasche mit den Wechselschuhen nicht mehr drückte, die Zeit unmerklich in einer kleinen, schwarzen Vertiefung zwischen zwei Grautönen der Marmorwand verschwand, und da kam auch schon ihr besorgter Vater die Treppe herunter und beendete diese ersten Meditationserfahrungen in ihrem Leben. Sie musste schließlich noch ihr Brot essen, Tee trinken und rechtzeitig zum Solfeggio kommen und danach zu ihrem zweiten Instrument – dem Violoncello.

Violoncello lernte Chrystyna bei Teodosija Borysiwna, einer Kollegin ihres Vaters. Der hielt sie für eine gute Lehrerin, obwohl sie einfach nur eine attraktive Frau war, nett und nicht übermäßig fordernd. Teodosija Borysiwna hatte dichtes und langes rotes Haar, ein intensiver Kupferton, den kein Haarfärbemittel jemals erreichen würde, matt-grüne Augen und einen üppigen Busen. All das in Kombination hätte schon völlig ausgereicht, aber Teodosija Borysiwna verfügte auch noch über einen Blick, der Milch zum Kochen bringen konnte. Ihr Blick war ruhig und passiv, nahezu willenlos, bohrte sich aber brennend tief ein. Die Männer, auf die sie ihren Blick heftete, wollten sich in alle Richtungen gleichzeitig bewegen, sich Teodosija Borysiwna in die Arme werfen und zugleich vor ihr davonlaufen, sich in Sicherheit bringen, die heißen Schauer loswerden, sich von der glühenden Langsamkeit dieses magnetischen Blicks losreißen.

Vielleicht war Chrystynas Vater in Teodosija Borysiwnas Gegenwart von ähnlichen Gefühlen ergriffen, und die Tatsache, dass sie jahrelang seine Schülerin gewesen war, konnte daran kaum etwas ändern. Und wenn unter den widerstreitenden Wünschen auch letzterer dominierte, wagte er es äußerst selten, Teodosija Borysiwna einfach nur in die Augen zu sehen, wenn sie sich über Chrystynas Fortschritte unterhielten, oder ihr nachzuschauen, wenn der betäubende Duft ihrer Haare, den weder Shampoo noch Parfüm übertönen konnten, sich zusammen mit ihrem langen, schwarzen Rock entfernte. Vielleicht hatte er Angst, dass er, würde er Teodosija Borysiwna auch nur einmal ansehen ohne aufzupassen, sich nicht mehr losreißen könnte und erstarren würde, so wie Chrystyna auf der Treppe erstarrt war, vertieft in die verborgenen Landschaften auf den Marmorwänden. Und dann wäre keiner mehr da, der ihr entgegen gehen und den schweren Ranzen abnehmen könnte.

In Chrystyna setzte Teodosija Borysiwna große Hoffnungen. Sie hatte damals gerade erst als Lehrerin angefangen, war entsprechend ambitioniert und davon überzeugt, dass zumindest jede zweite ihrer Schülerinnen wenigstens einen Bezirkswettbewerb gewinnen müsste. Chrystyna hatte zweifellos alle Chancen, noch weiter zu kommen. Und es wäre sicher keine schlechte Idee, das Violoncello zu ihrem ersten Instrument zu machen. Darüber hatte sie schon mehrfach mit Chrystynas Vater gesprochen. Der nickte dazu, wobei er aufmerksam seine Schuhspitzen betrachtete, den Blick von der rechten auf die linke wandern ließ und wieder zustimmend nickte. Er hatte nichts gegen ihre Worte einzuwenden, machte das Violoncello aber trotzdem nicht zu Chrystynas erstem Instrument.

Chrystyna mochte ihre Arbeit. Sie wollte schon hier arbeiten, als sie noch am Konservatorium studierte, und wechselte dafür extra ins Fernstudium. Sie mochte die Triumphgefühle, wenn ihre Schüler bei Wettbewerben erste Plätze belegten oder einfach nur schwierige Stücke sauber spielten, und betrachtete das immer als ihren ganz persönlichen Sieg. Aber selbst wenn es umgekehrt war und zu ihr Kinder kamen, die nicht konnten oder nicht wollten, die nur von ihren Eltern gezwungen wurden, ein Instrument zu lernen, ärgerte sie sich nicht und verzweifelte nicht. Sie arbeitete mit ihnen, so gut es eben ging, und fand es nicht weiter schlimm, dass einige die Musikschule vor dem Abschluss abbrachen. Wenn Chrystyna die gestressten jungen Mütter sah, die ihr enttäuscht erzählten, dass das Kind weder zu überzeugen noch zu zwingen sei, zu Hause zu üben, dann spürte sie besonders stark, wie anders sie die Dinge sah. Diese Mütter mit ihren unbeholfenen Erziehungsversuchen nervten sie deutlich mehr als die Kinder. Sie verstand auch nicht, warum sich Erwachsene beklagten, dass sie Kinderlärm störe, sie sich nicht konzentrieren könnten und manchmal vor ihren eigenen Kindern davonlaufen möchten. Radio- oder Fernsehgedudel, zu laute Musik, auf volle Lautstärke aufgedrehte Popschlager, all diese unvermeidlichen Attribute eines Erwachsenendaseins, mit denen vergnügungssüchtige Erwachsene ganze Tage verbrachten, nervten Chrystyna wesentlich stärker. Es störte sie überhaupt nicht, wenn Kinder herumtobten und lärmten, sie wusste, dass sie das Treiben in dem Moment beenden konnte, wo sie mit dem Unterricht anfangen wollte. Und die Kinder spürten, dass Chrystyna sie ernst nahm wie Erwachsene, dass sie für sie keine kleinen Idioten waren, die erzogen werden mussten. Sie wussten das zu schätzen und machten ihr keine Schwierigkeiten. Manchmal kamen ehemalige Schüler vorbei, die die Schule schon beendet oder auch vorzeitig verlassen hatten, um zu erzählen, wie es ihnen jetzt ging, oder zuzuhören, wie ihre Freunde spielten. Sie konnte selbst nicht sagen, wie ihr das gelang, konnte den enttäuschten Müttern keine pädagogischen Ratschläge mit auf den Weg geben, aber sie wusste immer genau, was sie in welchem Moment zu einem Kind sagen musste und wann es besser war, zu schweigen und auf jeden Kommentar zu verzichten. Diese Fähigkeit hatte sie schon als Kind gehabt, und Chrystyna verspürte immer eine stille Freude, wenn sie merkte, dass sie richtig reagiert und den erhofften Effekt erzielt hatte. Besonders, wenn sie ein Kind vor einem wichtigen Auftritt beruhigen musste oder helfen sollte zu entscheiden, ob jemand mit der Musik weitermachen oder besser aufhören sollte.

Ihr fiel es wesentlich leichter als den Eltern, sich in das Kind hineinzuversetzen und dessen Probleme wirklich zu verstehen und nicht aus der Sicht eines Erwachsenen zu beurteilen, der immer alles besser weiß und alle kindlichen Probleme automatisch für belanglose Launen hält. Die Regeln eines harmonischen Zusammenlebens mit Kindern waren theoretisch einfach, aber in der Praxis gelang es kaum jemandem, sie umzusetzen. Im Prinzip unterschieden sich diese Regeln nicht von denen, die auch für Erwachsene galten, sie wurden den Kindern bloß nicht zugestanden, und dadurch entstanden die Probleme, die unweigerlich auch mit Erwachsenen entstanden wären.

Die Kinder erwarteten von den Erwachsenen meist nicht die Erfüllung all ihrer Wünsche, sondern einfach nur das Recht, sich so zu fühlen, wie sie sich eben fühlten, und nicht so, wie es sich die Erwachsenen für sie vorstellten.

Da inszeniert zum Beispiel ein Kind vor dem Unterricht einen Aufstand und heult: „Ich will nicht mehr zur Musikschule!“

Und schon reagieren die meisten Mütter falsch: „Doch, doch, du willst.“

Oder: „Das hast du dir doch selber ausgesucht, was ist denn jetzt los?“

Oder: „Wir waren doch schon so oft hier, jetzt sei doch mal vernünftig!"

Oder noch schlimmer: „Guck doch mal, Marijka weint auch nicht."

Und so weiter. Ein ewiges „du bist ganz bestimmt noch nicht müde", „du hast gerade gegessen, es gibt jetzt kein Bonbon", „wie oft soll ich das noch sagen – du gehst da jetzt hin", „wenn sich mal jemand so viel um mich gekümmert hätte, als ich klein war".

Chrystyna sagte einfach, wenn ein Kind mit hängenden Schultern dasaß: „Du bist bestimmt müde. Hattest du einen schweren Tag?" Meist genügte das schon. Das Kind lebte auf und erzählte, dass es in der Tat einen schweren Tag gehabt hatte, dass Oksana in der Pause rumgeschrien hat, wofür sie gemeinerweise beide einen Eintrag ins Klassenbuch bekommen haben, dass sie eine schwere Mathearbeit geschrieben haben, und dass in der Solfeggio-Stunde mal wieder nichts geklappt hat. Der Schluss kam für die Mütter meist überraschend, weil sich ihr Kind auf einmal zusammennahm und ans Klavier setzte, ohne noch einmal zu erwähnen, dass es nicht mehr zur Musikschule wolle. Schließlich ging es ja auch gar nicht darum, alles hinzuschmeißen, sondern darum, auf sich aufmerksam zu machen, sich Gehör zu verschaffen und ein bisschen Mitgefühl zu bekommen.

Nur selten traf Chrystyna Eltern, die sich, wenn sie sich mit ihren Kindern unterhielten, darauf einlassen konnten, dass die Freude an der Unterhaltung, daran, Zeit miteinander zu verbringen, wichtiger war als die Absolvierung eines übergeordneten pädagogischen Programms. Wenn die Eltern mehr auf Freude als auf Erziehung eingestellt waren, verlief auch die Erziehung leichter und ungezwungener, eher ein zusätzliches Ziel als die Hauptaufgabe.

Aber die Eltern, die aus ihren Kindern eine bessere Version ihrer selbst formen wollten, erlitten unweigerlich eine Niederlage nach der anderen, stießen immer wieder auf den Widerstand des Kindes, auf seinen Wunsch, sein eigenes Leben leben zu dürfen und nicht eins, das sich seine Eltern ausgedacht hatten.

Von außen betrachtet war Chrystyna das alles sonnenklar, aber sie wusste nicht, ob sie auch dann Emotionen und Instinkte so klar voneinander hätte trennen können, wenn sie es mit eigenen Kindern zu tun gehabt hätte.

Chrystyna kam gern zu den Nachmittagsstunden. Schon im Eingangsbereich duftete es nach Kaffee, der gegen drei Uhr in allen Zimmern gekocht wurde. Meist wurde noch etwas Kognak in den Kaffee gegossen und dazu eine der Pralinenschachteln aufgemacht, die dankbare Eltern mitgebracht hatten. An Pralinen mangelte es nie. An Kognak auch nicht. Wenn einer der Kollegen Geburtstag hatte, trafen sich alle zum Kaffeetrinken. Sie ließen das Geburtstagskind hochleben und verteilten sich nach einer Weile wieder auf ihre Arbeitszimmer, manch einer blieb auch noch auf ein Gläschen oder zwei. Heute hatte Pani Genja Namenstag, und Chrystyna hatte ihr ein Geschenk mitgebracht, sah aber, als sie sich an der Garderobe in das Schlüsselbuch eintragen wollte, dass die Feier schon vorbei war. Genja, die ganz rote Wangen hatte, erzählte der Garderobenfrau Marija, die vom Kognak ebenfalls Farbe im Gesicht bekommen hatte: „Also, als ich dann zurückgekommen bin, da von den Zigaretten, da hab ich natürlich zuerst mal das Geld versteckt, klar. Und dann denk ich, geh ich mal gucken, was mein Alter macht, ob der nich wieder an der Pulle hängt. Geh also rüber, der schläft. Ich zurück. Dann bin ich hoch auf den Boden, da aufräumen. Komm wieder runter. Der ist inzwischen wach geworden, fragt mich: ‚Wo ist die Pulle?'

Woher soll ich das denn wissen? Weiß ich doch nich. Er wieder: ‚Wo ist die Pulle?'

Ich sag gar nichts, mach weiter meinen Kram. ‚Was willst du denn von mir?', sag ich dann. ‚Woher soll ich das wissen? Bin doch eben erst zurück.' Und da packt er mich am Arm. Ich reiß mich los. Und die Treppe runter, und da merk ich, da stimmt was nich. Dann flieg ich runter. Und denke noch so, ob meine Arme und Beine noch ganz sind. Da lieg ich auch schon unten und fühl so, alles noch ganz. Dann bin ich also nach draußen, als ob nichts gewesen ist. In den Garten. Da musste ich ja noch den Mist breitschaufeln. Das mach ich also, hab schon fast alles verteilt, ein, zwei Haufen noch, da wird mir irgendwie schlecht. Keine Ahnung, was das war."

Chrystyna beschloss, Pani Genja später zu gratulieren, sah, dass Solomija schon für den Schlüssel unterschrieben hatte, und ging schweigend weiter. Deshalb hörte sie nicht mehr, wie Pani Marija verträumt ihre Liebesgeschichte erzählte: „Ja, da habense ganz recht, so was kommt vor, da klopft das Herz wie wild und es wird einem ganz schwummerig, und dann steht man ne Weile so rum, und dann geht's so langsam wieder. Ich hatte das auch mal, wissense, da in den Erdbeeren letzten Sommer war das. Da bei unserm Chef, bei dem Leszek. Der is ja wirklich ein guter Mensch, is der, das wissense ja selber. Schreibt immer Einladungen, alles, wie sich's gehört, hält sich dran, wenn er einem Arbeit verspricht, und mit dem Geld, da gibt's auch nie Probleme. Also ich fahr da immer hin, wenn der ruft. Und damals, ja, da war ich ja noch jünger, diese Irka, die gab's da noch nicht, die ihm jetzt Plinsen bäckt. Na, er kommt also nach der Arbeit zu mir, kneift mich so in den Hintern und sagt: ‚Na, Marija, machste mir Piroggen?' Bin ich mir vielleicht zu fein? Klar mach ich das. Is ja keine große Sache. Am liebsten hatte er die mit Kartoffeln und Quark. Ich sag so zu ihm: ‚Vielleicht mal mit Erdbeeren, zur Abwechslung?‘ Und er: ‚Nee, die kann ich nicht mehr sehen, diese Erdbeeren.‘ Immer nur mit Kartoffeln und Quark. Und mit Speck natürlich. Und als er dann gegessen hat, da steht er auf, fasst mich an die Brust und dreht mich um und macht sein Ding. Und das macht er so, so, na und fasst an meine Brust, dass mir ganz schwummerig wird. Das hätt ich ja nie gedacht, dass Frauen das auch brauchen. Meiner immer nur schnell, schnell und fertig. Aber der nich, der wartet die ganze Zeit, bis ich anfang zu stöhnen. Zuerst hab ich ja einfach nur so gestöhnt, damit der endlich kommen kann und nich mehr warten muss, und dann dacht ich, vielleicht gefällt mir's ja auch. Und jetzt träum ich sogar davon, wie der mich mit der Brust ins Mehl, wo ich die Warenyky gemacht hab, und dann dreht er mich um und noch mal von vorn, oder auf den Knien oder bei ihm auf dem Schoß. Und da hab ich mich so dran gewöhnt, dass ich dann auch gekommen bin. Da zittert dann alles und dann werden die Finger ganz schwach. Keine Ahnung, vielleicht is das ja auch schädlich, aber sehr angenehm. Und überhaupt. Ich bin ja auch nich mehr so ganz jung, wer will mich denn noch. Also meiner ganz bestimmt nich mehr.

Na ja, und dann bin ich also irgendwann nach Hause, mir war irgendwie ganz anders, im Kopf, da dreht sich alles und schlecht is mir. Da bin ich also zum Arzt und der sagt: Schwanger. Bloß gut, dass ich ne Woche später im Garten was Schweres schleppen musste, da is das dann alles raus, aber so viel Blut, den Sack hab ich ja kaum bis zum Haus gekriegt. Was hätt ich denn meinem auch sagen sollen? Obwohl der ja eh nur säuft, der hätt vielleicht gar nichts mitgekriegt.

Als ich wieder bei dem Leszek war, da hab ich ihm das alles erzählt. Und der lacht bloß. Und dann is irgendwann diese Irka aufgetaucht, die is ja viel jünger, na und die bäckt ihm jetzt Plinsen.“

In Chrystynas Zimmer ging gerade Solomijas Harfenstunde zu Ende. Das war manchmal so, in der Musikschule gab es stets zu wenig freie Räume, deshalb waren Überschneidungen keine Seltenheit. Harfe unterrichtete nur Solomija. Wenn Chrystyna sie vertrat, mussten die Harfenisten ihre Finger mit Klavier-Tonleitern lockern.

In ein paar Minuten sollte die gestern angekündigte Generalversammlung stattfinden. Wie immer verschnaufte Chrystyna und sah dabei auf das Glas mit den künstlichen Mohnblumen auf dem Klavier. Diesmal im Stehen, da der Hocker besetzt war. Sie dachte darüber nach, dass ihr das Treppensteigen heute besonders schwer gefallen war. Und darüber, dass sie nie die Stufen gezählt hatte. Das war ihr unterwegs, im zweiten Stock, eingefallen, und sie beschloss, das am nächsten Tag unbedingt nachzuholen. Aber dazu sollte es nicht mehr kommen. Einen nächsten Tag gab es nicht. Alle Lehrer wurden in den großen Saal gebeten, wo die Schließung der Schule verkündet und jedem ein Umschlag mit einer kleinen Abfindung ausgehändigt wurde. Die Neuigkeit verkündete Adelaida Hryhoriwna, neben ihr stand ein kahlköpfiger Mann in schwarzem Anzug, der das Tablett mit den Umschlägen hielt. Er war der Direktor einer teuren Modeboutique, die in Zukunft alle drei Stockwerke der Musikschule belegen würde.

***

Chrystyna half Solomija oft bei irgendwelchen Alltagsproblemen, vertrat sie im Unterricht oder passte auf den Kleinen auf, wenn ihre Freundin ihn mit zur Arbeit bringen musste. Dann rief sie Chrystyna an, und die kam etwas früher oder nahm den Kleinen einfach mit in ihre Stunde. Bei ihr saß er ruhig da und störte nicht, bei Solomija tobte er immer herum. Solomijas Mann war Sportlehrer gewesen, dann wurde er aus irgendeinem Grund entlassen, griff zur Flasche und verschwand aus dem Leben seiner Familie. Solomija blieb mit ihrem kleinen Sohn und ihrer alten Mutter allein zurück.

Wenn es etwas gab, ohne das man sich Solomijas Leben nicht hätte vorstellen können, so waren das Zweifel. Ein Reservoir in ihrem Inneren schien bis unter den Rand mit Zweifeln gefüllt zu sein, und wenn man es nicht ab und zu ein bisschen bewegte und etwas von seinem Inhalt ausschüttete, würde Solomija für immer in diesem wackligen Gleichgewicht hängen bleiben, in dieser trügerischen Illusion einer Bewegung von „ja" zu „nein", von „dafür" zu „dagegen", von Harmonie zu Depression, von Begeisterung zu Abscheu, von Selbstverliebtheit zu Selbstverachtung.

Solomija konnte sich uneingeschränkt für alles begeistern, was um sie herum passierte, vergeblich versuchte sie, die Dinge, die sie wirklich interessierten, von jenen zu trennen, die nur einen interessanten Eindruck machten. Dieser Selektionsprozess, der in Wirklichkeit nie stattfand, beanspruchte ihre gesamte Zeit und Energie. Sobald sie feststellte, dass das Interesse an einer Sache nachließ, konnte sie diese augenblicklich genauso inbrünstig verachten und sich wundern, dass sie sich für so eine Dummheit hatte begeistern können, und dieses Verachten und sich über sich selbst Wundern beanspruchte sie wieder voll und ganz.

Solomija beklagte sich ständig, dass sie nichts schaffe, dass es so viel Interessantes gebe, und sie ihre Zeit so oft mit irgendwelchen Dummheiten verbringe, wo sie sich doch besser Dingen widmen sollte, die es wirklich wert seien. Sie hasste sich dafür aufrichtig, aber sobald etwas Neues in ihr Blickfeld geriet, stürzte sie sich wieder in den Strudel bekannter und neuer Gefühle und durchlief die Stadien erneut von vorn: von der anfänglichen Begeisterung über eine Abkühlung bis hin zu Enttäuschung und Verachtung.

„Weißt du“, erklärte sie Chrystyna, wobei sie jedes Wort mit einem großen Schluck aus ihrer knallgelben Halbliter-Lieblingstasse hinunterspülte, „das ist so ein Teufelskreis. Oder vielmehr ein Kreis, der aufgerissen ist, und den ich nicht wieder schließen kann. Ich will immer alles und sofort, und dieses Gefühl gibt mir die falsche Gewissheit, dass man etwas nur ganz stark wollen muss, und schon schafft man alles. Dann stürze ich mich in die Arbeit, aber nicht in einer Reihenfolge, die irgendwie logisch wäre, sondern völlig chaotisch. Mir ist schon klar, dass ich nicht richtig plane, und ich will was dagegen machen. Also setze ich mich hin und fange an zu planen, und dafür geht dann der ganze Tag drauf, und dann komme ich nicht mehr dazu, auch nur irgendwas davon in die Tat umzusetzen. Und anstatt dann das, was ich einmal angefangen habe, auch mal zu Ende zu bringen, stürze ich mich auf was Neues und schiebe das dann wieder auf die lange Bank. Bei dir ist das alles ganz anders. Du bist mit allem sogar immer viel früher fertig als geplant. Und auch wenn du ständig mit dir unzufrieden bist – deine Produktivität hätte ich gern!“

Aber, so dachte Chrystyna, die rätselhaftesten Prozesse schienen in Solomijas Kopf dann abzulaufen, wenn sie eine Entscheidung treffen musste. Zuerst formulierte sie für sich sorgfältig die möglichen Varianten. Das gelang ihr blendend. Dann, bevor sie sich für eine davon entschied, überlegte sie lange hin und her und brachte mit detaillierten Beschreibungen aller Pros und Kontras ihre Bekannten zur Verzweiflung. Manchmal war Solomija sogar richtig beleidigt, wenn man ihr nicht noch eine hypothetische Gefahr oder Schwierigkeit nannte, auf die sie selbst noch nicht gekommen war und die von Bedeutung sein könnte, wenn sie zu der einen oder anderen Variante tendierte. Abhängig oder manchmal auch unabhängig vom Gewicht der Entscheidung konnten ihre Überlegungen Wochen oder sogar Monate dauern, und alle Gespräche liefen früher oder später unweigerlich darauf hinaus. Bis plötzlich der Moment kam, in dem sie feststellte, dass sie jetzt sofort eine Entscheidung treffen musste. Und dann genügte es, dass sich irgendjemand für oder gegen eine bestimmte Variante aussprach. Dabei war es egal, was man sagte, ob man eine Autorität darstellte oder sich überhaupt mit dem Problem auskannte, denn Solomijas Entscheidung hing nicht davon ab, was man ihr riet, und war völlig unvorhersehbar, auch für Solomija selbst. Sie brauchte einfach eine fremde Meinung, einen Anstoß von außen, jemandes Anteilnahme oder auch nur Anwesenheit, das holte sie aus ihrer Erstarrung, ihrer Gefühlsverstrickung, einer so tiefen Verstrickung, dass die Außenwelt keine real existierende Größe mehr darstellte, sondern von der eingebildeten Wirklichkeit der Innenwelt durchdrungen wurde. Mit dem Anstoß von außen schien sie aufzuwachen und sofort handeln zu können, gab es diesen Anstoß nicht, setzten sich die Grübeleien fort. Genauso unvorhersehbar war es dabei aber, was von dem Gesagten für Solomija nun der Anstoß war, den sie brauchte.

Solomijas faszinierendes Äußeres zog die Männer scharenweise an. Sie war groß und schlank, hatte dichtes schwarzes Haar, war fröhlich, fand zu den meisten Menschen schnell einen Draht und analysierte nie ihr eigenes oder das Verhalten anderer. Sie und Chrystyna waren so unterschiedlich, wie es zwei Menschen nur sein können. Chrystyna war blond, mittelgroß, mit üppigen Formen und einer schmalen Taille. Ihre braunen Augen sahen ihr Gegenüber aufmerksam an, und schon nach ein paar Minuten wusste sie genau, wo auf ihrer Skala schwarz-weißer Einschätzungen, von eindeutig negativ bis überaus positiv, sie eine neue Bekanntschaft einzuordnen hatte. Später konnte sie ihre intuitiven Gefühle mit konkreten Details belegen, und bei anderen Menschen die Unruhe sehen, die sich hinter nervösen Pupillenbewegungen verbarg, die Unsicherheit zitternder Finger, ein unwillkürliches Rotwerden der Ohren, wenn jemand etwas sagte, was wohl kaum stimmen konnte, die Leichtgläubigkeit weit aufgerissener Augen und noch vieles mehr, was Solomija wohl nie deuten oder auch nur sehen würde.

Chrystyna versuchte, so tief wie möglich unter die Oberfläche des ersten Eindrucks zu dringen, ihr Empfinden zunächst intuitiv und später auch logisch zu begründen. Solomija hingegen schob Chrystynas Beobachtungen stets mit leichter Hand beiseite: „Das glaube ich nicht. Wie kann man denn einen Menschen danach beurteilen, ob ihm die Fingerspitzen zittern? Du hast doch auch Arthritis, und das bedeutet ja schließlich auch nicht gleich, dass du etwas zu verbergen hast."

„Aber um die Finger geht es doch gar nicht. Spürst du denn nicht, wenn ein Mensch wirklich aufrichtig ist und wenn er dir nur etwas vorspielt?"

Solomija war ein Mensch der Extreme. Entweder glaubte sie fest an etwas und stürzte sich kopfüber in eine Sache, oder sie lehnte etwas genauso kategorisch ab, ohne jede rationale Erklärung, nur aufgrund von Stimmungen. Sie war leicht zu beeinflussen, kämpfte aber, sobald ihr das bewusst wurde, dagegen an, auf ihre ganz eigene und ziemlich unlogische Art, die ihr gesamtes Wesen ausmachte. Wenn Solomija nur von einem Menschen beeinflusst wurde, war sie mit allem einverstanden und versuchte gar nicht, sich zu widersetzen. Aber tauchten in ihrem Leben mehrere Autoritäten auf, die sich noch dazu gegenseitig widersprachen, gab es Probleme. Es fiel ihr nämlich sehr schwer, sich für einen Menschen zu entscheiden und nur auf ihn zu hören. Zum einen deshalb, weil sie schon wieder vor einer Entscheidung stand, und zum anderen, weil sie nicht zwischen Standpunkten und Motivationen wählte, sondern zwischen verschiedenen Menschen, deren Bedeutung in ihrem Leben sie nach nicht nachvollziehbaren Kriterien bestimmte. Wenn sie zum Beispiel einen Rat brauchte und zuerst ihre Mutter und dann Chrystyna fragte, tendierte sie, unabhängig davon, was ihr beide rieten, meist zu Chrystyna. Wenn sie hingegen Chrystyna und einen ihrer aktuellen Männer um einen Rat bat, hörte sie meist auf den Mann, natürlich nur, wenn der seinen Neuheitswert, seine Attraktivität und die damit verbundene Autorität noch nicht eingebüßt hatte. Wenn die Position einer ihrer Liebhaber mit der Zeit schwächer wurde, bekamen Chrystynas Ratschläge wieder mehr Gewicht.

Anfangs nervte Chrystyna diese merkwürdige Priorisierung, dann gewöhnte sie sich daran und ärgerte sich nur noch über die Unbeständigkeit des eigenen Ratings. Nicht, weil sie glaubte, für Solomija eine unangefochtene Autorität darstellen zu können, sondern weil sie sich schlichtweg nicht damit abfinden wollte, dass Solomija ihre sorgfältig und logisch aufgebauten Argumentationsketten überhaupt nicht zu hören schien, sich einfach auf ihre eigene Stimmungslage verließ und auf den Moment wartete, in dem ein spontaner Impuls sie zur einen oder anderen Handlung zwang. Meist zu einer, von der ihr Chrystyna kurz zuvor lange und ausführlich abgeraten hatte.

Solomija brauchte jemanden, den sie bewundern und dem sie sich fügen konnte. Aber zugleich mochte sie passive, unsichere Männer, die auf sie hörten und bei ihr Unterstützung suchten, anstatt sie zu beschützen. So fand sich Solomija ständig in komplizierten Situationen wieder. Sie lernte nicht aus ihren Erfahrungen, und jedes Mal hoffte sie aufs Neue, dass „jetzt alles ganz anders wird". Chrystyna glaubte, dass Solomija in den Männern ihren Vater suchte, nicht den echten, sondern einen erfundenen, idealen. Ihr Auserwählter sollte sie ewig lieben, romantisch und offen sein, sie auf Händen tragen und vor allem Unheil dieser Welt bewahren, und sie natürlich nie für eine Andere verlassen, wie ihr Vater es getan hatte. Die Angst, verlassen zu werden, überwog, und sie suchte sich unbewusst immer Männer, die sich ihrem Willen unterordneten. Aber sobald das passierte, fehlte ihr ein Objekt, das sie anhimmeln und dem sie sich fügen konnte wie einem idealen Vater. Die Initiativlosigkeit ihrer Auserwählten, ihre fehlende Impulsivität und die Tatsache, dass sie nun für sie beide Entscheidungen treffen musste, belasteten sie und trugen natürlich nicht zur Festigung der Beziehung bei. Und es war für Solomija kein Vorteil, dass die Männer sie nicht richtig verließen, sondern nach einer Trennung noch lange versuchten, die Beziehung wieder zu kitten.

Nach jeder weiteren schmerzhaften Trennung hörte sich Solomija geduldig an, was Chrystyna an Argumenten vortrug, und gab ihr in allem recht, aber sobald sie den nächsten „romantischen und galanten" Typ kennenlernte, war alles sofort wieder vergessen und sie stürzte sich ins Abenteuer, voller Zweifel, aber unaufhaltsam.

Das betraf sowohl ihre Beziehungen zu anderen Menschen als auch ihre Interessen.

Solomija war ständig auf der „geistigen Suche", wie sie selbst es nannte. Mit ihren zweiunddreißig Jahren hatte sie schon fast alle existierenden Religionen durchprobiert und Zertifikate zahlreicher „Institute für Selbstverwirklichung“ gesammelt, die zu erschwinglichen Preisen verschiedene Kurse mit nebulösen Titeln wie „Lösung von Identitätsproblemen“, „Stärkung der Selbstidentifikation“, „Auf der Suche nach Selbstverwirklichung“ und dergleichen mehr anboten. In der kurzen Zeit, die sie sich jedem Thema widmete, konnte sie von keiner der Konfessionen und Theorien enttäuscht werden, ja nicht einmal tiefer in die Materie eindringen. Ihre Zweifel zwangen Solomija, sich immer wieder neu zu orientieren. Ständig hatte sie den Eindruck, dass ihr, während sie ihre Zeit mit einer Sache verbrachte, gleich um die Ecke eine andere davonlief, eine authentischere, nützlichere, besser zu ihr passende. Den Großteil ihrer Freizeit verbrachte Solomija mit Zweifeln und Gewissensbissen. Wenn sie nicht bei Ostap war, machte sie sich Vorwürfe, dass sie ihr Kind zu selten sah, und wenn sie bei ihm war, hatte sie Gewissensbisse, dass sie nicht an sich arbeitete oder wenigstens Geld verdiente. Wenn sie sich wieder einmal von einem Liebhaber getrennt hatte, machte sie sich Vorwürfe, dass sie ihn verlassen, ihm keine zweite Chance gegeben hatte, und in dem Hin und Her der Trennung machte sie sich genauso Vorwürfe, dass sie sich überhaupt noch mit diesem hoffnungslosen Fall abgab, wo sie in der Zeit doch viel besser etwas Nützliches oder Angenehmes tun könnte. Wenn sie mit Chrystyna einkaufen ging, konnte Solomija ihre Freundin mit ihren Zweifeln in den Wahnsinn treiben. Wenn Chrystyna sagte, dass ihr etwas nicht stand, dann war sie schnell beleidigt und fand das gemein, und wenn ihr Chrystyna Komplimente machte und meinte, dass sie dieses oder jenes Teil kaufen solle, vermutete Solomija sofort falsche Schmeicheleien. Und wenn sie dann endlich nach langem Überlegen etwas gekauft hatte, waren da wieder die Gewissensbisse, dass sie zu viel gekauft hatte oder nichts, was sie wirklich brauchte, und dass sie nicht weiter nach reduzierten Angeboten gesucht hatte. In solchen Situationen war der einzige Ausweg, mit strenger Stimme zu verkünden: „Wenn du nicht sofort aufhörst, gehe ich!"

Das hatte Solomijas Mutter immer gesagt, als sie noch klein war, und dieser Satz war der einzige, der sie von ihren Zweifeln losreißen konnte. Aber dazu konnte man nur in wirklichen Ausnahmefällen greifen, denn manchmal reagierte Solomija auch mit einem lauten Heulkrampf, und dann war es praktisch unmöglich, sie wieder zu beruhigen.

Zu den zahlreichen Dingen, für die sich Solomija interessierte, gehörten auch kalte Wassergüsse, Nasenspülungen und bewusste Atemübungen. All dies sollte positive Emotionen stärken und negative verdrängen, einen in Einklang mit der Welt bringen, die Bewegungskoordination verbessern und das Immunsystem stärken.

Für die Übungen legte sie sich rücklings auf ein spezielles Atemtischchen, verschränkte die Hände auf dem Bauch und versuchte, zehn Minuten lang so oft und so tief wie möglich ein- und auszuatmen und dabei die Bauchmuskeln zu aktivieren. Nach ein paar Minuten kam ein Glucksen aus ihrem Hals und Tränen liefen ihr über die Wangen. Das bedeutete für Solomija, dass sich die Atemwege langsam reinigten, sich die Lungen besser mit Luft füllten und sich die Muskeln lockerten, die sie meist anspannte, weil sie es von klein auf gewohnt war, so auf Stress zu reagieren. Der Theorie, an die sie glaubte, nach sammelten sich Krankheitserreger zuerst auf den Schleimhäuten von Nase, Mund und Hals und drangen dann tiefer in den Organismus vor, vermehrten sich dort, wenn nicht genügend Sauerstoff im Körper war, und verursachten Krankheiten oder eine allgemeine Schwächung des Organismus. Auch psychische und emotionale Probleme waren demnach auf eine unzureichende Reinigung der Atemwege und falsche Atmung zurückzuführen.

Angespannte Muskeln führten zu einem Verlust der Lebensenergie und damit auch des Selbstvertrauens.

Seit Solomija bewusst geworden war, dass sie in Stressmomenten die Luft anhielt und den Kopf nach vorn reckte, womit sie die Luftzufuhr zu den Lungen nur noch weiter blockierte, versuchte sie, das zu vermeiden. Wenn sie jetzt etwas Unangenehmes zu hören bekam, verschränkte sie die Hände hinter dem Kopf, konzentrierte sich auf eine tiefe Atmung und bewegte dabei ihre Bauchmuskeln.

Als Kind hatte sie stets die Luft angehalten, wenn ihr die Tränen kamen. Die unterdrückten Emotionen ließen die Muskeln fest und hart werden, das Empfindungsvermögen und damit auch ein Schmerzempfinden kehrten erst viele Jahre später zurück, als sich durch die Atemübungen die blockierten Emotionen wieder lösten.

Nach den Sitzungen waren ihre Finger kalt und unbeweglich. Das kam für Solomija durch die ungewöhnlich große Menge an Sauerstoff, die dem Organismus auf einmal zugeführt wurde. Manchmal atmete sie sogar in eine Papiertüte, um diesen Effekt zu vermeiden.

Als Chrystyna mal wieder besonders stark unter einer Allergie litt, schlug ihr Solomija vor, es auch einmal mit dieser Therapie zu probieren. Chrystyna studierte irgendein Traktat über Emotionen und Körpergedächtnis und darüber, dass der Verlust der natürlichen kindlichen Flexibilität, die Fähigkeit, sich ungezwungen zu bewegen, tief zu atmen, nur für das Glück des Augenblicks und nicht zur permanenten Selbstbestätigung zu leben, die meisten Krankheiten verursachte. Wenn sie darüber nachdachte, wann und warum sie Hautprobleme bekam, musste sie feststellen, dass diese tatsächlich meist auf Stress und unterdrückte Emotionen zurückzuführen waren. Sie versuchte es mit den Übungen zur Reinigung der Atemwege und zur Tiefenatmung jedes Mal vor und nach einem Treffen mit besonders unangenehmen Menschen. Die Allergieschübe wurden tatsächlich seltener. Im Unterschied zu Solomija glaubte sie jedoch nicht so ganz, dass sie das wirklich der Therapie zu verdanken hatte, eher war sie geneigt, es dem Effekt der Autosuggestion zuzuschreiben. So wie kleine Kinder, denen man sagt, dass Mama jetzt den Finger küsst, den sie sich gestoßen haben, und dass er dann nicht mehr wehtut, gern daran glauben und aufhören zu weinen. Vielleicht tut der Finger auch wirklich nicht mehr weh.

Von dem Moment, als die ersten Gerüchte über die Schließung in der Schule kursierten, bis zur eigentlichen Schließung vergingen mehrere Jahre. Während dieser Zeit hatten sich alle längst an den Gedanken gewöhnt und aufgehört, darin etwas Reales zu sehen. So wie Schwerkranke, denen ihre Diagnose mitgeteilt wird. Zuerst sind sie geschockt, aber dann gewöhnen sie sich allmählich an die Tatsache, und dadurch rückt sie in die Ferne und wird immer kleiner. Zaghaft keimt dann eine Hoffnung, wird zur Illusion und fast zur Gewissheit, dass das alles vorbeigeht. Heute ist doch alles in Ordnung, warum soll es denn nicht morgen auch so sein? Und wenn das Unausweichliche dann eintritt, kommt es noch unerwarteter als in dem Moment, als man es erfahren hat.

So war es auch mit der Musikschule. Sie sollte schon seit Längerem geschlossen werden – für das Gebäude mitten im Stadtzentrum hätte sich mehr als nur eine Verwendung gefunden, die ökonomisch sinnvoller gewesen wäre. Aber dann setzte sich unerwartet ein berühmter Komponist für die Musikschule ein, Träger aller möglichen Preise, Akademiemitglied aller möglichen Akademien, eine unbestrittene Autorität, deren Meinung niemand zu ignorieren wagte. Er hatte die Musikschule einst selbst besucht und wollte, dass sie weiter existierte. Außerdem galt sie unter den wenigen Musikschulen, die es in der Stadt noch gab, als eine der besten.

Die Debatten um eine mögliche Schließung der Schule hörten nicht auf, ständig gab es Kontrollen. Ob denn jeder Lehrer auch genug Schüler habe, ob jeder dieser Schüler auch musikalisch begabt sei, ob auch niemand den Unterricht schwänze – weder Schüler noch Lehrer; ob sich auch entsprechende Erfolge einstellten, ob auch regelmäßig für den Unterricht bezahlt werde und so weiter und so fort. Und obwohl sich viele für die Schließung der Schule starkmachten, für die Schließung aller Musikschulen und die Übernahme der Musikerziehung in den Lehrplan der regulären Schulen oder für die Privatisierung der Schulen, wurde die Schule doch nicht geschlossen. Nicht, solange der Komponist noch am Leben war.

Als endgültig feststand, dass die Musikschule geschlossen wird, kam Solomija als Erste mit der Idee, zum Geldverdienen ins Ausland zu fahren. Aber Chrystyna nahm diesen Vorschlag eher skeptisch auf und so beschlossen sie, ihr Glück zunächst einmal mit dem Verkauf von Kosmetika, Nahrungsergänzungsmitteln und Halssprays mit angeblich nur natürlichen Inhaltsstoffen zu versuchen. Auch das war Solomijas Idee gewesen. Sie legten zusammen, kauften das erste Sortiment und boten es ihren Bekannten an.

Chrystynas Beitrag zu diesem gemeinsamen Business war nicht gerade groß, und Solomija hätte sicher mehr verdient, wenn sie allein gearbeitet hätte. Jedes Mal, wenn sie einer neuen potentiellen Kundin erzählte, dass man „mit diesem Vitaminpräparat schon innerhalb eines Monats zehn Kilo abnehmen kann“, senkte Chrystyna verschämt den Blick, anstatt ihrem Gegenüber selbstbewusst und mit einem gewinnenden Lächeln in die Augen zu schauen. Vielleicht scheiterte sie aber auch deshalb, weil sie sich hartnäckig weigerte, die wichtigste Floskel zu sagen, die sie nach den Instruktionen des Herstellers unbedingt hätte sagen müssen: „Ich habe das selbst eingenommen und Sie sehen ja das Ergebnis. Noch vor einem Jahr war ich ganze zwanzig Kilo schwerer."

Am meisten war es Chrystyna zuwider, mit ihrer Ware die Polikliniken abzuklappern. Aber ganz vermeiden ließ sich das leider nicht, denn dort war der Absatz am größten. Sie betrat den Eingangsbereich und versuchte, nicht in den Flur im Erdgeschoss zu schauen, wo in der Regel die Sprechzimmer der Frauenärzte waren. In einem Wartezimmer voller Schwangerer zu bitten, sie ins Sprechzimmer zu lassen, nur damit sie dem Gynäkologen vom Dienst vorschlagen konnte, die Vitaminpräparate der entsprechenden Firma zu verschreiben, war eines jener Dinge, zu denen sie sich gar nicht durchringen konnte.

Wobei sie sich auch nicht besser fühlte, wenn sie zu den Rentnern kam, die beim Anblick ihrer Aktentasche und ihres schicken Kostüms sofort wussten, was Sache war. Sie wussten, dass sie jetzt entweder bitten würde, sie vorzulassen, oder mit ihrem Handy den Arzt anrufen würde, der dann herauskäme und sie persönlich hineinbäte. Die Rentner pressten, sobald sie sie kommen sahen, stur ihre Lippen aufeinander, ballten die Fäuste in passivem Widerstand und drehten sich zum Fenster. Sie protestierten nicht offen, sie wussten, dass das keinen Sinn hatte, aber sie inszenierten einen stummen Aufstand. Wenn Chrystyna fragte, wer der Letzte sei oder ob sie mal kurz außer der Reihe reinschauen dürfe, bekam sie einfach keine Antwort, sie saßen schweigend da, alle gegen eine, und bildeten vor der Tür eine undurchdringliche Wand, sobald jemand herauskam und der Nächste aus der Schlange dran war. Ihnen ihre Ware direkt anzubieten, kam überhaupt nicht in Frage. Das ging nur über die Ärzte, die dann Prozente bekamen.

All das aber erst weiter oben, im ersten, zweiten, bis hin zum fünften Stock, wenn sie nicht mehr kneifen konnte und nun wirklich in eines der Sprechzimmer reinmusste, aber hier im Erdgeschoss konnte man sich noch einen Rückzieher erlauben. Und Chrystyna erlaubte ihn sich. Sie bot ihre Ware nie bei den Frauenärzten an. Obwohl Solomija fand, dass sie das ruhig tun könne, weil die werdenden Mamas doch eher gesund seien und bei weitem nicht so aggressiv wie die kranken Rentner. Sie langweilten sich im Wartezimmer und würden sich durchaus gern etwas Schönes gönnen. Besonders die Kosmetika, die die freien Verkäufer als „Naturkosmetik" anpriesen.

Manchmal träumte sie von diesen so konzentriert und entschlossen wirkenden Gesichtern, die ihr die Schuld daran gaben, dass das Wartezimmer so voll war, dass das Herumsitzen so langweilig war und sich nicht vermeiden ließ, genauso wenig, wie sich Krankheiten vermeiden ließen. Letztendlich war es sogar ihre Schuld, dass sie alle krank geworden waren und nun hier saßen. Sie träumte, dass sie sich mit einem Schild schützte, aber das Schild war aus Papier und fing an zu brennen, sobald sie sich der Tür zum Sprechzimmer näherte, und sie musste das Papier fallen lassen und Hals über Kopf flüchten. Und alle Kranken im Wartezimmer brüllten ihr etwas Gemeines hinterher.

Chrystynas Verkaufszahlen waren miserabel, und die investierte Summe bekamen sie nur dank Solomijas Unternehmergeist wieder herein.

Noch schlimmer, als den Leuten ihr Zeug anzudrehen, fand Chrystyna es, zu den Verkäufertreffen zu gehen. Sie trafen sich immer im Keller eines großen Einkaufszentrums. Dort war so etwas wie ein Zimmer – geweißte Wände, ein paar Stühle und ein Tisch. An dem Tisch saß die Chefin – Iryna Wasyliwna. Sie gab die Ware aus und berechnete die Verkaufsboni. Die Chefin trug gern grelllila Pullover, die sie in der Taille über den monumentalen Hüften zusammenzurrte, eine Sonnenbrille mit rosafarbenen Schmetterlingsflügeln aus Plastik und lila Gläsern, die sie nicht mal im Winter abnahm, dazu eine auf ewig mit Haarlack betonierte, massive Frisur. Von dem stark süßlichen Geruch dieses Haarlacks wurde Chrystyna schon auf ein paar Meter Entfernung übel.

„Das Spray *Aquavita-4*“, legte eine Ärztin, die sich mit dem Vertrieb von Medizinprodukten etwas dazuverdiente, unter dem strengen Blick von Iryna Wasyliwna dar, „hat sich als besser erwiesen als *Aquavita-3*, deshalb ist der dreimal so hohe Preis durchaus gerechtfertigt, zumal ja das Meerwasser darin auch dreifach gereinigt wird und nicht nur zweifach. Letzte Woche wurde das Spray vier Patienten zwischen zehn und vierzig verschrieben, und keiner hat über allergische Reaktionen geklagt.“

„Sehr gut“, sagte Iryna Wasyliwna, wenn potentielle Kunden im Raum waren. Oder aber: „Und warum nur vier?“, wenn keine da waren.

Eines Tages kam nach der Verkäuferschulung eine Frau auf Chrystyna zu.

„Ich bin Halynka“, sagte sie unvermittelt und ließ sich auf den Sitz neben Chrystyna fallen. Sie schien so um die fünfzig zu sein. „Ich habe ein Problem“, sagte sie und sah Chrystyna direkt an, „ich brauche was zur Blutreinigung. Aber ich glaube nicht alles, was die hier so erzählen. Können Sie mir vielleicht helfen?“

Halynka war der Typ Mensch, der leicht in der Menge untergeht, manchmal sogar in einer kleineren Gesellschaft. Es war fast so, als bestünde die kleine, agile Person nur aus den Augen und dem Skelett, das allein dafür gemacht war, diesen durchdringenden Blick zu tragen, der wie bei den meisten, die Kummer und Leid gewohnt waren, mehr ausdrückte, als sie selbst hätten in Worte fassen können. Sie redete in einem Mordstempo, blickte dabei nach unten und verschluckte einzelne Wörter, als ob sie betonen wollte, dass sie eigentlich nichts Wichtiges zu sagen hatte und ihr klar war, dass sie nur anderer Leute Zeit verplemperte, wofür sie sich entschuldigte. Manchmal machte sie eine längere Pause und musterte ihr Gegenüber, dem augenblicklich die Stelle zu jucken begann, auf die sie ihre kohlschwarzen Augen heftete. Auch Chrystyna machte dieser Blick nervös und sie gab Halynka die Telefonnummer einer Kräuterfrau, die ihr schon öfter bei verschiedenen Wehwehchen geholfen hatte.

***

„Lass uns einen Kaffee trinken gehen", sagte Halynka auf die ihr eigene Art ohne Begrüßung und Einleitung, als sie nach ein paar Monaten wieder zu dem Verkäufertreffen erschien. Und wieder sah sie Chrystyna mit diesem Blick an, von dem sofort ihre Haut juckte.

Sie gingen in eine Bar in einem der Betonblöcke in der Nähe, die eigentlich eine umgebaute Wohnung war. Die Lokalität hieß „Kaffee mit Schuss", aber der erste Teil der Aufschrift war nicht mehr zu entziffern, sodass da jetzt nur noch „Schuss" stand, was als Name im Grunde sogar viel besser passte. Hier trafen sich die coolen Jungs in Lederjacke, und die Bar war sehr um ihren Ruf bemüht, um diese wertvolle Kundschaft nicht zu verprellen. Das Interieur war von goldfarbenen Säulen, marmorierten Decken, schweren Vorhängen und Kunstblumen auf massiven Tischen bestimmt. In der Musikauswahl dominierten Disco und Gangster-Folk. Die hiesigen Alkis wurden nicht reingelassen, sie versuchten es aufgrund des Preisniveaus aber auch nicht ernsthaft. Ihnen und den anderen Economy-Class-Kunden reichte das gegenüberliegende Lokal mit dem deutlich geheimnisvolleren Namen „Dukaw" völlig aus, wo man Wodka und Tschebureki zu sozialverträglichen Preisen bekam und zu Hochzeitsmusik tanzen konnte.

„Weißt du, wie das bei mir war?", setzte Halynka an unerwarteter Stelle wieder ein. „Als ich vierundvierzig geworden bin, da war ich mal bei einer Wahrsagerin. Normalerweise gehe ich da nicht hin, aber da hatte mich irgendwas getrieben. Oder besser gesagt hatte mich eine Bekannte gebeten, ihr Gesellschaft zu leisten. Ich habe mich ja erst gesträubt, aber dann bin ich doch mit. Damals waren diese ganzen Wahrsagerinnen und so ja voll in Mode. Und mir war da auch so eine Geschichte passiert. Weißt du, ich habe ja immer als Masseurin gearbeitet. Als die Kinder noch klein waren, wollte ich irgendwo in der Nähe arbeiten, damit ich über Mittag nach Hause konnte, Essen kochen und ein bisschen aufräumen. Damals war ich so ein richtiges Modepüppchen, echt. Die ganze Zeit auf hohen Absätzen und aufgedonnert bis zum Gehtnichtmehr. Jetzt renne ich rum wie eine Vogelscheuche. Immer nur Jeans und T-Shirt. Aber das Goldkettchen habe ich immer getragen und den Ring auch. Beim Abwaschen nehme ich ihn ab und lege ihn aufs Regal." Halynka schob ihren Fingerring und das Goldkettchen zurecht.

Chrystyna und Halynka sahen nicht gerade aus wie Stammkunden des „Kaffee mit Schuss", das Personal beäugte sie eher skeptisch. Eine etwas wärmere Note zeigte sich in den Augen der Kellnerin erst, als Halynka vorschlug, zum Kaffee einen Kognak zu bestellen. Chrystyna wollte sich erst auf Kaffee beschränken, begriff aber schnell, dass sie mit einer derart lakonischen Bestellung hier nicht durchkam, und so bestellten sie Kognak und Schnittchen.

„Also, einmal muss ich los, die Kinder aus dem Kindergarten abholen, und da sehe ich, dass meine Kette ganz verheddert ist, und der Ring ist weg. Ich versuche, sie zu entheddern, aber das klappt nicht. Da bin ich ohne los. Als ich zurückkomme, ich glaub's ja nicht – alles entheddert, liegt da, als ob nix gewesen wäre. Was ist das denn!

Dann habe ich angefangen zu lauschen – irgendwas war da bei mir zu Hause. Mal klopft es, dann poltert oder knarrt was. Und die Nachbarin war da und hat auch gesagt: ‚Irgendwas ist hier komisch bei dir. Hol einen Priester.'

Ich habe mir das angehört, aber gemacht habe ich nix. Dann habe ich mal am Samstag meinen Mann und die Kinder auf die Datsche geschickt, und ich selber bin dageblieben, damit ich mal in Ruhe aufräumen kann und so. Danach war ich echt müde. Na ja, denke ich mir so, lege ich mich halt ein bisschen hin. Ich habe mich also hingelegt und bin weggedämmert. Und da höre ich so ein Ritsch-Ratsch. Ich will die Augen aufmachen und kann nicht. Aber irgendwie sehe ich alles mit geschlossenen Augen und kann mich überhaupt nicht rühren. Dann sieht es aus, als ob da jemand auf dem Stuhl sitzt, da ist so eine Mulde. Und wieder dieses Ritsch-Ratsch. Dann sehe ich auf einmal so was Grünes vor mir. Ganz schrecklich, wie ein Riesenfrosch. Ich will schreien und kann nicht. Und das Viech sieht mich so traurig an. Es setzt sich auf den Stuhl, bleibt kurz sitzen und kommt dann, ritsch-ratsch, auf mich zu. Mir ist fast das Herz stehen geblieben. Ich liege da und denke, das war's jetzt. Ein Poltergeist. Er kommt ans Bett, steht kurz da, dann legt er sich neben mich, und ich bin ganz starr, weißt du, wie wenn Arme und Beine auf einmal aus Holz sind. Das war's, denke ich, jetzt bleibt mein Herz stehen. Dann bin ich irgendwie eingeschlafen und als ich wieder zu mir komme, da ist da gar nix. Aber dann ist er noch ein paar Mal gekommen.

Mein Mann hat sich ja über mich lustig gemacht, aber ich hatte echt Angst.“

Die Kellnerin brachte den Kognak und die Schnittchen.

„Na dann, auf dich, Chrystynka“, sagte Halynka. „Ich bin dir echt dankbar, dass du mir geholfen hast. Nicht, dass du was Schlechtes über mich denkst, ich weiß gute Menschen zu schätzen. Also, auf deine Gesundheit.“

Sie tranken und Halynka quasselte weiter: „Ich bin also zu dieser Wahrsagerin. Gehe rein und da sitzt sie, die Beine ganz verknotet, echt irre. So ein richtiger Knoten. So sitzt sie da. Wie so ein Yogi. Ich dachte erst, das ist eine optische Täuschung, aber dann stellte sich raus, dass sie so zur Welt gekommen ist. Und die Beine nicht auseinanderknoten kann, so isst sie und schläft und alles. Ich gehe also rein, zuerst hatte ich ja Angst, echt. Aber als sie mich sieht, schiebt sie ihre Karten und das Wachs und alles weg und winkt mich ran. ‚Komm mal her‘, sagt sie. Ich will nicht, ich habe Angst, aber sie sagt nur: ‚Ich weiß, dass du nicht glaubst.‘ Und das stimmt wirklich. Ich dachte: Jetzt erzählt sie mir bestimmt alles Mögliche und dann muss ich mein Leben danach ausrichten. Sie sagt zu mir: ‚Du weißt das noch nicht, aber du wirst schon bald sehr weit wegfahren. Und dort wirst du einen Schatz haben, der fünf Jahre jünger ist als du.‘

Ich zu ihr: ‚Nirgendwo fahr ich hin. Dafür braucht man ja nun wenigstens mal Geld.‘

Aber wie das im Leben so ist. Ein bisschen Zeit verging. Ich habe ja als Masseurin gearbeitet. Und da kam so eine Frau zu mir. Die hat in Griechenland gearbeitet. Ich habe sie massiert und dabei ganz zufällig einen Kropf gefunden. Ich habe ihr gesagt, wo sie hingehen soll, und dann habe ich auch eine Reha für sie gesucht. Nach der Operation war sie ganz blass. Sie kam immer noch zu mir, ich habe sie für die Hälfte massiert, sie hat mir so leidgetan. Dann ging es ihr wieder besser und sie hat zu mir gesagt: ‚Für das, was Sie für mich getan haben, schicke ich Ihnen Geld und Sie kommen zu mir nach Griechenland, ich finde schon Arbeit für Sie.‘

Ich habe das ja zuerst gar nicht geglaubt, aber sie hat mir tatsächlich achthundert Dollar geschickt. Was sollte ich da machen, das Geld einfach behalten konnte ich ja nicht, wovon hätte ich das auch zurückzahlen sollen? Also bin ich los, ein Visum beantragen. Ein Visum kostete damals vierhundertfünfzig. Ich bin echt ganz schön rumgerannt, damals war das noch nicht so einfach wie jetzt. Aber ich hab's geschafft und dann habe ich mich in den Zug gesetzt und bin losgefahren. Interessiert dich das überhaupt?“, unterbrach sich Halynka plötzlich und sah Chrystyna aufmerksam an.

„Ja, erzähl weiter“, forderte Chrystyna sie auf. Ihr gefielen Halynkas leicht schroffe Art, ihre ausladenden Gesten, die breiten Hüften und die noch ziemlich festen Brüste, über denen die zu enge Bluse spannte. Sie strahlte eine gewisse Energie und Kraft aus, beherrscht und korrekt, aber zugleich entschlossen, wie sie Frauen mittleren Alters oft eigen ist, die es gewohnt sind, sich in allem rein auf sich selbst zu verlassen.

„In der Nacht vor meiner Abreise ist mir im Traum meine Mutter erschienen“, fuhr Halynka mit halb geschlossenen Augen fort. „Sie kommt ganz nah an mich heran, wie lebendig, und ich weine und sage: ‚Mama, ich habe Sie schon so lange nicht mehr gesehen. Verzeihen Sie mir, Mama, dass ich so weit wegfahre. Sie haben ja immer gesagt, dass man in der Fremde nicht gut leben kann.‘

Mama antwortet mir: ‚Nimm's nicht so schwer, mein Kind, es wird nicht besser, aber auch nicht schlechter sein. Was Schlimmes wird nicht passieren. Fahr ruhig, dort siehst du dann weiter.‘

Und ich sage zu ihr: ‚Mama, verzeihen Sie mir, wenn ich Sie mal angeschrien habe, als Sie krank waren.'

Sie ist vor ihrem Tod jahrelang krank gewesen. Und ich habe sie gepflegt. Na du weißt ja, wie das mit Alten und Kranken so ist. Manchmal sind die Nerven mit mir durchgegangen. Und sie sagt zu mir: ‚Ach was, mein Kind, mir geht es doch jetzt so gut.'

Ich frage: ‚Wo ist denn Papa? Ich habe ihn schon so lange nicht mehr gesehen.'

‚Das ist, weil er so weit weg ist', sagt Mama.

‚Rufen Sie ihn, Mama', bitte ich.

Sie ruft: ‚Hrischa! Hrischa!'

Und von irgendwo ganz fern eine Stimme. Ich sage: ‚Papa. Papa.'

Und weine ganz doll.

‚Papa', sage ich. ‚Ich habe Sie schon so lange nicht mehr gesehen.'

‚Das ist, weil ich ganz weit weg bin', sagt Papa.

Und verschwindet. Mama sagt: ‚Führ mich zu meinen Enkeln, ich will mich von ihnen verabschieden.'

Und wir gehen zu den Kindern. Sie haben in einem Doppelstockbett geschlafen. Der Ältere hat nur kurz gezuckt, als sie ihm über die Wange gestreichelt hat, aber der Jüngere ist aufgewacht. Ich sage zu ihm: ‚Oma ist da, aber du kannst sie nicht sehen, nur ich kann das. Umarme sie. Ja, so', und ich zeige ihm, wie.

Mama sagt zu dem Kleinen: ‚Erinnerst du dich noch, wie ich dir Breichen gekocht habe und Pellkartoffeln?'

Er umarmt sie, und Mama verschwindet.

Am nächsten Morgen stehe ich auf, mache mir Kaffee und Brote und fange an zu packen. Da kommt mein Älterer und sagt: ‚Mama, weißt du was, heute Nacht habe ich von Oma geträumt. Als ob sie neben meinem Bett steht. Und wie lebendig.'

Na, dann stimmt es ja wirklich, denke ich. Und ich hatte schon Angst, dass ich fantasiere. Und dann bin ich also losgefahren.“ Halynka trank in einem Zug den letzten Kognak aus. „Mit dem Zug bis Tscherniwzi. Ganz allein im Wagen. Abends habe ich mich hingelegt. Und als ich morgens aufwache, sitzt da ein Mann neben mir. Wir sind ins Gespräch gekommen. Er ist selber auch aus Ternopil. Schon seit ein paar Jahren in Griechenland. Arbeitet dort. Seine Familie und die Kinder hat er zu Hause gelassen, und eigentlich wollte er sie nachholen, aber die Kinder müssen ja zur Schule, und da hat er sie dagelassen, damit sie in der Ukraine zur Schule gehen. Wer wusste denn damals schon, dass er für immer fährt.“

„Noch Kaffee, bitte“, sagte Halynka zu der Kellnerin. Ihre Augen glänzten jetzt stärker, vielleicht deshalb, weil gleich der Höhepunkt in ihrem Bericht kam, oder vielleicht auch einfach nur von dem Kaffee mit Kognak.

„Stepan hieß er. Er hat mir seine Telefonnummer gegeben und gesagt, ich soll anrufen, wenn ich irgendwelche Probleme habe. Dann haben wir uns verabschiedet.

Ich bin zu dieser Bekannten gefahren. Habe versucht, Arbeit zu finden, aber das war gar nicht so einfach. Da wollte sie mir helfen und ist mit mir zu so einer Agentur gegangen, die Arbeit vermittelt. Ich habe hundertfünfzig Dollar bezahlt und sie haben mich irgendwohin geschickt. Ich fahre und fahre, den ganzen Tag bin ich gefahren. Dann bin ich endlich da, gehe da hin, und dann ist das eine Familie mit lauter Gestörten – die Eltern und zwei Kinder. Ich zum Telefon, rufe da an und sage: ‚Wieso haben Sie mir nicht gesagt, dass die alle gestört sind?‘

Und die antworten: ‚Woher sollten wir das denn wissen?‘

Ich sage: ‚Wie, Sie wissen nicht, wo Sie die Leute hinschicken, und wenn das irgendwelche Irren sind? Morgen komme ich mein Geld holen.‘

Also zurück. Aber es ist schon tiefste Nacht, weit und breit kein Bus, gar nix. Endlich hält ein Taxifahrer, ich mache ihm irgendwelche Zeichen, was und wie, er hat mich dann zurückgefahren. Es gibt auch noch gute Menschen auf der Welt.

Mitten in der Nacht war ich zurück bei meiner Bekannten, sie hat erst mal einen Schreck bekommen.

Am nächsten Morgen bin ich dann also los, mein Geld holen. Haben die mir natürlich nicht zurückgegeben.

Nach einer Weile sagt meine Bekannte: ‚Es gibt zwei neue Angebote. Lass uns mal hingehen.‘

Wir kommen also zu den Ersten. Da sitzen drei so böse Griechinnen, schauen mich so ganz fies an, als ob ich denen was geklaut hätte.

‚Nein‘, sage ich, ‚hier will ich nicht hin. Lass uns lieber weitergehen.‘

Wir sind also zu den Nächsten gegangen. Dort war eine alte Oma zu pflegen. Sie hatte Sklerose. Als die Oma mich gesehen hat, ist sie mir gleich um den Hals gefallen: ‚Töchterchen!‘, hat sie gerufen. Sie hat drei Töchter. Die wohnen eine Etage über ihr. So fette Kühe. Um ihre Mutter kümmern die sich überhaupt nicht. Wir wurden uns einig, und ich habe dort angefangen. Das erste halbe Jahr war ganz gut. Die Oma war noch bei Verstand. Ich habe ihr Essen gemacht. Tag und Nacht war ich da, nur sonntags hatte ich frei. Da haben sich die Töchter gezankt und aufgeteilt, wer wann zwei Stunden bei ihrer Mutter bleibt. Mehr war für sie nicht tragbar.

Ich habe immer das Essen vorbereitet, alles in den Kühlschrank gestellt, in Servietten gewickelt und erklärt, wann sie was bekommt. Wenn ich dann wieder da war, habe ich die Oma gefragt: ‚Haben Sie gegessen?‘

Sie sagt: ‚Nein.'

‚Und wieso nicht?'

‚Weil meine Töchter alles weggegessen haben.'

Denen hat das geschmeckt, weil sie so was nicht kochen können. Ich mache also für uns beide was zu essen und wir essen.

Die Oma war immer ganz gepflegt bei mir. Frisiert habe ich sie auch.

Einmal, als ich komme, sagt die eine Tochter zu mir: ‚Sie heult die ganze Zeit, sie will eine Kette umtun, weil du eine hast und sie nicht. Wozu braucht sie die denn?'

Ich sage: ‚Wenn sie will, warum nicht. Soll sie sich doch wenigstens im Alter als Mensch fühlen.'

Dann habe ich die Oma gewaschen, den Schrank aufgemacht und da sehe ich erst, was die da an Kleidung hat! Was man sich nur vorstellen kann. Und dabei lief sie die ganze Zeit im Nachthemd rum. Also sage ich zu ihr: ‚Dann ziehen wir uns jetzt mal um.' Und dann habe ich sie angezogen und gekämmt. Als die eine Tochter dann kam, war sie ganz verwundert. Und hat gesagt: ‚Mama, du bist aber schön.'

Aber dann hat die Oma abgebaut. Hat niemanden mehr erkannt. Nachts hat sie nicht geschlafen, ist zu mir gekommen und hat sich über mein Bett gebeugt. Wie ein Gespenst, schrecklich. Und hat mich angebrüllt: ‚Du bekommst hier Geld – los, an die Arbeit!' Oh, das war alles so furchtbar."

„Soll's noch was sein?", wurde sie von der Kellnerin unterbrochen.

„Ja, bringen Sie uns noch Kognak und ein bisschen Obst", sagte Halynka und fuhr fort: „Und dann die ganze Polizei überall. Dieses Athen ist schrecklich. An jeder Ecke alle möglichen Kurden und Afghanen. Die liegen da auf der Straße, sitzen, essen, pissen, kacken – echt gruselig! Und ich bekomme immer ganz weiche Knie, wenn ich unterwegs irgendwo Polizei sehe. Aber man darf sich ja nix anmerken lassen, damit die nicht misstrauisch werden.

Das war alles ganz schön hart. Ich habe die ganze Zeit zu Gott gebetet, dass ich eine andere Frau finde, die ich dann dahin schicken und mir selbst was anderes suchen könnte.

Und dann komme ich eines Tages nach Hause und meine Bekannte sagt: ‚Hier hat irgendein Stepan für dich angerufen und gesagt, dass ihr euch kennt und ob er noch mal anrufen darf.'

Ich sage: ‚Ich kenne keinen Stepan. Aber von mir aus soll er anrufen, warum nicht.'

Er ruft also an und sagt: ‚Komm uns besuchen, ich habe bald Geburtstag, den feiern wir.'

Ich bin dann auch gefahren. Also, als Frau allein dort, das ist psychisch ziemlich schwer. Und diese ganzen Typen da, die sind so lästig, diese Griechen. Wenn sie wissen, dass du einen Mann hast, dann ist alles gleich viel einfacher.

Ich bin also gefahren. Ich fahre und weiß gar nicht genau, wohin eigentlich. Mit irgendeinem Bus, ziemlich lange. Als er angerufen hat, da hat er gesagt, ich soll zum Markt fahren und da den Mandarinenverkäufer suchen, und der hätte dann einen Umschlag für mich. Ich komme da an, steige am Markt aus und da sind mindestens fünfzehn von diesen Mandarinenständen. Ich gehe da lang, kein Umschlag zu sehen weit und breit. Am ersten vorbei, am zweiten, am dritten. Ich will schon zurück, da sagt einer: ‚Sind Sie Halynka?'

‚Ja', sage ich.

‚Stepan erwartet Sie schon. Warten Sie bis um vier, ich verkaufe hier noch den Rest und wir fahren.'

Ich habe also gewartet und dann sind wir los. Wir kommen da an, und es war ja noch April, die Saison hatte noch nicht angefangen. Alles leer. Meer. Berge. Tiefste Provinz. Ich sage: ‚Wie könnt ihr hier bloß leben, so kalt, wie das ist, ich könnte das nicht.‘

Und sie sagen zu mir: ‚Wart mal ab. Du kommst auch noch her und wirst hier leben und Gott dafür danken.‘

Da ist so ein Campingplatz. Stepan arbeitet da als Wächter.

Na und dann, du weißt schon. Es war ja Geburtstag. Und ich war halt bei einem Mann zu Besuch.

Mit einem halben Tag Verspätung komme ich zurück. Habe Blumen und Pralinen dabei. Die Töchter blaffen mich an: ‚Wo warst du? Wir wollten essen gehen und wegen dir konnten wir nicht weg.‘

Und geben mir einen ganzen Beutel mit vollgekackten Schlüpfern. Da war ich echt fertig. Ich mache das alles mit ganzem Herzen und die sind so. Bei mir hat die Oma auch nie eingemacht, ich habe sie immer auf den Topf gesetzt.

Ich mache das also alles sauber. Und denke mir dabei so, dass ich da echt weg muss.

Einen Monat später hat der Herrgott mich endlich erhört. Ich habe eine Frau getroffen. Ich laufe so die Straße lang und sehe das schon an ihrem Gesicht – aus Ternopil. Ich gehe zu ihr hin und frage, ob sie Arbeit braucht, weil ich da welche hätte. Sie sagt: „Ja, auf jeden Fall, helfen Sie mir bitte.‘

Ich bringe sie also zu der Oma. Die Töchter kriegen Angst und sagen: ‚Wie, Sie verlassen uns.‘ Und ich sage: ‚Diese Frau hier kenne ich, sie wohnt in Ternopil bei mir in der Nachbarschaft. Sie bleibt jetzt für mich hier. Ich kann nicht mehr, ich bin erschöpft. Meine Nerven, und außerdem will ich weg aus Athen, ich fahre woandershin.‘

Die Frau aus Ternopil geht also zu meiner Oma und sagt: „Sie werden es gut haben bei mir, keine Sorge.‘ Dann umarmt sie sie, aber unter der Achsel hat sie so ein schwarzes Haarbüschel, und sie stinkt. Der Oma kommen die Tränen. Die war so eine ganz Reinliche.

Ich fahre also zu Stepan. Als ich da ankomme, sagen die Mädchen: ‚Da bist du also doch gekommen? Du hast doch gesagt, dass du hier nicht leben kannst.'

‚Ja, da bin ich.'

Ich gehe zu Stepan und sage: ‚Du hast gesagt, dass es hier Arbeit gibt. Da bin ich. Gibt's Arbeit?'

‚Jetzt gerade nicht, aber später bestimmt.'

‚Und kann ich irgendwo wohnen?'

‚Klar.'

‚Wo?'

‚In meinem Zimmer. Was anderes gibt's nicht.'

Was hätte ich denn tun sollen? Da hatte ich keine andere Wahl. Obwohl ich echt keine neue Beziehung anfangen wollte, nach all den Problemen, die ich mit meinem Mann gehabt hatte. Aber was konnte ich da machen. So wohne ich da jetzt schon zwölf Jahre. Wenn ich nicht den Kindern helfen müsste, dann könnte ich mir schon mindestens eine Einraumwohnung leisten, aber so muss ich denen ja alles schicken. Und selber wohne ich in einer kleinen Kammer. Als mein Sohn mal da war, hat er einen Schreck bekommen. Keine drei Wochen hat er durchgehalten. Hier muss man ja echt schuften, hat er gesagt. Und ist zurückgefahren, nach Hause. Aber mir macht das nicht so viel aus. Du weißt ja selber, wie das zu Sowjetzeiten war, da hatten wir's auch nie leicht. Bist du eigentlich verheiratet?"

„Nein", antwortete Chrystyna.

„Und warst du mal?"

„Auch nicht."

„Und hast du Kinder?"

„Nein."

„Ist vielleicht das Beste so, da bist du niemandem was schuldig. Wenn ich daran denke, was ich alles durchgemacht habe, dann wäre es vielleicht allein echt besser gewesen. Und dir würde ich Folgendes raten – glaub mir, ich meine es gut: Hier ist meine Adresse, auf dem Zettel hier. Und ein bisschen Geld. Sobald du was verdienst, gibst du's mir zurück. Mir ist schon klar, dass du jetzt erst mal gar nix kapierst. Denk in Ruhe drüber nach. Vielleicht fährst du ja auch besser nicht. Aber wie's aussieht, ist deine Situation nicht gerade rosig. Das ist nicht dein Ding, was du hier machst. Dort könntest du deine Brötchen wenigstens mit ehrlicher Arbeit verdienen. Ruf an, wenn du kommst, zuerst musst du eine Stelle finden, wo du eine alte Frau pflegst. Das ist sicherer als Putzen. Für den Anfang ist das das Beste, bis du dich eingewöhnt und die Sprache gelernt hast. Und der Polizei nicht in die Arme laufen. Aber allein findest du nix. Da brauchst du Hilfe. Da muss man auch sehen, wie die Oma so ist. Ob sie sich wenigstens ein bisschen allein bewegen kann und ihre Verwandten woanders wohnen. Selbst wenn sie einen schlechten Charakter hat – keine Angst, Hauptsache, sie ist nicht psychisch gestört. Sonst musst du noch mit ihr in einem Bett schlafen, und das hältst du nicht lange aus, da wirst du irre. Also überleg's dir."

Chrystyna konnte gar nicht so schnell reagieren, da war Halynka schon aufgestanden, hatte am Tresen bezahlt und war gegangen, ohne sich zu verabschieden.

***

Chrystyna und Solomija wollten gemeinsam aufbrechen. Um für beide das Geld für Visa und Fahrkarten zusammenzubekommen, mussten sie Solomijas Harfe verkaufen. Chrystyna versuchte auch ihr Klavier loszukriegen, aber es fand sich nur ein Käufer für die Harfe.

Halynka hatte geraten, die Visafrage über ein Reisebüro zu regeln. Und sogar ein konkretes empfohlen. Dort versprach man ihnen, alles zu erledigen, verlangte aber für ein Schengen-Visum der deutschen Botschaft tausend Dollar pro Person. Sie müssten schließlich erst einmal Flugtickets in der Businessclass, ein teures Hotel für vier Nächte und einen Reiseleiter buchen, weil sonst sofort eine gefälschte Einladung für potentielle Illegale vermutet würde und sie kein Visum bekämen. Auf Chrystynas Frage, ob sie die bezahlte Reise dann auch in Anspruch nehmen könnten, bevor sie weiterfuhren, zog die Dame im Reisebüro nur verwundert die Augenbrauen hoch. Das Geld würde auf das Konto des Reisebüros zurücküberwiesen und als „Risikoausgleich" auch dort bleiben.

Chrystyna und Solomija bedankten sich höflich und beschlossen, es über die „Kulturschiene" zu versuchen. Die Musikschule, in der sie gearbeitet hatten, hatte eine polnische Partnerschule in Przemyśl. Sie waren schon öfter dort gewesen und hatten die polnischen Lehrer zu sich eingeladen. Manchmal waren das offizielle gemeinsame Projekte und manchmal Privatreisen. Chrystyna schrieb ihrer Bekannten, der Klavierlehrerin Beata, und bat sie um eine Einladung für Solomija und sich. Eine Woche später hatten sie die Einladungen, die offiziell die Teilnahme an den Chopin-Feierlichkeiten vorsahen. Ein ehemaliger Schüler von Chrystyna, von Beruf Webdesigner, fälschte eine Arbeitsbestätigung, indem er das alte Datum durch ein neues ersetzte, und Solomija und Chrystyna stellten sich vor dem polnischen Konsulat an, das neben einem schönen Jugendstilgebäude mit dem Aushängeschild einer Bildungs- oder Kultureinrichtung lag. Das Gebäude wirkte ziemlich verfallen und die zahlreichen Konsulatsbesucher wagten nicht, auf dem umzäunten Territorium zur Toilette zu gehen. An dem Zaun hingen diverse Zettel mit der Bitte, keinen Müll auf die

Erde zu werfen, außerdem Werbung für Kindertanzkurse. Jeder aus der Schlange, der daran vorbeikam, blieb für einen Moment mit dem Blick haften und las die Reklame aufmerksam. Chrystyna stellte sich vor, wie für diesen Moment vor dem inneren Auge eines jeden die schlanken Mädchen in ihren Abendkleidern auftauchten, mit ihren eleganten Partnern eine Runde tanzten und dann in den Traum des Nächsten in der Schlange schlüpften, und ein Hauch von Parfüm und Puder und das langsame Verschwinden ihrer farbigen Seidenröcke in der Luft hängen blieben. Und jeder, der diesen Augenblick erlebte, wurde innerlich ruhig und hing seinen Gedanken nach, manch einer lächelte still und versuchte, diesen Augenblick auszudehnen, noch ein wenig darin zu verweilen, bevor ihn die raue Wirklichkeit auf dieser Seite des Zauns wieder betäubte.

Später, wenn das Gebäude abgerissen wird und an seiner Stelle der hässliche Betonklotz des neuen Konsulats entsteht, wird Chrystyna es bedauern, dass sie kein Foto gemacht hat und die Konturen des Hauses nun langsam in den Fugen der Erinnerung versinken und nur einzelne Details zurückbleiben – die Eingangstür mit der massiven Klinke, die alten Bogenfenster, die noch nicht vom Metall-und-Plastik-Virus befallen waren, der abblätternde Putz an der Fassade und die dunkelroten Ziegel darunter.

Allmählich kamen Chrystyna und Solomija dem Eingang des Konsulats näher. Die Warteschlange und das Gebäude, in das immer nur eine Person hineingelassen wurde, waren durch einen Weg getrennt. Das Ganze glich der Belagerung einer Ritterburg. Die Straße, an der das Konsulatsgebäude stand, stieg zu einem Park hin an, der sich in den Burgberg verwandelte, der Weg, der die Menge von dem Gebäude trennte, markierte den Wassergraben, und die bewaffneten Wächter mit ihrem strengen Blick übernahmen gleichzeitig die Rolle der Wachhunde und der Kettenbrücke, die im Falle eines Falles schlagartig den Zug der auf das Burggelände Strömenden unterbrechen konnte. Die militärisch strenge Rangordnung unter den Wächtern wurde vor allem durch ihre Nationalität bestimmt. Der ukrainische Wachmann, dessen Posten auf der Straße war, musste, bevor er jemanden durchließ, zunächst die Erlaubnis des älteren polnischen Kollegen einholen, der im Gebäudeinnern vor Wind und Wetter geschützt war. Wem es gelungen war, sich außer der Reihe an dem ukrainischen Wachmann vorbeizukämpfen, versuchte, das eroberte Territorium zu halten und wenigstens einen Schritt weiter in Richtung Eingang zu gelangen. Der Wachmann gestattete dies aber meist nicht und ließ alle am Tor warten. Nur selten halfen magische Formeln wie „Iwan Iwanowytsch schickt mich“ oder „Ich habe um acht einen Termin“, irgendwelche heimlich getroffenen Verabredungen, ganz selten wurde auch mal jemand mit einem Dienstausweis durchgelassen. Letzteres schafften vor allem Journalisten, die mit ihren Presseausweisen herumfuchtelten, etwas von Gesetzgebung riefen und versuchten, die Aufmerksamkeit des polnischen Wachmanns zu erregen, da ihnen der ukrainische wohl als zu leichte Beute erschien. Der ukrainische Wachmann sah in solchen für ihn nicht leichten Situationen nicht weniger hoffnungsvoll in Richtung Tür als die, die er nicht vorbeiließ. Schließlich gab es jetzt zwei Möglichkeiten, wie sich die Dinge entwickeln konnten: Wenn er den Ausweisinhaber abwies, dieser aber tatsächlich eine einflussreiche Persönlichkeit war und sich beschwerte, würde das einen Skandal und entsprechende Unannehmlichkeiten für den Wachmann bedeuten. Wenn er den Bittsteller jedoch durchließ, das aber seinen Vorgesetzten nicht gefiel, waren ihm Skandal und Unannehmlichkeiten genauso sicher. Deshalb waren die ukrainischen

Wachleute darauf bedacht, jedwede Verantwortung von sich zu weisen, und entschieden sich für eine Kompromisslösung – sie erlaubten den besonders Hartnäckigen, einen Schritt hinter das Tor zu machen, wo sie dann warten mussten, bis der polnische Wachmann kam und jede weitere Entscheidung übernahm. So gelang es, die Lage für eine Weile zu stabilisieren und die lästigen Begünstigten loszuwerden.

Der polnische Wachmann ließ sich oft genug Zeit, und an dem Tor sammelten sich mehrere Leute, von denen jeder Einzelne entschlossen war, das eroberte Territorium und seine Rechte verbissen zu verteidigen. Sie blickten einander feindselig an, war ihnen doch klar, dass jeder weitere Ausweis den Wert des vorigen schmälerte und die Erfolgsaussichten eines jeden verringerte. Gleichzeitig waren alle bemüht, den Wachmann nicht anzusehen, damit der nicht noch auf die Idee kam, sie alle zurück hinter den Zaun zu scheuchen.

Über kurz oder lang ging die Tür auf, und der polnische Wachmann trat mit seiner Kaffeetasse in der Hand heraus, warf einen flüchtigen Blick auf die Ausweise und Einladungen, rollte erschöpft die Augen nach oben, ließ irgendwen durch und sagte zu einem anderen etwas wie: „Presse war gestern von neun bis neun Uhr dreißig dran. Da sind Sie zu spät, kommen Sie nächste Woche wieder." Die Glücklichen warfen ihren besiegten Nebenbuhlern einen triumphierenden Blick zu und liefen zur Tür, die Besiegten rotteten sich zusammen und redeten etwas von Solidarität, journalistischer Recherche und negativen Schlagzeilen, rauchten noch eine, verstauten ihre Papiere wieder und trotteten von dannen. Die einen versuchten ihr Glück in der allgemeinen Schlange, deren Ende sie erst einmal finden mussten, andere begannen ein Gespräch mit ihren geschäftigen Landsleuten, die die Schlange abliefen und „Visa-Service" anboten, und wieder andere eilten zurück zur Arbeit, wobei sie in Gedanken ihre Optionen durchspielten, wen sie anrufen oder noch einschalten könnten, um ihr Ziel doch noch zu erreichen.

Nachdem Chrystyna dem Spiel einige Stunden zugesehen hatte, kam sie zu dem Schluss, dass es nicht weniger Anstrengung kostete, außer der Reihe durchzukommen als Schlange zu stehen, nur dass die Anstrengungen andere waren – mehr Gehetze, Nerven, Unsicherheit und nur eine eventuelle Möglichkeit, ein bisschen Zeit zu sparen. Im Prinzip hätte man gleich zwei Schlangen aufmachen können: eine für diejenigen, die versuchten, die anderen zu überholen, und immer neue Wege fanden, die eigene Auserwähltheit zu beweisen, und eine für diejenigen, denen ihre Ruhe und Würde wichtiger war, zumal ja schon das Prozedere der Visabeantragung an sich für jeden Antragsteller ausreichend Erniedrigungen bereithielt. Wenn man es genau nahm, war dieses Prozedere ein einziges Konzentrat an Erniedrigungen, angefangen bei der Notwendigkeit, überhaupt um Erlaubnis bitten zu müssen, sich durch die Welt bewegen zu dürfen, bis hin zu der Frage, nach welchen Kriterien diese Erlaubnis erteilt oder nicht erteilt wurde, ganz zu schweigen davon, dass man diesen Prozess der Selbsterniedrigung auch noch selber finanzieren musste und das in Summen, die bei weitem nicht jeder in der Schlange für seine Gesundheit oder einen Urlaub ausgegeben hätte. Alle Versuche, dem auszuweichen oder die Regeln zu umgehen, änderten nur die Art der Erniedrigung, aber nicht die Tatsache an sich.

Als sie endlich dran waren, betraten Chrystyna und Solomija das Konsulat, das in einem von außen hübschen alten Steinhaus untergebracht war, innen mit seinen niedrigen Decken und klaustrophobischen Raumaufteilungen jedoch einem modernen Betonklotz ähnelte. Chrystyna konnte nicht ganz begreifen, wie dieser Effekt zustande kam, sie sah nur überall die schmutzig-weißen

Plastiktrennwände mit den winzigen Fensterchen auf einer Höhe, die für denjenigen, der davor stand, und für denjenigen, der dahinter saß, gleichermaßen unpraktisch war. Als ob das Konsulat seine Trennwände vom selben Lieferanten bezog wie die Wohnraumverwaltung, an deren Schalterfenster man die Betriebskosten bezahlen musste. Über dem Schalter, zu dem sie geschickt wurden, stand „VIP" und er war geschlossen. Daneben gaben die Vertreter der Reisebüros ihre Unterlagen ab. Chrystyna erkannte die Frau aus der Firma, wo sie mit Solomija gewesen war. Ihr Gesicht war vor Aufregung puterrot.

„Was soll das heißen, abgelehnt? Die Reise ist komplett bezahlt, das Hotel, die Fahrt, wie können Sie das ablehnen? Wofür ist denn Ihr Konsul da? Bringen Sie mich bitte sofort zu ihm. Die Leute haben schließlich Geld bezahlt. Was tut denn das zur Sache, dass das vorige Visum nicht genutzt wurde? Deshalb gehen die Leute ja in ein Reisebüro, dass die das für sie erledigen, deshalb bezahlen sie ja Geld. Wir arbeiten doch schon so lange mit Ihnen zusammen. Wie, das hier ist auch abgelehnt? Bitte, Sie machen mir die ganze Gruppe kaputt, wie sollen wir denn jetzt die Reise organisieren? Wer ersetzt uns das alles?"

Die Frau blickte sich aufgeregt um, Chrystyna und Solomija grüßten sie, aber sie antwortete nicht. Da wurde ihr VIP-Schalter aufgemacht und sie beugten sich gleichzeitig vor, um hineinzusehen.

„Guten Tag", sagte eine strenge Frau hinter dem Schalter. „Ihre Einladungen."

Chrystyna reichte hastig den Stapel mit ihren und Solomijas Papieren durch.

„Einzeln, bitte", sagte die Frau noch strenger, sortierte Solomijas Papiere aus und gab sie brüsk zurück, wobei sie Chrystyna beinahe an der Stirn traf. Chrystyna schreckte zurück, aber die Frau beachtete sie gar nicht weiter und vertiefte sich in den Papierstapel.

„Warum sind die nicht in der richtigen Reihenfolge? Für wen steht denn da geschrieben, dass zwei Passkopien nötig sind und nicht drei und drei Ausweiskopien und nicht zwei."

„Aber auf der Website ...", wandte Chrystyna zaghaft ein.

„Sie sind hier nicht auf der Website, halten Sie sich bitte an die Regeln", unterbrach sie die Frau. „Die Fotos sollten Sie aufkleben, leserlichere Kopien machen, Feld dreizehn im Antragsformular bleibt frei."

„Aber wenn man das frei lässt, registriert das System das Formular nicht", machte Chrystyna den nächsten strategischen Fehler.

„Ich bin nicht das System", erwiderte die Frau in unveränderter Tonlage. „So langsam müssten Sie doch wissen, wie man ein simples Formular ausfüllt. Ich denke, Sie sind Lehrerin. Wohin fahren Sie, Zweck Ihrer Reise?"

„Nach Przemyśl zu den Chopin-Konzerten. Wir unterrichten an der Musikschule."

„Diese Konzerte kennen wir. Nächstes Mal schreiben Sie am besten gleich Shopping", fiel ihr die Frau ins Wort. „Auf Wiedersehen."

Sie stand abrupt auf und legte Chrystynas Papiere auf das Wägelchen hinter sich. Dazu musste sie eigentlich nicht unbedingt aufstehen, es hätte genügt, einfach den Arm auszustrecken, aber vielleicht war das eine Art Ritual, das sie sich angewöhnt hatte, eine Art Gymnastikübung. Genauso wie die künstlich herbeigeführte Aufregung, die ein gewisses Energielevel aufrechterhielt und verhinderte, dass sie über dem endlosen Strom fremder Papiere einschlief.

Chrystyna beobachtete gern, wie Menschen in Einrichtungen arbeiteten, in denen die Funktion ihrer Stelle auf fließbandähnliche Automatismen reduziert ist. Das war eine Existenzform, die sich völlig von ihrer eigenen unterschied. Ihr Tag hatte einen vergleichsweise atemlosen Rhythmus, und jede Stunde schien viel zu kurz, um alles zu unterrichten, alles zu wiederholen oder sich einfach mal mit einem Schüler zu unterhalten. Auf dem Nachhauseweg überlegte sie dann hin und her, wie sie die Unterrichtszeit so optimieren könnte, dass sie mehr unterbrachte, wechselte die Stücke, die sie mit den Schülern übte, entsprechend deren Wünschen, entwickelte mit jedem einen anderen Kommunikationsstil. Das nahm sie völlig in Anspruch, und die Zeit verflog sehr schnell.

Jetzt war diese Schnelligkeit eine primitivere und wörtliche, Chrystyna musste an einem Tag in die verschiedensten Ecken der Stadt fahren. Das war anstrengend und nicht übermäßig spannend, bewahrte sie aber vor der Depression, die sie in ihrer leeren Wohnung überkam, wenn sie keine Arbeit hatte.

Aber Chrystyna hatte nie probiert, eine klar abgegrenzte Arbeitszeit so langsam wie möglich zu verleben und in die langweilige Routine etwas Angenehmes oder einfach nur Individuelles zu bringen. Vielleicht hatte auch das seinen Reiz, einen ganz eigenen, den man nicht auf den ersten Blick erfasste. Eine ähnliche Befriedigung musste Chrystynas Oma bei ihren Weihnachtsvorbereitungen empfunden haben. Sie begann damit immer drei Wochen vor den Feiertagen und notierte in einer speziellen Tabelle sorgfältig, was zu erledigen war und wann genau. Zum Beispiel: Schränke aufräumen – bis Mitte Dezember. Mohn und Weizen mahlen – am fünften Dezember, zweite Tageshälfte, Teig für die Warenyky machen – am sechsten Dezember nachmittags, und so weiter. Und wenn Chrystyna am Heiligabend ihrer erschöpften Oma helfen kam, hatte sie stets den Eindruck, dass diese nicht in jenem Moment die größte Befriedigung verspürte, in dem sie eine der geplanten Aufgaben abschloss, sondern dann, wenn sie das Getane auf ihrer Liste durchstreichen konnte. Vor allem, wenn sie damit in ihrem Zeitplan lag. Und das war bei ihrer Oma immer der Fall.

Nach genau so einem nicht öffentlichen Zeitplan schienen hier alle zu arbeiten. Fünfzig Anträge pro Tag, sechs pro Stunde, pro Antragsteller zehn Minuten, davon fünf, die nur einem selbst gehörten, in denen man aufstehen und ein paar Schritte gehen konnte, die Beinmuskeln spüren und das Klappern der Absätze auf dem Fußboden hören, kurz in die Küche oder zu dem Fenster im Flur und zurück gehen, einen Schluck Kaffee trinken, nachsehen, ob man eine neue Nachricht auf dem Handy hat, fünf Minuten eigenes Leben, bezahlt gemäß den Tarifen der verkauften Zeit. Deshalb waren gerade die Kleinigkeiten so wichtig – welchen Stift und welchen Klammeraffen man benutzte, aus welcher Tasse man literweise Kaffee trank, wie man von seinem Stuhl aufstand, um dabei so viele Muskeln wie möglich zu bewegen und den gesamten Bewegungsablauf zu optimieren.

Im Prinzip war das nichts anderes als ihr jetziges Verkäuferinnendasein, und manchmal ertappte sie sich bei dem Gedanken, dass die angenehmste Zeit des Tages das Warten an der Bushaltestelle oder das Busfahren war, in den Ohren die Kopfhörer, im Player ein Hörbuch und vor dem Fenster die graue Landschaft, die nicht von dem Buch ablenkte. Kleinen Aufgaben gestohlene Zeit, die zu nichts verpflichtete und die man leichtsinnig für etwas verplempern konnte, das nicht zu den Dienstpflichten gehörte, wofür man aber später auch keine Gewissensbisse zu haben brauchte wie für die Zeit, in der man einfach nur gefaulenzt hatte. Manchmal schien ihr sogar, dass gerade diese gegen die Vorschriften verbrachte Zeit die am intensivsten und bewusstesten erlebte war, im Unterschied zu der Zeit, die im Moment der gesetzestreuen Ausführung von Routinearbeiten ein für alle Mal verschwindet.

Als ob sie Chrystynas Gedanken gelesen hätte, ließ sich die Frau hinter dem VIP-Schalter tatsächlich Zeit, bis sie sich wieder den Anträgen zuwandte, und Solomija musste einige Minuten warten, bis sie sich endlich auch die Belehrungen über das nicht aufgeklebte Foto, Feld dreizehn und die falsche Anzahl Kopien anhören durfte. Obwohl sie genau die gleichen Unterlagen abgegeben hatten, bekam Chrystyna zwei überflüssige Kopien zurück, während Solomija draußen vor dem Konsulat noch ein paar zusätzliche machen sollte. Der Copyshop war gerade zu, und sie mussten warten, dann streikte der Kopierer, und nachdem sie so anderthalb Stunden verbracht hatten, gelang es Solomija gerade noch, den Wachmann zu überzeugen, dass sie unbedingt noch mal ins Konsulat musste, um die fehlenden Unterlagen abzugeben und ihre Abholmarke mitzunehmen.

Als sie endlich wieder draußen waren, gingen sie in ein kleines Café in der Nähe. Chrystyna hatte sich immer gefragt, warum in all den Jahren, die sich diese überaus populäre Einrichtung nun schon im Stadtzentrum befand, in der Nähe noch keine einigermaßen gemütliche Kneipe aufgemacht hatte, sondern nur Imbissstuben und auch davon nicht viele. Das Café, in dem sie saßen, war eine davon. Alkoholische Getränke gab es hier nicht, nur Kaffee, Tee und Kuchen. Keine große Auswahl, drei Tischchen und eine langsame Frau hinter der Theke. Nach dem mehrstündigen Schlange Stehen und Aufregen schien ihnen der Kaffee ein Hochgenuss, von dem Kuchen ganz zu schweigen. Der erste Schluck und der erste Bissen ließen Chrystyna für einen Augenblick ganz in sich selbst versinken. Sie meinte, jeden Zuckerkrümel einzeln zu spüren, der an ihrem Gaumen schmolz und sich in eine angenehme Wärme verwandelte, die ihren Körper durchströmte, fließend alle Farben ringsum, und sogar das Licht vor dem Fenster veränderte. Anstelle des durchdringenden Quietschens der Straßenbahnbremsen hörte sie ein beinahe melodisches Läuten, das müde Gesicht der Kellnerin bekam etwas Philosophisches und auf dem schmutzig-grauen Himmel zeigten sich die edlen Pastelltöne holländischer Landschaftsmalerei.

Später ging sie noch ein paar Mal dorthin, nahm den gleichen Kuchen und den gleichen Kaffee, aber das Gefühl ließ sich nicht wieder aufrufen. Ein ganz ähnliches Empfinden einer völligen Illusion, so perfekt, dass man einfach an sie glauben musste, hatte Chrystyna ungefähr ein Jahr zuvor während einer Reise nach Kiew gehabt. Als sie auf den kalten und ungemütlichen Bahnsteig trat und danach auf den schmuddeligen Bahnhofsvorplatz, wo es schon früh um sieben von Menschen wimmelte, spürte sie, wie sich ihre Übermüdung plötzlich in ein merkwürdiges Übermaß an Energie verwandelte und alle durch ihren Dämmerzustand gedämpften Farben und Geräusche mit einem Mal in klaren Kontrasten erschienen, ohne dabei das Surreale der nebligen Wahrnehmung zu verlieren. Die füllige Gestalt des Taxifahrers erschien ihr plötzlich in Nahaufnahme, während sich seine Stimme in einem dumpfen, langgezogenen Ton verlor, wie auf einem zu langsam abgespielten Diktiergerät. Ein Straßenhund lief nicht, sondern glitt an ihr vorbei, und das Ehrwürdige und Feierliche dieser Promenade wurde nicht einmal durch den ängstlich eingezogenen Schwanz gestört. Die Händlerin, die mit ihren vollgestopften Taschen auf einen der Märkte eilte, wirkte so stolz, als wären in ihren Taschen heilige Gaben und keine Tscherwonohrader Socken.

Chrystyna ging zur Metro und reihte sich in die auf einer Bahnhofsstation obligatorische Schlange nach Jetons ein. Beim Warten beobachtete sie, wie sich die Leute einer nach dem anderen auf die Rolltreppe stellten, wie sie einzeln auf die oberste Stufe traten und abrupt nach unten sanken, als ob sie springen würden und dabei hofften, dass gleich aus einer der großen Karotaschen ein Zeppelin aufsteigt, sie auffängt wie ein Märchenschwan und dann zu einer traurigen Melodie (für Flöte?) sorglos mit ihnen unter dem schmutzigen Metrogewölbe kreist.

Chrystyna ging daraufhin in ein Fastfood-Restaurant im Zentrum und trank einen Kaffee, der wahrscheinlich eine ziemlich dünne Brühe war, ihr aber dort und damals schmeckte, wie der Schaum von Omas frischgekochter Marmelade. Die Intensität des Genusses war eine ganz ähnliche, durchdringend und fast schmerzhaft, sie entlockte den entferntesten Winkeln des Gedächtnisses Erinnerungen, Eindrücke und Assoziationen, die vorher nichts miteinander zu tun gehabt hatten.

Da geht sie als Vierjährige zum ersten Mal an der Hand ihrer Mutter zum Zahnarzt. Der Zahn ist kaputt und tut schrecklich weh, aber vor dem Zahnarzt hat sie noch mehr Angst. Schweigend läuft sie ein paar Minuten und blickt dabei auf die stillen und leeren morgendlichen Fenster der Häuser ringsum, ihre Mutter läuft auch schweigend und drückt dabei ihre Hand immer fester, als fürchtete sie, ihre Tochter könnte sich losreißen und davonlaufen.

„Mama, drück noch fester“, bittet Chrystyna.

Ihre Mutter drückt ihre Hand fester. „So ist gut.“ Nach ein paar Minuten lässt der Händedruck wieder nach. „Nicht loslassen, drück fester“, fordert sie.

„Mir tut die Hand weh. Gleich drücke ich wieder fester.“

Chrystyna kann nicht bis gleich warten und fängt leise an zu stöhnen, dann immer lauter, bis ihr Stöhnen in ein anhaltendes und hartnäckiges Heulen übergeht.

„Was soll denn das jetzt?“ Ihre Mutter ist genervt.

„Ich hab Angst. Ich will nicht zum Zahnarzt.“

„Kein Wunder. Ich hab dir doch gesagt, dass du nicht so viele Süßigkeiten essen sollst. Da musst du jetzt durch."

Von dieser Drohung bekommt Chrystyna noch mehr Angst und heult noch lauter, so lange, bis in den Fenstern die ersten verwunderten und verschlafenen Gesichter erscheinen. Ihrer Mutter ist das peinlich, sie läuft schneller und drückt dabei Chrystynas Hand unwillkürlich fester. Chrystyna heult leiser.

Sie betreten das Sprechzimmer.

„Das ist gar nicht schön, wenn man am frühen Morgen so weit laufen muss und dann auch noch zum Zahnarzt, stimmt's?" Die Ärztin lächelte freundlich. „Da bist du ganz schön wütend."

„Ja", gestand Chrystyna, die Worte der Ärztin beruhigten sie irgendwie. Wesentlich mehr als die langweiligen Belehrungen ihrer Mutter. „Ich will nicht zum Zahnarzt. Ich esse gern Bonbons."

„Na klar, Bonbons sind lecker. Soll ich dir, wenn wir uns deine Zähne angeschaut haben, eine Zauberbürste schenken? Wenn du dir damit jedes Mal, wenn du ein Bonbon gegessen hast, die Zähne putzt, werden sie nie wieder krank."

„Ganz bestimmt nicht?", fragte Chrystyna ungläubig und merkte gar nicht, dass sie schon auf dem Zahnarztstuhl saß.

„Jetzt mach mal deinen Mund ganz weit auf", sagte die Zahnärztin und fuhr fort: „Ganz bestimmt nicht. Bis das Zahnmäuschen kommt und dir für deine alten Zähne neue bringt. Und für jeden neuen Zahn bekommst du ein Geschenk."

Sie zog an etwas in Chrystynas Mund, es tat ein bisschen weh, dann war es vorbei. Die Zahnschmerzen waren weg. Chrystyna hatte den gleichen Geschmack im Mund, wie wenn sie mit der Zunge an die Eisenstange der Schaukel kam.

„Das war's. Jetzt bist du wieder gesund. Hier – deine Bürste." Die Zahnärztin lächelte Chrystyna an, und im Winkel ihres Lächelns blitzte ein Goldzahn.

„Hat Ihnen die Zahnfee den Goldzahn für einen kaputten gebracht?", fragte sie ganz neidisch. Der Zahn sah wirklich sehr schön aus.

„Genau. Und wenn du schön artig bist, bringt sie dir auch einen."

Am Nachbartisch in dem Kiewer Fastfood saß eine junge Frau, die aussah wie eine Galizierin, mit ihrem ungefähr sechsjährigen Sohn.

„Mama, bleiben wir noch lange in Russland?", fragte er.

„Wir sind nicht in Russland, wir sind in Kiew, das ist die Hauptstadt der Ukraine", antwortete seine Mutter und schob dem Kleinen Tee und Kuchen hin.

„Und warum sprechen dann hier alle russisch?", fragte der Kleine ungläubig.

„Nicht alle, nur manche. Vielleicht ein paar mehr als bei uns."

„Na gut. Mama, wenn wir wieder in der Ukraine sind, kaufst du mir dann Bonbons?"

„Aber wir sind doch in der Ukraine, das habe ich dir doch gerade erklärt."

„Na gut, Mama. Aber wenn wir wieder in der richtigen Ukraine sind, kaufst du mir dann Bonbons?"

Die Frau lächelte den Kleinen an, und im Winkel ihres Lächelns blitzte ein Goldzahn.

***

Das Visum bekam nur Chrystyna. Für eine Woche und zur einmaligen Einreise. Solomijas Antrag wurde abgelehnt. Der ganze ausgeklügelte Plan hatte sich damit erst einmal erledigt. Solomija musste noch einmal um ein Visum kämpfen und Chrystyna alle Anfangsschwierigkeiten allein bewältigen. Sie ertappte sich bei dem Gedanken, dass sie sich insgeheim wünschte, irgendetwas würde passieren, was es ihr erlaubte, sich von ihren Plänen zu verabschieden und doch nicht zu fahren. In den vergangenen Jahren hatte sie sich so daran gewöhnt, sich in allen praktischen Fragen auf Solomija zu verlassen, dass ihr jetzt sogar die Reiseplanung und das Kofferpacken schrecklich kompliziert erschienen.

Als sie das Visum endlich hatte, rief Chrystyna gleich Halynka an. „Blöd, dass Solomija keins bekommen hat. Zu zweit ist es immer leichter", reagierte Halynka auf ihre eigenwillige temperamentvolle Art. „Aber sie soll sich nicht unterkriegen lassen. Man kann da jetzt Einspruch einlegen und es noch mal versuchen."

Halynka rasselte die wichtigsten Informationen herunter. Erstens sollte Chrystyna unbedingt mindestens einen Tag in Polen bleiben, weil das Visum ja vom polnischen Konsulat ausgestellt worden war und wenn es nicht zu seinem Zweck, also einer Reise nach Polen, verwendet werden würde, dann wäre das Grund genug für die Grenzer, sie nicht weiterzulassen oder sogar abzuschieben.

Zweitens sollte sie sich gut überlegen, wie sie reisen würde, um unangenehme Überraschungen zu vermeiden. Am besten wäre es, von Polen aus zu fliegen, aber die billigen Flüge müsste man lange im Voraus buchen, und bis zum ersten Gültigkeitstag von Chrystynas Visum war es nur noch eine knappe Woche. Halynka riet davon ab, mit dem Bus von Polen nach Deutschland zu fahren, weil gerade die Busse am häufigsten kurz hinter der Grenze kontrolliert würden, und wenn die Grenzer auch nur einen einzigen Arbeitsmigranten mit abgelaufenem Visum finden oder vermuten würden, dass jemand untertauchen will, könnten sie den ganzen Bus zurückschicken.

Chrystyna beschrieb Halynka, wie sie früher mit Schülern oder zu Konferenzen nach Deutschland gefahren war: mit dem Zug von Lwiw nach Wrocław und von dort aus weiter mit dem Nachtzug nach Berlin. Von Berlin fand Halynka noch einen günstigen Flug nach Athen. Das Ganze erinnerte ein bisschen an eine Weltreise, zumal Chrystyna ganz bequem auch direkt von der Ukraine nach Griechenland hätte fliegen können, wäre da nicht die Notwendigkeit gewesen, die polnische Grenze zu überqueren und möglichst wenig Geld für die Fahrkarten auszugeben.

***

Für den Zug ab Lwiw bekam Chrystyna keine Fahrkarte mehr, es gab nur noch einen Platz im Schlafwagen ab Przemyśl. Also musste sie mit einem Linienbus nach Przemyśl fahren. Davon gab es im Prinzip täglich mehrere, aber man wusste vorher nie, welcher davon wirklich fuhr. Wenn zu wenige Passagiere mitwollten, fuhr der Bus nicht. Aber diesmal hatte Chrystyna Glück, der Bus war fast leer und fuhr pünktlich früh um sechs los. Außer ihr war noch eine Frau mit einem großen Koffer unterwegs, ein alter Mann mit einer Fliegermütze und eine Ukrainerin, die sich mit ihrem erwachsenen Sohn auf Portugiesisch unterhielt. Die Frau mit dem großen Koffer fragte den Fahrer, wann denn der Bus in Przemyśl sei.

„In vier Stunden", antwortete der Fahrer optimistisch.

„Das weiß doch kein Mensch genau." Der Alte mit der Fliegermütze schüttelte skeptisch den Kopf. „Vor einem Monat bin ich mit demselben Bus gefahren. Um sechs ab Lwiw. Da waren wir abends um neun in Przemyśl."

„Warum das denn?“, fragte die Frau mit dem Koffer verwundert.

„Na darum. Bei irgendwem habense Zigaretten gefunden, da sindse dann wütend geworden und haben den Bus in die Kontrollgrube geschickt. Und da haben wir dann rumgestanden in dieser Grube bis zum Abend, nicht mal raus durften wir. Ich wollte schon gar nicht mehr nach Przemyśl oder sonst wohin.“

„Aber so was kommt doch nur alle halben Jahre mal vor“, sagte der Fahrer gutmütig. „Öfter bestimmt nicht. Normalerweise sind wir in vier Stunden da.“

„Aber wir haben doch gar keine Zigaretten“, sagte die Frau mit dem Koffer.

„Ja, Sie vielleicht nicht“, antwortete der Mann mit der Fliegermütze. „Aber in Horodok steigen die gleich alle ein, da werden Sie schon sehen.“

Er hatte Recht. In Horodok wartete auf dem Platz eine Gruppe energischer molliger Provinzlerinnen. Sie drängelten an der Bustür, jede wollte als Erste einsteigen und schubste die anderen beiseite, sodass erst mal keine von ihnen reinkam. Der Fahrer drohte, die Tür wieder zu schließen und abzufahren, wenn sie nicht sofort eine Schlange bilden würden. Das half wenigstens etwas. Jetzt quetschten sich immer zwei Frauen gleichzeitig in den Bus, obwohl sie schon einzeln Mühe gehabt hätten, durch die schmale Tür zu kommen. Schließlich waren alle drin, eine Weile diskutierten sie noch mit dem Fahrer, wer wie viel bezahlen müsste. Aus irgendeinem Grund zogen alle von dem offiziellen Fahrpreis etwas ab und versuchten den Fahrer davon zu überzeugen, dass das so seine Richtigkeit hatte. Gründe gab es eine ganze Menge: Wie oft man die Strecke fährt, wie weit man es bis zur Haltestelle hat, wie viel man überhaupt zahlen kann und so weiter. Der Fahrer regte sich auf und wiederholte am laufenden Band, dass ihn das alles nicht interessiere und hier jeder den vollen Preis zahlen müsse. Die Frauen ignorierten ihn, wechselten fließend das Thema, zogen sich die Jacken aus und machten sich an die Arbeit.

Der Fahrer brummelte noch eine Weile vor sich hin, dann gab er es auf, machte die Tür zu und fuhr los. So schien das jedes Mal abzulaufen.

Jetzt teilten die Frauen die Zigarettenverstecke auf und wieder wurde eifrig diskutiert: Wer letztes Mal wie viel über die Grenze gebracht hatte, wo wer was versteckt hatte und was die „Glücksplätze" waren. Der Fahrer rief in regelmäßigen Intervallen nach hinten, dass er es strikt verbiete, in seinem Bus Zigaretten zu verstecken, aber niemand beachtete ihn. Die Frauen waren trotz ihres Geplänkels eine starke und eingeschworene Truppe, die selbst ernsteren Attacken widerstanden hätte als den eher symbolischen und nicht sehr überzeugenden Versuchen des Fahrers, sie zur Ordnung zu rufen.

„Nehmen Sie eine Stange?", wandte sich eine der Frauen, die von den anderen Soska genannt wurde, an Chrystyna.

„Nein, auf keinen Fall", antwortete Chrystyna erschrocken.

„Was sind Sie denn – etwa Lehrerin oder Polin?" Mit zusammengekniffenem Auge schätzte die Frau ihre Chancen ab.

„Ich nehme nichts", antwortete Chrystyna fest entschlossen.

„Könnten Sie ruhig, Sie müssen bestimmt nicht zur Durchsuchung. Sie sind neu."

„Wieso, müssen jetzt alle zur Durchsuchung?", wollte eine Frau hinter Chrystyna wissen, Marysja, wie sich herausstellte.

„Also nee, jetzt nicht mehr", antwortete Soska. „Wir haben hier nämlich vor einem Monat einen Skandal veranstaltet. Na ja, vielleicht auch nicht deshalb", sagte sie zweifelnd. „Also, was wir gemacht haben ... Weil, was soll denn das – da kommt so eine und schickt gleich alle zur Durchsuchung. Nackt ausziehen. Als ich dran war, da habe ich zu ihr gesagt – also, ich kann ja Polnisch –: ‚Na gut, dann gehen wir mal zur Durchsuchung, ich seh schon, dass Sie Frauen mögen.' Da haben natürlich alle losgebrüllt, und da hat sie's dann bleiben lassen. Es reicht ja auch echt."

„Was willste denn machen, ist halt ihre Arbeit", seufzte eine Frau weiter vorn schicksalsergeben und verstaute eine Zigarettenschachtel in ihrem BH.

„Also sag nich so was", widersprach Soska energisch. „Weil, das ist nämlich gegen die Kondenzialität, verstehste? Die hat im Privateigentum rumgewühlt und das Persönlichkeitsrecht hat sie verletzt, und das ist nämlich unverletzbar, verstehste? Damit ist nicht zu spaßen, dafür kann man ins Gefängnis kommen!"

„Sag mal, Soska, du wolltest mir doch das Rezept geben von dem Salat, den du letztes Mal dabei hattest?", wechselte Marysja das Thema.

„Ein ganz feiner Salat ist das, Marysja, mit ganz vielen Vitaminen drin", antwortete Soska. „Ich mach doch jetzt Diät, und da esse ich überhaupt nichts, wovon man dick wird."

„Und was isst du denn dann so?", fragten die anderen ganz interessiert.

„Ach, fast gar nichts", antwortete Soska stolz. „Also morgens schmiere ich mir ein paar Brote. Was ich halt so dahabe: Margarine, manchmal auch Schmalz – und Zwiebeln."

„Schmalz?", wunderte sich Marysja.

„Na, was denkst du denn? Das ist ganz gut bei Diät, viel besser als Margarine. Weil, man wird ja nicht dick davon, dass man zu viel isst, sondern davon, dass man zu viel Chemie isst. Und Schmalz ist ja keine Chemie. Das kommt von meinem eigenen Schwein, und da weiß ich ja schließlich, womit ich das gefüttert habe."

„Na gut, und was noch?" Marysja klang schon ganz überzeugt.

„Also mittags esse ich selten was, da bin ich ja immer auf Arbeit oder fahre nach Polen, wie heute halt. Erst abends wieder. Da esse ich Bratkartoffeln mit Speck, weil mit Öl schmecken die mir nicht. Und Sauerkraut. So was halt. Nur Vitamine. Oder eben diesen Salat, nach dem du gefragt hast. Also, da ist Chinakohl drin, dann Eier, diese Krabbenstäbchen, Käse in große Würfel geschnitten, Dosenmais und Mayonnaise. Ganz gut bei Diät. Davon könnte ich ne ganze Schüssel auf einmal essen. Aber dann kann ich nicht schlafen, weil ich dauernd furzen muss."

Die Frauen lachten fröhlich. Im Bus breitete sich Zwiebelgeruch aus. Offensichtlich machte nicht nur Soska gerade eine Schmalzbrot-mit-Zwiebeln-Diät.

Bei der Passkontrolle stellte Chrystyna fest, dass sie die Einzige mit einem einmaligen Kurzzeitvisum war. Der Stoßtrupp mit den Zigaretten hatte Schengener Multivisa oder Plastikkarten für den visafreien Grenzverkehr. Soska hatte auch so eine Karte und Marysja fragte sie: „Und war das schwer, dieses Gespräch im Konsulat für die Polen-Karte?"

„Schon ziemlich. Also, zuerst hat der Konsul gefragt, ob ich weiß, wo der Wawel-Drache wohnt, und dann noch, was die Polen am Schmotzigen Donnerstag essen. Und natürlich alles auf Polnisch."

„Und das wusstest du alles?", fragte Marysja bewundernd.

„Na, manches schon", antwortete Soska selbstzufrieden. „Aber meine Abstammung ist ja auch astrein, die mussten mir die Polen-Karte einfach geben. Meine Oma war Polin und mit einem griechisch-katholischen Priester verheiratet, sie hatten eine polnische Schule im Dorf. Wem denn sonst, wenn nicht mir."

Da klingelte Marysjas Handy. Als sie die Nummer sah, lebte sie auf und sprach gleich doppelt so laut und dreimal so schnell wie bisher: „Sag mal, ich erreich diese Penner von der Wache nicht. Hast du die irgendwo gesehen? Saufen die etwa schon wieder? Sag diesen Schwachköpfen, dass der richtige Mann in einer halben Stunde eintrudelt. Nein, sie müssen nicht grüßen oder das Klo aufschließen, ich will ja nur, dass es nicht wieder nach Schnaps und gekochter Folie stinkt. Na von den Krabbenstäbchen, du weißt schon. Was haben sie gestern gekocht, Würstchen? Na, da stinkt's ja jetzt bestimmt noch mehr. Die sollen das große Fenster aufmachen! Und das Wasser von den Stäbchen oder den Würstchen oder was auch immer wegschütten. Ja, und den Wasserkocher auswaschen, wenn sie ihre Würstchen wieder da drin gekocht haben. Hörst du? Sieh zu, dass die das machen, ja? Damit's dann nicht wieder Probleme gibt."

Sie kamen pünktlich in Przemyśl an, und beim Aussteigen trennte Chrystyna in Gedanken automatisch diejenigen, die von einem Familienbesuch zurück zur Arbeit kamen, von den übrigen Passagieren. Man brauchte gar nicht in die Pässe zu schauen, um die Arbeitsmigranten auszumachen, es genügte, ihre verwirrten Blicke zu sehen und ihr erschrockenes Zusammenzucken, wenn sie jemand ansprach, es genügte, ihre Sprache mit all den polnischen Einsprengseln zu hören, und dass sie ihre Kleidung hier auf dem ukrainischen Markt kauften, war ebenso offensichtlich. Chrystyna erinnerte sich daran, wie sie einmal über diesen Markt spaziert war, vorbei an schier endlosen Reihen von Vorhängen, die dort, wie es aussah, seit ewigen Zeiten und mit unvermindertem Erfolg verkauft wurden, als sie eine Verkäuferin ansprach: „Gucken Sie doch mal, was für ein schöner Stoff!“ Und sie zeigte ihr einen durchsichtigen rosa-silbrigen Stoff, wobei sie das Muster so aufmerksam betrachtete, als sähe sie es zum ersten Mal.

„Ja, sehr schön“, stimmte Chrystyna vorsichtig zu und schaute sich nach einer Fluchtmöglichkeit um. Aber die Frau wollte ihr offensichtlich gar keine Vorhänge andrehen.

„Und dieser Undankbare hat sich so aufgeregt“, fuhr sie mit weinerlicher Stimme fort, wobei sie sich weniger an Chrystyna, als irgendwo in den Raum wandte. „Sagt, seine Frau hat den Tüll in der Maschine gewaschen, und da ist er eingelaufen. Also die ist doch wirklich dumm ohne Ende! Wer kommt denn auf die Idee, Tüll in die Waschmaschine zu stecken! Klage will er gegen mich einreichen! Der klagt schon wie Petro Skarga. Hat eine Dumme geheiratet, und jetzt sind die anderen schuld.“

„Ach, woher wissen Sie denn von Petro Skarga?“, fragte Chrystyna verwundert.

„Na, wie soll ich das sagen. Also, wenn man heiratet, dann ist das Leben ja vielleicht die ersten zehn, fünfzehn Jahre noch ganz interessant, aber dann will man mal was lesen vor lauter Langeweile, zum Beispiel über die Märtyrer oder die Heiligen.“

Die rosafarbenen und hellblauen Wellen schaukelten rhythmisch hinter ihrem Rücken wie die Kulissen in einem Kindermärchen. Die Verkäuferin stand davor, blickte irgendwo hinter den Horizont, der teilweise von Chrystynas Schultern verdeckt war, und hing ihren Gedanken nach. Über Petro Skarga? Petro Mohyla? Dmytro Tuptalo? Die Kosaken? Die Jugendstilbauten in der Umgebung, vielleicht den erst kürzlich restaurierten Bahnhof von Przemyśl, der jetzt aussah wie eine Wiener U-Bahnstation? Chrystyna wollte der Frau gern einen Gefallen tun, wusste aber nicht, wie. Sollte sie vielleicht ein

Stückchen Tüll kaufen? Von diesem Gedanken wurde ihr warm und ein bisschen schämte sie sich, sie lächelte die Frau an, die aber in diesem Augenblick woanders hinsah, und ging schweigend weiter, um die von den rosa-blauen Netzen und dem sonderbaren Gespräch hervorgerufene Stimmung nicht zu zerstören.

Chrystyna wusste, dass man nur ein paar Schritte aus dem verdreckten Busbahnhof von Przemyśl herauszugehen brauchte, und schon war auf eine fast magische Weise alles ganz anders. Und obwohl eigentlich alles beim Alten geblieben war und selbst der Busbahnhof genauso schmutzig und abstoßend wirkte wie zu Hause, änderte sich ihr Empfinden tatsächlich völlig, ihr Rücken streckte sich, und der Kopf versuchte nicht mehr, sich zwischen den Schultern zu verkriechen. Chrystyna atmete tief und blickte sich zum ersten Mal einfach so um, ohne ängstlich nach jemandem Ausschau zu halten, der ihre Fluchtpläne vereiteln könnte. Alle Ängste, die der Morgen in seiner verschlafenen Unsicherheit barg, verflogen, sie fürchtete jetzt nicht mehr, dass der Bus nicht über die Grenze gelassen würde, weil eine der Schmugglerinnen außer den Zigaretten noch ein bisschen Kokain in ihrem riesigen BH versteckt hatte oder weil es zu viele Zigaretten waren oder zu wenige und die Zöllner aus lauter Zorn alles konfiszierten und den Bus in die rätselhafte „Grube“ aus der Erzählung des Alten mit der Fliegermütze schickten, dass irgendein Visum abgelaufen oder irgendein Pass gefälscht war oder dass der Sohn der Ukrainerin, der nur portugiesisch sprechen konnte, das Opfer einer Geiselnahme war, dass dem Bus ein Rad wegrollte oder die quietschenden Bremsen endgültig ihren Geist aufgaben, dass ein Unfall oder sonst etwas Unvorhergesehenes passierte, wie es auf diesem kurzen Reiseabschnitt fast immer der Fall war, da er irgendwie verhext zu sein schien, dauerte es doch häufig wesentlich länger, ihn zurückzulegen als die folgenden hunderten von Kilometern westlich der Grenze.

Ein paar Jahre später würde Chrystyna nicht mehr merken, wenn sie eine der Binnengrenzen überquerte, die nur noch abstrakt-symbolischer Natur waren, oft genug nicht einmal mehr durch die Anwesenheit irgendwelcher Grenzer markiert. Leere Häuschen und Schlagbäume, die schon längst außer Betrieb waren. Dann würde ihr dieses Gefühl gleichzeitiger Erschöpfung und Euphorie, das auf den Adrenalinschub an der Grenze folgte, genauso halb eingebildet vorkommen wie die Grenzen selbst, die sie passieren würde. Und nur manchmal, wenn sie zu Besuch zurück nach Lwiw fahren würde, müsste sie sich wieder daran erinnern, dass dort noch alles beim Alten war, die Grenzen noch echt, raue und unnahbare Festungen, die man nur mit großer Kraftanstrengung und Angst überwinden konnte, wobei man das ganze zugehörige Paket an negativen Emotionen und Verletzungen durchleben und die obligatorischen Lektionen in Demut, Selbstbeherrschung und Erniedrigung über sich ergehen lassen musste, die das Recht desjenigen waren, der die Macht hatte, den Schlagbaum zu öffnen oder auch nicht.

Jetzt war die Chance, dass alles nach Plan laufen würde, schon wesentlich größer, und sie musste nicht mehr so viel Energie für das Vorwärtskommen als solches und für die Beseitigung diverser realer und hypothetischer Hindernisse aufwenden. Dafür könnte sie zur Abwechslung einmal an etwas Angenehmes denken.

Chrystyna ging auf den kleinen Bahnhofsvorplatz von Przemyśl. Sie ging hier gern spazieren und war auch immer ausgestiegen und durch die Stadt gelaufen, wenn sie mit dem Direktzug nach Polen gefahren war, dem in Przemyśl die Räder gewechselt wurden. Der Spurwechsel dauerte drei Stunden, wobei die meisten Reisenden im Zug sitzen blieben. Nach ihrem Spaziergang wieder am

Bahnhof angekommen, folgte Chrystyna dem geheimnisvollen Pfeil „Zu Gleis 4“. Vor langer Zeit, als sie das erste Mal hier umherirrte und das Gleis nicht finden konnte, erklärte ihr ein hilfsbereiter Mann, der Aussprache nach ein Kiewer, den Weg: „Also, Sie gehen hier raus, dann so etwa hundert Meter weiter und dann rechts rum.“

Dieses Gleis des Przemyśler Bahnhofs ist die eigentliche Grenze zu Osteuropa, ist es doch das letzte westeuropäische Gleis, auf das die Züge aus dem Osten einfahren können und wo man sie auch ohne Waffen aufhalten kann. Wahrscheinlich ist es deshalb von den anderen Gleisen durch einen dichten Stacheldraht getrennt, und aus der Stadt kommt man nur durch die Passkontrolle dorthin. Vielleicht liegen irgendwo in dem hohen Gras neben dem Bahnhof noch die alten Gleise, auf denen die Züge, die einst zwischen Lwiw und Krakau kursierten, die Strecke schneller oder zumindest direkter zurücklegen konnten, ohne stundenlanges Herumstehen auf freier Strecke und an dieser absurden Grenze. Aber darüber war längst Gras gewachsen.

Jetzt, als sie aus dem Bus ausgestiegen und die wenigen Meter vom Busbahnhof zum Eisenbahnhof gegangen war, wurde Chrystyna zum ersten Mal bewusst, dass für sie ein neues Leben angefangen hatte. Bis dahin war sie so sehr mit den Reisevorbereitungen beschäftigt gewesen, dass sie gar nicht dazu gekommen war, darüber nachzugrübeln, was das alles eigentlich für sie bedeutete und was sie da erwartete. Bis jetzt hatte sie die ganze Aktion eher als Abenteuer gesehen, nicht einmal so sehr als ihr eigenes, eher als eine Imitation fremder Abenteuer, als etwas, das in ferner Zukunft auf sie zukam. Und ihr bisheriges Leben hatte sie schon der fernen Vergangenheit zugeordnet, in die es in nächster Zeit kein Zurück mehr geben würde. Sie befand sich in einer Zwischenzeit, im Abschied von dem Gewesenen und in Erwartung des

Unbekannten. Das war ein eigenartiges Gefühl, ein Gefühl der Unruhe, das erst jetzt vorbei war, als die Grenze hinter ihr lag und sie sich nun weiter in Richtung Ungewissheit bewegen musste, die sie ab sofort nicht mehr ignorieren, nicht mehr in die Unwirklichkeit des Konditionals, des Futurs oder eines unbekannten Territoriums verbannen konnte, und das ließ Chrystyna Leichtigkeit und Angst zugleich verspüren.

Leichtigkeit, weil die wichtigste Entscheidung getroffen war. Die täglichen Grübeleien und nächtlichen Albträume lagen hinter ihr. Jetzt wurde ihr klar, dass sie, wenn sie über eine potentielle Emigration, eine illegale und später dann vielleicht auch legale, nachgedacht hatte, sich weniger vorgestellt hatte, was sie dort erwartete, als vielmehr nach Gründen gesucht hatte, die ihr Weggehen rechtfertigten. Die offenbar unausweichliche Notwendigkeit beruhigte sie irgendwie und erlaubte es, die Frage, was sie nach ihrer Ankunft dort tun solle, zunächst einmal aufzuschieben. Je mehr Argumente sie dafür fand, dass sie auf jeden Fall fahren müsse und es keinen anderen Ausweg gebe und dass sie das so und nicht anders und jetzt sofort tun müsse, desto schneller und leichter würden sich auch Antworten auf die Frage finden, was weiter zu tun sei. Aber nun hatte sie sich selbst überredet, alles organisiert und war gefahren – nur die Antworten ließen noch auf sich warten. Diesen Punkt hatte sich Chrystyna einfacher vorgestellt. Irgendwie würde sich schon alles fügen, Schritt für Schritt, sie müsste nur den Ballast der Zweifel abwerfen. Aber jetzt kam sie nicht mehr umhin sich einzugestehen, dass man seine Zweifel nicht so einfach loswird, dass man höchstens die einen gegen die anderen austauschen kann. In diesem Moment spürte sie ganz deutlich, dass die folgenden Stunden im Zug nach Krakau, dann im Zug nach Berlin und zum Schluss im Flugzeug nach Athen wohl die letzten unbeschwerten

Stunden in diesem Projekt sein würden. In denen die bisherigen Schwierigkeiten schon fast der Vergangenheit angehörten und die zukünftigen noch im Ungewissen lagen und es nur die Gegenwart gab, die Reise, in die man eintauchen konnte wie in ein Meer. Dieses plötzliche Erleben der Gegenwart ergriff sie mit einer bisher nicht gekannten Intensität und sie war stolz darauf, dass es ihr endlich gelungen war, ganz im Moment zu leben. Eine so helle und unvergleichliche Freude hatte sie zuletzt als Kind verspürt, wenn die Pausenklingel ertönte oder sie am ersten Ferientag aufwachte. Und mit dieser Freude kehrte eine besondere innere Ruhe ein – was immer auch weiter passieren würde, dieser Augenblick war eingetreten, sie konnte sich auf das Hier und Jetzt einlassen, sich von den Sorgen um die Vergangenheit, die Zukunft und andere hypothetische Realitäten lösen. Jetzt musste sie diese Fähigkeit nur noch für sich bewahren. Eine größere Freiheit von den äußeren Umständen schien es nicht zu geben.

Zum Mittagessen ging Chrystyna in ihre Lieblingsbar, die noch aussah wie zu Sowjetzeiten, in der Nähe des Bahnhofs – dort gab es guten gebratenen Fisch und frischen Salat. Beim Umrechnen stellte sie jedoch fest, dass es ziemlich teuer geworden war. Der Fisch schmeckte wohl nicht nur ihr. Dann ging sie weiter, in der Konditorei auf dem Markt Kaffee trinken, und kam an einer Bar mit dem Aushang „Nach 22 Uhr kein Kaffee und Tee mehr“ vorbei, die noch geschlossen hatte. Kaffee und Tee gehörten wohl zu keiner Tageszeit zu den dringendsten Getränken. Die mit den Wochenendeinkäufen beschäftigten Massen mieden die ruhige und gemütliche Innenstadt, und Chrystyna verspürte auf einmal den Wunsch, diese Stimmung, die sich zwischen den unregelmäßigen Pflastersteinen verbarg, zu fotografieren. Es war ein bisschen wie Versteckenspielen: Sie suchte lange nach dem richtigen Winkel, um, wie in einem Schmetterlingskescher, wenigstens die Ausläufer der Licht-und-Schattenspiele einzufangen, die frühlingshaften Töne an diesem unerwartet warmen Oktobertag und andere uneinfangbare Substanzen dieser flüchtigen Stimmung. In solchen Fällen verläuft ja meist alles nach einem altbekannten Schema: Sobald man sich der Illusion hingibt, den perfekten Standpunkt und Winkel gefunden zu haben, bricht völlig unerwartet die Sonne durch die Wolken und blendet einen mit ihren Strahlen wie ein Mitschüler mit einem Spiegelchen. Chrystyna ließ ergeben die Hände sinken und wartete. Nach ein paar Minuten verschwand die Sonne wieder, und das Spiel ging weiter.

Junge Paare mit Kindern kamen vorüber, sie hatten in der Konditorei Kuchen für einen Nachmittag auf dem Balkon gekauft, aus den Türen der kleinen Altstadtläden schauten die Inhaber heraus, riefen sich etwas zu und wünschten einander einen schönen Sonntag. In ihrer Sprache war der Einfluss des Ukrainischen zu hören, sie sprachen die Wörter gedehnter aus, zogen die Vokale in die Länge, und manch einer redete, als ahmte er eine Fremdsprache nach. Noch ein Wort, noch ein Satz und das Spiel wäre zu Ende, der Sprecher würde zurück in ein normales Ukrainisch wechseln.

Nach ein paar Stunden wurde die Sonne des Versteckspiels müde, und Chrystyna konnte bessere Fotos schießen, worauf sie aber auch bald keine Lust mehr hatte. Als Letztes hatte sie ein Schaufenster mit Stickutensilien vor dem Objektiv. Darin war alles ausgestellt, was man für das Gesicht Papst Johannes Pauls II. in Kreuzstich brauchte. Sein in Farbfelder unterteiltes Gesicht wirkte komisch, aber irgendwie auch rührend, wie die in altmodisch großen Kreuzen und grellen Farben gestickten Bilder mit religiösen Motiven, die zu Chrystynas Kindheit populär gewesen waren. Diese Stickereien bestachen durch ihre ländlich-grobe Ästhetik, die nur alles Grelle als schön anerkennt, alles Rot-Schwarze, Schwarz-Weiße, Weiß-Knallgelbe und unbedingt irgendwo am Rand Hellblaue und Rosafarbene.

Eines dieser Stickbilder hatte sie noch besonders klar vor Augen. Darauf war das Gesicht eines bezopften Mädchens abgebildet. Chrystyna hatte als Kind auch Zöpfe getragen, und oft wurden ihr Bänder in den gleichen Farben eingeflochten. Das Gesicht war im Profil gestickt, sodass nur ein Zopf zu sehen war. Auf schwarzem Grund das strohblonde Haar, die Stupsnase, ein Ohr – durch den Kreuzstich alles mit Ecken anstelle von Rundungen. Das Gesicht blickte auf einen Kelch mit aus Perlen gestickten Vergoldungen. Darunter eine kirchenslawische Inschrift. Durch die teilweise unbekannten Buchstaben hatte Chrystyna den Eindruck, dass es sich um eine fremde Sprache handelte, die sie aber dank einer unbegreiflichen Magie verstehen konnte, wie sie das kindliche Bewusstsein leicht und unbekümmert in allem sieht, was es sich nicht erklären kann. Sie hatte eine geheimnisvolle Verbindung zu dem gestickten Mädchen mit seiner Stupsnase und den in die Zöpfe eingeflochtenen Bändern verspürt. Jetzt konnte sie sich zwar nicht mehr erinnern, wo genau sie diese Stickerei gesehen hatte, aber alle Details, selbst die Farben des Garns, waren ihr für immer im Gedächtnis geblieben.

***

Der Zug Kiew-Wrocław über Lwiw und Krakau fährt alle paar Tage und sammelt unterwegs diverse Kurswagen ein: zuerst die aus Odessa und Kiew, dann die aus Lwiw, Przemyśl und Krakau. In den polnischen Wagen gibt es nur Sitzplätze, in den ukrainischen nur Schlafplätze. Die

Schlafwagen, die in Lwiw angehängt werden, bleiben meist leer, weil die Fahrkarten wesentlich mehr kosten als ein Sitzplatz in den polnischen Wagen, in die man in Przemyśl einsteigen kann. Aber durch die unzuverlässigen Busverbindungen zwischen Lwiw und Przemyśl, die unberechenbaren Wartezeiten an der ukrainisch-polnischen Grenze und den regelmäßigen Ausfall von Busfahrten, weil zu wenige Passagiere mitwollten, war der Schlafwagen die zuverlässigste und pünktlichste Variante. Ganz zu schweigen von dem Vergnügen, den ganzen Schlafwagen für sich allein zu haben und ab und zu beim Schaffner einen Kaffee zu bestellen.

Chrystyna war eine Viertelstunde vor Abfahrt in ihrem Abteil und stellte zufrieden fest, dass sie den unteren Platz hatte und außer ihr keine weiteren Reisenden im Wagen waren. Allerdings konnte sie das Alleinsein nicht lange genießen, kurz nach ihr kam eine große junge Frau mit einem wenige Monate alten Kind auf dem Arm in das Abteil.

„Sie haben bestimmt das obere Bett", sagte Chrystyna gleich. „Wir können gern tauschen, das ist mit dem Kind vielleicht einfacher."

„Echt? Sie würden mit mir tauschen?"

„Aber natürlich! Fehlt noch, dass der Kleine von da oben runterfällt."

„Vielen Dank, das ist aber wirklich nett von Ihnen", sagte die junge Frau lächelnd. „Wo kommen Sie denn her?"

„Aus Lwiw."

„Wir sind aus Luzk."

„Wie heißt denn der Kleine?", erkundigte sich Chrystyna.

„Roland", antwortete die junge Frau.

„So wie der Ritter?"

„Genau. Wir haben da in der Schule mal ein Buch drüber gelesen."

Chrystyna sah zu der oberen Liege, die ziemlich wacklig an mit Stoff überzogenen Ketten hing. Es kostete einige Anstrengung, sie ein Stück tiefer und etwas sicherer an den Metallhalterungen zu befestigen. Endlich war es geschafft, und sie legten sich schlafen. Aber sie hatten kaum die Augen zugemacht, als der Schaffner ins Abteil stürzte und Chrystyna auf Polnisch anblaffte: „Wie kommt das denn, dass Sie erste Klasse fahren?"

„Ach, ich dachte, ich fahre Schlafklasse, habe ich mich da geirrt?", versuchte Chrystyna zu scherzen.

„Ihre Fahrkarte ist für das untere Bett, und Sie fahren hier erste Klasse." Der Schaffner ließ nicht locker.

„Ich habe das untere Bett der Frau mit dem Kind überlassen, wo ist denn das Problem?"

Das Gesicht des Schaffners verzog sich vor lauter Zorn immer mehr.

„Das Problem ist nicht, dass Sie die Plätze getauscht haben, sondern dass Sie erste Klasse fahren", wiederholte der Schaffner stur. Chrystyna fiel auf, dass er stark schielte.

„Können Sie mir vielleicht mal ganz ruhig erklären, was Sie von mir wollen?", fragte sie unter Aufbietung all ihrer Selbstbeherrschung.

„Für die erste Klasse müssen Sie fünfzig Prozent Aufschlag zahlen", sagte der Schaffner, aber davon wurde die Sache auch nicht klarer.

Chrystyna beschloss, die Taktik zu ändern und fragte: „Und was muss ich machen, um keinen Aufschlag zu zahlen?"

„Das Bett wieder da einhängen, wo es war", antwortete der Schaffner.

„In Ordnung", sagte Chrystyna erleichtert, „ganz wie Sie wünschen, aber dann lassen Sie uns endlich in Ruhe."

Aber die Erleichterung war etwas verfrüht. Sie hätte die Liege auch nicht anheben können, wenn ihr Schlimmeres gedroht hätte als das Gezeter des Schaffners oder eine Zuzahlung. Nach einigen vergeblichen Versuchen und ein paar blauen Flecken war ihr und der jungen Frau klar, dass es keinen Sinn hatte. Die Liege war ganz offensichtlich nicht dafür gemacht, dass sie jeder so einfach runterlassen und dann wieder hochheben konnte.

Chrystyna ging zu dem Schaffner und sagte: „Entschuldigung, aber wenn es Ihnen wirklich so wichtig ist, dass wir die Liege höher hängen, müssen Sie uns helfen."

„Meine Aufgabe ist es nicht, mir hier den Arm auszukugeln", bekam sie zur Antwort.

„Dafür habe ich auch keine Schlafwagenkarte gekauft", begab sich Chrystyna auf seine Ebene. „Wenn Sie uns nicht helfen, bleibt die Liege, wo sie ist. Eine andere Möglichkeit sehe ich da nicht."

„Dann müssen Sie wohl die zwölf Euro für die erste Klasse zuzahlen." Der Schaffner blickte sie grimmig an.

„Einverstanden", sagte sie und sah, wie die Äuglein in seinem runden Gesicht erwartungsvoll aufblitzten. „Aber unter einer Bedingung."

„Was denn noch für eine Bedingung?" Der Schaffner wurde hellhörig.

„Sie geben mir für diese zwölf Euro eine Quittung, wo Sie draufschreiben, dass Sie von einer Frau zwölf Euro dafür verlangt haben, eine schwere Liege anzuheben. Heutiges Datum, Zugnummer, Name, Unterschrift. Das schicke ich dann an Ihre Einsatzleitung", sagte Chrystyna. „Ohne Quittung zahle ich ganz bestimmt nicht."

Der Anblick hilflosen Zorns, den der Schaffner in diesem Moment bot, wäre auch eine noch höhere Zuzahlung wert gewesen.

„Nein", sagte er. „Sie bekommen von mir ganz bestimmt keine Quittung."

„Dann ist ja alles klar", antwortete Chrystyna ruhig. „Und ich stemme hier keine Liegen." Und sie ging zurück in ihr Abteil, aber der Schaffner lief ihr hinterher und zeterte weiter: „Sie, mit dem Kind – raus hier!“, schrie er die junge Frau an. „Sie hätten überhaupt nicht in diesem Abteil fahren sollen, ich habe Sie bloß aus einem anderen umgelegt. Und Sie, Sie hängen jetzt entweder die Liege wieder oben ein oder zahlen den Zuschlag. Ich warte.“

Er verschränkte seine Arme vor der Brust und füllte den gesamten freien Platz in dem Erste-Zweite-Schlafklasse-Abteil aus.

„Ich kann die Liege nicht anheben“, sagte Chrystyna langsam, Wort für Wort, und sah dem Schaffner fest in die Augen. Statt wieder loszubrüllen, bückte er sich auf einmal und hob schweigend die Liege an.

„Sie können sich wieder hinlegen“, sagte er dann, als ob nichts gewesen wäre.

„Wie das denn?“, fragte Chrystyna verwundert. „Ich denke, das ist eine Liege der ersten Klasse?“

„Jetzt nicht mehr“, antwortete der Schaffner. „Wenn sie auf dieser Höhe hängt, ist das zweite Klasse, und wenn sie tiefer hängt, erste. Wünschen Sie Kaffee oder Tee?“

Chrystyna konnte auf ihrer Liege der jetzt wieder zweiten Klasse lange nicht einschlafen und dachte darüber nach, was für ein merkwürdiges Verständnis von Luxus manche Leute doch haben.

In dem Zug von Wrocław nach Berlin gab es wie immer Probleme mit dem Koffer. Die europäischen Züge, selbst die langsamen polnischen, in denen man recht lange unterwegs war, schienen einfach nicht für den Transport von Gepäck gemacht. Für acht Leute, die theoretisch in ein Abteil passen sollten, gab es lediglich zwei schmale Ablagen, und die waren so hoch, dass Chrystyna nie auch nur den Versuch unternommen hatte, ihre Sachen dort unterzubringen. Von ihrem Koffer, der so vollgestopft war, dass er selbst auf Rädern schwer zu ziehen war, konnte erst recht keine Rede sein. Chrystyna versperrte mit ihrem Koffer den ganzen Gang und erntete dafür, wie ihr schien, ständig tadelnde Blicke.

Während sich Chrystyna in Przemyśl und Wrocław noch einigermaßen wohlgefühlt hatte, weil sie dort schon früher gewesen war, so verspürte sie am nächsten Tag in Berlin, von wo aus sie weiterfliegen sollte, das erste Mal echte Angst. Der Stress an der Grenze hatte offenbar gar nicht so viel mit der Grenze an sich zu tun, sondern vielmehr mit dem Unbekannten und Unvorhersehbaren, das auf der anderen Seite wartete. Und jetzt, in einem Land, in dem einfach alles unbekannt und unvorhersehbar war, fühlte sie sich überhaupt nicht wohler, nur weil die Grenze hinter ihr lag. Vor lauter Müdigkeit und Überreiztheit tanzten ihr Kreise vor Augen, und in ihrem Kopf quietschte es, als ob jemand den Bogen zu stark auf die Saiten drückte und absichtlich falsch spielte. Und dieser einst so alltägliche Ton tat jetzt unerträglich weh und klang wie ein Widerhall aus einer fremden und weit entfernten Vergangenheit.

Chrystyna kam frühmorgens in Berlin an und hatte den ganzen Tag bis zu ihrem Abendflug nach Athen. Sie gab ihre Sachen bei der Gepäckaufbewahrung ab, frühstückte, kaufte sich eine Tageskarte für die öffentlichen Verkehrsmittel und setzte sich in den Bus, auf dessen Route laut Reiseführer „die wichtigsten Sehenswürdigkeiten der Stadt“ lagen.

Wie alle, die zum ersten Mal in Berlin sind, interessierte sie vor allem, welche Bezirke zu Ost- und welche zu Westberlin gehört hatten. Sie hatte gedacht, dass man ihnen das sofort ansehen würde, dass sich die Ostberliner Bezirke doch abheben müssten wie arme Verwandte. Aber einige von ihnen waren jetzt ganz im Gegenteil so angesagt, dass die Mieten dort höher waren als in den Westberliner Villenvierteln. So stand es zumindest in Chrystynas Reiseführer. Aus dem Busfenster machten sie alle einen gleichermaßen gepflegten Eindruck. Die Häuser und Straßen waren in einem guten Zustand, es gab natürlich noch viele Baustellen, aber insgesamt wirkte die Stadt wie ein harmonisches Ganzes, die berüchtigte Trennlinie zwischen Ost und West war wohl nur noch für Eingeweihte sichtbar. Gegen die neuen, superfunktionalen und zugleich sehr ästhetischen Glas-Beton-Bauten im Ostteil der Stadt wirkten viele Westberliner Straßen fast heruntergekommen, obwohl es hier, wie Chrystyna gelesen hatte, mal ein reges Nachtleben mit den entsprechenden Kneipen und anderen Etablissements gegeben hatte.

Aus dem Reiseführer erfuhr Chrystyna auch, dass die einzelnen Bezirke relativ autonom existierten. Die Berliner suchten sich häufig eine Wohnung in der Nähe ihrer Arbeit. Ihre Freizeit verbrachten sie dann im gleichen Bezirk, wo es meist auch die entsprechende Infrastruktur gab. Chrystyna dachte an ihre Kindheit im Plattenbaubezirk, wo sich jeden Morgen Schlangen an den Bushaltestellen bildeten, und an die langen Fahrten den ganzen Tag über – morgens zur Spezialschule ins Zentrum, mittags zur Musikschule und abends mit ihren Eltern nach Hause. Wie viele Jahre ihres Lebens sie wohl damit verbracht hatte, zum Bus, Trolleybus oder zur Straßenbahn zu hetzen, dann zu warten, an den Haltestellen oder zwischen den Haltestellen, in den unerträglich langsamen und ewig verspäteten und überfüllten alten Straßenbahnwagen und Bussen. Sie hatte immer ihre Bekannten beneidet, die im Zentrum wohnten und überallhin zu Fuß gehen konnten, die nicht eine Stunde früher das Haus verlassen mussten, um rechtzeitig anzukommen, und denen gar nicht bewusst war, was für ein Glück sie hatten. Zugleich verspürte sie eine Hochachtung vor den

Berlinern, die ihre Stadt so gestaltet hatten, dass man in einer Metropole wohnen konnte, ohne ständig die Anonymität zu spüren. Zu jeder Tages- und Nachtzeit konnte man schnell ans andere Ende der Stadt gelangen, wobei die meisten Leute dafür gar keine Notwendigkeit sahen und ihren Alltag im überschaubaren Umkreis weniger Kneipen und mit ihren Bekannten verbrachten, die sie täglich beim Bäcker, im türkischen Imbiss oder beim Feierabendbier in der Eckkneipe trafen. Ein bisschen erinnerte das an ein friedliches Dorf- oder Kleinstadtleben, wo alles seine Ordnung und feste Struktur hat und diejenigen, die dort wohnen, selten wegfahren, weil es dafür schlicht und einfach keinen Grund gibt.

Berlin wirkte auf Chrystyna wie eine unaufgeregte Stadt im Dauerurlaub. Klassische Touristenattraktionen gab es wenige, dafür herrschte eine ganz besondere Stimmung, gemütlich, irgendwie vertraut und ruhig. In diese Stimmung wollte man tief eintauchen und so lange wie möglich darin verweilen. Mitten am Tag saßen viele Menschen in den zahlreichen Straßencafés und sahen überhaupt nicht aus wie hektische Büroangestellte, die nur schnell einen Happen essen wollten. Touristen konnten das kaum sein, die trugen sportliche Kleidung und Fotoapparate. Die Berliner saßen in aller Seelenruhe in den Cafés, in ihre Bildschirme, Zeitungen und Bücher oder auch in ein Gespräch vertieft, und wärmten sich die Hände an großen Milchkaffeetassen. Sobald die Sonne hinter den Wolken hervorlugte, nahmen sie sofort ihre Stühle oder auch nur Kissen und kamen mit ihren Tassen, Schalen und Bechern nach draußen, hielten ihr Gesicht in die zögerliche Sonne und den Straßenstaub. Aus dem Bus sah sie nacheinander in die vielen verschiedenen Fenster: Weinrote Lampenschirme hingen an langen Schnüren von der Decke, schwebten über den Köpfen und strahlten eine träge Gemütlichkeit aus, in Glasständern brannten Kerzen, die Blumen auf den Tischen welkten langsam vor sich hin, auf dem Boden krabbelten Kinder herum, und die Kellnerin beugte sich zu ihnen hinunter und gab ihnen ein Bonbon, wenn die Eltern es erlaubten, draußen drehten die Büsche und Bäume, die hier an jedem Tor standen, ihre Blätter der Sonne zu. In den Cafés spielte meist keine Musik, oder sie spielte sehr leise, und auch das fand Chrystyna angenehm. Sie mochte keine Hintergrundmusik, aber noch schlimmer fand sie es, wenn dieser Hintergrund weder zur Einrichtung noch zur Stimmung passte, in die sie sich gern versenkt hätte. So war es nämlich in den allermeisten ukrainischen Kneipen, weshalb Chrystyna dort auch nicht gern hinging. Aber hier wollte sie sich sofort an eines der Tischchen setzen und mit einem genauso selbstversunkenen Blick wie die anderen Gäste den Hund beobachten, der im dritten Stock des Hauses gegenüber auf der Fensterbank lag, und mit sich selbst Wetten abschließen, ob er mit seinem Schwanz den Blumentopf herunterwedeln würde oder nicht.

Andere Bezirke wirkten ungewöhnlich leer. Am Potsdamer Platz hatte sie die Bilder aus Wim Wenders' „Himmel über Berlin" vor Augen, wo der Platz eine einzige Ruinenlandschaft ist. Aber die Brache, die die Berliner Mauer hier hinterlassen hatte, war längst mit modernen Wolkenkratzern zugebaut und es gab unzählige Geschäfte, Buchhandlungen, Kinos und Kneipen. Hier traf man vor allem Touristen.

Chrystyna stieg aus dem Bus aus, um durch die Straßen des berühmten Boheme- und Vergnügungsviertels Kreuzberg zu spazieren, lief über den Alexanderplatz und zur Museumsinsel. Sie wusste nicht, ob sie es schade finden sollte, dass die Trennlinie zwischen Ost und West für Nichteingeweihte nicht mehr zu erkennen war, oder ob es ihr gefiel, dass die Relikte aus Sowjetzeiten nicht mehr so ins Auge stachen. Natürlich ist es immer ein Verlust, wenn die Geschichte einfach so unsichtbar wird. Andererseits würden das eigentlich nur die Kinder von heute als Verlust empfinden, für die alles Sowjetische nur etwas Lehrbuchhaftes und Nostalgisches hat, ohne die damit verbundenen persönlichen Traumata. Chrystyna selbst schien für immer an einem Punkt hängen geblieben zu sein, an dem sie die Traumata ihrer sowjetischen Kindheit in eine dunkle Kammer ihres Unterbewusstseins gesperrt hatte, aus der sie immer wieder eigenmächtig in ihre Albträume und Winterdepressionen hervorbrachen.

Gegen Ende des Tages fühlte sich Chrystyna, als ob sie schon mehrere Wochen nicht geschlafen hätte. Sie konnte sich kaum noch auf den Beinen halten und musste all ihre Kräfte für die letzte große Aufgabe des Tages zusammennehmen – rechtzeitig am Flughafen anzukommen und ihren Flug nicht zu verpassen.

Im Prinzip hätte sie auch eine Stunde später in Richtung Flughafen aufbrechen können, aber Chrystyna hatte Angst, dass sie vor lauter Übermüdung in die falsche Richtung fahren und zu spät kommen würde, und lief deshalb viel früher zur Bushaltestelle. In der Dämmerung bemerkte sie nicht, wie Evas Auto in halsbrecherischer Geschwindigkeit um die Ecke bog. Eva sah die Frau auf dem Zebrastreifen in letzter Sekunde.

Zum Glück war der Aufprall nicht stark, und Chrystyna kam nach einer kurzen Bewusstlosigkeit gleich wieder zu sich. Die erschrockene Eva wurde selbst beinahe bewusstlos. Sie versuchten, sich in gebrochenem Englisch zu verständigen. Eva bot an, Chrystyna ins Krankenhaus zu fahren, aber diese lehnte ab und sagte, dass sie zum Flughafen müsse. Also bestand Eva darauf, sie dorthinzubringen. Chrystyna war einverstanden. Unterwegs wurde sie wieder ohnmächtig. Da drehte Eva, ohne lange nachzudenken, um und fuhr Chrystyna zu einem Chirurgen, den sie kannte, in die Klinik.

Eva war eine gute Anwältin und hatte schon oft illegalen Migrantinnen geholfen. Meist regelte sie alles schnell und effektiv. Sie hatte sogar eine Spendenaktion gestartet, um Arbeitsmigrantinnen, die sich keine Krankenversicherung leisten konnten, eine medizinische Behandlung zu ermöglichen. Am häufigsten wandten sich Ukrainerinnen an Eva, sie kannte viele von ihnen über ihre ehemalige Putzfrau, die siebenundzwanzigjährige Olja aus Ternopil. Olja war nach Berlin gekommen, als sie und ihr Mann arbeitslos geworden waren. Sie arbeitete illegal und schickte das Geld ihrem Mann und ihrer Tochter. Außer bei Eva putzte Olja noch bei einigen ihrer Bekannten. Das ging ein paar Jahre gut, dann wurde Olja auf der Straße von der Polizei angehalten, sie kontrollierten ihren Pass, stellten fest, dass das Visum abgelaufen war, und Olja wurde abgeschoben. Zu Hause wurde bei ihr Magenkrebs in fortgeschrittenem Stadium diagnostiziert, woran sie drei Monate später starb. Eva machte sich immer noch Vorwürfe, denn wenn Oljas Krebs rechtzeitig festgestellt und in Berlin operiert worden wäre, dann wäre sie noch am Leben. Von da an interessierte sich Eva besonders für die Lage der ukrainischen Arbeitsmigrantinnen, da sie festgestellt hatte, dass die es mit am schwersten hatten. Sie hatten keine Möglichkeit, ihren Aufenthalt in Deutschland zu legalisieren, selbst wenn sie schon viele Jahre dort lebten, hatten keine Chance auf eine Arbeitserlaubnis, ständig Visaprobleme und sahen ihre Familien jahrelang nicht. Keine von ihnen konnte hoffen, ihre Familie jemals nachzuholen. Viele Arbeitgeber nutzten ihre Rechtelosigkeit schamlos aus. Eva führte einen Internetblog, wo sie Geschichten aus dem Leben der Migrantinnen veröffentlichte, deren Fragen beantwortete, Rechtsberatungen anbot, bei der Arbeitssuche half und eine schwarze Liste von Arbeitgebern führte, die sie zwar nicht veröffentlichte, aber auf Anfrage darüber informierte, welche potentiellen Arbeitgeber bereits negativ aufgefallen waren.

Am Morgen nach dem Unfall bot Eva Chrystyna an, ihr entweder ein neues Flugticket nach Athen zu kaufen oder ihr zu helfen, in Berlin zu bleiben. Eva hatte eine kleine Wohnung mit einer Dachmansarde. Die Wohnung vermietete sie, und in der Mansarde, die einen gesonderten Eingang hatte, wohnte manchmal eine von den Migrantinnen, wenn es Schwierigkeiten gab. Chrystyna willigte ein, wobei rationale Beweggründe in diesem Fall weniger entscheidend waren als persönliche.

***

Angefangen hatte alles mit den Gerüchen. Unter den Gerüchen des Schulalltags war kein einziger, der auch nur ansatzweise die Bezeichnung erotisch verdient hätte. Die alten Holzbänke rochen nach abgeplatzter Farbe, die alle paar Jahre frisch übermalt wurde und zum Schuljahresende runzlig wurde und abblätterte und, fast wie Krallen, die darunterliegende Farbschicht freigab. In ihrem Klassenzimmer wechselte die Lehrerin zwischen einem violetten und einem grauen Anstrich. Das war wohl eher Zufall als eine bewusste Wahl, aber die Kombination aus schmutzig-violett und schmutzig-grau verlieh den dünnen Rissen, die über die Bank liefen, und die Chrystyna gedankenverloren mit dem Bleistift nachzog, wenn sie sich im Unterricht langweilte, eine etwas unheimliche Schattierung. Es sah aus, als würden sie sich früher oder später auftun, bersten wie Wasserleitungen, und das Konzentrat der in all den Jahren angestauten Langeweile, Ungerechtigkeiten, Erniedrigungen und des Neids würde als stinkende Fontäne hervorschießen. In der Ecke neben der Tafel roch es nach nasser Kreide und Staub, und an den Fenstern klebte der säuerliche, einschläfernde Geruch der Geranien. Der Geruch von Bratfett längst vergangener Zeiten hing im Speisesaal und in der Kleidung aller, die von dort zurückkamen, und in der Garderobe roch es wie auf dem Bahnhof, als ob hunderte von Schülern jeden Morgen von einer langen Reise kamen und den Geruch der Eisenbahn mitbrachten.

Noch schlimmer wurde es in den mittleren Klassenstufen, als auch noch die Körper der Mitschülerinnen und Mitschüler zu riechen begannen. Nur sie roch nicht. Solomija. In den Solfeggio-Stunden saß sie in der Bank vor Chrystyna. Ihre Brüste und ihre Hüften rundeten sich viel eher als bei den anderen Mädchen, und fast von Anfang an hingen sie leicht. Sie ging bedächtig, wobei sie kaum merklich von Seite zu Seite federte, ihre Brüste bewegten sich dabei wie die Pendel einer Kuckucksuhr, und das wirkte auf alle ringsum beruhigend. Die Mädchen hörten auf zu quatschen und blickten neidisch auf dieses ebenmäßige Schaukeln, und auch die Jungs wurden ganz ruhig, hörten auf, sich zu prügeln, und warteten, bis Solomija vorbeigegangen war.

Von diesen Brüsten träumte Chrystyna häufig, obwohl sie sie nie nackt gesehen hatte. Vielleicht auch gerade deshalb. Der grobe Stoff der Schuluniform oder der Sportkleidung umschloss sie fest, und Chrystyna hielt jedes Mal den Atem an und beobachtete, wie diese Brüste von der kleinsten Bewegung zu schwingen begannen, ihre Amplitude zunächst vergrößerten und dann wieder verringerten. Sie wollte wissen, wie es sich anfühlt, wenn fremde Brüste an ihrer Haut reiben, wenn die Brustwarzen anschwellen, wollte wissen, wie diese Brustwarzen überhaupt waren – dunkel oder hell, groß und rund oder scharf begrenzt und winzig. Sie wollte diese Brüste in die Hand nehmen, anheben, daran lecken, sich an ihnen reiben und dabei ihren federnden Widerstand spüren. Von da an hatte sie genau solche Brüste immer am liebsten – groß, rund und kaum spürbar hängend. Sie waren nicht übermäßig ästhetisch, bargen aber etwas Geheimnisvolles, lockend und verführerisch. Wenn Chrystyna hinter Solomija saß, betrachtete sie oft deren Rücken, die Bewegung ihrer Schulterblätter und Ellenbogen, versuchte, den Geruch ihres Körpers einzufangen. Aber Solomija hatte keinen Geruch, sie roch nicht einmal nach Schweiß, wie ihre Altersgenossen. Und das ließ ihre Mitschüler aufmerken, sie hatten Angst vor Solomija, gingen ihr aus dem Weg, und wen die Lehrerin auch neben sie setzte, alle baten nach ein paar Tagen, umgesetzt zu werden. Fast niemand sprach mit ihr, und wenn sie in der Pause zu einem der Grüppchen ging, verstummten alle einträchtig und starrten auf die Erde, bis Solomija wieder gegangen war.

Zum ersten Mal war es dann passiert, als beide schon in der Musikschule arbeiteten. Solomija war am Abend zuvor wieder einmal von einem ihrer Liebhaber verlassen worden. Wie auch die meisten seiner Vorgänger konnte er gar nicht richtig erklären, warum eigentlich. Solomija erzählte, wie die Männer in ihrem Leben auftauchten und dann ganz plötzlich wieder verschwanden, wie sie immer alle sagten, dass sie sich mit ihr wohlfühlten, und dann plötzlich Hals über Kopf davonliefen, und sie überhaupt nicht verstehen konnte, was mit ihr nicht stimmte. Wobei sie davon überzeugt war, dass sie diejenige war, mit der etwas nicht stimmte. Sie wollte eine Familie, einen Vater für den Kleinen, gemeinsames Sonntagsfrühstück in der Küche, lange Kaffee trinken, Zukunftspläne schmieden, nachmittags in der Stadt spazieren gehen und abends Filme gucken. Sie redete, und neben ihr tropfte das Wasser auf einen Stapel Teller im Spülbecken. Chrystyna konnte sich ab und an von dem Grübchen zwischen Solomijas Brüsten losreißen und zuschauen, wie der oberste Teller voll wurde und das Wasser in veränderter Tonalität überlief, woraufhin wieder das monotone Tropfen begann.

Sie beobachtete, wie Solomija atmete und gestikulierte, und glaubte zu verstehen, was genau ihre Männer verschreckt hatte. Solomijas Hüften begannen sich von irgendwo weiter unten zu bewegen, von ihren Knien oder ihren Waden aus. Und jede ihrer Bewegungen war zuallererst eine Hüftbewegung. Selbst wenn sie im Sitzen nach ihrer Tasse griff, um einen Schluck Kaffee zu trinken, war ihre spürbarste und auffälligste Bewegung das unter dem Tisch verborgene Schwingen der Hüften. Anhaltend, unsicher und sinnlich. Von dem Moment an, wo sich ihre kraftvollen Hüften in Bewegung setzten, schien eine Ewigkeit zu vergehen, bis die Bewegung fließend bei ihren Brüsten angelangt war. Die Brüste waren immer noch dieselben – kaum sichtbar hängend, kein bisschen mehr, und sie schaukelten immer noch genauso, wie reife Birnen, in einer hypnotisierenden Bewegung. Solomija roch auch weiterhin nicht, und sie trug keine Unterhemden. Alles, was sie tat, war erotisch, obwohl sie selbst daran keinen bewussten Anteil hatte. Ihr ganzer Körper war so stark erotisch aufgeladen, dass man sich einfach nicht widersetzen konnte, er lockte und vernichtete einen, schlug einen in Stücke und machte willenlos.

Keine Stunde, nachdem Chrystyna zu Solomija gekommen war, fanden sie sich schon im Schlafzimmer wieder. Gierig, als ob sie immer noch dreizehn wäre, zog sie Solomija die Bluse aus und drückte ihre Brüste, vor Erregung bekam sie kaum Luft, in ihrem Kopf drehte sich alles, und ihre Knie wurden weich. Chrystyna erkundete diesen Körper nicht, sie erkannte ihn. Er war genau so, wie sie ihn sich gewünscht hatte, weich und nachgiebig, aber zugleich fordernd und erfahren. Solomija schien Chrystynas Gedanken zu lesen und ihre Wünsche schneller zu erraten, als sie Chrystyna selbst bewusst wurden. Oder sie tat einfach das, was sie selbst wollte, und tat es so energisch und überzeugend, dass es Chrystyna wie ihr eigener Wunsch erschien.

Jede von Solomijas Bewegungen begann an dem Punkt, der die Erde berührte, und kehrte wieder dorthin zurück. Wenn sie ihre Brüste gegen Chrystyna drückte, dann stemmte sie sich mit den Füßen oder dem Hintern gegen die Wand, und Chrystyna wollte diese Wand ebenfalls augenblicklich berühren. Wenn sie ihren Hintern an Chrystynas Bauch rieb, drückte sie dabei ihre Knie ins Bett, ihre Brustwarzen rieben sich an der Bettwäsche, und davon schlossen sich die Hüftbewegungen in sich selbst ein wie Spiralen, ließen keine Energie nach außen. Solomijas Körper ließ sich nicht beherrschen, jede seiner Bewegungen war autonom und unabhängig und weckte dadurch zugleich Eifersucht und noch größeres Verlangen. Augenblicklich durchströmte Chrystyna eine angenehme Wärme, als sie Solomijas Brüste das erste Mal berührte, sie schien wieder in ihren feuchten Teenager-Träumen angekommen zu sein. Dann drückte sie sich von hinten an Solomija und begann, sie zu liebkosen, die Äderchen auf den Innenseiten ihrer Schenkel schienen zu beben und ihr Blau unter der Berührung intensiver zu werden. Der feuchte und würzige Duft haftete noch einige Stunden an ihren Fingerspitzen. Ohne Unterbrechung wiederholten sie alles, wechselten mehrmals die Position, und jedes Mal bemerkte Chrystyna diese für sie ganz neue, sagenhafte Anmut in Solomijas Bewegungen, die keinen Eindruck machen, Erotik nicht imitieren wollten, sondern ganz auf sich, auf die eigenen Empfindungen gerichtet waren. Sie tauchte voll und ganz in ihre Erregung ein, bewegte sich so, wie es für sie am angenehmsten war, ohne dabei verführerisch wirken zu wollen. Wobei sie das natürlich war – die gespreizten Beine mit der offenen Vagina und den gleichmäßigen Schamlippen, die sich Solomija operieren lassen wollte, wovon Chrystyna sie jedoch abbringen konnte, die vollen Waden mit den kaum wahrnehmbaren Äderchen, die runden Achselhöhlen, die feuchte Haut unter den Brüsten. Solomijas offene Selbstbezogenheit, das völlige Fehlen alles Gekünstelten, Gespielten erregte am stärksten.

Manche Frauen sind bei aller äußerlichen Attraktivität ziemlich plump, und ihre Bewegungen haben etwas Gezwungenes, solange sie jung sind noch kindlich Sympathisches, aber später bleibt nur das Gezwungene und Unnatürliche. Sobald sich diese Frauen bewegen, verschwinden alle Reize ihres Äußeren. Aussehen und Anmut sind bei ihnen völlig voneinander getrennt. Als ob der Mensch, der stillsteht, und der Mensch, der sich bewegt, zwei unterschiedliche Personen wären. Ihr Körper zerfällt durch die Bewegung in seine Einzelteile, und auf einmal kommt alles zum Vorschein, was nicht zu sehen war, solange die Frau bewegungslos dagestanden oder -gesessen hat – die zu mageren Hüften mit dem eingezogenen Hintern und den langen, aber zu dürren Beinen, und ein im Vergleich dazu gewisses Übermaß in den Formen der oberen Körperhälfte mit dem großen Busen und den etwas zu breiten Schultern, die nicht mit den feinen, dünnen Fingern und der durchsichtigen Schönheit des Gesichts harmonieren, von dem jetzt nur noch die Lücke zwischen den Vorderzähnen auffällt. Solange sich solche Frauen nicht bewegen, scheint ihr Körper hübsch und attraktiv, aber sobald sie die kleinste Bewegung machen, verschwindet diese Attraktivität und die Mängel treten umso stärker hervor. Bei Solomija war es genau umgekehrt. Solange sie bewegungslos stand oder saß, schien sie wenig attraktiv – ihre kleine, füllige Gestalt, die gebeugten runden Schultern, die leicht hängenden Brüste, und die sackartigen Röcke, die sie meist trug, betonten ihre ausladenden Hüften. Aber sobald sie sich bewegte, war der Eindruck schlagartig ein ganz anderer, erinnerte an ein Ballett und jede Bewegung an einen Tanzschritt, der weder künstlich noch einstudiert wirkte, sondern von natürlicher Anmut und einer unerwarteten, improvisierten Vollkommenheit war. Solomijas Körper bewegte sich genauso harmonisch und natürlich, wie er atmete. Man konnte einfach den Blick nicht abwenden, wenn sie einen Apfel aß, und wenn ihr dabei der Saft über die Wangen lief, wollte man ihn sogleich ablecken. Sie ging aufrecht, wobei ihr Körper nicht steif und hölzern wirkte, sondern biegsam und edel, als ob die Jahre und die überflüssigen Pfunde plötzlich verschwunden wären.

Solomija war nicht gerade anmutig im eigentlichen Sinne des Wortes. Auf Schritt und Tritt stieß sie sich irgendwo, ständig fiel ihr etwas aus der Hand, sie konnte keine volle Tasse abstellen, ohne dabei etwas von ihrem Inhalt zu verschütten, und an niemandem vorbeigehen, ohne ihn mit dem Ellenbogen zu streifen. Ihre Anmut war anderer Art und hatte etwas Erotisches. Wenn sie innehielt, sah sie sich jedes Mal um, als würde sie einen Fixpunkt suchen, und stützte sich dann mit dem Fuß auf der Erde, mit dem Rücken an der Wand oder mit der Hand an der Türklinke ab, und dieser Punkt übernahm schlagartig das ganze Gewicht ihres schwer gewordenen Körpers und machte ihn zu etwas Schwerelosem, Rundem, Federleichtem und Verführerischem, langsam, aber zugleich beweglich und flink.

Ihre Sinnlichkeit war so natürlich und vollkommen, dass sie sich einfach nicht für den Alltag eignete. Sie war ein Luxus, den man sich einmal oder auch mehrmals leisten, aber kaum ständig ertragen konnte. Das konnte Chrystyna Solomija aber nicht erklären. Immer, wenn sie sich liebten, war es genauso intensiv, einzigartig und erschöpfend wie beim ersten Mal. Solomija gestand, dass sie es noch nie mit einer Frau gemacht und ihre sexuelle Orientierung vielleicht falsch eingeschätzt hatte. Aber ihre Zweifel waren überflüssig. Sie hatte überhaupt keine Orientierung, sie bestand voll und ganz aus Erotik, und in ihrer Nähe zu sein, bedeutete, sich in einer Hochspannungszone aufzuhalten.

***

Als sie auf die vierzig zuging, wurde Chrystyna bewusst, wie stark sich ihre erotischen Vorlieben und ihr Verhalten beim Sex geändert hatten. Sie hätte schwer sagen können, wann genau diese Veränderung stattgefunden hatte. Vielleicht war die Veränderung selbst auch gar nicht so stark wie die Erkenntnis, vielleicht hatte sich alles einfach langsam entwickelt, wozu nicht nur ihre erotischen Erfahrungen, sondern auch ihre allgemeine Lebenserfahrung beigetragen hatte, die Tatsache, dass sie reifer geworden war und jetzt eher wusste, was sie wollte und was nicht.

Früher hatte Chrystyna beim Sex vor allem Initiative und Einfallsreichtum ihrer Partnerinnen oder Partner, wenn es die denn mal gab, geschätzt. Wobei es mit den Partnerinnen wesentlich leichter war. Frauen waren eher in der Lage, Unausgesprochenes zu spüren und die verborgenen Signale des Körpers zu deuten. Sie waren aufmerksamer und zärtlicher, empfänglicher für Andeutungen, Blicke, Gesten, Körpersprache und Kleidung, sie konnten spielerischer agieren, eine erotische Atmosphäre um ihrer selbst willen schaffen, ohne gleich jede sich bietende Gelegenheit beim Schopf zu packen, konnten Befriedigung aufschieben, Lust und Fantasie spielen lassen, sie waren einfach wesentlich kreativer als Männer.

Ihre Sensibilität war stärker ausgeprägt und feiner, sie waren leichter zu erregen, aber genauso leicht war es, diese Erregung zu verscheuchen, zu verlieren und nicht wieder aufrufen zu können. Es war ein kompliziertes Spiel, das Chrystyna gerade aufgrund seiner Unvorhersehbarkeit gefiel.

Sie verhielt sich in erotischen Situationen gern passiv, verführte, machte Anspielungen, gab sich hin, um dann geduldig zu warten, bis ihre Partnerin ihre geheimen Wünsche erraten hatte, oder enttäuscht zu sein, wenn ihr das nicht gelang, anstatt einen Hinweis zu geben oder auch konkret um etwas zu bitten. Früher dachte sie noch, dass das Vergnügen dadurch geschmälert würde, dabei war es ihr einfach nur peinlich. Sie schien anspruchslos zu sein und sich auf alles einzulassen, was ihre Partnerin anregte. In Wirklichkeit war das eine Illusion, denn etwas zu erwarten, was man nie artikuliert hat, ist der höchste aller möglichen Ansprüche.

Früher hatte sie sexuelle Erregung nur als diffuse Unruhe wahrgenommen, als flüchtige Anspannung irgendwo zwischen den Rippen, die sich einfach nicht als sanfte Wärme im Körper ausbreiten wollte, sondern auf irgendein Zeichen, wie die Startflagge bei einem Wettlauf, zu warten schien. Das kam manchmal vor, aber eher spontan und unvorhergesehen, deshalb wurden alle Erwartungen von der bewussten oder unbewussten Annahme begleitet, dass es nicht klappen, das Signal nichts auslösen und es ihr aus völlig unerfindlichen Gründen nicht gelingen würde, auf die Erregung der anderen zu reagieren, und das ganze sorgfältig vorbereitete und ausgemalte Abenteuer in einer weiteren Enttäuschung enden würde. Chrystyna glaubte nicht, dass sie ihre Erregung einmal steuern könnte, genau wissen würde, was und wie sie tun müsste. Sie konnte sich zwar vorstellen, dass das generell möglich war, zugleich war sie aber davon überzeugt, dass es ihr persönlich nur den Genuss verderben, ihren Gefühlen etwas Künstliches und Falsches verleihen würde.

Jetzt hatte sie keine Illusionen mehr, dass Menschen, die wirklich zueinander passten, sich ohne Worte verstehen und unausgesprochene Erwartungen erraten können müssten. Jetzt versuchte sie selbst, die Erwartungen und Wünsche ihrer jüngeren Partnerinnen zu erraten, denen sie ansah, dass sie genauso dachten und fühlten wie Chrystyna selbst vor zwanzig Jahren. Aber zu verstehen, was genau sie von ihr in einem bestimmten Moment erwarteten, war schon wesentlich schwieriger. Und das peinlichste Resultat erfolgloser Verständigungsversuche waren vorgetäuschte Orgasmen, die sie jetzt leider unfehlbar erkannte. Auch das gehörte zu den Dingen, die ein für alle Mal verloren waren: Früher hatte sie die Orgasmen der anderen immer für echt gehalten und konnte sich nach Herzenslust der Opferrolle hingeben, als diejenige, die ihre Orgasmen simulierte.

Dieser jugendliche Egoismus wirkte rückblickend reichlich seltsam, sie betrachtete alles, selbst Sex, jetzt wesentlich objektiver, wodurch sie auch gewisse Gesetzmäßigkeiten verstand. Früher hatte sie geglaubt, dass ein Verzicht auf die Erfüllung der eigenen spontanen Bedürfnisse, die Unfähigkeit und Unlust, sie zu dechiffrieren oder der Partnerin dabei zu helfen, ein Ausdruck von Selbstlosigkeit sei und der Wunsch, sich voll und ganz darauf zu konzentrieren, jemand anderem und nicht sich selbst das größtmögliche Vergnügen zu bereiten. Aber jetzt wurde ihr klar, dass genau das egoistisch ist, denn ein Verzicht, um den niemand gebeten hatte und der niemandem nützte, der noch dazu nicht aufrichtig, sondern nur gespielt war, ist in Wirklichkeit kein Verzicht, sondern einfach nur Ratlosigkeit und Angst vor der eigenen Unsicherheit und Unerfahrenheit, vor der Fremdheit des eigenen Körpers und der eigenen Psyche, die Weigerung, sich das einzugestehen, und die Scham, es nicht überwinden zu können, ist Selbstbetrug und der Versuch, sich vor der unangenehmen Wirklichkeit hinter erfundenen „edleren“ Gründen zu verstecken. Zum Beispiel hinter dem Pseudo-Unbehagen, sich „schmutzig, verdorben und gierig“ zu fühlen, denn das waren negative Attribute. Sie schienen direkt auf die Lust abzufärben, die dadurch auch schmutzig oder unverdient wurde. Verdienen konnte man sie sich nur, wenn man sich die eigene Lust um einer fremden willen versagte, sie sich dadurch erkaufte. Und wenn dieser Handel nicht aufging, war natürlich die unsensible Partnerin schuld.

Diese Verbindung von Lust und Verantwortung war das Merkwürdigste in dem verworrenen Gefühlskomplex. Chrystyna fragte sich, wo und wann ihre Psyche eigentlich beschlossen hatte, dass ein freiwilliger Verzicht der einfachste und sicherste Weg war, die Verantwortung für fremde und eigene Enttäuschungen abzugeben. Und vor allem fragte sie sich, wie sie es geschafft hatte, nach all den Jahren in dem verworrenen Knäuel negativer Emotionen, die sie immer stärker quälten und zwangen, immer neue Schuldige zu suchen, sich wieder daraus zu befreien.

Manchmal hatten die Zweifel sie so fest im Griff, dass sie nicht einmal mehr sicher war, erotische Vorlieben seien ein willkürlicher Prozess, den man nicht steuern konnte. Und sie schob auch nicht mehr so leicht wie früher die Zweifel beiseite, dass ihre Psyche, die sie so lange in die Irre geführt hatte, ihr auch in anderen Fragen einen Streich spielen, sie zum Beispiel fälschlich von der Dominanz ihrer lesbischen Neigungen überzeugen konnte. Aber vielleicht waren Falsch und Richtig auch keine absoluten, sondern eher relative Kategorien und es gab überhaupt keine ein für alle Mal festgelegte sexuelle Orientierung, und alles hing nur von spontanen Wünschen und Stimmungen des Augenblicks ab. Vielleicht war alles sogar noch viel schlimmer und Spontaneität und Impulsivität, diese größten Qualitäten beim Sex, waren genauso eine Illusion wie alles andere, und in Wirklichkeit waren alle unterbewussten und halbbewussten Wünsche, Erscheinungen, Neigungen und Gefühle nichts als intellektuelle Konstruktionen. Vielleicht lag die größte Grausamkeit des Älterwerdens ja nicht in den körperlichen Anzeichen, sondern im Verlust der Unmittelbarkeit und Direktheit in der Wahrnehmung der Welt und der eigenen Gefühle. Wenn alles, was man früher rein intuitiv aufgenommen hat, sich in komplexe intellektuelle Konstruktionen verwandelt, mit denen man von der eigenen Psyche manipuliert wird. Und die Lust nicht mehr einfach nur ein angenehmes Gefühl ist, sondern eine nicht minder komplexe Theorie, die viel mehr von Selbstbehauptung als von Lust hat. Im Mittelpunkt dieser Theorie kreuzten sich die verschiedensten Nuancen, Hindernisse und Schwierigkeiten, die die Lust verschwinden ließen. Und was eigentlich als rein hedonistischer Akt gedacht war, wurde dadurch zu einer schmerzhaften Prozedur der Selbstanalyse und Ursachenforschung, der Suche nach Folgen, Schuldigen, Rezepten, Verboten, Empfehlungen – allem Möglichen, nur nicht einer reinen Lust in ihrer ursprünglichen, nicht von übermäßigen Interpretationen verdorbenen Form.

Obwohl Chrystyna ihre Orientierung, deren Beständigkeit, Unveränderlichkeit und Berechtigung, andererseits nicht mehr so wichtig war wie früher. Die Zeiten, da sie gegen sich selbst und die gesellschaftlichen Stereotypen angekämpft hatte, waren längst vorbei. Jetzt war es ihr herzlich egal, was andere über sie und ihre Vorlieben dachten. Sie wollte sich vielmehr in ihren eigenen Gedanken und Gefühlen zurechtfinden.

Das war natürlich viel schwerer, als so zu leben, wie es andere von einem erwarten. Als würde man als Erwachsener noch einmal die alten Kindermärchen lesen, und Rotkäppchen verwandelt sich plötzlich in eine verführte Unschuld, der böse Wolf in den hinterlistigen Verführer, und der Kuchen hat einen klaren erotischen Subtext, flüchtig und unsicher, zugleich gierig und schrecklich in dem dunklen Wald der irdischen Lüste, fern und unbekannt wie die verbotene Frucht. Und nach dieser Lektüre würde man nichts mehr, wie einst, einfach so glauben können. In allem offenbarte sich eine schmutzige, aber zugleich anziehende Doppeldeutigkeit. Das Spektrum der Abstufungen wurde dadurch reicher, aber der Preis für diese Bereicherung war eine zunehmende Unschärfe der Grundgefühle, unvermeidlich, wenn sich die Aufmerksamkeit auf die zahlreichen Nuancen verteilte. Das ganze bisherige, auf die Außenwelt gerichtete Leben, das gleichmäßig nach den erprobten, langweiligen Mustern und Regeln, in denen immer klar war, was gut war und was böse, dahinplätscherte, war unmöglich geworden.

Nun, da sie das Unechte in ihren Überzeugungen erkannt hatte, konnte Chrystyna nicht mehr zu ihren früheren Gefühlen zurück. Sex war für sie nicht mehr nur Beiwerk zu einem angenehmen Gespräch oder emotionaler Nähe, zu einem Flirt, eine Möglichkeit, die Einsamkeit zu überwinden, Spannungen abzubauen oder den Abend schön zu beenden. Früher war es vor allem darum gegangen. Und Frauen ließen sich öfter auf diese Spiele ein, besonders die jüngeren, unerfahreneren, die in der Überzeugung groß geworden waren, dass alles Lustvolle Sünde war. Männer hatten eine ernsthaftere Einstellung zum Sex, sie sahen darin einen Selbstzweck und konnten ihn von allem anderen trennen. Früher hatte Chrystyna das für vulgär und primitiv gehalten. Jetzt wurde ihr bewusst, dass genau dies Ausdruck echten Verlangens ist. Alles andere ist nur Täuschung, Betrug, Selbstbetrug, der Versuch, etwas zu verschleiern.

Jetzt ging es Chrystyna nicht mehr um gegenseitige Schuldgeständnisse, sondern um die sexuelle Erfahrung an sich. Sie wollte reine Gefühle, ohne den Beigeschmack von Selbstaufopferung, Mitgefühl, falscher Scheu und Rücksichtnahme, worin sie sich so lange und erfolglos abgestrampelt hatte. Sie hatte keine Angst mehr vor den Mechanismen der Sinnlichkeit, im Gegenteil, sie versuchte, darin immer besser zu werden, und war stolz auf ihre Erfolge. Sie verstand ihren Körper jetzt besser, wodurch die geheimnisvolle Magie sexueller Lust jedoch nicht verschwand, sondern, ganz im Gegenteil, durch das Gefühl verstärkt wurde, dass sie den Prozess steuern und sich nicht nur treiben lassen konnte, durch die Entdeckung von Neuem in Bekanntem und Bewährtem, dadurch, dass sie einer weniger erfahrenen oder sogar einer erfahreneren Partnerin zeigen konnte, wozu sie fähig war.

Vielleicht war jetzt ihre beste Zeit gekommen, in der sich das Altern des Körpers noch nicht so sehr bemerkbar machte, dass es die Freuden der Reifheit und der Erfahrung zunichtemachen konnte, die Befreiung von den jugendlichen Phobien und Komplexen, die Freude an einer Verlangsamung der Wahrnehmung, an einem Abflauen der ständigen Hetze und Oberflächlichkeit, wie sie wohl unweigerlich zu der atemlosen und ständig überreizten Jugend gehört.

Früher hatte sie Beziehungen zwischen Frauen für abstrakter und weniger pragmatisch gehalten und geglaubt, dass diese dadurch eher in das erotische Erleben eintauchen und darin aufgehen könnten. Chrystyna war davon überzeugt, dass heterosexuelle Beziehungen zu stark an Instinkte und gesellschaftliche Moralvorstellungen geknüpft waren, was es unmöglich machte, bestimmten stereotypen Modellen zu entkommen, die zwar unterschiedlich sein mochten, aber letztendlich doch alle auf das Gleiche hinausliefen. Das größte Hindernis für Beziehungen, die gleichzeitig tief und innerlich frei von gegenseitigen Einschränkungen, Erniedrigungen und Abhängigkeiten waren, schien in einer übermäßigen Rationalisierung der Gefühle zu liegen, die in dem Moment abstarben, in dem man zum ersten Mal darüber nachdachte, wie ernst diese Beziehung war, welche Perspektive sie hatte und wie es weitergehen könnte, denn diese Gedanken treten an die Stelle einer einfachen und bedingungslosen Freude darüber, dass es den anderen gibt. Das waren für Chrystyna die Symptome eines beginnenden Verlustes des gegenseitigen Interesses. Ein unbewusstes oder auch bewusstes Verlangen, das zu zementieren, was auseinanderfiel, es zu bewahren, zu konservieren, zu verlängern, selbst wenn diese Verlängerung nur eine Agonie sein sollte.

Die einzige Fluchtmöglichkeit aus den traditionellen Beziehungsmodellen war die Beschränkung auf oberflächliche und flüchtige Affären, aber das verlagerte das Problem nur und löste die Hauptsache nicht, die Unfähigkeit, wirklich befriedigende Beziehungen aufzubauen. Solange sich Chrystyna noch davon überzeugen konnte, dass das Problem genau darin lag, fiel es ihr leichter zu glauben, dass eine Alternative möglich war. Und das war wohl die letzte ihrer Lebensillusionen, an die sie sich verzweifelt klammerte, die sie dadurch bewahrte, dass sie sich hinter immer komplexeren Theorien verbarrikadierte, die die Richtigkeit ihrer Ideologie bestätigten. Schließlich war ein Leben mit Ideologie, wie es auch sein mochte, immer noch leichter als ein Leben ohne Ideologie. Das wusste Chrystyna genau und deshalb hatte sie Angst vor allen Zweifeln an der Richtigkeit einer klaren Aufteilung der Welt in homo- und heterosexuell, in individualistisch und totalitär, in frei von jedweden Beschränkungen und Verboten und in gefangen in veralteten Dogmen. Am liebsten wäre sie in die Zeit zurückgekehrt, wo es einfach nur um Vergnügen ging und alles andere in den Hintergrund trat, alle tiefschürfenden Gedanken, Analysen und Theorien nur notwendige Accessoires der Sexualität waren, die in der Kommunikation mit besonders anspruchsvollen Partnerinnen zur Anwendung kamen, aber nie die feste Überzeugung erschütterten, dass darin kein Hauch von Pragmatismus war, sondern nur die absolute Reinheit vollendeter erotischer Formen.

Mit der Zeit bemerkte Chrystyna auch, dass sie immer seltener über die Zusammenhänge zwischen Unfreiheit und freier Wahl sprechen wollte. Ihre frühere Lieblingstheorie, ein Teil jener Ideologie, an die sie sich immer noch verzweifelt klammerte, war die These, dass jede Unfreiheit zuerst immer das Resultat einer freien Wahl sei. Manchmal einer unbewussten, aber immer der eigenen. Früher konnte Chrystyna ihre Gesprächspartner stundenlang davon überzeugen, dass wahre Freiheit nur dann möglich sei, wenn man es schaffe, völlig auf eine Existenz innerhalb der Grenzen bekannter gesellschaftlicher Hierarchien zu verzichten, die die Rolle eines Koordinatensystems übernehmen: Geburt, Erwachsenwerden, Ausbildung, Karriere, Heirat ... diese Kette führe gerade nicht zu Selbstverwirklichung und einem Bewusstsein für die Vollwertigkeit der eigenen Existenz, wie jeder, der sich auf die geltenden Spielregeln einlässt, naiverweise denken würde, sondern unweigerlich zu Enttäuschung und dem Verlust von Illusionen und Motivation. Um nicht auf sich selbst zurückgeworfen zu werden und sich nicht eingestehen zu müssen, wie weit sich das eigene Leben von dem einst erträumten und wohl vergessenen Ideal entfernt hat, muss man sich nach den gängigen Konventionen so viele pseudonützliche Beschäftigungen wie möglich aufladen, sich einreden, dass die Zeit mit nützlichen Dingen besser verbracht ist als mit angenehmen. Das Angenehme wird dabei nicht besonders hoch geschätzt, scheint ein bisschen verboten zu sein und etwas, das ohne weitere Anstrengungen automatisch erreicht wird. Dieses Versteifen auf das Notwendige und Nützliche anstelle des Angenehmen führt schnell zum Absterben jener Muskeln, die Flausen, Fantasien und kleine Freuden hervorbringen, und zu einem langsamen Übergang in einen ununterbrochenen Kreislauf, in dem man während der Arbeitswoche das Gefühl hat, sich endlich von dem anstrengenden Wochenende im Kreis der Familie erholen zu können, und sich am Wochenende darüber freut, dass man den Ärger auf der Arbeit für zwei Tage vergessen kann. So schließt sich der Kreis und es scheint einem mehr und mehr normal, dass sich das Leben nur aus größeren und kleineren Unannehmlichkeiten zusammensetzt, aus Langeweile und der Unfähigkeit, sich an irgendetwas zu erfreuen.

Und nur manchmal, in halbverbotenen Träumen, melden sich die Phantomschmerzen einer für immer verlorenen Fähigkeit, erfüllbare und unerfüllbare Wünsche zu generieren, der Fähigkeit, in einer freudigen Erwartung zu leben, die nicht unbedingt in ihre Befriedigung münden muss, sondern allein für sich angenehm ist. Manchmal träumte Chrystyna, dass ihr wieder, wie früher, bunte Lutschbonbons schmecken und nicht sofort das Zahnfleisch bluten würde, sobald sie das erste isst. Dass sie genauso wie früher unbedingt wissen wollte, wie viele Farben in diesen Bonbons sind, sie aber Angst hatte, nicht aufhören zu können und alle aufzuessen. Also betrachtete sie die Bonbons lange und aufmerksam durch das Einwickelpapier hindurch und glaubte nach einer kurzen Trainingszeit, die Farben sehen zu können, ohne das Bonbon auszuwickeln. Und darüber freute sie sich so sehr, dass sie aufwachte.

Nach solchen Träumen beunruhigte sie noch lange ein unsicheres Gefühl, das sie versuchte, aus den Augenwinkeln zu spülen, indem sie die Augen fest zusammendrückte und wartete, bis ihr die Tränen über die Wangen rannen und eine feuchte Spur hinterließen.

Ein Universalrezept gegen völlige Enttäuschung war für Chrystyna immer die Zerstörung üblicher Schemen, Hierarchien und Abhängigkeiten gewesen. Jetzt, da sie sich in einem völlig fremden und unbekannten hierarchischen System wiederfand, konnte sie ihre Theorie endlich am richtigen Leben überprüfen. Die Versuchsanordnung war perfekt: Sie war allein, ohne Familie oder den Wunsch, eine zu gründen, ihr früheres Leben war endgültig vorbei und alle Brücken abgebrochen, hier hatte sie keine Perspektive, nicht einmal die Hoffnung auf eine unerwartete Wendung zum Besseren, all ihre sozialen und gesellschaftlichen Wurzeln waren abgehackt und reale Chancen, neue auszubilden, gab es nicht. Sie war komplett unabhängig, ihre persönliche Freiheit durch keinerlei gesellschaftliche Konventionen eingeschränkt, und sie hätte sich jetzt völlig frei fühlen müssen.

Aber nun bestand das Problem darin, dass alle früheren Theorien plötzlich ihre Überzeugungskraft verloren hatten. Ihre Wahrnehmung der Welt veränderte sich tatsächlich, die früheren hypothetischen und daher übertrieben starken Ängste, ihre Arbeit und Zukunftsperspektiven zu verlieren und von ihrer gewohnten Umgebung isoliert zu sein, waren jetzt Realität, aber, wie jede Realität, weniger schrecklich als die Projektionen. Das beeinflusste auch ihr Verhältnis zu anderen hypothetischen Katastrophen.

Relativ waren jetzt auch die Kategorien, die früher fest gewesen zu sein schienen. So war zum Beispiel Chrystynas Arbeit aus ukrainischer Perspektive nicht die schlechteste. Gut, das Gehalt war nicht sehr hoch, aber dafür hatte sie eine staatliche Anstellung, die nicht den ganzen Tag in Anspruch nahm und ihr die Möglichkeit ließ, sich mit Privatstunden etwas dazuzuverdienen. Aus hiesiger Perspektive wirkten aber nicht nur ihr Gehalt und die „staatliche Anstellung", die auf Wunsch irgendeines Typen im Nullkommanichts liquidiert worden war, sondern auch ihr Honorar für die Privatstunden lächerlich für eine Frau ihres Alters und ihrer Qualifikation.

Hier hatte sie auch ein paar Privatschüler. Vielleicht würden es mit der Zeit sogar mehr werden, vor allem wenn sie sich ein eigenes Instrument würde leisten können, denn vorerst konnte sie nur die Schüler nehmen, zu denen sie nach Hause gehen konnte. Aber die hiesigen Vorstellungen von finanzieller Stabilität waren ganz andere als die ukrainischen, was sich automatisch auf das Selbstwertgefühl derjenigen auswirkte, die nicht zur Kategorie der finanziell Stabilen gehörten. In der Ukraine gehörte praktisch niemand dazu. Nicht einmal diejenigen, die dort viel verdienten, konnten sicher sein, dass sie nicht schon morgen alles verlieren würden. Das brachte eine gewisse Solidarität mit sich, und man konnte sich auch mit einem geringen Einkommen besser fühlen. Hier war ihre Lage nicht anders als aussichtslos zu bezeichnen, und das beeinflusste natürlich auch ihr Denken.

Während ihre Gedanken früher vor allem darauf ausgerichtet waren, was alles passieren könnte und wie sich verhindern ließ, dass etwas Schlimmes passierte, so hatte sie jetzt gelernt, davon zu abstrahieren und sich, zumindest manchmal, auf das Hier und Jetzt zu konzentrieren. Dieses Fokussieren auf die eigenen Gefühle war etwas für sie ganz Neues und durchaus Angenehmes, selbst wenn die Gefühle als solche nicht allzu angenehm waren.

Chrystyna ertappte sich auf einmal bei dem Gedanken, dass sie viele wichtige Dinge über sich nicht mehr wusste. Oder dass sie sich zwar vielleicht noch erinnern konnte, aber eher dunkel und verschwommen, ohne jedes Detail. Dadurch verloren die eigenen früheren Gefühle ihre Glaubwürdigkeit. Wenn sie zum Beispiel versuchte, sich daran zu erinnern, wie sie sich vor zehn Jahren während einer Erkältung gefühlt hatte, war es ihr völlig unverständlich, wie sie wochenlang erkältet durch die Gegend laufen, arbeiten, studieren und auch noch abends in verrauchten Kneipen sitzen hatte können, und dabei manchmal überhaupt nicht bemerkt hatte, dass sie erkältet war, bis sie dann Fieber bekam. Jetzt warf sie jede Erkältung komplett aus der Bahn, sie konnte tagelang das Bett nicht verlassen, nachts nicht schlafen, sobald ihre Nase auch nur ein bisschen verstopft war oder ihr Hals kratzte, und spürte jeden Grad, um den ihre Körpertemperatur stieg oder fiel. Und darin lagen nicht nur die unangenehme Physiologie und eine Bestätigung des unabwendbaren Alterungsprozesses, sondern auch eine früher ungekannte Fülle und Vielfältigkeit an Gefühlen, die sich viel dauerhafter einprägten, eine plötzlich erlangte Fähigkeit, jeden erlebten Moment zu schätzen, selbst die unangenehmen. Das hatte nichts mehr von der früheren scharfen Polarisierung in ein intensives Erleben des Angenehmen und ein genauso kategorisches Verdrängen alles Unangenehmen. Jetzt spielte die Modalität eines Gefühls keine besondere Rolle mehr, sondern war nur noch ein notwendiges Attribut dieses Gefühls. Das Wertvolle lag in einer möglichst breiten Wahrnehmung und einem Erleben der ganzen Gefühlspalette.

Ähnlich verhielt es sich mit Dingen, die nichts mit ihren Gefühlen zu tun hatten. Früher wäre sie sich wohl, hätte sie sich in ihrer jetzigen Lage befunden, nur intellektuell bewusst gewesen, dass dies die Lage eines völlig freien Menschen ist, hätte diese Veränderung aber trotzdem für eine Veränderung zum Schlechteren gehalten. Jetzt verspürte sie zu ihrer eigenen Verwunderung kein Verlangen, zwischen dem, was war, und dem, was ist, Vergleiche anzustellen. In ihrem Bewusstsein hatte sich eine sichere Grenze etabliert, und die Vergangenheit war für immer dahinter zurückgeblieben. Sie verlangte keinen Vergleich mit der Gegenwart, das waren einfach zwei verschiedene Dinge. Vielleicht war das ein weiterer Ausdruck dieser neuen Fähigkeit, jede gemachte Erfahrung schätzen zu können.

***

Chrystyna hatte immer die Menschen beneidet, die mit Leichtigkeit Sätze formulieren konnten wie: „Am liebsten mag ich Blau“, oder „Himbeersaft schmeckt mir gar nicht, Apfelsaft dafür umso mehr.“ Sie bewunderte die Sicherheit, mit der sie aus mehreren Möglichkeiten eine auswählen konnten. Ihr selbst fiel das schwer. Sich zu entscheiden war immer schmerzhaft, da es ja unvermeidlich war, Dinge zu verwerfen, abzulehnen, zu begrenzen und zu vereinfachen.

Die Geschmäcker wurden ärmer, wenn man sie zu klar formulierte, deshalb schien es ihr wesentlich interessanter, den Zusammenhängen zwischen ihren Vorlieben nachzuspüren. Zum Beispiel gefiel ihr an einem Tag Grün sehr gut, und am nächsten Tag wollte sie gern etwas Gelbes ansehen. Das konnte am Wetter liegen, an der Stimmung oder auch an anderen, geheimnisvolleren und wesentlicheren Faktoren. Vielleicht gab es da aber auch überhaupt keinen Zusammenhang, und alles war einfach nur Zufall. Dann wäre es noch viel bedauerlicher, sich gegen etwas zu entscheiden. Das wäre ungefähr so, als würde man einem Kind verbieten, die

Farben auf einem Bild wild zu mischen, oder ihm nicht erlauben, den Hasen rosa und die Sonne lila auszumalen, weil das in Wirklichkeit so nicht ist. Vielleicht empfanden die Menschen, die leichter formulieren konnten, was ihr Lieblingsgeschmack, -buch oder -film war, ganz ähnlich, schafften es aber, sich in diesem konkreten Moment mit der Unvermeidlichkeit einer Selbstbeschränkung abzufinden. Chrystyna konnte das nicht. Sie hatte ständig Angst, konstante Vorlieben und zufällige Launen durcheinanderzubringen, und am meisten fürchtete sie, in ihrem Geschmack primitiv zu wirken.

Außerdem war da noch das Problem der richtigen Kriterien. Wenn man zum Beispiel seine Lieblingswerke in der Musik aufzählen sollte, gehörten dann nur die dazu, die man jetzt gerade am liebsten hatte, oder auch die, die man vor zehn Jahren besonders mochte? Und welche konnte man noch am ehesten aus seinem Leben streichen, ohne dabei das Gefühl zu haben, dass die Auswahl zu ungenau oder sogar falsch sei? Würde man jedoch gar nichts streichen und alle Nuancen retten wollen, wäre es völlig unmöglich, auch nur irgendetwas zu formulieren. Vielleicht tendierte Chrystyna deshalb nach langen und ermüdenden Überlegungen immer zu den gleichen Dingen: Schokoladen- statt Fruchteis, Kaffee mit Milch statt Kaffee schwarz, pastellfarbene Kleidung statt greller, schwarz statt bunt, klassische Schnitte statt experimenteller, Kurzhaarschnitt statt langer Haare, klassische Musik statt aktueller, bequeme Sportschuhe statt modischer Absatzschuhe, Naturstoffe statt synthetischer, Romane statt Erzählungen, Briefe schreiben statt sich bei einem Bier unterhalten, üppige Brünette statt schlanker Blondinen, „etwas“ statt „ein klein bisschen“, Textpausen statt Wörter wie „wahrlich“, „fürwahr“, „freilich“ und dergleichen, Moll statt Dur, Synkopen statt Impro, Klavier statt Flügel, Schnittke statt Wagner, Weiß- statt

Buntstickerei, Umwege statt Hauptstraßen, Bahn- statt Flugreisen, Waldspaziergänge statt Stadtbummel, Hosen statt Röcke, schwere Vorhänge statt halbdurchsichtiger Stores, Badewanne statt Dusche, Naturkosmetik statt Schminke, Kräutertee statt Grün- oder Schwarztee, Fahrrad statt Auto, Zuhören statt Reden, trockener Wein statt Bier, Weißwein statt Rotwein, kleinere Runden statt ausgelassener Feiern, einsames Nachdenken bei einer Tasse Kaffee statt Gesprächen mit Freundinnen. Dennoch ersparte sie sich nie die Phase langen und schmerzhaften Überlegens, bevor sie immer wieder die gleiche Entscheidung traf.

Häufig ertappte sich Chrystyna dabei, dass sie sich selbst weitaus weniger vertraute, als ihr bewusst war. Wenn sie zum Beispiel zu jemandem putzen kam, fiel ihr auf, wie durchdacht die Sachen im Schrank abgelegt waren, und äußerte ihre Bewunderung für diese analytische Herangehensweise an etwas, das normalerweise als Nebensächlichkeit abgetan wird, obwohl es viel Zeit und Nerven sparen würde, wenn man dem etwas Beachtung schenkte. Dann erfuhr sie, dass sie selbst beim letzten Aufräumen die Sachen so eingeräumt hatte und der Wohnungsinhaberin dieses praktische Prinzip so gut gefiel, dass sie es gleich übernommen hatte. Und jetzt wirklich viel Zeit und Nerven sparte.

In ihrem früheren Leben als Musiklehrerin war es genauso gewesen. Wenn Chrystyna zu einem besonders schwierigen Teenager einen Zugang gefunden hatte, gab sie dessen Mutter Tipps, wie man am besten mit ihm klarkommen könnte, und war dann ganz erstaunt, wie gut es der Mutter gelang, mit ihrem Sohn eine gemeinsame Sprache und zu einer Zusammenarbeit zu finden. In solchen Momenten der Begeisterung für „fremde" Leistungen ertappte sie sich oft bei dem Gedanken, dass sie einfach nur einen weiteren Anlass brauchte, sich davon zu überzeugen, dass sie das nie könnte. Die eigene Unfähigkeit kam ihr immer als Erstes in den Sinn, selbst in Situationen, die sie persönlich überhaupt nicht betrafen. Chrystyna hatte sich so sehr daran gewöhnt, die Welt nur aus dem ewig verengten Blickwinkel des Schlüssellochs ihrer Phobien zu betrachten, dass sie nicht einmal mehr bemerkte, wie absurd und manchmal geradezu exzentrisch ihre Versuche wirkten, in allem nur Beweise für die eigene Unzulänglichkeit zu sehen. Wenn zum Beispiel Solomija vom Einkaufen zurückkam und fröhlich verkündete: „Ich habe eine Waage gekauft", reagierte Chrystyna mit der Frage: „Findest du, dass ich zu dick bin?" Und wenn Solomija sich über diese Reaktion wunderte, glaubte sie nicht, dass das ehrlich gemeint war.

Wenn Chrystyna unerwartet von einem Kunden angerufen wurde, fürchtete sie sofort, dass sie gleich Beschwerden und Vorwürfe zu hören bekäme, obwohl bisher niemand dergleichen am Telefon vorgebracht hatte. Gewöhnlich sagten die Leute nach der letzten Abrechnung einfach nur, dass sie in Zukunft leider auf Chrystynas Dienste verzichten müssten, ohne dafür Gründe zu nennen. Und selbst wenn sie genau wusste, dass diese Gründe rein objektive waren, ein Umzug, finanzielle Engpässe oder neue Arbeitszeiten, hatte sie tief in ihrem Innern doch immer das Gefühl, dass das Problem bei ihr lag, sie nicht sorgfältig genug arbeitete und sowieso völlig unfähig war.

Von ihrer eigenen Unfähigkeit war sie fest überzeugt. Selbstsichere Menschen stellten für sie eine unbestrittene Autorität dar. Allein diese Selbstsicherheit reichte völlig aus, sie brauchten ihr Recht auf die Autorität nicht noch mit irgendwelchen Fähigkeiten oder Leistungen zu untermauern. Wenn jemand mit sicherer Stimme sagte, dass sie etwas falsch gemacht habe, stimmte Chrystyna innerlich sofort zu, und selbst wenn sich dann herausstellte, dass die Anschuldigungen ungerechtfertigt waren, fühlte sie sich weiter schuldig. Nur der Grund änderte sich: Zuerst zweifelte sie daran, dass sie Recht hatte, und dann schämte sie sich dafür, dass sie so leicht zu verunsichern war. Der rationale Teil ihres Hirns rebellierte immer wieder gegen diesen schmerzhaften Prozess, konnte aber letztendlich nichts ausrichten. Wie allen anderen Menschen fiel es ihr leichter, an die Rechtmäßigkeit dessen zu glauben, was bereits von anderen als richtig anerkannt worden war. Allem zum Trotz das Risiko eines eigenen Urteils einzugehen, gelang ihr selten, und selbst wenn es ihr gelang, war das meist nur ein Scheinaufstand, ein Versuch, dem Intellekt Genüge zu tun und weniger einem inneren Bedürfnis. Die Angst davor, eigene Gedanken zu äußern, die lächerlich gemacht werden könnten, hatte sie auch in ihrem früheren beruflichen Dasein sehr gestört. Die Kriterien, nach denen bestimmte Werke zum Kanon erhoben wurden und andere in der Versenkung verschwanden, gründeten häufig auf diese bewusste oder unbewusste Angst. Schon allein die Unverzichtbarkeit eines Kanons widersprach in gewisser Weise dem Recht auf ein individuelles Urteil, auf eine Freiwilligkeit des Geschmacks und auf eine Freiheit, ohne die jede Kunst in ihrem Wesen absurd erscheinen musste. Unter den Musikern waren nicht die begabtesten am erfolgreichsten, sondern die selbstsichersten. Das war nicht gerecht, aber unvermeidlich. Das Gleiche galt für Kompositionen, deren Schicksal oft weniger von ästhetischen als von rein subjektiven Faktoren abhing: von der Fähigkeit des Komponisten, zu den führenden Interpreten vorzudringen, einflussreichen Musikliebhabern, Kritikern und all jenen Kulturfunktionären zu gefallen, für die fremde Angst vor der eigenen Meinung der Garant für ein erfolgreiches Funktionieren ist. Auch in den anderen Künsten spielten ästhetische Faktoren eine weitaus unwichtigere Rolle als andere. Bücher wurden eher gekauft, nachdem sie ein bekannter Kritiker gelobt hatte, und noch eher, wenn sich dieses Lob auf dem Buchdeckel oder im Fernsehen wiederfand. Bilder von Künstlern, über die die Presse schrieb, wurden öfter gekauft als die Bilder derer, über die die Presse nicht schrieb, selbst wenn die unbekannten Künstler bessere und noch dazu billigere Bilder malten. Für Filmprojekte bekannter Regisseure fand sich immer eine Finanzierung, selbst wenn das Drehbuch ganz offensichtlich hoffnungslos war, während sich Anfänger mit interessanten Ideen nur schwer durchsetzen konnten. Die Akademiekunst rechtfertigte dies mit der Notwendigkeit, gegen Kitsch anzukämpfen, die kommerzielle Kunst entwickelte daraus Labels, aber letztendlich war alles nur eine Rationalisierung einer tiefliegenden Angst vor sich selbst, vor der Unerreichbarkeit einer Wahl, der Unberechenbarkeit individueller Freiheit, einer Angst, die bei den Kunstkonsumenten und den Produzenten und Distributoren die gleiche war. Einer Angst von Menschen, denen die Sicherheit fehlte, sich selbst zu vertrauen. Einer Angst, als Erster zu sagen, dass der Kaiser nackt ist. Einer Angst, die, wie alle mächtigen Ängste, aus der Kindheit stammte.

Wenn eine überfürsorgliche Mutter in Chrystynas Gegenwart sagte: „Mädchen machen so was nicht", dann brodelte es in ihr. Augenblicklich stellte sie sich vor, wie dieser Satz tief und unerreichbar im Unterbewusstsein den Nährboden aller zukünftigen Zweifel bildete, von denen jeder zumindest zur Hälfte aus dem einen, allergrößten Zweifel bestehen würde: dem Zweifel an sich selbst, an der eigenen Existenzberechtigung, dem Recht auf Verständnis und Mitgefühl, auf Fehler und Erfolge und die Möglichkeit, man selbst zu sein und nicht einem unerreichbaren Ideal hinterherzujagen. Denn dieses unerreichbare Ideal, diese reine Existenzform eines jeden

Mädchens, ist unwiderruflich durch das Vorhandensein ihres Körpers verdorben und verwandelt alle anderen Existenzformen dieses Mädchens in eine ununterbrochene Kette von Schuldgefühlen, aus denen sich jeder Erfolg und jeder Misserfolg zusammensetzen würde.

Nicht weniger erregte Chrystyna jedes in ihrer Gegenwart gesagte „Jungen machen so was nicht“. Im Prinzip bildeten beide Sätze ein Anagramm auf einer Ebene, die viel tiefer lag als die oberflächliche Wortbedeutung. Beide zwangen die Psyche, sich einem abstrakten Modell unterzuordnen, alles Individuelle zu unterdrücken und Charakter und Verhalten an dieser Abstraktion auszurichten. Wenn sie einen hypersensiblen Jungen vor sich hatte, dem offensichtlich alle natürlichen Führungsambitionen abhanden gekommen waren, sah sie ihn schon zwanzig Jahre später als missmutigen Verlierer und Haustyrannen mit hoffnungslos erloschenem Blick, in dem verzweifelt und unermüdlich nur noch ein permanentes Schuldgefühl für alles nicht Erreichte, nicht Gelebte, sich selbst Versagte glomm.

Könnte man alles Selbstvertrauen, das den Kindern über Generationen mithilfe diverser „Erziehungsmethoden“ gestohlen wurde, irgendwo in einem sicher versteckten Container aufbewahren und nach Bedarf in kleinen Portionen verkaufen, wäre das bestimmt das erfolgreichste Geschäft aller Zeiten.

Chrystyna beobachtete gern, wie unterschiedlich dieselbe Kleidung an denselben Menschen wirkte, je nachdem, wie selbstbewusst sie waren. Noch mehr faszinierten sie die diversen Versuche, sich mithilfe teurer Kleidung, Uhren oder Autos Sicherheit zu geben, wie es in der Ukraine verbreitet war, oder mithilfe angesagter psychologischer Trainingsmethoden, worauf man sich hier in Deutschland eher verließ. Sie glaubte nicht so ganz an die Effektivität beider Methoden, obwohl sie schon wusste, dass das ein einfacher Evolutionsprozess war: Jede Generation kompensiert ihre eigenen Defizite. Teure Sachen kaufen diejenigen, die in ihrer Kindheit nicht genug hatten, ihre Nachkommen kaufen die Zeit der Psychoanalytiker. Dabei geht es ihnen allen um dasselbe, das gleichermaßen Unerreichbare.

Aber das, was bei anderen so leicht zu erkennen war, verfolgte sie und ließ ihr in ihrem eigenen Leben keine Ruhe. Sie hätte schwer sagen können, was genau sie an sich selbst am meisten störte – ein übermäßiger Konservatismus in ihrem Charakter oder, im Gegenteil, ein übermäßiges Chaos, unerwartete Schwächen, Unvorsichtigkeiten, die Wahrscheinlichkeit, durch eine spontane Handlung oder auch nur einen Gedanken sich selbst und etwas vor allen geheim Gehaltenes zu verraten. Chrystyna wusste nicht, wie sie diese Gegensätze in sich vereinigen könnte – ein Leben nach Plan zu führen und gleichzeitig spontan zu sein und das Leben ohne Gewissensbisse zu genießen, sich pragmatisch und rational zu verhalten, aber trotzdem auf ihre Emotionen zu vertrauen und sich nicht dafür zu schämen. Am liebsten hätte sie für ihr Leben, wie für die Schulaufgaben, ein Schmierheft gehabt, in dem erst einmal alles erlaubt war und aus dem man dann die gelungenste Variante ins Reine schreiben könnte.

Das Zögerliche und Langsame in Chrystynas Denken wurde durch eine leichte Überschwänglichkeit ihrer Gesten und Bewegungen ausgeglichen. Sie konnte sich weder mit der ungezwungenen Grazie bewegen, die naturgegeben und nicht erlernbar ist, noch ihre Bewegungen sorgfältig planen, um die natürliche Grazilität durch rationale Überlegtheit zu ersetzen. Die Harmonie jeder einzelnen Bewegung bei Menschen, die über diese Fähigkeit verfügten, begeisterte und beängstigte sie gleichermaßen. Chrystyna beobachtete gern die jungen deutschen Frauen, die das von Natur aus konnten. Zum Beispiel im Zug, wenn man eine Schultertasche, einen Fotoapparat, dann noch irgendeine Stofftasche und einen großen Rucksack abnehmen musste. Ihr wurde schon bei dem Gedanken daran schlecht, wie sie sich gleich in den Riemen, Gurten und Bändern verheddern würde. Sich zu erinnern, in welcher Reihenfolge sie sich diese ganzen Taschen umgehängt hatte, war ein Ding der Unmöglichkeit. Sie zog an irgendwas, das blieb an etwas anderem hängen, sie wurde nervös, änderte die Reihenfolge – und es klappte wieder nicht. Manchmal ging das ein paar Minuten lang so, und sie fühlte sich dabei, als ob sie nicht bemerkt hätte, dass sie unterwegs in einen Hundehaufen getreten war, und ihr erst jetzt auffiel, dass der gesamte Wagen danach stinkt.

Die jungen deutschen Frauen machten sich über so etwas gar keine Gedanken. Sie wirkten, als ob sie von Geburt an Vakuumverpackungen auf Anhieb an der richtigen Ecke aufrissen, einen Strauß Rosen nehmen konnten, ohne sich daran zu stechen, nie die Abfahrtszeiten, Wochentage, Geburtstage und Gesichter ihrer Bekannten verwechselten, immer sofort richtig einparkten und beim ersten Versuch eine Hotelzimmertür mit der Plastikkarte öffnen konnten, sie legten ihre Einkäufe überlegt in den Einkaufswagen, wussten immer, was sie brauchten, und schleppten nicht stapelweise Spontankäufe nach Hause, wenn sie eigentlich nur eine Flasche Saft kaufen wollten. In solchen Alltagssituationen verschwand Chrystynas Rationalität, die sie manchmal für übermäßig stark ausgeprägt hielt, und sie kam sich vor wie eine hilflose Blondine, die keine Wendung hinbekam und nicht einmal an einer Wand oder einem Regal vorbeigehen konnte, ohne sich blaue Flecken zu holen, vergaß alles sorgfältig Geplante und vertrödelte ihre Zeit mit Unwesentlichem.

Chrystyna verspätete sich grundsätzlich. Aber nicht so wie andere Menschen, die sich eben verspäten, weil sie ihre Zeit nicht richtig planen können, oder die überhaupt nichts planen und erst im letzten Moment loshetzen. Sie plante alles immer sehr sorgfältig und mit reichlich Zeitreserven und fand es schrecklich, sich zu verspäten und jemanden warten zu lassen. Also kam sie viel zu früh am verabredeten Ort an, entspannte sich und lenkte sich ab, ging in einen Laden in einer Seitenstraße oder setzte sich in ein Café in der Nähe, um noch ein paar Seiten zu lesen, vertiefte sich in ihre Gedanken und vergaß die Zeit. Und verspätete sich natürlich. Wenn sie in der Bibliothek für zwei Wochen ein dickes Buch ausgeliehen hatte, las sie die ersten Tage bis in die Morgenstunden, um ja rechtzeitig fertig zu werden, verschlang den Wälzer innerhalb einer Woche und war dann beruhigt, dass sie ihn rechtzeitig zurückgeben konnte. Aber anstatt das Buch gleich zurückzubringen, ließ sie es, in dem beruhigenden Gefühl einer erfüllten Pflicht, im Regal liegen, wo sie es natürlich vergaß und erst wieder daran erinnert wurde, wenn ihr die Mahnung ins Haus flatterte. Und jedes Mal ärgerte sie sich über sich selbst, obwohl das auch nie half. Chrystyna konnte sich sogar so in ein Buch oder in ihre Gedanken vertiefen, dass sie den Zug verpasste, obwohl sie eine halbe Stunde zu früh am Bahnhof war.

In ihr schienen immer zwei Extreme gegeneinander zu kämpfen: übermäßige Sorgfalt und totale Schlampigkeit, und es war nie abzusehen, was sich im nächsten Duell durchsetzen würde. Manchmal glaubte sie, dass beides nur eingebildet war und ihr wahres Wesen ein ganz anderes sein musste, das sie nicht sehen konnte oder nicht zu sehen wagte, ob nun aus Angst vor Enttäuschung oder aus einer anderen, noch diffuseren Angst heraus.

Vielleicht hatte das alles einen einfachen Grund: Von klein auf war sie dazu erzogen worden, nicht das zu wählen, was sie wollte, sondern das, was in der jeweiligen Situation das Beste sein würde. Die Frage war nicht „Was?“, sondern „Wozu?“ Wenn sie ihr Mittagessen nicht essen wollte, weil sie keinen Hunger hatte, sagte ihre Oma immer: „Du musst aufessen, später gibt's nichts mehr." Und dieses im sowjetischen Alltag allgegenwärtige „Später gibt's nichts mehr" war immer die wichtigste Entscheidungsgrundlage gewesen. Ein geliehenes Buch musste man sofort lesen, auch wenn einem gar nicht danach war, denn später hätte man es ja nicht mehr, saisonales Obst und Gemüse musste man essen, solange es welches gab, baden und sich sonnen bis zum Umfallen musste man, solange man am Meer war, anziehen, was gerade in Mode war, musste man sofort, wenn man es geschafft hatte, modische Kleidung zu erstehen, denn das war nicht einfach, man musste sich zwingen, am Wochenende lange zu schlafen und in der Woche früh aufzustehen, auch wenn es einem umgekehrt viel lieber gewesen wäre, und so ging es immer weiter. Ihr gehorsames Wesen hatte dieses Prinzip so gut verinnerlicht, dass ihre wahren Wünsche und Bedürfnisse schlichtweg verschwunden waren und nur den ewigen Beigeschmack des Zweifels hinterlassen hatten, und ihr Selbstvertrauen in dem geheimnisvollen, gut versteckten Container aufgegangen war, in dem fest verschlossen das den Kindern vieler Generationen gestohlene Selbstvertrauen lagerte.

Ihr Bewusstsein rebellierte gegen sich selbst und veranstaltete demonstrative Chaosattacken, in denen Chrystyna aus heiterem Himmel und ohne jede rationale Erklärung ihre Pläne komplett über den Haufen warf. Sie sagte ihren Kunden ab und ging mit einem Buch in den Park, Kaffee trinken, ins Kino oder in ein Konzert, nur nicht dahin, wohin sie ihrem Kalender nach hätte gehen sollen. Manchmal geschah das auch völlig gegen ihren Willen und sie verpasste ihre Haltestelle, weil sie sich festgeträumt hatte, konnte nicht rechtzeitig umsteigen, kam hoffnungslos zu spät bei den ersten Kunden an und entsprechend bei allen weiteren, sie riefen an, schimpften,

Chrystyna verlor ihren Lohn, regte sich auf, versuchte, es doch noch irgendwie hinzukriegen, obwohl ihr klar war, dass es sinnlos war, gegen sich anzukämpfen: Sie würde so oder so irgendetwas durcheinanderbringen, sich verlaufen, zu spät kommen, es nicht schaffen, sich verbrühen oder schneiden, sich ein Bein oder einen Arm verrenken oder versuchen, ein Straßenkätzchen vor einem Auto zu retten und es zum Tierarzt bringen. An solchen Tagen würde auf jeden Fall etwas passieren und nichts nach Plan laufen. Dann lieber gleich aufgeben.

Manchmal hätte sie gern wieder genauso klar wie als Kind gewusst, was sie haben möchte und was nicht, welche Bücher, Getränke und Musik wirklich ihre liebsten waren und welche sie nur unter fremdem Einfluss dafür hielt. Aber trotz aller Bemühungen lagen diese einfachen Fähigkeiten so tief unter den Ablagerungen späterer Komplexe, Ängste, Enttäuschungen, Befürchtungen und rationaler Motive, dass es unmöglich war, sie darunter hervorzuholen. Sie musste einfach mit ihrem pedantischen Ich und ihrem chaotischen Ich Frieden schließen.

Chrystyna fand, dass sie ein solcher Zugang zu den eigenen Gefühlen und Vorlieben unflexibel machte, sie in ewigen Anmerkungen, Erläuterungen und Präzisierungen gefangen hielt, und ihr ganzes Leben dadurch zu einem vollgekritzelten und mit willkürlichen Tintenflecken bekleckten Schmierheft wurde, in dem nicht einmal mehr sie selbst das Geschriebene entziffern und die richtigen Entscheidungen von den falschen unterscheiden konnte. Besonders spürbar war das in Beziehungen. Sie konnte sich nicht wie Solomija einfach für etwas begeistern und für den Augenblick alles außer ihren Gefühlen ausblenden. Von Anfang an beunruhigte sie der Gedanke daran, wie es weitergehen würde und was alles passieren könnte: die Perspektiven dieser Beziehung, mögliche Probleme, Unzulänglichkeiten im Charakter oder im Äußeren der Partnerin, alles, was sie vor ihr verbergen könnte, und alles, was sie nicht bemerkte, weil sie die andere noch nicht lange genug kannte. Chrystyna hasste sich dafür, dass sie jedes Wort auf die Goldwaage legte, jede Geste unter die Lupe nahm, in Gedanken immer wieder zu dieser oder jener Situation zurückkehrte und sie so lange analysierte, bis sich irgendwo in den Fingerspitzen spürbar und sogar schmerzhaft das Bewusstsein meldete, dass sie in diesem Moment all das zerstörte, was sie noch gar nicht aufgebaut hatte und, wenn sie nicht sofort aufhörte, nie aufbauen würde.

***

Die erste Arbeit, die Eva für Chrystyna fand, war als Pflegerin bei der siebenundachtzigjährigen Italienerin Marianna. Ihr Mann hatte früher ein beliebtes italienisches Restaurant geführt. Nach seinem Tod musste das Restaurant geschlossen werden, aber Marianna konnte zu der Zeit schon gut von dem Ersparten leben.

Anfangs arbeitete Chrystyna ohne einen freien Tag, sie hatte Angst, Marianna allein zu lassen. Und Marianna war ihr dafür sehr dankbar, auch wenn sie das wegen ihrer Alzheimerkrankheit in fortgeschrittenem Stadium nicht ausdrücken konnte. Sie verstanden sich gar nicht so schlecht. Marianna ließ Chrystyna geduldig alles machen, was diese für richtig hielt, es gab eigentlich nur eine Sache, die ihr wichtig war: sich selbst einen Tee zu machen und Spaghetti zu kochen. Das gelang ihr bei weitem nicht immer auf Anhieb und die Spaghetti waren bei weitem nicht immer essbar, aber Chrystyna wollte sie darin nicht einschränken und passte nur auf, dass Marianna sich nicht verbrühte, und räumte hinterher lange die Küche auf. Aber der alten Frau ihr einziges Vergnügen zu nehmen, wäre nicht fair gewesen.

Jedes Mal, wenn Chrystyna an Marianna vorbeiging, sah diese sie so verwundert an, als sähe sie sie zum ersten Mal. Dann schien ihr plötzlich etwas einzufallen und sie fragte: „Che ore sono?“

Chrystyna antwortete jedes Mal geduldig, wie spät es war. Wenn sie kurz darauf wieder an Marianna vorbeiging, wiederholte sich die Szene. Zuerst nervte sie das, aber mit der Zeit gewöhnte sich Chrystyna daran.

Marianna lebte in einem ziemlich großen, praktisch aufgeteilten und stilvoll eingerichteten Haus. Man merkte, dass hier früher jemand mit gutem Geschmack das Sagen gehabt hatte. Chrystyna betrachtete gern die chinesische Porzellansammlung, das Silberbesteck, die feinen Gläschen und den teuren Schmuck. Manchmal zog sie Marianna schön an und frisierte sie, was ihr offensichtlich gut gefiel. Sie wurde ganz ruhig und blickte von ihrem Schaukelstuhl irgendwohin in die Ferne.

Nachdem Chrystyna ein paar Monate ohne Pause gearbeitet hatte, spürte sie, dass sie keine Kraft mehr hatte, und organisierte für zwei Tage eine Vertretung. Sie kochte das Essen vor und richtete alles auf verschiedenen Tellern an, die sie beschriftete und in den Kühlschrank stellte. Freitagabend kam sie die junge Frau, die sie in der griechisch-katholischen Kirche kennengelernt hatte, tatsächlich ablösen. Aber Chrystyna war noch nicht einmal zur Tür heraus, als ihre Vertretung schon den Inhalt des Kühlschranks inspizierte und ohne Hemmungen Mariannas Frühstück für den nächsten Tag verspeiste. Als Chrystyna Montag früh zurückkam, begrüßte Marianna sie so freudig und stürzte sich so gierig auf das Essen, dass es Chrystyna leidtat und sie lange nicht mehr frei nahm.

In Athen kam Chrystyna nie an. Aber das Geld, das sie sich für die Reise geliehen hatte, gab sie Halynka schon nach ein paar Monaten zurück und lieh sich dafür von

Eva etwas. Ein Jahr später hatte auch Solomija endlich ein Visum und fuhr zu Chrystyna.

***

Eva gab sich alle Mühe, um nicht schön auszusehen. Ihre kleine Figur mit den perfekt zueinander passenden Körperteilen war flink und beweglich, als würde sie sich in ständiger Kampfbereitschaft befinden, um schnell eine potentielle Gefahr abwenden zu können. Ihr dynamischer Gang und die energiegeladenen Gesten ließen ihr systematisches Kampfsporttraining erahnen. Wenn sie jemand unvermittelt ansprach, drehte sie sich blitzartig mit dem ganzen Körper um und es sah aus, als könnte sie sich gerade noch beherrschen, nicht die Fäuste hochzureißen und eine Boxerstellung einzunehmen. Ihr Haarschnitt war immer kurz und bestand eigentlich nur aus parallelen, senkrechten Linien, keine Rundungen, keine Fransen, von Löckchen ganz zu schweigen. Als ob der Friseur beim Schneiden ein großes Geometriedreieck angelegt und nur die Länge im Verhältnis zum Winkel abgemessen hätte. Wenn Eva sprach, spannten sich ihre Gesichtsmuskeln und zeichneten sich unter der dünnen, durchsichtigen Haut mit den bläulichen Äderchen ab. Ihre Augen waren meist zusammengekniffen und blitzten in ihrer unbestimmbaren gräulich-gelben Färbung durch die engen Schlitze wie Stahl hervor. Eva trug nie Schmuck und hatte keinen einzigen Rock im Schrank. Ihre Kleidung teilte sich in Businessoutfits für die Arbeit und offizielle Feiern und sportliche für den Rest. Sie raste in halsbrecherischer Geschwindigkeit auf einem roten Motorrad durch die Stadt. Nur bei klirrender Kälte stieg sie manchmal in ihren alten Volvo um. Im Urlaub fuhr sie ausschließlich an einen FKK-Strand zelten, sie mied Ferienorte, hörte klassische Musik und Hardrock und las ... nun, Eva las eigentlich alles. Beim Lesen zeigte sich der unvermeidliche Riss im monolithischen Panzer ihres Images, durch den, wie Gras durch den Asphalt, alles drang, was sie sich sonst verbot – übermäßige Sentimentalität, Empfindlichkeit, Schwäche, Weiblichkeit, der Wunsch, manchmal nicht stark und unabhängig sein zu müssen. Manchmal las Eva sogar Frauenromane, obwohl sie das nie im Leben zugegeben hätte. Außerdem studierte sie alle Neuerscheinungen, die auf den Cocktailpartys Thema waren.

In ihrer großen, zweigeschossigen Wohnung standen und lagen überall Bücher: In mehreren Reihen in den Einbauregalen, auf dem Fußboden vor den Regalen, aufgestapelt neben dem Bett, sodass Eva immer darüber klettern musste wie über eine Mauer, im Bad, in der Küche, selbst in der Garderobe neben dem Schirmständer. Auch der Rücksitz von Evas Auto war immer voller Bücher. Jedes Mal, wenn sie und Chrystyna auf einem Spaziergang an einer offenen Buchhandlung vorbeikamen, verschwand Eva für eine ganze Weile darin und kam dann vollbepackt wieder heraus. Manchmal verbot sie sich sogar für eine bestimmte Zeit, neue Bücher zu kaufen, so wie sich andere Menschen verbieten, Zigaretten, Alkohol oder Süßigkeiten zu kaufen. Dann las Eva die alten Bücher noch einmal und fand auch immer mal wieder welche, die sie irgendwann gekauft, aber noch nicht gelesen hatte.

Wenn sie ihren Businessanzug trug, der eher einem Panzer ähnelte, oder in einen Trainingsanzug schlüpfte, glich ihre Figur einem Eichhörnchen, das man in einen Sack gestopft und dabei seinen Schwanz zusammengequetscht und aus dem grellroten Wusel ein ausdrucksloses, kleines Wesen gemacht hatte, das sich ängstlich zitternd windet. Aber wenn sich Eva auszog und das Korsett abnahm, das sie immer unter der Kleidung trug, wenn sie das Haus verließ, zeigte sich, dass ihre kleine Figur sehr attraktive Formen hatte – eine schlanke Taille im Kontrast zu einem festen, rundlichen Hintern und einem straffen Busen. Und ihr mausgrau gefärbtes Haar war in Wirklichkeit blond und makellos glatt. Hätte sich Eva nicht die Haare gefärbt, sie lang wachsen lassen und außerdem ihr Korsett abgelegt, so würde sie aussehen, als wäre sie gerade aus einem Schönheitssalon gekommen. Aber ein solches Äußeres hielt sie für vulgär und war zu allem bereit, um nur nicht auszusehen wie vom Coverfoto einer Modezeitschrift.

Das Einzige, was Eva nicht verbergen konnte, waren ihre schmalen Hände mit den wunderbar langen Fingern, die selbst mit den abgekauten Fingernägeln Aufmerksamkeit erregten. Maniküre kam für sie natürlich nicht in Frage.

Evas Mutter war Topmodel gewesen, hatte die Karriere aber wegen ihrer Tochter an den Nagel gehängt und gehofft, dass diese später auch Topmodel werden würde. Obwohl in Wirklichkeit nicht ihre Schwangerschaft, sondern ihre Flucht von Ost- nach Westberlin ihre Karriere beendet hatte. Evas Opa war in der DDR ein hoher Parteifunktionär gewesen, und ihre Mutter hatte trotz ihrer zweifellos überzeugenden äußerlichen Voraussetzungen eher dank der guten Beziehungen ihres Vaters eine steile Karriere gemacht. Sie fing gleich in der besten Agentur des Landes an und reiste mit den neuesten Kollektionen um die halbe Welt. Vom Fenster eines teuren Hotels aus betrachtet wirkte das westliche Leben noch glänzender und verführerischer als in den kühnsten ostdeutschen Träumen. Und obwohl ihr Vater ihr abgeraten und versucht hatte, ihr die Unterschiede zwischen Urlaub und Alltag zu erklären, kam Evas Mutter von einer ihrer Auslandsreisen nicht mehr zurück, die eigentlich nur eine

Reise ans andere Ende der Stadt gewesen war. Ungefähr genauso lange hatte sie seinerzeit bis zur Universität gebraucht. Als ihr klar wurde, dass sie mit siebenundzwanzig für einen Neuanfang ohne Kontakte und Beziehungen zu alt war, lernte sie Evas Vater, einen bekannten Anwalt, kennen. Von da an versuchte sie nicht mehr, sich als Model zu etablieren, und als Eva kam, war es für sie das Einfachste zu glauben, dass das Kind an allem schuld war.

Das war die offizielle und am häufigsten wiederholte Version der Geschichte von Evas Mutter. Aber bei weitem nicht die einzige. In einer anderen Variante ihrer frühen Kindheit (der, an die sie keine eigenen Erinnerungen hatte) wurde Eva in Südafrika geboren, wohin ihre Mutter vor der Stasi geflohen war. Eine Weile hatte sie für die gearbeitet, dann aber die Zusammenarbeit verweigert und so musste sie sich verstecken, um ihrer sicheren Verhaftung zu entgehen. Diese Geschichte klang, wenn Eva sie nacherzählte, noch filmischer und unwahrscheinlicher als die andere. Eva schien selbst an jedem Wort zu zweifeln und merkte jedes Mal, wenn sie die Geschichte erzählte, wie falsch das alles klang: „Weißt du, ich kann mich ja an nichts von alldem erinnern, aber Mama hat mir erzählt, wie wir uns zuerst in Frankreich in irgendwelchen billigen Hotels versteckt haben, dann unter falschem Namen in diversen Mietwohnungen, und wie sie sogar Angst hatte, kurz einkaufen zu gehen, weil sie ja jemand hätte erkennen und umbringen können. Dann hatte sie einen Liebhaber, der sie zuerst vergötterte und dann aber, als er ihre Geschichte kannte, erpresste. Da hatte Opa dann wohl die Idee, Mutter nach Afrika zu bringen, wo die Stasi nicht so leicht hinkam, obwohl das irgendwie auch nicht so überzeugend klingt. Nicht mal in den Spionagefilmen werden die Agenten nach Afrika geschickt, um sie in Sicherheit zu bringen. Da hätte es doch bestimmt sicherere Orte gegeben. Na ja, in Afrika gab es dann wohl zuerst irgendwelche schrecklichen Krankheiten und danach ein Leben in Elend, unter den Ureinwohnern oder so. Und dann kann ich mich schon selber erinnern: Ich bin sechs und gehe auf eine Privatschule in Westberlin. Eine komische Geschichte. Mutter fügt da auch immer wieder neue Details ein, die immer weniger mit dem Rest zusammenpassen, aber sie besteht darauf, dass das alles so und nicht anders war. Ich würde ihr ja gern glauben, es kann auch gut sein, dass es da irgendeine dunkle Stasi-Geschichte gab, Opa war ja wirklich ein hohes Tier. Aber so wird's wohl kaum gewesen sein. Vielleicht sind das eher die Nebenwirkungen ihrer Antidepressiva."

Chrystyna sah das etwas anders. Sie hatte sich mittlerweile mit so vielen verschiedenen Leuten unterhalten und war dabei durchaus öfter alten Frauen begegnet, die Evas Mutter ganz ähnlich waren und ihre Lebensgeschichte immer wieder neu erzählten. Und gewöhnlich war daran kein Wort wahr. Die ordentlichen, weißgelockten Mütter und Omas erkannten in einem bestimmten Alter, dass ein Leben, das nur aus gewissenhafter Pflichterfüllung besteht, früher oder später unerträglich langweilig wird. Jahrelang waren sie auf die Leistungen anderer stolz gewesen, die Leistungen ihrer Männer, ihrer Kinder, dann ihrer Enkel, und den Gedanken daran, dass ihnen das vielleicht zu wenig sein könnte, hatten sie weit von sich geschoben. Sie hatten sich daran gewöhnt, vor allem darauf zu achten, welchen Eindruck sie auf andere machten, und alle Probleme, Mängel und Ängste hinter einer perfekten Fassade versteckt. Jetzt, da sie auf niemanden mehr Eindruck machen konnten, versuchten sie, diese Strategie im täglichen Spiel mit ihrer Psyche anzuwenden. Vor allem durfte man nicht zugeben, dass die Fassade bröckelte, dass es in ihrer tadellosen, gewissenhaften Vergangenheit Fehler und Versäumnisse gab oder, noch schlimmer, dass sie trotz fehlender Fehler und Versäumnisse keine Freude mehr daran finden konnten, ihre Tugenden aufzuzählen. Und dann änderten sie einfach die Fassade, still und leise, damit es die Nachbarn nicht merkten, wohl wissend, dass es der Anstand allen verbieten würde, am Wahrheitsgehalt des Gesagten zu zweifeln. Und während sie ihre Lebensgeschichte, die sie aus ihrer Lieblingsserie oder dem letzten Frauenroman hatten, immer wieder neu erzählten und dabei auf den korrekten Gesichtsausdruck ihres Gegenübers achteten, fingen sie selbst an, daran zu glauben. Schließlich ist es im Leben meist nicht so wichtig, was genau man sagt, sondern wie die Zuhörer darauf reagieren und wie derjenige wirkt, der spricht. Und dann kann sich eine offensichtliche Lüge auf wundersame Weise in reine Wahrheit verwandeln.

Diese alten Damen hatten in der Regel keine Arbeit für eine Putzfrau, hätten das jedoch um nichts in der Welt zugegeben und waren die zuverlässigsten und großzügigsten Kundinnen. Wenn Chrystyna eine von ihnen sah, konnte sie ihren Tagesablauf bis ins kleinste Detail beschreiben: wie sie morgens sorgfältig ihre Lockenwickler löst und in ein rosafarbenes Schächtelchen legt, einen schnurgeraden Scheitel zieht, ihre Locken kämmt, sie mit Haarlack besprüht (der seit zwanzig Jahren gleichen Marke), eine ihrer weißen oder blauen Blusen zu einem dunkelbraunen Rock anzieht, der ihr bis zur Hälfte der Schienbeine reicht, wie sie ihre Lippen mit dem immer gleichen rosafarbenen Lippenstift anmalt und sich dann vor ihre Sammlung hellblauer Seidenschals stellt und jedes Mal einen anderen auswählt, der sich in nichts von den Dutzenden daneben unterscheidet. Diese Omas glaubten genauso wenig wie Chrystyna an Psychoanalyse, und die Putzfrau ersetzte ihnen die Termine auf der Couch. Zumal man sich, wenn man einer völlig Fremden etwas erzählte, die wahrscheinlich nicht einmal so genau zuhörte, um die Glaubwürdigkeit der Geschichte nicht so viele Gedanken machen musste.

In Chrystynas Sammlung solcher Omas gab es so einige ehemalige Spezialagentinnen, die sich vor dem Fall der Mauer in Westberlin versteckt hatten und jetzt immer noch inkognito hier lebten, obwohl die Memoiren einer Spezialagentin, die vor einigen Jahren ein Bestseller gewesen waren, in Wirklichkeit aus ihrer Feder stammten. Auch ein paar Enkel russischer Adliger waren darunter, die sich auf die Suche nach den während des Zweiten Weltkrieges verlorenen Familienschätzen gemacht hatten und jetzt nur noch so ungefähr das Familienwappen nachzeichnen konnten.

Manchmal waren es nicht nur Vertreter der älteren Generation, die sich Familiengeschichten ausdachten und für ihre eigene Biografie ausgaben, sondern auch ganz junge Leute. Chrystyna war irgendwann einmal zufällig in eine Lesung geraten. Den Roman hatte ein gerade mal Zwanzigjähriger geschrieben, der allen Ernstes versuchte, die Anwesenden davon zu überzeugen, dass er die authentische Lebensgeschichte seines Großvaters, eines chassidischen Juden, beschrieben hat, der aus einem belarussischen Dorf bei Lwiw stammte, den Krieg als Partisan in Litauen, in der Nähe von Riga, verbracht hatte, bis er in der russischen Armee durch halb Europa marschiert war und sich letztendlich im amerikanischen Sektor Londons niedergelassen hatte.

Die Wechselbeziehungen zwischen Fantasie und Wirklichkeit schienen Chrystyna weitaus fragiler und unsicherer zu sein, als die meisten Menschen annehmen. Und je mehr Freizeit jemand hat und je weniger interessante Dinge in seinem wirklichen Leben passieren, desto wahrscheinlicher ist eine Flucht in die Welt erdachter Geschichten, die anfangs nur ein bisschen ausgeschmückt werden und dann immer fantastischer geraten. Vielleicht ist das ja eine normale Schutzreaktion der Psyche, der Anregungen aus der Außenwelt fehlen, die sie als Halbfabrikate weiterverarbeiten könnte, und deshalb baut sie sich eine Fantasiewelt mit exotischen Naturparks und wundersamen Orangerien. So eine Art Erinnerungskosmetik.

Ihre Psychotherapeutin war der Ansicht, dass sich Eva mit ihren Versuchen, ihren Körper zu deformieren und sich im Panzer ihrer Kleidung zu verstecken, vor sich selbst schützen wolle, vor der Angst, sich so anzunehmen, wie sie sei. Eva könne ihre eigenen Wünsche und Bedürfnisse nicht von dem trennen, was ihre Mutter und ihr sonstiges Umfeld von ihr erwarteten. Und jetzt habe sie, was immer sie auch tue, den Eindruck, dass sie deren Erwartungen nicht gerecht werde, obwohl ihr längst klar geworden sei, dass das nicht ihre eigenen Pläne seien und sie nicht einmal vorhätte, sie zu realisieren.

Ihr Mann hatte Evas Mutter nicht von Anfang an betrogen, ihre Beziehung verschlechterte sich erst ein paar Jahre nach der Geburt ihres Sohnes. Wie die Psychotherapeutin meinte, habe ihr Bruder noch weniger Glück gehabt, da der negative Einfluss der Mutter auf sein Leben stärker gewesen sei als auf das der Tochter. Und das sei, so gesehen, auch ganz natürlich, da sich die Mütter immer mehr zu den Söhnen hingezogen fühlten und die Väter zu den Töchtern. Evas Vater nahm sie auch tatsächlich öfter mit auf die Jagd als seinen Sohn. Dafür nahm die Mutter ihren Sohn selbst auf die wildesten Partys mit. So lernte

Eva schießen, als sie sechs war, und ihr Bruder rauchte das erste Mal Gras, als er noch nicht einmal sieben war. Evas Eltern waren stolz darauf, dass sie ihre Kinder wie Erwachsene behandelten. In ihrer Familie gab es keine Tabus. Und sobald sich die Kinder das erste Mal dafür interessierten, wo sie herkamen, sprachen die Eltern ganz offen mit ihnen über Sex und gaben ihnen Kondome mit in die Schule. Bei Eva war das in der dritten Klasse und bei ihrem Bruder in der vierten. Ihre Eltern hatten kein Problem damit, sich vor ihren Kindern umzuziehen, versteckten die Videokassetten mit den Pornofilmen nicht, und ein paar Mal war Eva zufällig in ihr Schlafzimmer geraten, als sie sich gerade liebten und die Tür nicht zugemacht hatten. Nach Ansicht der Therapeutin hatten die Eltern mit dieser übermäßigen Intimität die kindliche Psyche von Eva und ihrem Bruder endgültig traumatisiert und den Boden für zukünftige emotionale und sexuelle Probleme bereitet. Und jetzt, als Erwachsene, würden sie unwillkürlich die Situationen aus ihrer Kindheit reproduzieren, indem sie beim Sex nur als passives Objekt auftreten, das jedoch in dieser Rolle keine Lust, sondern nur Angst verspürt. Das komme daher, dass sie immer noch in der Rolle des Kindes gefangen seien, das die Erwachsenen gewaltsam in ihr Sexualleben hineingezogen hatten.

Bruno, Evas Bruder, litt unter diesem Kindheitstrauma stärker als seine Schwester. Um genau zu sein, litt weniger er selbst als vielmehr seine Familie. Obwohl sich die Eltern, als sie erfuhren, dass ihre Tochter homosexuell war, zunächst um sie Sorgen machten. Evas Bruder war zu der Zeit schon glücklich verheiratet und schaffte es sogar, trotz seiner diversen Affären, eine recht harmonische Beziehung mit seiner Frau und seinen drei Kindern, von denen der Älteste schon seit ein paar Jahren zur Schule ging, aufrechtzuerhalten. Aber mit der Zeit wurde die Harmonie immer labiler. Die Affären wurden häufiger, und die tolerante Einstellung seiner Frau führte dazu, dass Bruno nicht einmal mehr versuchte, sie vor ihr zu verbergen, und im Ehebett offen über seine neuen Geliebten sprach, sich sogar Rat holte, was er ihnen schenken sollte. Dann traten die ersten Sexualstörungen auf, und nun konnte er schon seit ein paar Jahren nicht mehr mit seiner eigenen Frau schlafen. Bruno war davon überzeugt, dass er seine Frau noch genauso liebte wie früher, und dadurch litten beide nur noch mehr. Die Therapie hatte auch keine positiven Resultate gebracht. Der Einfluss der toxischen Mutter hatte, davon war die Psychotherapeutin überzeugt, die Ganzheit von Brunos Persönlichkeit zerstört und jetzt habe sein Kopf keine Verbindung mehr zu den Emotionen, und sexuelle Lust sei für ihn nicht an Gefühle gebunden. Er verhalte sich Frauen gegenüber so, wie seine Mutter sich ihm gegenüber verhalten hatte: Sie hatte sich bei ihm über den Vater beklagt und ihm das Gefühl von Erwachsensein und größtmöglicher Nähe gegeben, hatte dann aber abends seine Zimmertür zugemacht und war zu anderen Männern gegangen, zu seinem Vater oder auf irgendeine Party. Folglich habe er das in der Kindheit als Verrat angesehen und zugleich unbewusst als einziges Verhaltensmodell zwischen Männern und Frauen verinnerlicht. Und das würde er jetzt unwillkürlich in der Beziehung zu seiner Frau reproduzieren. Sexuelle Gefühle seien für ihn völlig losgelöst von Emotionen und deshalb sei er nicht in der Lage, sie in der Familie auszuleben, für die er wirklich starke Gefühle empfinde.

„Weißt du, er wird irgendwie immer komischer", erzählte Eva Chrystyna in einem Moment der Offenheit. „Da ist mal eine ganze Weile alles ganz normal, und dann packt er auf einmal aus heiterem Himmel seine Sachen und verlässt seine Familie. Und das alle paar Jahre. Angeblich, weil seine Frau eine Affäre hat. Aber in Wirklichkeit hat sie ihn von Anfang an betrogen, genauso wie er sie auch. Das war so eine Abmachung zwischen den beiden, mit der sie gut leben konnten. Und jetzt, wenn er mir davon erzählt, wechseln wir irgendwann immer von seiner Frau zu unserer Mutter. Mir kommt das jedes Mal vor, als würde ich nicht mit meinem Bruder reden, sondern mit so einem Proust'schen Typen, der stundenlang schlaflos daliegt, den Gesprächen der Gäste auf der Veranda lauscht und nicht damit fertig wird, dass seine Mutter ihn vorm Schlafengehen nur flüchtig geküsst hat. Wenn ich das allen Ernstes von einem vierzigjährigen, halbwegs intelligenten Mann höre, kann ich einfach nicht glauben, dass das mein Bruder ist."

„Also, ich glaube", fing Chrystyna an, wobei sie in Gedanken eher bei sich als bei Evas Bruder war, „dass es verschiedene Arten von Erwachsensein gibt. Ein physisches, wenn man halt ausgewachsen ist. Ein intellektuelles, wenn man begreift, dass man die Verantwortung für sein Leben und das Leben anderer übernehmen muss. Und ein emotionales, wenn man lernt, die eigenen Erlebnisse aus der Perspektive der gelebten Zeit und der gewonnenen Erfahrungen zu betrachten. Automatisch findet nur das physische Erwachsenwerden statt, an allen anderen, denn vielleicht gibt es ja noch mehr als zwei Arten, muss man selbstständig und beharrlich arbeiten, und selbst dann schaffen das nicht alle. Also ich glaube, dein Bruder ist einfach, wie viele andere, noch nicht erwachsen genug."

Eva konnte Bruno einfach nicht verzeihen, dass der, kurz nachdem sie ihr Elternhaus zum Studium verlassen hatte, all ihre Sachen genommen, nach draußen getragen und angezündet hatte. Warum er das getan hat, konnte niemand erklären, nicht einmal er selbst. Das war eines dieser rätselhaften Phänomene seines Charakters, die Eva Angst machten. An mehreren Punkten in seinem Leben war er einfach durchgedreht und hatte Dinge angestellt, die ihm niemand zugetraut hätte. Vielleicht bahnte sich so die in all den Jahren der Gehorsamkeit und Fügsamkeit angestaute negative Energie ihren Weg nach draußen.

Sobald der Ausbruch vorbei war, war Bruno wieder ganz der Alte, nett und hilfsbereit, leicht zu überreden, besonders, wenn jemand Hilfe brauchte. Er riss sich ein Bein aus, um die Angelegenheiten seiner zahlreichen Bekannten zu klären, selbstlos und unermüdlich, ohne dafür auch nur einen Dank zu erwarten. Er hörte immer auf den Rat seiner Eltern und seiner Schwester und hielt seine eigene Meinung dabei so sehr zurück, dass man den Eindruck bekam, er habe gar keine eigene Meinung und würde sich einfach für einen der vielen Ratschläge entscheiden, noch dazu, ohne groß darüber nachzudenken, warum gerade für diesen und keinen anderen.

Eva hätte nicht sagen können, was in ihrem Verhältnis zu ihrem Bruder überwog: Mitgefühl und der Wunsch, ihm alles zu verzeihen, oder Verachtung für sein fehlendes Rückgrat. Klar und eindeutig waren ihre Gefühle nur in der Episode mit ihren verbrannten Sachen. Das konnte sie ihm einfach nicht vergessen.

„Verstehst du, er hat mir meine Vergangenheit geraubt. Einfach alle Erinnerungen, Fotos, Notizen, Tagebücher und Briefchen aus der Schule verbrannt. Das Wertvollste, was einem im Leben bleibt. Was ich von mir selber weiß, ist jetzt wie ein Wikipedia-Eintrag: nur Daten und Fakten, keine Emotionen oder Gegenstände, die diese Fakten mit irgendwelchen Gefühlen verbinden würden, die irgendwo verschüttet sind und nur noch fragmentarisch zum Vorschein kommen. Als würde man einen Zahn ziehen, aber die Wurzel drin lassen. Die wird immer wehtun, auch wenn sie schon längst abgestorben ist."

Als klar wurde, dass Eva nicht in die Fußstapfen ihrer Mutter treten und Topmodel werden würde, zeigte die ihre Enttäuschung ganz offen. Das habe, nach Ansicht der Psychotherapeutin, bei Eva zur Ausbildung lesbischer Neigungen geführt. Die Unerreichbarkeit der Mutterliebe und das zu erwachsene, partnerschaftliche Verhältnis zu ihrem Vater hatten einen Teil ihres weiblichen Wesens eliminiert. Eva fühlte sich unter Männern tatsächlich viel selbstsicherer als unter Frauen. Sie fuhr gern schnell mit allem, womit man nur schnell fahren konnte, nahm die Motoren ihres Motorrades und ihres Autos auseinander und setzte sie wieder zusammen, wechselte selbst die Reifen und das Öl und ging gern auf die Jagd und zum Angeln.

Vielleicht waren ihre Kleidung und die Frisur, die sie eher hässlicher als schöner machten, nur ein logischer Bestandteil dieses maskulinen Images. Aber diejenigen, die Eva zum ersten Mal sahen, waren wie gebannt. Als müsste man diese ungewöhnliche Frau nur noch ein klein bisschen länger ansehen und der Spuk wäre vorbei, die Uhr würde Mitternacht schlagen und Aschenputtel sich in eine Prinzessin verwandeln. Obwohl das vielleicht auch nicht unbedingt mit Eva zusammenhing. Hässlichkeit möchte man immer ausführlich betrachten und dabei jedes einzelne Detail studieren. Manchmal ist das sogar interessanter, als einen schönen Menschen anzusehen. Teilweise sicher deshalb, weil sich schöne Menschen über ihre Attraktivität im Klaren sind und bewusst oder unbewusst versuchen, sie zu betonen, einen zum Hinsehen zwingen, womit sie den ganzen Effekt zerstören, da sie sich zu auffällig und theatralisch verhalten und dadurch innerlichen Widerstand auslösen. Diejenigen, die sie ansehen, gewinnen den Eindruck, dass sie zu etwas gezwungen werden, und das schreckt sie ab. Hässliche Menschen, die es ja auch gewohnt sind, dass sie alle anstarren, versuchen hingegen, genau das zu vermeiden, zu aufdringliche Blicke sind ihnen unangenehm und sie bewegen sich zurückhaltender und natürlicher, kontrollieren ihre Gestik und Mimik, was sie adelt und eine auf den ersten Blick unsichtbare Attraktivität, etwas Einzigartiges und Unvergleichbares freilegt. Dann versteht man, dass Einzigartigkeit in Wirklichkeit interessanter ist als Schönheit, dass sie die Fantasie anregt, man diese unter der Hässlichkeit verborgene Schönheit festhalten will, und schon beginnt irgendwo auf der Kehrseite der Fantasie eine unsichtbare Porträtsession und es wird nahezu unmöglich, dem Gebot der Höflichkeit entsprechend endlich den Blick abzuwenden.

Bei Eva war das noch offensichtlicher, schließlich war unschwer zu erkennen, dass ihre Hässlichkeit künstlich und sorgfältig konstruiert war, und das regte die Fantasie nur noch mehr an. Diese Frau begann vom ersten Augenblick an ein Rollenspiel, ungewohnt und faszinierend. Chrystyna sprang sofort darauf an.

Das Verhältnis zu Eva erinnerte in keiner Hinsicht an das, was manchmal zwischen Chrystyna und Solomija vor sich ging, ähnelte aber auch keiner anderen von Chrystynas vorigen Beziehungen. Früher hatte sie sich meist um ihre Freundinnen gekümmert, ihnen Geschenke gemacht und bei allen möglichen lebenspraktischen Fragen geholfen. Jetzt war es zum ersten Mal andersherum. Eine andere Rollenverteilung wäre in dieser Situation auch schwer vorstellbar gewesen: Chrystyna musste sich in einer für sie völlig neuen und fremden Welt zurechtfinden, was ohne fremde Hilfe wohl kaum möglich gewesen wäre. Evas Fürsorge war angenehm und unaufdringlich, sie konnte alles so einrichten, dass Chrystyna nichts peinlich sein musste.

Von ihrem ersten Tag in Berlin an hatte Eva mit Chrystyna nur deutsch gesprochen, ihr geduldig immer wieder die Wörter erklärt und nur im äußersten Notfall zu Englisch oder zu Gesten gewechselt. Chrystyna hatte ein gutes Gehör und sprach schon nach drei Monaten fast fließend deutsch. Die Arbeit bei Marianna half da natürlich sehr, sie war nicht körperlich anstrengend, Chrystyna musste aber viel Zeit in der Wohnung der alten Frau verbringen und konnte sich in diesen Stunden mit einem Selbstlernkurs Deutsch beibringen. Im Bus, beim Spazierengehen und beim Aufräumen hörte sie die Texte und Übungen und lernte die Redewendungen auswendig. Die Fortschritte zeigten sich schnell. Wenn sich Chrystyna und Eva ein paar Tage nicht gesehen hatten, bemerkte Eva in Chrystynas Wortschatz immer neue Wörter und in ihrer Sprache immer mehr grammatikalisch richtige Konstruktionen.

„Musikern fallen Sprachen ja eher schwer, aber dir irgendwie gar nicht", sagte Eva zu Chrystyna.

„Musiker stimmt ja auch nicht. Ich bin einfach Lehrerin, und eine Lehrerin muss selber lernen können", scherzte Chrystyna.

Sie lernte eifrig, sah abends Filme und Serien verschiedenen Schwierigkeitsgrades, las Bücher und hörte sich Hörbücher an.

Außer den Sprachproblemen gab es beim Einleben noch so einige andere Kleinigkeiten, aus denen sich die Sozialisierung in einer fremden Umgebung oder Gesellschaft zusammensetzt. Jedes Mal, wenn Chrystyna vor einer neuen Situation stand, verstärkten sich ihre Angst und ihre Unsicherheit: ob sie sich im Restaurant auch richtig benehmen würde, dem Anlass entsprechend gekleidet sei, in Gegenwart von Evas Bekannten keinen Unsinn reden würde, auf der Straße auch nicht als Illegale zu erkennen sei, nicht zu vorsichtig die Straße überquere, ob sie auch ja nicht ihre Frisur, die fehlende Maniküre oder das fehlende Make-up, ihre Kleidung oder Haltung verraten würden? Dass sie Standardsituationen mit der Zeit beherrschte, half auch nicht dabei, die Ängste zu überwinden, eher im Gegenteil. Je besser Chrystyna Deutsch verstand, desto öfter bemerkte sie Dinge, die ihr früher verborgen geblieben waren, und in denen sie Fehler machen, sich verraten oder blamieren könnte. Je kleiner die Sprachprobleme wurden, desto offensichtlicher wurden die Probleme, die mit der unterschiedlichen Lebenserfahrung zusammenhingen. Sie verstand weder die Zitate aus den Büchern und Filmen, die ihren Altersgenossen hier wichtig waren, noch die Anspielungen auf Alltagsdinge, weil sie mit anderen Büchern und Filmen und in einem anderen Alltag großgeworden war und nicht in der Lage, so scharf, korrekt und gnadenlos die psychologischen Eigenheiten der Menschen, mit denen sie sich unterhielt, zu erkennen, wie das Evas Freundeskreis konnte. Eva verwunderte die Naivität, mit der Chrystyna auf das Verhalten anderer Leute reagierte, und ihre Unfähigkeit, die einfachsten Zeichen zu deuten: ein nach unten oder zur Seite gerichteter Blick, nervöses Händereiben, Schweißperlen auf der Stirn, ein unerwarteter Themenwechsel, eine angespannte oder gespielt lockere Art zu reden und eine Menge ähnlicher Details, über die sie manchmal sogar in Büchern stolperte, wenn die Figuren plötzlich mitten im Wort abbrachen – psychologisch geschulten Lesern war sofort alles klar, aber Chrystyna bat Eva, ihr das zu erklären. Genauso war es beim Zeitunglesen. Selbst als in den Artikeln fast keine unbekannten Wörter mehr vorkamen, blieb die Bedeutung des Textes für sie ein Rätsel, bis Eva ihr erklärte, was zwischen den Zeilen stand: Anspielungen auf Ereignisse der vergangenen Jahre, aufsehenerregende Skandale, absurde Gesetzesvorlagen, politische Kuriositäten und dergleichen mehr. Das Eintauchen in die fremde Sprache war nur eine erste, oberflächliche Berührung mit einer fremden Welt, die aus vielen Schichten bestand, die sich nur langsam und unwillkürlich, manchmal auch gar nicht erschlossen.

Ganz anders als mit Solomija war auch die sexuelle Beziehung zwischen Chrystyna und Eva. Lange war ihre Beziehung freundschaftlich und platonisch geblieben, und das war beiden ganz recht so. Sie hatten Angst, zu schnell zu weit zu gehen und dadurch etwas Zartes und Unsichtbares zu zerstören. Zwischen ihnen war nichts von der Spontaneität und Impulsivität, die zwischen Chrystyna und Solomija ausbrechen konnte, vielmehr eine besonnene und sehr vorsichtige Allmählichkeit, eine schrittweise Annäherung, nicht minder faszinierend und intensiv, nur völlig anders.

Solomija und Chrystyna fielen jedes Mal übereinander her, als wäre es das letzte Mal, als wollten sie unsichtbare Wunden heilen, wenigstens für den Augenblick in etwas versinken, was nicht länger zu halten war. Mit Eva baute sie an etwas Beständigerem, an etwas, das auf Jahre halten sollte und womit man am Anfang sehr behutsam umgehen musste, das dann aber stark und robust werden und allen Schwierigkeiten trotzen würde. Vielleicht war auch das eine Art Ehebeziehung, aber eine ganz andere als die, die Eva und Chrystyna aus ihrer Kindheit kannten. Eine Beziehung, die auf Vertrauen basierte und auf dem Versuch, einen gemeinsamen Raum zu schaffen, in dem niemand dominiert und sich niemand unterordnet, einen Raum, in dem sich beide wohlfühlen.

Zu ihrem ersten Geburtstag in Berlin schenkte Eva Chrystyna eine Reise zu zweit nach Venedig. Für vier Tage. Chrystyna wunderte sich über sich selbst, mit welcher

Leichtigkeit sie das teuerste Geschenk, das sie jemals bekommen hatte, annahm. Das war etwas ganz Neues: Sie hatte aufgehört, sich in Gedanken für alles zu rechtfertigen, was sie tat. Früher war das ihre zweite Natur gewesen und sie hätte sich ganz sicher sowohl dafür gescholten, dass sie dieses Geschenk angenommen hatte, als auch dafür, dass sie es abgelehnt hatte. Jetzt ertappte sie sich nicht zum ersten Mal dabei, dass es ihr immer weniger wichtig war, wie sie wirkte und was andere von ihr dachten, dafür aber zunehmend wichtig, wie sie sich fühlte. Langsam hatte sie sich daran gewöhnt, wie alle anderen in ihrer neuen Umgebung einfach nur kurz zu danken, wenn jemand in der Kneipe für sie bezahlte oder ihr etwas schenkte, und nicht typisch slawisch erst einmal wortreich und theatralisch abzulehnen, sich zu zieren und rot zu werden, bevor man sich dann doch überreden ließ. Aber zunächst musste sie ihre ersten Schocks überwinden, als gar niemand versuchte, sie zu überreden. Auf die Idee kam einfach niemand. Ihr wurde etwas angeboten, sie lehnte höflich ab und stellte dann verwundert fest, dass sich das Ritual darin erschöpft hatte und sie sich nun, zugegebenermaßen leicht enttäuscht, davon überzeugen musste, dass sie das, was sie gerade abgelehnt hatte, wirklich nicht gewollt hatte.

„Jeder Ästhet, der etwas auf sich hält, muss mindestens einmal im Leben in Venedig gewesen sein“, scherzte Eva. „Also sieh es nicht als Geschenk an, sondern eher als obligatorischen Grundkurs. Zumal wir den Billigflieger nehmen und dort sehr bescheiden leben werden, uns was zu essen und Wein kaufen und draußen am Wasser picknicken. Die Restaurants sind dort furchtbar touristisch und völlig überteuert. Stell dich drauf ein, dass wir viel rumlaufen werden. Ein Maximum an Kultur, ein Minimum an Konsum.“

„Darf ich dann wenigstens den Wein und das Picknick bezahlen, damit ich mir nicht vorkomme wie deine Mätresse?“, fragte Chrystyna.

„Kein Problem“, sagte Eva. „Der Wein wird dort direkt vom Fass für zwei Euro der Liter verkauft, in Plastikflaschen abgefüllt, und alle wundern sich, wenn man nur einen Liter haben will und nicht die ganze Flasche voll oder gleich mehrere. Wein muss man da trinken wie Wasser. Vor allem Prosecco, das gehört einfach dazu.“ Sie lachte. „Na und Prosciutto mit Parmesan auf Panini.“ Dann verstummte sie kurz und fügte leiser hinzu: „Weißt du, ich hatte ja wirklich Angst, dass du mich auslachst für so ein Geschenk. Oder beleidigt bist.“

„Warum das denn?“

„Na ja, also hier gilt eine Reise von Verliebten nach Venedig als ganz schrecklicher Kitsch. Da fahren Schulklassen und Rentner hin. Und Touristen aus der Dritten Welt, die sich das endlich leisten können. Oder Ehepaare, die schon zwanzig Jahre hinter sich und einen ziemlich konservativen Geschmack haben. Aber von meinen Leuten würde nie jemand zugeben, dass er in Venedig war. Ich werde das meinen Kollegen auch nicht erzählen. Aber ich will unbedingt mit dir da hinfahren. Weil ich Venedig wirklich mag, Kitsch hin oder her, und ich mir sicher bin, dass es dir auch gefallen wird.“

„Hm, ist ja komisch. Und was ist dann für deine Leute kein peinliches Reiseziel?“

„Na irgendwas Exotischeres. Die Ukraine, zum Beispiel. Ich wäre ganz schön cool, wenn ich im Urlaub zum Beispiel auf die Krim fahren würde. Oder nach ... wie heißt euer Ruhrgebiet da? Donezk?“

„Ach du meine Güte“, seufzte Chrystyna.

„Kann mir schon vorstellen, dass das nicht so lustig ist, wäre aber cool.“

„Na gut, dann lass uns doch die nächste Reise Richtung Osten machen. Nach Krakau zum Beispiel. Wär das was?“

„Das wär was. Ist zwar noch lange kein Extrem, aber alle meine Bekannten waren schon mal in Krakau und ich noch nicht. Da können wir mal aufholen. Kennst du dich da gut aus?“

„Nicht besonders, aber ein paar Mal war ich schon da, ich habe ein paar Bekannte dort und kann Polnisch. Das reicht, um was Untypisches zu organisieren. Wir können von dort auch noch in eine nicht so bekannte Stadt fahren. Łódź oder Przemyśl vielleicht. Das kannst du dir aussuchen.“

„Super. So machen wir's“, sagte Eva froh.

Nach Venedig flogen sie frühmorgens. Der Flug hatte zwei Stunden Verspätung. Auf dem Flughafen saßen ein paar Ukrainerinnen neben Chrystyna, dem Aussehen nach ganz eindeutig Arbeitsmigrantinnen, die in Berlin vielleicht in den Billigflieger nach Italien umstiegen. Die jüngste hielt einen Säugling im Arm und redete auf ihn ein: „Lutsch, Kindlein, lutsch. Dass dir die Ohren dann nicht wehtun beim Fliegen.“

Dann sagte sie zu ihrer Nachbarin: „Kannste dich noch an Halja aus Mestre erinnern? So eine Flinke. Also, die hat mich ja vor kurzem angerufen. Wir haben uns dann so festgequatscht. Sie hat jetzt auch endlich was gefunden. Zwei Monate lang hat sie wohl schon gesucht gehabt, war nix zu machen. Und jetzt hat's dann endlich mal geklappt. Vor ihr hat da so eine ältere Frau gearbeitet gehabt. War alles bestens, und dann hat die auf einmal nen Infarkt gekriegt. Und dann mussten sie ihr erst den Arm abnehmen, und dann hat sie auch noch ein Auge verloren. Da musste sie dann zurück nach Hause. So kann's gehen.“

„Tja, so kann's gehen", pflichtete ihre Nachbarin bei. „Du hast's gut, dass du's geschafft hast zu heiraten. Sonst kannste's echt vergessen. Da schuftet man sich halbtot und dann ab nach Hause."

„Lutsch, Kindlein, lutsch", wiederholte die Frau mit dem Säugling in ihrem Singsang.

„Wir werden in Cannaregio wohnen", sagte Eva zu Chrystyna. „Das kommt von canna und heißt Schilf. Dahin haben die Venezianer im sechzehnten Jahrhundert die Juden aus der Stadt ausgesiedelt, und so ist das erste Ghetto der Welt entstanden. Mit Venedig war der Bezirk nur durch eine Zugbrücke verbunden, die abends hochgezogen wurde, und die Ghettobewohner waren gleich doppelt isoliert: auf einer Insel mitten auf einer anderen Insel. Jetzt ist dort ein Bahnhof, und der Eindruck von früher ist natürlich nur noch schwer wachzurufen. Höchstens nachts."

„Konnten die Venezianer die Juden so wenig leiden?", fragte Chrystyna verwundert.

„Ganz im Gegenteil, die längste Zeit waren sie sogar sehr tolerant. Selbst dann noch, als die Juden schon in ganz Europa verhasst waren, weil sie wirtschaftlich so viel Erfolg hatten. Die Venezianer waren ja selber sehr erfolgreiche Händler und haben die Juden geachtet. Aber dann hat der Papst auch Venedig verpflichtet, die Juden aus der Stadt auszusiedeln. Das war keine einfache Situation, weil die Stadt die reichen Bankiers und Kaufleute nicht verlieren wollte. Also hatten sie die Idee mit dem Ghetto. Abends wurde die Brücke hochgezogen und das Tor verschlossen, die Wächter wurden von den Juden bezahlt, vielleicht, weil sie sich vor Pogromen schützen wollten."

„Ich habe gehört, dass Außenseiter dort überhaupt geachtet waren, Huren zum Beispiel. Stimmt das?"

„Ja, das stimmt, im sechzehnten Jahrhundert war fast jede dritte Frau in der Stadt in irgendeiner Form Hure. Sie wohnten in abgetrennten Vierteln, hatten sogar eine eigene Kirche und waren durchaus geachtet, weil man hoffte, dass sie in der Matrosenstadt eine „gesunde“ Heterosexualität fördern würden. Wir gehen auch am Fondamenta delle Tette, dem Tittenweg, entlang und dann den Traghetto del Buso, den Weg des Lochs, wo die Kurtisanen lebten und arbeiteten.“

„Und wo fangen wir an? Am Markusplatz?“

„Bloß nicht.“ Eva winkte ab. „Da gehen wir mal nachts hin, wenn der leer ist. Und dann noch Mal nachmittags, damit wir die Fresken am Dom im Sonnenuntergang sehen können. Aber am Markusplatz anfangen können wir echt nicht. Da sind jetzt massenweise Touristen und Tauben, das verdirbt den ganzen Eindruck. Zuerst laufen wir ein bisschen durch Dorsoduro, da ist es vielleicht sogar halbwegs leer. Die Saison hat noch nicht angefangen, weil es bis Ende Februar ziemlich oft Überschwemmungen gibt, Acqua alta. Da haben wir ganz gute Chancen, ein fast menschenleeres Venedig zu sehen.“

Aber los ging es dann an einem eher unerwarteten Ort. Auf dem Weg von ihrem Hotel zum Zentrum kamen Eva und Chrystyna an einer offenen Kirche vorbei.

„Lass uns mal reingehen“, sagte Eva. „Um die Zeit sind die Kirchen hier meist zu, und in viele kommt man sowieso nur für Geld rein und auch das nicht immer. Wenn mal eine offen ist, muss man da unbedingt rein.“

In der Kirche sahen sie zu ihrer Überraschung einen orthodoxen Altar und an den Wänden Bibel-Bilder unbekannter Meister aus dem sechzehnten und siebzehnten Jahrhundert, Zeiten, in denen die Kirche noch katholisch war.

Außer ihnen waren noch ein paar russischsprachige Frauen aus der Gemeinde da. Eine hatte ihnen schon ihre ganze Lebensgeschichte erzählt, während sie vor Chrystyna und Eva die Treppe zur Kirche hochgelaufen war.

„Das war schwer, als ich hergekommen bin“, sagte sie auf der ersten Stufe und verschnaufte, als wollte sie bestätigen, dass es wirklich nicht einfach gewesen war. „Dann ging's aber“, und sie trat schon etwas schwungvoller auf die zweite Stufe. „Ich war verheiratet, dann geschieden, ich hab Arbeit, eine Wohnung“, und sie bezwang die letzte Stufe fest und sicher und endete, schon die Türklinke in der Hand, mit einem feierlichen: „Die Kinder sind groß. Jetzt bin ich allein. So ist das.“

Sie gingen in die Kirche hinein und hörten ein paar Minuten dem Sprechgesang des Priesters zu. Einen Chor gab es nicht. Der Priester, der, wie hinter ihnen eine Frau einer anderen zuflüsterte, ein Theologe aus Moskau war, der das Werk Pawel Florenskis erforschte, sang nicht, sondern rezitierte in verschiedenen Sprachen Gebete, wobei er immer wieder von Altkirchenslawisch zu Russisch, dann zu Italienisch und sogar zu Latein wechselte. Chrystyna hob den Kopf und betrachtete die farbige Decke, die die Form eines umgedrehten Bootes hatte.

„Nun ist es schon fünf Jahre her, liebe Gemeinde, dass die russisch-orthodoxe Kirche hierher nach Venedig gekommen ist“, begann der Priester seine Predigt. „Und man kann durchaus sagen, dass das gerade noch rechtzeitig geschehen ist, haben doch in den letzten Jahren in Venetien spalterische Gruppierungen ihre Aktivitäten verstärkt – allen voran die des so genannten Kiewer Patriarchats und der Bessarabischen Metropolitankirche, aber auch die Vertreter der Ukrainischen Griechisch-Katholischen Kirche, die, wie sie es schon immer getan haben, versuchen, die orthodoxen Gläubigen auf ihre Seite zu ziehen, indem sie deren Ahnungslosigkeit in Fragen des Glaubens schamlos ausnutzen. Als Antwort auf den

Aufruf, die Heilige Orthodoxie nicht zu verlassen, hört man aus dem Mund einfacher Menschen, die von ihrer Mutterkirche losgerissen wurden, oft den Satz: ‚Es gibt nur den einen Gott. Ganz egal, wo man zu ihm betet!' Ihre Instruktoren, die solche Gedanken in das Bewusstsein der Unwissenden einpflanzen, vergessen darüber, dass es genauso wie den einen Gott auch nur die eine Kirche gibt und es deshalb eben nicht egal ist, wo und wie man Gott preist. Richtig muss man ihn preisen, das Richtig ist wichtig, damit sich sein Lob nicht in Laster verkehrt. Amen!"

Die Gemeindemitglieder bekreuzigten sich beflissen, und Chrystyna zog Eva zur Tür. Eva sah Chrystyna verwundert an, aber die winkte nur ab. Sie wollte den ersten Eindruck von Venedig nicht mit langen, verwirrenden Erklärungen der ukrainischen interkonfessionellen Differenzen verderben, die, wie sie doch geglaubt hatte, in ferner Vergangenheit zurückgeblieben waren und deren unerwartetes Auftauchen hier, auf neutralem Boden, hilflos und lächerlich wirkte und Evas Aufmerksamkeit nicht wert war.

„Das ist ein sehr wohlhabender und für Venedig nicht unbedingt typischer Bezirk, übersetzt heißt er ‚harter Rücken'", begann Eva, als sie von der Akademie-Brücke nach Dorsoduro liefen. Von allen Seiten klickten Fotoapparate und man bekam fast den Eindruck, dass es mehr waren als Besitzer. „Hier sind die ersten Siedler auf festen Grund gestoßen, und irgendwie spürt man immer noch eine sorglose Festigkeit und sogar eine Weitläufigkeit, die es sonst nirgendwo in der Stadt gibt. Und noch ein untrüglicher Beweis für Wohlstand: Es gibt keine Lebensmittelgeschäfte."

Eva schwieg einen Augenblick, und da hörten sie, wie hinter ihnen jemand angelaufen kam. Ein koreanisch aussehender Junge rannte sie fast um und war auch schon um die Ecke verschwunden. Sie gingen ihm hinterher und sahen, dass ihn hinter der Ecke ein älterer Mann mit ähnlich koreanischen Gesichtszügen aufgehalten hatte. Er war gerade mit seinem Hund spazieren. Sie diskutierten lebhaft auf Italienisch, aber Chrystyna und Eva verstanden nur „Portemonnaie" und „Polizei". Der Junge versuchte, dem Mann etwas wegzunehmen, aber der ließ ihn nicht an sich heran und wiederholte nur immer wieder: „Polizei", „Polizei". Der Junge streckte die Arme zu Chrystyna und Eva aus, als flehte er sie um Hilfe an, aber sie zuckten nur mit den Schultern. Nach einer kurzen, aber heftigen Auseinandersetzung drehte sich der Junge um und ging, ohne etwas von dem Hundebesitzer genommen zu haben.

„Das ist doch mal eine postmoderne Auslegung des Mythos vom alten Europa", sagte Eva lachend. „Ich erzähle dir hier was über ein wohlhabendes bürgerliches Stadtviertel und derweil diskutieren zwei Koreaner auf Italienisch über Portemonnaie und Polizei. Die Variationen auf das Thema können ganz unterschiedlich sein, aber sie haben auf jeden Fall alle etwas Ironisches."

„Und was würdest du vermuten?", fragte Chrystyna. „Glaubst du, der Junge hat das Portemonnaie gestohlen?"

„Vielleicht. Kann aber auch gut sein, dass sein Verhalten einem aufmerksamen Venezianer einfach verdächtig vorkam und der dem Jungen das Portemonnaie weggenommen hat. Und weil der Junge keine gültigen Papiere besitzt, hat er Angst vor der Polizei. Oder er hat aus anderen Gründen Angst vor der Polizei. Zum Beispiel, weil er von seinen Freunden gehört hat, dass er, auch wenn er keine Schuld und dafür gültige Papiere hat, auf der Stelle abgeschoben werden kann, eine Strafe zahlen muss oder sonst irgendwas. Da kommt er noch besser weg, wenn er nur sein Portemonnaie verliert", antwortete Eva. „Mich persönlich interessiert ja viel mehr, was der Mann mit dem Hund jetzt damit macht."

„Glaubst du, er behält das Portemonnaie einfach?"

„Keine Ahnung."

„Es könnte ja alles auch ganz anders sein", überlegte Chrystyna. „Vielleicht hat der Mann mit dem Hund dem Jungen ja gar kein Portemonnaie abgenommen und wir haben das einfach falsch verstanden."

„Kann sein", stimmte Eva zu. „Oder sie sind sich früher schon mal begegnet und deshalb weiß der Mann, mit wem er es zu tun hat."

Sie gingen schweigend weiter.

„Fahren wir auch auf die Inseln?", fragte Chrystyna nach einer Weile.

„Na klar. Nach Torcello und Burano. Die anderen sind nicht so interessant."

„Und Murano?"

„Murano-Glas und -Schmuck gibt's in Venedig an jeder Ecke, davon hast du nach einer Stunde die Nase voll. Und die Insel an sich ist nicht so doll. Torcello ist der alte Kern von Venedig, dort gibt es noch verlassene, ganz besondere Orte. Und byzantinische Mosaiken. Solche siehst du sonst nirgendwo."

„Na davon habe ich schon so einige gesehen", sagte Chrystyna lachend.

„Entschuldige, habe ich ganz vergessen, dass das für dich nichts Neues ist. Aber die hier sind wirklich besonders. Die gefallen dir bestimmt."

„Und Burano ist das, wo die bunten Häuschen sind?"

„Genau. Und Spitzenstickerei. Da müssen wir zum Sonnenuntergang hin. Das ist toll."

„Und die Museen?"

„Da bin ich mir noch nicht sicher", antwortete Eva. „Wenn man zum ersten Mal hier ist und nur für vier Tage, dann hat man eigentlich auch ohne die Museen genug zu tun. Aber ich möchte trotzdem, dass du wenigstens den Dogenpalast und die Akademie siehst. Und die Kirchen natürlich, die meisten Bilder hängen dort."

„Ist der Dogenpalast der, wo das Gefängnis ist und es einen speziellen Kasten für Denunziationen gibt?"

„Genau der", bestätigte Eva. „Ohne ihn kann man kaum verstehen, wie diese sonderbare Republik funktioniert hat. Die waren hier wirklich stolz auf Diebstähle, der Staat nahm von den Dieben sogar einen bestimmten Prozentsatz. Denunziationen ging man nach und die Beschuldigten wurden hingerichtet, wenn ihre Schuld als erwiesen galt. Es gab sogar einen extra Rat, so was wie Geschworene. Und wenn sich dann rausstellte, dass ein Unschuldiger hingerichtet worden war, dann wurden seine sterblichen Überreste wieder ausgegraben und mit allen Ehren beigesetzt. So war das zum Beispiel mit einem Adligen, der unter Spionageverdacht stand, weil er die Frau eines ausländischen Gesandten zu oft besucht hatte. Als sich dann rausstellte, dass es nur Ehebruch gewesen war, wurde der Hingerichtete rehabilitiert. Die Venezianer mochten effektvolle Strafen. Mönche, die es zu wild trieben, wurden zum Beispiel in Stücke gehackt und in einen Käfig gesteckt, der vom höchsten Glockenturm auf dem Markusplatz herunterhing. Auf den Markusturm, von dem aus Goethe zum ersten Mal das Meer gesehen und wo Galilei sein erstes Teleskop vorgeführt hat, wurden Ausländer nur hinaufgelassen, wenn Flut war, damit sie nicht sehen konnten, wo die Untiefen und wo die Kanäle in der Lagune waren. Zwischen den Säulen auf dem Markusplatz wurden im Morgengrauen kopfüber politische Verbrecher eingebuddelt. Es gilt immer noch als schlechtes Omen, zwischen den beiden Säulen durchzugehen, obwohl man da jetzt vor lauter Touristen und Souvenirständen sowieso kaum noch durchkommt."

Am nächsten Tag gingen Eva und Chrystyna nachmittags in die Kirche San Salvador, wo sie die „Verkündigung" des späten Tizian besichtigten. Eva versuchte, Chrystyna davon zu überzeugen, dass zwischen dem dicken Engel und der schüchternen Maria, die mit ihrer Haarsträhne spielt, kein allzu frommer Funke überspringt. Sie betrachteten auch das „Abendmahl in Emmaus", auf dem die Abgebildeten ohne Besteck speisen. Eva hatte ihre Zweifel, dass es sich dabei wirklich um einen Carpaccio handelte, wie auf dem Schild stand, sie hielt das Bild eher für eine Bellini-Kopie.

„Guck mal, da ist das Grabmal von Caterina Cornaro, meiner Lieblingsvenezianerin. Die einzige Frau, die in die politische Geschichte Venedigs eingegangen ist", sagte Eva und Chrystyna trat näher heran. „Als sie vierzehn war, wurde sie mit dem König von Zypern verheiratet, nachdem sie zur Tochter des Heiligen Markus erklärt worden war, was bedeutete, dass der Thron Zyperns, wenn sie kinderlos und Witwe sein würde, an Venedig fiel. Ein Jahr nach der Hochzeit starb ihr Mann und dann auch ihr kleiner Sohn. Caterina kam ins Gefängnis und widerstand dann lange der Belagerung verschiedener Clans, die eine neue Hochzeit arrangieren wollten. Es endete dann alles, wie zu erwarten war: 1489 dankte sie ab und lebte ruhig bis ans Ende ihrer Tage auf einem kleinen Landsitz, umgeben von Philosophen und Dichtern, die die platonische Liebe propagierten."

Nach Evas halbstündigem Vortrag zur Kunstgeschichte verließen sie die Kirche und setzten sich auf dem Platz beim Kanal auf eine Bank. Sie holten ihren Wein und die Brote heraus und beobachteten träge die Sonnenflecken auf dem Wasser. Zwei etwa dreijährige albanische Jungen fuhren auf ihren Dreirädern um den Brunnen in der Mitte des Platzes. Eine zierliche brünette Frau holte haufenweise Hundewolle und anderen Müll aus einer selbstgezimmerten Holzhütte auf der Kirchentreppe hervor, einem Unterschlupf für herrenlose Tiere.

Eine groß gewachsene, grauhaarige Venezianerin kam mit einem Buch in der Hand auf ihre Bank zu und fragte, ob sie sich setzen dürfe. Sie setzte sich, zündete sich eine Zigarette an und blinzelte in die Sonne. Dann schlug sie ihr Buch auf.

Chrystyna drehte ihren Kopf nach rechts, Richtung Kanal, und sah, wie auf dem Pflaster eine große Möwe mit einem frisch abgerissenen Taubenflügel im Schnabel landete. Von dem Flügel tropfte noch Blut. Die Möwe ließ sich in einer ruhigen Ecke nieder, legte die Beute auf den Boden und riss systematisch kleine Fleischstückchen heraus. Kurz darauf hatten auch die Kinder die Möwe bemerkt. Sie hielten für einen Moment inne und verschwanden dann mit lauten „Mama! Mama!"-Rufen zwischen den Häusern. Aber nicht für lange. Nach ein paar Sekunden waren sie zurück und pirschten sich neugierig an die Möwe heran, die Dreiräder blieben am Brunnen stehen. Als die Möwe den Kopf hob und ein weiteres Stückchen Fleisch schluckte, wurden die Jungen mutiger und machten einen Schritt vorwärts, aber als die Möwe ihren Schnabel plötzlich wieder nach unten stieß und wild an dem Flügel zerrte, zogen sie verängstigt die Köpfe ein. Als ihr Abstand zu der Möwe gefährlich klein geworden war, zogen sie ihre Plastikschwerter aus der Scheide und liefen, Kampfesschreie auf Albanisch ausstoßend, in großen Runden um die Möwe herum. Die Möwe setzte unbeirrt von dem Geschrei ihr Mahl fort und bewegte sich nicht vom Fleck.

Die zierliche brünette Frau brachte zuletzt noch eine seltsame, mit schwarzem Klebeband verklebte Schachtel zu dem Müllcontainer auf dem Platz, damit war die Aufräumaktion beendet und die Frau verschwand langsam in der Gasse, die links vom Kanal wegführte.

Auf der Nachbarbank saß ein Junge in viel zu engen Jeans. Er telefonierte ein paar Mal kurz und wirkte dabei sichtlich aufgeregt. Dann kam ein anderer Junge in genauso engen Jeans, sie umarmten sich und gingen am Kanal entlang. Die grauhaarige Venezianerin rauchte auf, lächelte Eva und Chrystyna zu und setzte sich auf die frei gewordene Bank.

Aus der Gasse, in der die zierliche brünette Frau verschwunden war, kam eine stämmige Tante, die ein Handy ans rechte Ohr drückte.

„Sag mal, haben wir noch genug Waschmittel?", fragte sie auf Ukrainisch, als sie an der Bank vorbeikam, auf der Eva und Chrystyna saßen. „Das gibt's nämlich auf dem Lido gerade im Angebot und ich muss da sowieso gerade hin."

Die Möwe schnappte ihre Beute und flog davon. Die Kinder starrten fasziniert dem Taubenflügel hinterher.

Auf dem Weg zurück zum Hotel kamen Eva und Chrystyna an einem Supermarkt vorbei und gingen hinein. Vor dem Kaffee-Regal wurde Chrystyna auf gebrochenem Englisch von einem türkischen Paar angesprochen, einem großen, jungen Mann mit einem angenehmen Lächeln und einer jungen Frau mit Kopftuch. Sie baten Chrystyna, ihnen bei der Auswahl des besten Kaffees zu helfen, und erklärten, dass das ein Geschenk sein solle, sie selbst aber keinen Kaffee trinken und sich deshalb nicht auskennen würden. Chrystyna wusste zuerst nicht, was sie sagen sollte, weil es die ihr bekannten deutschen Sorten hier nicht gab, nahm dann aber einfach eines der teureren Päckchen und drückte es der Frau lächelnd in die Hand. An diesem Tag wurden sie von einer seltsamen Postmodernität verfolgt: Türken, die vor vielen Jahrhunderten das Kaffeetrinken in Venedig populär gemacht hatten und von denen der Adlige Kultschyzkyj dieses Getränk nach Wien, also Galizien, mitgebracht hatte, fragten in einem venezianischen Supermarkt eine Ukrainerin, welche Sorte sie nehmen sollten.

Zurück zum Hotel gingen sie eine der Haupttouristenadern entlang, auf der die Massen von früh bis spät zwischen Ghetto und Zentrum hin- und herströmten. An einem Obst- und Gemüsestand wollte Chrystyna ein paar Tomaten kaufen. Sie versuchte es auf Englisch, der Verkäufer wog eine Handvoll ab, packte sie in eine Plastiktüte und sagte: „Uno e venti, please." Dabei lächelte er galant. Chrystyna wusste noch aus dem Spanischunterricht, dass das ein Euro zwanzig bedeutete, und gab ihm ein paar Münzen.

„Uno e venti", wiederholte der Verkäufer entrüstet und gab ihr zusammen mit dem Kassenbon zehn Cent zurück. Chrystyna wollte den Bon liegen lassen, aber der Verkäufer bestand darauf, dass sie ihn mitnahm.

„Möchte mal wissen, warum er sich so aufgeregt hat", sagte Chrystyna zu Eva. „Weil ich so was Simples nicht kapiert habe oder weil er dachte, dass ich ihn für so einen typischen Gauner halte, über die in jedem Reiseführer steht, dass sie mit Vorliebe Touristen übers Ohr hauen? Und warum wollte er unbedingt, dass ich den Bon mitnehme?"

„Vielleicht ist es dir so vorgekommen, dass er sich aufgeregt hat, aber eigentlich hat er dir die zehn Cent nur ohne ein weiteres Lächeln zurückgegeben." Eva musste lachen. „Für ein Abschlusslächeln hättest du mehr Tomaten kaufen müssen. Und den Bon musst du nehmen, das ist Gesetz, steht auch in jedem Reiseführer. Keine Ahnung, ob man Strafe zahlen muss, wenn man das nicht macht."

Eva war eine fantastische Reiseleiterin. Chrystyna hatte manchmal den Eindruck, dass sie sich in Venedig genauso gut auskannte wie in Berlin. Sie sah nur ganz selten im Reiseführer etwas nach und verirrte sich nie in dem Labyrinth der engen Gassen, höchstens mal absichtlich, wenn sie einfach ein bisschen ziellos umherlaufen wollten.

Sie war perfekt organisiert, konnte alles im Auge behalten, alles bedenken, wurde nie müde und erzählte lauter interessante Dinge. Dabei unterschied sie sich von den meisten anderen Deutschen, die Chrystyna kannte, dadurch, dass sie nicht pünktlichkeitsversessen war und nicht gleich nervös wurde, wenn etwas mal nicht so ganz nach Plan lief. Als sie zum Beispiel am dritten Tag Fahrkarten für das Vaporetto kaufen wollten und die verwirrenden Wasserrouten studierten, um ihre Fahrten auf die Inseln so gut wie möglich zu planen, schlug Chrystyna vor, bis zur vorletzten Haltestelle zu fahren, damit sie gute Plätze bekämen, und dann die gleiche Strecke zurück zum Zentrum zu nehmen. Allerdings fuhr das Vaporetto von der Endhaltestelle nicht zurück durch den Canal Grande, wie es im Fahrplan stand, sondern zunächst einmal auf eine einstündige Rundfahrt in eine ganz andere Richtung, bevor es dann zwar durch den Canal Grande fuhr, aber in die Gegenrichtung. Das brachte ihre Pläne natürlich völlig durcheinander und sie kamen letztendlich auf keine der Inseln, die sie besuchen wollten. Chrystyna war es unangenehm, dass das alles wegen ihr so gekommen war, aber Eva meinte, dass diese spontane Art des Reisens dem hiesigen Hauptverkehrsmittel, dem langsamen und behäbigen Vaporetto, mit dem man viel länger braucht als zu Fuß, viel eher entspreche. Vor allem, wenn man die besondere Logik der Routen nicht durchschaut, was an nur einem Tag fast ein Ding der Unmöglichkeit ist. Abends kamen sie erst im Dunkeln zurück, mit einem Vaporetto, auf dem außer ihnen nur noch zwei weitere Passagiere waren: eine Frau mit ihrer Tochter, die versuchten, auf der Metallkiste am Fenster beim

Dämmerlicht der einzigen Glühbirne unter der Decke Hausaufgaben zu machen. Eigentlich machte die Mutter die Hausaufgaben, wobei sie immer mal wieder aufgeregt etwas rief und ihre Arme mit den zahlreichen Freundschaftsbändern und Tattoos durch die Luft flogen, während die circa achtjährige pummelige Tochter verträumt aus dem Fenster auf die Lichter der Leuchttürme blickte.

Als sie ausstiegen, kam ein junger Mann mit Kippa keuchend auf sie zugelaufen und fragte auf Englisch: „Können Sie mir sagen, wo hier die nächste Bushaltestelle ist?“

„Hier fahren keine Busse“, antwortete Eva. „Am besten, Sie nehmen das Vaporetto und fahren damit bis zum anderen Ende der Stadt, zum Piazzale Roma.“

„Nein, nein“, der junge Mann wehrte aufgeregt ab. „Da will ich nicht hin. Das ist viel zu weit.“

„Näher ist hier aber nichts“, wiederholte Eva geduldig. „In Venedig fahren keine Busse. Nur vom Piazzale Roma.“

„Okay“, sagte der junge Mann. „Wo fährt denn dann ein Zug?“

„Vom Bahnhof“, erklärte Eva unbeirrt. „Der ist neben dem Piazzale Roma.“

„Und komme ich dann mit dem Zug zu diesem großen Platz mit dem Petersdom? Nein, nicht Peter, wie hieß der doch gleich?“

„Markus“, half ihm Chrystyna weiter.

„Genau, Markus.“

„Nein, in Venedig fährt auf dem Trockenen nichts, hier gibt es nur die Vaporettos.“

„Vaporetto geht nicht.“

„Dann zu Fuß“, sagte Eva und zeigte ihm auf dem Stadtplan die Richtung.

„Zu Fuß“, der junge Mann verzog das Gesicht. „Ich will aber mit dem Bus fahren.“ Und er lief in die entgegengesetzte Richtung davon.

Vier Tage lang führte Eva Chrystyna auf sorgfältig geplanten Routen durch Venedig und erzählte an jeder Ecke interessante Geschichten. Am dritten Tag wurden sie bereits von den Arabern gegrüßt, die auf der Brücke bei ihrem Hotel Taschen verkauften, sich lebhaft unterhielten, die Touristen in ein Gespräch verwickelten und sich leichtsinnig sonnten, aber, sobald sie eine höhere Macht in Alarmbereitschaft versetzte, wie aufgescheuchte Vögel aufsprangen, ihre Ware zusammenrafften und vor den Carabinieri wegliefen. Die kamen tatsächlich, wie gerufene Geister, kurz darauf um die Ecke geschlendert, manchmal mit einem Eis in der Hand. Die Araber und sie schienen einfach nur zu spielen. Die einen taten so, als liefen sie weg, und die anderen, als liefen sie hinterher.

Chrystyna und Eva saßen auf den rot gestrichenen Bänken und beobachteten, wie sich die einheimischen Frauen gemächlich durch die engen Gassen schoben. Sie waren unschwer von den Touristinnen zu unterscheiden. Diese majestätischen Matronen in ihren knöchellangen Pelzmänteln, mit den knallrot geschminkten Lippen und dem schweren Goldschmuck hatten die Ruhe weg und führten manchmal eine ganze Schlange Touristen an, die ihnen geduldig hinterhertrotten mussten, weil sie in den engen Gassen nicht an ihnen vorbeikamen. Diese stolzen, Karavellen gleichen Damen saßen auf den Plastikstühlen der alten Vaporettos wie in einer goldenen, mit Brokat ausgeschlagenen Kutsche, völlig unbeeindruckt von den hektisch fotografierenden Touristenschwärmen um sie herum. Die Touristen gehörten für sie schlichtweg zur Stadt, so wie die Tauben, die Möwen und das Acqua alta.

Das Fenster ihres Hotelzimmers ging auf eine enge Gasse mit Souvenirläden hinaus. Im Erdgeschoss gegenüber wurde Murano-Glas verkauft. Jeden Morgen zog eine schlanke Blondine eine massive Vitrine auf Rädern nach draußen und befestigte die verglasten Schubladen sorgfältig nach einer ausgeklügelten Systematik: zuerst die unterste, leere, die an der Wand eingehakt wurde, und dann die anderen, in denen der Glasschmuck ausgelegt war. Hinter dem Fenster direkt gegenüber, das genau die gleichen hohen, grünen Fensterläden hatte, schien auch ein Hotelzimmer zu sein. Das breite Doppelbett mit einer Tagesdecke aus goldbesticktem grünem Plüsch gehörte einem älteren österreichischen Ehepaar. Jeden Morgen probierten sie vor dem Spiegel lange ihre Tirolerhüte, dann öffneten sie die kleine Tür, die vom Badezimmer auf einen zwanzig Zentimeter breiten Balkon führte, lehnten sich an das Geländer und verstießen gegen das Rauchverbot im Hotelzimmer. Von Evas und Chrystynas Badezimmer aus konnte man von einem bodentiefen Fenster auch auf die Straße sehen. Auf dem Mini-Balkon lagen ein paar alte Zigarettenkippen.

Eva und Chrystyna liebten sich immer morgens. Einmal hatten sie es abends versucht und sich dazu die Karnevalsmasken aufgesetzt, die sie unten an einem Souvenirstand gekauft hatten. Irgendwann stieß Eva mit dem gebogenen Schnabel ihrer Maske gegen Chrystynas Schnabel. Sie lachten, nahmen die Masken ab, tranken den Wein aus und legten sich schlafen.

Morgens nach dem Sex gingen sie zum Frühstück und flüsterten sich dabei, kichernd wie Teenager, etwas über die Frühstücksgäste an den Nebentischen zu, vor allem koreanische Studenten und deutschsprachige Familien mit Kindern im Schulalter.

Manchmal wunderte sich Chrystyna insgeheim, wie schnell und schmerzfrei sich Eva und sie aufeinander eingestellt hatten. Nicht einmal mit Solomija, mit der sie sich in der Musikschule jahrelang ein enges Zimmer geteilt hatte, war es so einfach gewesen, sich auf die Gewohnheiten der anderen einzustellen.

Vielleicht lag es daran, dass sie und Eva sich ähnlicher waren, vielleicht auch daran, dass beiden klar war, dass sie sich das Hotelzimmer nicht lange würden teilen müssen, und sie daher viel eher bereit waren, nachzugeben und sich anzupassen. Solomija war Frühaufsteherin und Chrystyna eine Nachteule, was ihr Zusammenleben in Evas enger Wohnung deutlich erschwerte. Es dauerte ein paar Monate, bis es Chrystyna gelang, sich abends, wenn Solomija schon schlief, leise durch die Wohnung zu bewegen, und Solomija Chrystyna morgens nicht aufweckte. Wenn sie beide früh losmussten, gab es unweigerlich Kollisionen im Badezimmer, wo beide viel Zeit verbrachten, bevor sie das Haus verließen. Mit Eva gab es dieses Problem nicht. Sie wachte jeden Morgen eine Viertelstunde vor dem Weckerklingeln auf und hatte schon geduscht, wenn Chrystyna noch zu sich kam. Während sich Chrystyna dann ausgiebig die Haare föhnte, ihre trockene Haut eincremte, die Gesichtspflege auftrug, die Nägel feilte und die Augenbrauen zupfte, machte Eva das Bett und räumte ihre Sachen auf, wobei sie die Kleidung in dem hohen Hotelschrank mit einem Stock abnahm oder aufhängte. Zwischen Chrystyna und Eva war es von Anfang an so, als würden sie sich schon ihr ganzes Leben lang kennen, während Chrystynas und Solomijas gemeinsame Vergangenheit wie weggeblasen schien, kaum dass sie zusammenwohnten.

Chrystyna, die es gewohnt war, allein zu leben, fiel es anfangs schwer, sich an Solomijas Anwesenheit zu gewöhnen, und Solomija, die nie allein gelebt hatte, konnte nicht verstehen, wo das Problem war. Beiden fehlte die Fähigkeit, der anderen taktvoll zu sagen, was sie störte, ohne sie dabei zu verletzen.

Eva beherrschte das formvollendet. Zum Beispiel sagte sie nach ihrer ersten gemeinsamen Nacht im Hotel zu Chrystyna: „Du schnarchst im Schlaf, und davon wache ich auf. Hast du etwas dagegen, wenn ich mit Ohrstöpseln schlafe?“

Und Chrystyna war kein bisschen beleidigt oder unangenehm berührt. Wenn Solomija geschnarcht hätte, dann hätte sie sich vermutlich wochenlang gequält und es ihr dann immer noch nicht gesagt. Sie brachte es einfach nicht fertig, Solomija zu bitten, doch immer die Zahnpasta im Waschbecken wegzuspülen, und regte sich jedes Mal darüber auf. Solomijas Verhalten war ähnlich pseudotaktvoll, sie sprach Chrystyna nie auf Dinge an, die sie störten, weshalb Chrystyna natürlich nicht wissen konnte, was sie falsch machte. Beide schwiegen sich aus, explodierten aber regelmäßig bei völligen Belanglosigkeiten. Nach einem solchen Ausbruch waren sie beide erschöpft und unglücklich, aber trotzdem unfähig, dieses Verhaltensmuster zu durchbrechen.

Eva dominierte sanft und zugleich beharrlich und war dabei sehr darauf bedacht, Chrystyna nicht unter Druck zu setzen. Bevor sie eine Entscheidung traf, machte sie einen Vorschlag, und wenn sie sah, dass der nicht besonders gut ankam, Chrystyna sich aber nicht traute, das zu sagen, schlug sie einfach etwas anderes vor. Bereits am dritten Tag ihres Zusammenlebens bemerkte Chrystyna, dass sie bei der Auswahl ihrer Kleidung unwillkürlich Evas Reaktion abwartete und, wenn sie nur den leisesten Anflug von Missfallen bemerkte, etwas anderes auswählte. Diese betonte gegenseitige Aufmerksamkeit, die öfter mal zu Förmlichkeit wurde, schien Chrystyna etwas übertrieben und hätte sie vielleicht irgendwann genervt, wenn sie länger zusammengelebt hätten. Wobei die Förmlichkeit dann vielleicht auch von ganz allein verschwunden wäre.

Die vier Tage vergingen wie im Flug. Die Eindrücke verhedderten sich zu einem großen Knäuel, wobei die physischen Empfindungen noch am klarsten hervorstachen: Die

Füße taten ihr weh und das Kreuz und der Hals schmerzten, vielleicht von dem ungewohnten vielen Treppensteigen die Brücken rauf und runter und dem Betrachten der zahlreichen Deckengemälde und -mosaiken.

Ihr Flug nach Berlin ging frühmorgens. Im Flugzeug saß ein ukrainisches Paar mittleren Alters neben Chrystyna: eine ausdruckslose, schweigsame Blondine in Stiefeln mit extrem hohen Absätzen und einem verängstigten Gesichtsausdruck, und ihr dickbäuchiger Mann mit krebsrotem Gesicht und Glubschaugen. Er sah aus wie ein ukrainischer Zöllner.

„Ich hab dir doch gesagt, dass man sich dieses Venedig sparen kann", brummte der Mann. „Was war denn daran nun so aufregend? Im Hilton wohnen und Austern essen hätten wir auch zu Hause gekonnt. Diese Straßenbahnen, wie hießen die doch gleich, Vaporetto, genau, die sind doch einfach nur alt und langsam. Und diese Insel, wo wir waren, weißt du noch, wie die hieß?"

„Lido", sagte die Frau.

„Genau, die. Das war doch auch nichts Besonderes. Das Filmfestival war längst vorbei, baden konnte man nicht und ansonsten ... spazieren gehen und das war's auch schon. Die Museen sind doch auch ganz schön dürftig. Nur Bilder, sonst nichts. Nicht mal so einen Automaten, wo man Münzen prägen kann, haben sie aufgestellt, den gibt's ja sogar bei uns in Lwiw. Da hängt dann so ein Michelangelo-Plakat, aber wo der nun ist, das steht natürlich nicht da."

Die Frau hörte schweigend zu und drückte ihr Buch „Venedig ohne Hotels" an die Brust, in dem Chrystyna auch mal geblättert hatte, als sie vor der Abfahrt einen Reiseführer suchte. Gekauft hatte sie es dann doch nicht, da das ganze Buch aus den begeisterten Schilderungen einer amerikanischen Touristin bestand, die ihr Leben in den gemieteten Palazzi beschrieb und weitschweifige Dialoge mit den Gondolieri wiedergab:

„Fahren in Ihrer Gondel oft verliebte Pärchen spazieren?"

„Ja, fast jeden Tag", antwortet der Gondoliere.

„Und wie benehmen die sich während der Fahrt?", will die Autorin wissen.

„Ganz unterschiedlich", antwortet der Gondoliere, „einige fangen sogar an zu küssen, ziehen sich dann aus und lieben sich. Die muss ich natürlich bremsen und bitten zu warten, bis ich in einen Seitenkanal eingebogen bin, denn auf dem Canale Grande kann ich für so etwas bestraft werden."

„Fahren auch einsame Damen mit Ihnen?", gibt die Autorin keine Ruhe.

„Ja, das kommt vor."

„Und machen die sich manchmal an Sie heran?"

„Auch das kommt vor."

„Nehmen Sie von denen auch Geld?"

„Wenn sie die ganze Nacht bleiben, nicht."

Weiter hatte Chrystyna nicht gelesen.

„Sind das Ukrainer?", fragte Eva flüsternd.

„Mhm", antwortete Chrystyna.

„Und, wie hat ihnen Venedig gefallen?"

„Ganz okay, nur die Museen finden sie ganz schön dürftig."

Eva musste lachen.

***

Evas Körper war nach Ansicht der Psychotherapeutin ein sichtbares Abbild ihrer emotionalen Probleme: Der etwas zu kurze Hals und der immer leicht nach vorn geneigte Kopf waren deshalb so geworden, weil sie sich immer vor dem abwertenden und vernichtenden Blick ihrer Mutter geduckt hatte, die Plattfüße hatten ihre Spannkraft verloren, da Eva immer versuchte, die Beine möglichst gerade zu halten, und der schwerfällige Gang war das sorgfältig ausgearbeitete Gegenteil zum Gang eines Topmodels, den die Mutter ihrer Tochter von klein auf angewöhnen wollte. Die zusammengepressten Lippen, der eiserne Blick und der stocksteife Rücken zeugten von innerer Entschlossenheit und davon, dass die Versuche, sich diese Entschlossenheit anzutrainieren, ihre Wirbelsäule hatten steif werden lassen, weshalb Eva oft Rücken- oder Kopfschmerzen plagten.

Im Unterschied zu ihrem Bruder glaubte Eva an die Wirksamkeit von Psychotherapie und ging nun schon seit einigen Jahren zu den Therapiestunden, absolvierte in regelmäßigen Abständen Gespräche mit dem leeren Stuhl, der verschiedene Personen verkörperte, denen sie dann alles sagen konnte, was sie ihnen nie ins Gesicht gesagt hätte. Diese imaginierten Klärungen halfen ihr, sich von den hartnäckigen gedanklichen Dialogen zu lösen. Außerdem trainierte sie regelmäßig Tiefenatmung und schlug mit einem Tennisschläger auf eine Matratze ein. Beides sollte zur Stressreduzierung und zum Abbau besonders tief sitzender Aggressionen beitragen.

Eva hatte sich extra eine Psychoanalytikerin gesucht, die nicht probierte, ihre lesbischen Neigungen zu „heilen“, und diese auch nicht mit enttäuschten heterosexuellen Beziehungen aus ihrer frühen Jugend erklärte, die, wie übrigens bei allen Menschen, überwiegend traumatisch gewesen waren.

Sie hatte sich lange nicht getraut, in ihren Beziehungen zu Männern die garantiert sichere zeitlich-territoriale Grenze von drei Treffen zu überschreiten: Kennenlernen und Restaurantbesuch beim ersten, Küssen beim zweiten und eine gemeinsame Nacht und Versprechungen, auf jeden Fall bald mal wieder zu telefonieren, beim dritten. Sie rief nie an, und wenn sie angerufen wurde, fand sie immer einen Grund, den Kontakt abzubrechen. Selbst wenn sie einer wirklich interessierte und sie ihn eigentlich gern näher kennenlernen wollte, verbot sie sich, weiter zu gehen. Vor allem dann, wenn sie mehr wollte.

Ihre Psychotherapeutin erklärte dieses Verhaltensmuster mit einem Kindheitstrauma: Als Eva zwölf geworden war, wurde sie für ein paar Jahre auf ein katholisches Mädcheninternat in der Schweiz geschickt, von dem ihre Mutter wusste, dass es viele berühmte Frauen besucht hatten und dass dort während des Zweiten Weltkrieges jüdische Mädchen versteckt worden waren, unter anderen auch die erste Verlobte von Max Frisch, die er dann doch nicht geheiratet hatte.

Eva gefiel es in dem Internat gar nicht, sie verabscheute die strenge Disziplin, die scheinheilige Frömmigkeit, den Klatsch und Tratsch, die Kleiderordnung, das Essen und das Auswendiglernen des Katechismus. Nach drei Jahren beklagte sie sich bei ihrer Mutter, dass eine der Nonnen versucht habe, sie zu verführen, und die erschrockene Mutter holte ihre Tochter aus dem Internat zurück. Obwohl die „Verführungen“ in Wirklichkeit unter den Mitschülerinnen abliefen und Eva dort die exotischsten lesbischen Praktiken kennenlernte.

Aber am schmerzhaftesten war immer die Abreise ins Internat gewesen. Ihre Mutter fand, dass es für Eva leichter sei, wenn sie ihr ausgedehnte, sentimentale Abschiede erspare, und brachte sie nur lange vor der Abfahrt zum Bahnhof, wo sie allein auf dem leeren Bahnsteig auf den Zug warten musste. Da stand sie dann, die Minuten zogen sich unendlich hin, und in ihrem Bauch breitete sich eine schmerzhafte Leere aus, die langsam aufstieg und die sie dann auf der Zugtoilette erbrach.

Von da an entstand diese Leere in ihrem Bauch jedes Mal, wenn die erste, sorglose Phase einer Beziehung zu Ende ging und eine Entscheidung anstand: auf dem Bahnsteig stehen bleiben oder in den Zug steigen. Eva stieg immer ein, weil sie Angst hatte, etwas Wichtiges zu verpassen, oder auch aus Angst davor, was passieren würde, wenn sie bleibt und sich herausstellt, dass in Wirklichkeit niemand auf sie wartet.

Die Strenge und die Ansprüche ihrer Mutter führten bei Eva zu einer weiteren Überzeugung: dem Glauben daran, dass man sich jedes Gefühl verdienen müsse, so wie sie sich Lob und Zärtlichkeiten ihrer Mutter hatte verdienen müssen. Deshalb kümmerte sie sich so intensiv um ihre Partner und Partnerinnen und versuchte, Zusatzpunkte auf deren Werteskala zu sammeln, aber in Wirklichkeit zerstörte sie die Beziehungen dadurch nur, indem sie ein kommerzielles Verlustgeschäft daraus machte.

Ihr erster „echter" Partner Simon, der Sohn einer Französin und eines Deutschen, war Maler und zwanzig Jahre älter als sie. Er stammte aus einer wohlhabenden Familie, hatte das Erbe seines Vaters aber längst verprasst und sah sich nach Beendigung seines Studiums mit der unangenehmen Tatsache konfrontiert, dass er nun selbst für seinen Lebensunterhalt sorgen musste. Seine Bilder, die er für genial hielt, waren bei den Sammlern irgendwie nicht so angesagt und riefen in der Fachwelt eher verhaltene Reaktionen hervor. Wohlwollende Bekannte rieten ihm, noch etwas anderes zu lernen und die Malerei als Hobby zu pflegen. Aber Simon reagierte auf solche Ratschläge empört und hielt sich weiter für ein verkanntes Genie. Als er Eva kennenlernte, war er schon achtundvierzig und hatte noch nicht eine Einzelausstellung gehabt, nicht einmal in einer kleinen Stadtteilgalerie. Er arbeitete nicht und trank ziemlich viel. Simon war hübsch und intelligent, es machte Spaß, sich mit ihm zu unterhalten. Er war hin und weg von Evas Aussehen, besonders von ihren Versuchen, sich zu verunstalten. Er schlug ihr vor, ruhig noch extremere Maßnahmen zu ergreifen, sich den Kopf kahlzuscheren, sich tätowieren oder die Schneidezähne ziehen zu lassen. Ihre Beziehung war stürmisch und bestand im Wesentlichen aus nächtlichen Saufgelagen mit Simons Freunden in seinem Atelier. Manchmal verkleideten sie sich, spielten Scharade oder erzählten Eva Geschichten aus ihrer Boheme-Vergangenheit, froh, dass das alles jemand zum ersten Mal hörte, und Eva fand es ganz interessant, das alles zum ersten Mal zu hören.

Eva aktivierte alte Kontakte ihres Opas und organisierte Simon eine Ausstellung in Ostberlin. Zur Vernissage kamen dann auch ein paar bekannte Kunstwissenschaftler, Journalisten und Sammler. Sie glaubte, dass man gar nicht allzu große Anstrengungen unternehmen müsse, um Simons Bilder bekannter zu machen, und die Dinge würden für ihn besser laufen. Vielleicht wäre es auch so gekommen, aber Simon wurde, kaum dass er ein paar Bilder verkauft hatte, größenwahnsinnig und war fortan davon überzeugt, dass seine Werke ohne weiteres Zutun zwangsläufig Begeisterungsstürme bei seinen Zeitgenossen auslösen würden. Simon beschloss, dass sich Eva nun um alle seine Angelegenheiten kümmerte. Als sie ihm vorschlug, mal selbst mit den Galeristen über eine weitere Ausstellung zu sprechen, sich eine Homepage einzurichten oder einen professionellen Agenten zu beauftragen, widersprach er kategorisch. Jede Form von Arbeit, außer seiner Kunst, war für ihn erniedrigend. Kunstmanagement verachtete er zutiefst, und alle, die nur Kunst verkauften und den Kunstbetrieb organisierten, hielt er für Parasiten und scheute sich nicht, das den Leuten ins Gesicht zu sagen.

Sich mit Alltagsfragen zu beschäftigen, hielt Simon auch für unter seiner Würde und fand, dass ihn jemand „nicht kreatives“ bedienen sollte, zum Beispiel könnte sich doch Eva auch um seine Ernährung, seine Kleidung und seine Unterhaltung kümmern. Und um die Finanzen gleich mit. Er schlug ihr vor, zusammenzuziehen und zu heiraten. Vielmehr brachte er einfach alle seine Sachen in Evas Wohnung, als sie auf der Arbeit war, und stellte sie vor vollendete Tatsachen. Wie es weiterging, kann man sich denken. Erst versuchte Eva, sich mit Simons Anwesenheit in ihrem Leben abzufinden, dann probierte sie, etwas gerechtere Regeln des Zusammenlebens zu etablieren, und dann stritten sie sich nur noch und ertränkten die Streitereien in Alkohol. Das war natürlich zunehmend schwer mit ihrem Arbeitsleben zu vereinbaren. Nach etwa einem halben Jahr war Eva klar, dass sie zu radikaleren Maßnahmen übergehen musste, da sie sonst ihre Arbeit verlieren und zur Alkoholikerin werden würde. Also tauschte sie, als Simon einmal einkaufen war, kurzerhand das Türschloss aus. Und als er versuchte, die Tür einzuschlagen, rief sie die Polizei. Simon wurde festgenommen. Eva brachte ihm seine Sachen aufs Polizeirevier und erstattete Anzeige wegen häuslicher Gewalt.

Als Simon wieder freikam, verfolgte er Eva noch ein paar Jahre, tauchte unerwartet auf, wenn sie sich mit anderen Männern traf, rollte seinen Schlafsack vor ihrer Tür aus und terrorisierte sie auf der Arbeit.

In der Auswahl ihrer weiteren Partner schien Eva den Katalog immer an derselben Stelle aufzuschlagen. Ihre Psychotherapeutin war der Ansicht, Evas geringe Selbstachtung sei der Grund dafür, dass sie sich immer Männer suchte, denen sie ganz bestimmt nicht unterlegen war. Und darin ging sie eindeutig zu weit, sodass alle ihre Versuche zur Farce wurden. Um jeden neuen Partner wollte sie sich von Anfang an kümmern, alle nutzten das schamlos aus, Eva litt schweigend und hoffte insgeheim, dass sich früher oder später alles fügen würde. Geschah das nicht, ergriff sie die Flucht.

Mit Frauen war es auch alles nicht so einfach, aber deutlich besser. Eva gestand Chrystyna, dass sie bisher noch mit keiner Frau zusammengewesen sei, von der sie den Eindruck hatte, sie sei ihr ebenbürtig, wie Chrystyna es war. Meist hatte sie sich Partnerinnen gesucht, die emotional von ihr abhängig und deutlich schwächer waren als sie. Meist waren sie fast übertrieben weiblich und sehr hübsch, aber nicht übermäßig intelligent und oft hysterisch. Ihre Therapeutin erklärte das mit einer erstarrten Gestalt aus Evas Kindheit: Als typische „Papatochter" würde sie für ihre Beziehungen stets nicht weniger typische „Mamatöchter" wählen, Frauen, die keine Beziehung zu ihrem Vater aufbauen konnten, entweder aufgrund von dessen Abwesenheit oder Gleichgültigkeit oder im Gegenteil aufgrund übertriebener Aufmerksamkeit. Wie die Therapeutin erklärte, würden Väter, die in ihrer Ehe keine Erfüllung finden, versuchen, dies in der Beziehung zu ihrer Tochter zu kompensieren und ihr dadurch eine fast vollwertige Erwachsenenbeziehung vortäuschen, und wenn sie dann von ihrer Tochter zu einer wirklich erwachsenen Frau gehen, würde das Kind das als Verrat auffassen und das Gefühl haben, für eine andere Frau verlassen worden zu sein. Die Töchter würden diese Situation ihr ganzes Leben lang unbewusst in ihren eigenen intimen Beziehungen reproduzieren und mit jedem neuen Partner versuchen, den unerreichbaren Vater zu erobern. Und diejenigen, die lesbisch veranlagt seien, würden mit der Zeit ihre Bemühungen auf Frauen verlagern, ohne dabei ihr Verhaltensmodell zu ändern.

Solche Frauen seien immer überemotional und würden ihren Emotionen entweder freien Lauf lassen oder sie vor ihrer Umgebung verbergen, was sie dann voll und ganz in Anspruch nehmen würde. Sie seien stark auf ihr Äußeres fixiert und ständig damit beschäftigt, sich schöner, oder wie Eva, hässlicher zu machen. Sie seien meist sehr egoistisch, was sich bei den einen in hysterischen Versuchen, um jeden Preis die Aufmerksamkeit ihrer Umgebung auf sich zu ziehen, äußere, und bei anderen, wie bei Eva, in einer betonten Verschlossenheit und einem scheinbaren Verzicht auf die eigenen Interessen. Ein derartiger Egoismus werde oft als Altruismus wahrgenommen, denn Menschen dieses Typs sei es wahnsinnig wichtig, was andere von ihnen denken, und sie seien jederzeit bereit, ihre eigenen Interessen zu opfern, um einen besseren Eindruck zu hinterlassen. Sie würden zu oberflächlichen, flüchtigen Beziehungen neigen, da sie fürchteten, ihren Partnern oder Partnerinnen lästig zu werden, und, um die ihnen aus ihrer Kindheit bekannte Situation des Verlassenwerdens nicht noch einmal erleben zu müssen, kämen sie dem zuvor und würden ihre Partner selbst verlassen. Deshalb könnten sie keine langfristigen Beziehungen aufbauen.

Ihre Beziehung zu Chrystyna war für Eva zweifellos ein Beweis dafür, dass ihre Therapie erfolgreich war und sie es geschafft hatte, ihre Verlustängste zu überwinden.

Chrystyna war eine starke Persönlichkeit, was Eva sofort spürte, und vielleicht war ihre Beziehung gerade deshalb so vorsichtig. Die für sie ungewöhnliche Partnerin verunsicherte Eva. Chrystyna hatte bisher auch noch keine Partnerin gehabt, mit der sie sich eine dauerhafte Beziehung hätte vorstellen können. Vor allem deshalb, weil das in ihrer früheren Umgebung ein Ding der Unmöglichkeit gewesen wäre, dafür musste man alles viel zu streng geheim halten und dabei ständig Angst haben, sich zu verraten. An eine feste Beziehung war nicht im Traum zu denken.

Dieses Problem hatte sich jetzt erledigt, Chrystyna hätte angstfrei leben können, aber die jahrelang ausgebildeten Gewohnheiten zu überwinden, war gar nicht so einfach. Außerdem war es für sie neu, dass in ihrer jetzigen Umgebung alle auf irgendwelche Therapien fixiert waren. Selbst Leute, die sich kaum kannten, sprachen ganz offen darüber, was ihr Therapeut gesagt hatte und welche Therapie gerade als besonders effektiv galt. Lange konnte sie ihre Skepsis nicht überwinden. Ihre in der sowjetischen und postsowjetischen Realität geprägte Psyche konnte nur schwer akzeptieren, dass psychische Probleme hierzulande mit der gleichen Aufmerksamkeit behandelt wurden wie körperliche Beschwerden. Sogar mit noch größerer. Ihre bisherige Erfahrung hatte sie gelehrt, psychische Probleme und seelische Leiden so gut es ging zu ignorieren und zu verbergen. Chrystyna konnte Schwierigkeiten bewältigen und Ziele erreichen, ohne dabei auf ihre eigenen Wünsche und Bedürfnisse zu achten, ohne sich zu entspannen und auf Nebensächlichkeiten wie die Freude des Augenblicks, Ruhe, Zufriedenheit und Selbstsicherheit einzulassen. Immer, wenn sie etwas „einfach nur so“ machte, hatte sie Gewissensbisse und verspürte eine große Erleichterung und einen Energieschub, wenn sich für das „einfach nur so“ eine rationale Erklärung fand.

Aber im Laufe ausgedehnter Gespräche mit Eva und der Lektüre der Bücher, die sie ihr lieh, veränderte sich Chrystynas Einstellung zu sich selbst, zu ihrem Körper, ihrer Psyche und ihren Emotionen. Sie war immer noch nicht bereit, eine Therapie zu beginnen, und konnte dafür auch eine ganze Reihe von Gründen nennen, die sie Eva schon mehrfach aufgezählt hatte: finanzielle Erwägungen, fehlende Motivation und die Überzeugung, dass sie sich der Ursachen ihrer psychischen Probleme durchaus bewusst sei. Der frühe Tod ihrer Mutter, die ausgeprägte Passivität ihres Vaters und der nicht minder ausgeprägte Despotismus ihrer Großmutter hatten sie so werden lassen, wie sie sich jetzt fühlte, kühl, rational und unfähig zu starken Gefühlsäußerungen. Chrystyna wiederholte, dass sie im Großen und Ganzen mit sich zufrieden sei und eigentlich nichts verändern wolle und dass es sie nicht interessiere, ob sie eine heterosexuelle Beziehung führen könnte. Vielleicht könnte sie das durchaus, aber dafür sei es nun eindeutig zu spät und sie würde auch keinerlei Bedürfnis verspüren. Sie wollte nie eigene Kinder haben, obwohl sie ihre Schüler mochte, viel Geduld mit ihnen hatte und sich durchsetzen konnte, ohne zu drohen oder laut zu werden. Sie konnte gut mit Kindern umgehen, und die Kinder liebten sie. Aber das war ihr Beruf und hatte keinerlei Einfluss auf den Wunsch nach eigenen Kindern. Und an harmonische und dauerhafte heterosexuelle Beziehungen ohne Kinder glaubte sie nicht. Sie habe zwar die eine oder andere heterosexuelle Affäre gehabt, aber kein Interesse daran gefunden. Mit Frauen fühlte sie sich eindeutig wohler.

Eva drängte sie nie, eine Therapie anzufangen, aber manchmal sprachen sie darüber, Chrystyna trug ihre Gegenargumente vor und Eva nickte nur und sah dabei mal aufmerksam auf ihre Beine, die plötzlich nervös zuckten, mal auf ihre Fingerspitzen, die weiß wurden, mal unterbrach sie sie und fragte, ob sie merke, dass ihr das Atmen schwerer falle. Anfangs nervte Chrystyna das und sie fühlte sich wie ein Versuchskaninchen, aber mit der Zeit achtete sie selbst immer öfter darauf, wie sie atmete, dastand, ging, saß, ob ihr Rücken aufgerichtet war, ihre Hände ruhig und ihre Stimme sicher, ob sie laut und deutlich genug sprach, was für ein Gesicht sie dabei machte, ob sie ihr Gegenüber anlächelte und wie, ehrlich, gespielt, wohlwollend, ironisch oder skeptisch. Von dieser simplen Konzentration auf die Reaktionen ihres Körpers gelangte sie nach und nach zu einem Verständnis dieser Äußerungen und zu dem Vermögen, sie im richtigen Moment zu steuern, sich eine bestimmte Reaktion nicht gleich zu verbieten, sondern auf ihre eigenen Bedürfnisse zu hören und diese sogar zu befriedigen. Ihre alten Ängste, die sie tief in ihr Unterbewusstsein verdrängt hatte, empfand Chrystyna nun als große, unhandliche Tasche, die sie mit einer Hand hinter sich herziehen musste. Eine schmutzige, stinkende Tasche, für die man sich schämte, die man aber einfach nicht loswurde. Chrystyna glaubte jetzt, dass allen längst klar sein musste, dass ihr verschreckter Blick, der gekrümmte Rücken, die aus ungeklärtem Grund geschwollenen Augenlider, die von einer nervös bedingten Arthritis roten Finger und ihr nächtliches Zähneknirschen allesamt nur Symptome früherer Fehler, Verletzungen, unterdrückten Leidens und verspannter Muskeln waren, welche die verdrängten und unterdrückten Ängste über Jahre verhärtet hatten, dass alle ahnten, welche Ängste sich hinter Chrystynas schüchternem Lächeln verbargen, das sie als Kind vor dem Spiegel eingeübt hatte, wobei sie versuchte, mit der Unterlippe ihre schiefen Zähne zu verdecken. Das Lächeln geriet entsprechend künstlich und sogar ein bisschen unheimlich, aber das fand sie damals immer noch besser, als die Lücke zwischen ihren unteren Schneidezähnen zu zeigen. Dann hatte sie sich daran gewöhnt, so zu lächeln, und nicht mehr darauf geachtet, bis sie einmal auf einem Foto bemerkte, wie unnatürlich und angespannt ihr Gesicht mit diesem Lächeln wirkte, als hätte es jemand ausgeschnitten und auf ihr Gesicht geklebt. Von da an hatte sie versucht, so wenig wie möglich zu lächeln, und hatte jetzt damit zu kämpfen, dass man sie für abweisend und unfreundlich hielt.

Die Erkenntnis, dass für sie das Erleben jedes zukünftigen Moments von solchen kleinen Ängsten begleitet sein würde, war für Chrystyna ein ziemlicher Schock. Dies zu akzeptieren anstelle der antrainierten, beruhigenden Überzeugung, dass sie ihre Psyche besser im Griff habe als so manch anderer und sich wohl bewusst war, was gerade mit ihr passierte, war alles andere als leicht.

Zugleich war es ein interessantes und faszinierendes Spiel, das sie nicht weniger reizte als ihre Beziehung mit Eva, die nicht so stürmisch und flüchtig war wie die bisherigen Verhältnisse von ihnen beiden, sondern tiefer und unvorhersehbarer.

***

Zu Evas Geburtstag fuhren sie wie verabredet nach Krakau. Chrystyna bestand darauf, dass sie nicht flogen, sondern den Zug nahmen, so wie sie hergekommen war. Eva war einverstanden, sie mochte es auch, wenn die Landschaft langsam vor dem Fenster vorbeizog und einem die Möglichkeit gab, an ihre Echtheit zu glauben, die Bewegung nicht nur im Raum, sondern auch in der Zeit zu spüren. Das Flugzeug nimmt einem diese Möglichkeit in jeder Hinsicht, und wirklich glauben, dass sie in Venedig war, konnte Chrystyna bei ihrer letzten gemeinsamen Reise erst am Abend vor dem Rückflug. So waren auch alle dortigen Eindrücke erst in der Retrospektive glaubhaft.

Der Zug gibt einem sogar die Möglichkeit, die Wirklichkeit nicht nur zu spüren, sondern sich zugleich aus ihr auszuklinken, sich für einen ganzen Tag in die Atmosphäre eines Buches zu vertiefen und einfach nur zu lesen, was ja ansonsten kaum einmal möglich ist.

Chrystyna war vor der Reise ziemlich nervös. Eva und sie waren jetzt schon seit fast einem Jahr zusammen, aber bisher hatte Chrystyna nie die Initiative übernommen, nicht einmal in Kleinigkeiten. Das bedrückte sie zwar manchmal, aber bisher hatte sie sich damit beruhigt, dass das nur vorübergehend sei und damit zusammenhing, dass sie sich ja erst einmal in der neuen Umgebung eingewöhnen musste. Nun, da sie ihre gemeinsame Reise organisieren wollte, war es an der Zeit, etwas zu ändern. Wobei sie jetzt auch die Frage beunruhigte, wie Eva wohl auf den Rollenwechsel reagieren würde.

Anfangs besprach sie noch jedes Detail mit ihr: welche Fahrkarten sie kaufen sollte, ob sie nachts oder doch besser tagsüber fahren sollten und an welchem Tag, ob sie die Fahrkarten besser übers Internet oder am Bahnhof kaufen und über welche Seite sie das Hotel reservieren sollte, wie die Zeit vor Ort wohl am besten genutzt werden könnte und so weiter und so fort. Nach ein paar Tagen, an denen Chrystyna Eva mehrmals täglich anrief, sagte sie sanft, aber mit Nachdruck: „Tina, ich habe gerade ziemlich viel zu tun, entscheide doch einfach allein, ich bin auf jeden Fall mit allem einverstanden, ja?“

Chrystyna schämte sich, sie mochte es eigentlich gar nicht, wenn Menschen so unselbstständig waren, dass sie wegen jeder Kleinigkeit jemanden um Rat oder um Hilfe baten, und zwar nicht, weil sie sich wirklich nicht zu helfen wussten, sondern weil sie schlichtweg nicht selbstsicher genug waren.

Sie fuhren also tagsüber mit dem Berlin-Warszawa-Express und stiegen in Warschau um. Es gab zwar auch eine Direktverbindung, aber die dauerte viel länger. Sie teilten sich das Sechserabteil mit zwei Usbeken und einem ehemaligen Fähnrich aus Schytomyr, die aus Berlin, von wo sie für Kunden in der Ukraine Gebrauchtwagen holten, zurück nach Hause fuhren. Normalerweise fuhren sie nur die Hinstrecke mit dem Zug und zurück mit den Autos, die sie in Deutschland gekauft hatten, aber diesmal lief es anders, weil ihre Kunden Schengen-Visa hatten und ihre Autos selbst abholen wollten. Rustam, Karim und Stjopa brachten sie mit den Verkäufern zusammen und fuhren jetzt bis zur Grenze mit dem Zug, weil sich ihre Kunden noch kurz Europa ansehen wollten. Vor der ukrainischen Grenze in Przemyśl wollten sie sich dann wieder treffen. Das erfuhr Chrystyna alles aus ihren Gesprächen.

Als der Zug losgefahren war, besprachen Rustam, Karim und Stjopa zuerst ihre Eindrücke von der Reise und von ihren Kunden und schnarchten dann unisono. Die erste Stunde der Fahrt konnten sich Eva und Chrystyna in ihre Bücher vertiefen. Chrystyna blätterte nervös in ihrem Krakau-Reiseführer, voller Sorge, ob sie in Krakau auch nur halb so gut würde erzählen können wie Eva in Venedig. Als der Schaffner kam, hatte die schläfrige Idylle ein Ende. Karim bekam einen Hustenanfall, als er dem Schaffner seine Fahrkarte gab, und sagte dann zu Rustam: „Also dieser Husten, der nervt doch echt. Weißt du vielleicht einen Doktor?"

„Wie lange denn schon?", erkundigte sich Rustam beflissen.

„Na, so vier Tage vielleicht."

„Damit musst du zum Lungenarzt. Das ist bestimmt Tuberkulose. Oder du probierst's erst mal mit Hausmitteln. Wachsmottenlarven. Kennst du das? Echt nicht? Musst du probieren. Das hilft, kann ich dir sagen. In Milch heiß machen, dann noch ein Löffel Dachsfett dazu, austrinken und mit Wodka nachspülen. Am nächsten Tag ist alles weg."

„Schau an", wunderte sich Karim. „Gibt's das auf dem Markt?"

„Na klar. Immer und überall", versicherte Rustam.

„Ja, Gesundheit ist das Wichtigste", klinkte sich Stepan in das Gespräch ein. Der Intonation nach war er der Frischling unter den dreien. Auch vom Alter her wirkte er ein paar Jahre jünger als Rustam und Karim. „Ich merk auch meinen Magen jedes Mal, wenn wir fahren. So ein Essen bin ich nich gewohnt. Zu Hause hab ich mein Wild: Wachteln, Wildschwein, Hasenkeule in Sahne ... was ich halt so schieße. Ich bin ja Jäger. Mein Hund vermisst mich bestimmt schon. Ein ganz feiner Kerl. Is auch ein bisschen Wolf mit in der Rasse. Wir gehen immer zusammen jagen. Läuft jetzt ganz gut. Bis zu zweihundert Hrywna für einen Fuchspelz. Und Fleisch hat man immer. Wild is doch was ganz anderes."

„Ja, Wild ist Wild", philosophierte Rustam. Er hatte die Angewohnheit, mit seinen Fingern zu knacken. Chrystyna sah, wie Eva davon jedes Mal zusammenzuckte.

„Ich will endlich nach Hause", Stepan wurde jetzt so richtig nostalgisch. „Mein Hund hat Sehnsucht nach mir. Wenn ich zurück bin, geht's gleich ab zur Jagd. Das Fleisch kann meine Alte dann einlegen."

„Wie läuft's denn mit deiner Natascha?", fragte Rustam, und er und Karim zwinkerten sich vielsagend zu.

„Haben uns gestern fast gestritten", reagierte Stjopa aufgeregt. „War alles bestens, sind ja erwachsene Leute. Drei Tage zusammen, alles wunderbar. Und dann sagt sie auf einmal mitten in der Nacht: ‚Und was, wenn ich schwanger werde?' Was soll ich denn dazu sagen? Also sag ich: ‚Dann geb ich dir Geld und du lässt's wegmachen.' Is doch wahr. Was soll das denn auch? Verdirbt einem alles."

„So was fragen Frauen immer, mach dir da mal keinen Kopf", versuchte Rustam seinen Freund aufzubauen.

„Na, dann ging's ja auch wieder", fuhr Stjopa fort. „Am nächsten Tag hab ich dann Wein und Pralinen gekauft. Und sie zu mir: ‚Tschuldigung, dass ich mich gestern so aufgeregt hab, ich war ganz durcheinander. Aber deine Bemerkung war auch nicht gerade taktvoll.‘ Aber so is das halt. Hauptsache, dass dann alles wieder gut war, sie hat mir zum Abschied sogar gesagt: ‚Dafür hab ich jetzt bei dir auch eine Macke gefunden. Da kennen wir uns drei Tage und ich dachte schon, du bist perfekt, ohne jede Macke. Jetzt hab ich’s: Du sagst einfach alles, was dir in den Kopf kommt, das geht so nich.‘ Die ist nämlich Psychologin, die weiß, wovon sie redet.“

„Habt ihr gehört, die wollen schon wieder ein neues Gesetz machen und die Einfuhrzölle für Autos mal wieder raufsetzen. Sind doch echt Idioten, oder?“, wechselte Rustam plötzlich das Thema. Er und Karim hörten über sein Handy Musik, jeder mit einem Kopfhörer im Ohr, und schlugen dazu auf den Knien den Takt. So hatten sie noch ein Ohr frei und konnten sich unterhalten.

„Die haben das Land gegen den Baum gefahren, is doch ganz klar“, rief Stjopa empört. „Ich sag ja schon die ganze Zeit: Wir brauchen schleunigst einen neuen Chef und müssen die Richtung ändern. Diese westliche Demokratie, die funktioniert bei uns nich. Die braucht doch auch kein Mensch, jetzt mal ehrlich. Nichts als Drogen, Aids und moralischer Verfall. Nur Dreck und nichts Gutes. Wenn die nich zu Sowjetzeiten noch Polikliniken gebaut hätten, dann wären wir jetzt so was von ... So gibt’s wenigstens noch die Polikliniken. Obwohl – wem nützen die schon? Wenn du kein Geld hast, brauchste da gar nich erst aufkreuzen.“

„Wen hast du denn gewählt, Stepan?“, fragte Karim.

„Also, ich würd ja alle zwingen, Klitschko zu wählen. Der hat nämlich als Einziger sein Geld nich geklaut, sondern mit seinen eigenen Händen verdient. Der hat Fäuste, sag ich euch. Aber von der Psyche, da is er schwach. Nich der Herr im Haus wie Lukaschenko. Der Gorbatschow, der is doch an allem schuld. Der hat doch das Land kaputt gemacht. Ich hab da sogar mal in der Zeitung gelesen, dass der von den Amis angeheuert war, von Anfang an, ja. Weil die Amis nämlich Angst hatten vor der SU, das war nämlich das allerbeste Land überhaupt. Und da haben die sich das alles ganz genau angeguckt und dann habense sich heimlich angeschlichen und das war's dann. Wenn wir jetzt die Möglichkeiten hätten wie damals, dass hier was hergestellt wird und dann woandershin gebracht, und noch irgendwo anders wird's dann zusammengebaut, also wenn wir jetzt noch die Sowjetunion hätten, also da bin ich mir sicher, dann sähe das alles ganz anders aus. Das war das beste Land auf der Welt."

„Und wenn wir Lukaschenko hätten, würde der was ändern?", fragte Rustam und knackte mit den Fingern.

„Da kannste Gift drauf nehmen", antwortete Stjopa. „Unser Volk is einfach zu schwach, is doch klar. Anstatt mal auf die Straße zu gehen für seine Rechte, nee, vergiss es. Da im Westen, die haben richtige Chefs. Nich, dass die anderthalb Jahre keinen Lohn gekriegt hätten oder weniger oder was. Nee, die finden einfach, dass sie mehr kriegen sollten, und dann machense die Straßen dicht und protestieren erst mal ne Runde. Und bei uns ... die lassen sich doch alles gefallen, kriegen keine Rente, aber egal, das machen die alles mit. Und die Politiker, die sehn das natürlich, das Volk hält das schon aus. Die sind nämlich auch nich doof, die Politiker. Da wird dann schnell irgendein Gesetz gemacht, eine Erhöhung oder was, und das Volk denkt sich: Vielleicht stimmt's ja diesmal, vielleicht gibt's ja wirklich eine Erhöhung. Und glauben's erst mal, klar. Die haben da bestimmt ne ganze Abteilung sitzen, wo sie studieren, wie die Menschen so ticken. China hat's doch allen gezeigt, oder? Das is ein starkes Land, sag ich euch! Die haben da jetzt ne kommunistische Diktatur, haben die da, aber da darf keiner länger als zehn Jahre regieren. Das nenn ich Ordnung. Und bei uns? In der Armee, da gibt's lauter Selbstmorde. Ich hab auf der Jagd mal einen gefunden, der hat sich aufgehängt. Ein Fähnrich. Hat ja jeder so seine eigene Psychologie. Und die hält das nich aus. Was soll man dazu sagen, in Charkiw dieser Oberst, der hat sich auch aufgehängt. Zwanzig Jahre war der im Dienst. Und keine Wohnung, nix. Na und die Familie, die is natürlich kaputtgegangen, weil so was macht keine Familie mit. Da kann man sich doch nur aufhängen."

„Warst du früher in der Armee, Stepan?", fragte Karim.

„War ich. Fähnrich im Ruhestand." Stepan streckte stolz die Brust raus. „Ich weiß noch, also zu Sowjetzeiten, da war das noch ganz anders. Damals, neunzig war das, da mussten die Landstreitkräfte schnell verstärkt werden, wir waren da gerade auf ner Hochzeit. In Leningrad. Unser Freund, auch ein Fähnrich, der hat geheiratet. Und wir hatten natürlich schon was getrunken, war ja Hochzeit, is ja klar. Und dann gab's plötzlich Alarm. Egal, ob wir schon was getrunken hatten. Wir haben Waffen bekommen und ganz normal unsere Pflicht getan. Und jetzt? Da kommst du ja nich mehr raus aus dem Hamsterrad, hier ackern, da was verkaufen, bloß um die Familie irgendwie durchzubringen. Früher war das ganz anders. Du hast deine Pflicht getan, und der Staat hat dir dafür ne Wohnung gegeben und ein ordentliches Gehalt, und du hattest deine Ruhe. Bist nach Hause gekommen, hast das Geld bei deiner Alten abgeliefert und ab zur Jagd. Und jetzt hast du einfach keine Chance. Deshalb hängen die sich ja auch scharenweise auf, weil sie keinen Ausweg sehen. Das is der allereinfachste Ausweg – sich einfach aufhängen."

„Hast du Kinder?", wollte Karim wissen.

„Klar doch. Wollt ihr Fotos sehen?" Stepan holte sein Handy raus. „Das hier is mein Hund, der wohnt bei meiner Mutter im Zwinger. Und das hier, da sind wir auf Jagd. Das sind die Jungs, da war ich mal auf Weiterbildung. Das war schwer, sich von denen wieder zu trennen, sag ich euch, so wie mit Natascha gestern.“ Die drei kicherten. „Und das hier is mein Sohn, neun is der, und meine Tochter, die is schon sechzehn. Schöne Kinder hab ich, oder? Was? Meine Frau? Von der hab ich kein Foto. Ach, aber dafür von Natascha, guckt mal. Sogar ohne Schlüpfer.“

Irgendwann in der Mitte des Gesprächs bemerkte Eva Chrystynas Gesichtsausdruck und wollte wissen, worüber ihre Mitreisenden sprachen. Um nicht aufzufallen, drehte Chrystyna ihren Kopf zum Fenster und begann monoton, aber möglichst detailreich, Eva das Gespräch zu verdolmetschen. Nachdem sie in Warschau ausgestiegen waren, warfen sie sich noch lange Brocken aus dem Gespräch zu. Chrystyna hatte zum ersten Mal das Gefühl, die Sprachbarriere überwunden zu haben, und versuchte noch eine ganze Weile, die Sätze des Fähnrichs Stjopa immer wieder anders ins Deutsche zu bringen.

„Stjopa, Rustam und Karim fehlen mir“, gestand Eva, als ihnen im Zug von Warschau nach Krakau nur zwei agile Hauptstädterinnen Gesellschaft leisteten, die offensichtlich für eine polnische Apothekenkette arbeiteten. Sie besprachen lang und breit ihre Kollegen, die Preise, die letzten Serien, die sie gesehen hatten, ihre Nachbarn und die neuen Stromtarife. Eva bekam es hin, dabei zu lesen, aber Chrystyna, die alles verstand, war genervt, weil die beiden sie bei der Lektüre störten und nur langweiliges Zeug erzählten.

„Kultiviertheit macht primitive Menschen nur noch langweiliger“, sagte sie zu Eva, als sie im frisch renovierten Krakauer Bahnhof ausstiegen.

„Ja, das war schon was ganz anderes als die Wachsmottenlarven mit Dachsfett, Milch und Wodka“, sagte Eva lachend.

„Oh, die haben ja renoviert“, stellte Chrystyna verwundert fest. „Als ich nach Berlin gefahren bin, war hier noch alles beim Alten. Da habe ich sogar noch die Tante an der Auskunft erkannt, die es mal fertiggebracht hat, dreieinhalb Stunden ohne Pause zu telefonieren."

„Woher weißt du das denn?", fragte Eva verwundert.

„So vor zwei Jahren habe ich hier mal auf den Nachtzug nach Lwiw gewartet, und der hatte Verspätung. Keine Durchsage, nichts, und es war schon nach Mitternacht. Also bin ich zur Auskunft und habe da geschlagene dreieinhalb Stunden gestanden, aber die Tante, die mich ganz genau gesehen hat, hielt es einfach nicht für nötig, ihre Tiraden über ihren Mann und die neuesten Kochrezepte mal kurz zu unterbrechen und mir auf meine Frage zu antworten. Und jetzt gibt's nicht mal mehr die Auskunft."

„Da hat die Zivilisation doch wenigstens was Gutes gebracht", scherzte Eva.

In Krakau wollten sie zweieinhalb Tage bleiben und dann auf dem Rückweg nach Berlin noch mal für einen Tag in Warschau aussteigen, dann noch eine Nacht in Łódź verbringen und am nächsten Tag zurück nach Berlin fahren.

Chrystyna hatte ein Zimmer in einem kleinen Hotel reserviert, das aus ein paar Appartements bestand und in einer Seitenstraße des Rynok lag. Den Schlüssel holte man bei den Eigentümern ab, die ein paar Ecken weiter wohnten, und Frühstück gab es in einer Nebenstraße. Eva war ganz begeistert, dass man sich anhand der Fotos in der Speisekarte eine der vielen Variationen aussuchen und dabei zwischen dreierlei Rührei und drei Sorten Schinken wählen konnte.

„Das ist doch toll", sagte sie euphorisch, „wenn ein echter Kellner zu dir an den Tisch kommt, dir frisch gebrühten Kaffee mit Kaffeesatz bringt und genau nachfragt, wie du dein Rührei zubereitet haben möchtest und ob es ein bisschen Schnittlauch dazu sein darf. Das ist doch wirklich mal aufmerksam! Kein Vergleich zu den

Hotelbüfetts mit den ewig alten Croissants und dieser Plürre von Filterkaffee."

Das Fenster ihres Hotelzimmers ging auf die Wand des gegenüberliegenden Gebäudes hinaus, die Gasse war nicht viel breiter als die in Venedig. Und im Fenster des Nachbargebäudes stand auch ein Doppelbett mit einer grünen Tagesdecke.

„Schade, dass wir die Masken nicht mitgenommen haben", meinte Eva lachend.

„Dafür darf man hier im Zimmer rauchen, wie's aussieht", sagte Chrystyna. „Zumindest steht nirgendwo, dass man's nicht darf, und Rauchmelder sehe ich auch keine."

Die Reiseführer, die Chrystyna so fleißig gebüffelt hatte, brauchten sie gar nicht. Es war einfach unmöglich, eine kulinarische Stadttour mit einem kulturellen Bildungsprogramm zu verbinden.

„Das haben die in Venedig bestimmt bedacht", sagte Eva lachend. „Mit Museen und billigen Kneipen gleichzeitig reich zu werden, geht halt nicht, das passt einfach nicht zusammen. Nach so einem Mittagessen kriegst du mich ganz bestimmt in kein Museum."

Aber allen Verlockungen der Krakauer Gastronomie zum Trotz gelang es Chrystyna dann doch noch, Eva in den Untergrund des Rynok, die Schindler-Fabrik und die Gemäldesammlung des Nationalmuseums zu schleifen.

„Witkacy! Das ist ja irre!" Eva konnte sich gar nicht wieder beruhigen. „Wie konnte ich bis jetzt ohne den leben!"

Aber in die anderen Krakauer Museen oder gar nach Auschwitz schafften sie es dann doch nicht mehr.

Dafür liebten sie sich mehrmals am Tag. Eva, die der Rollentausch erregte, erfand unermüdlich neue Spiele. Sie hatten schnelles Petting auf der Toilette einer Kneipe in Kazimierz, wo sie auf einem Konzert waren, auch auf der Museumstoilette, wo sie sich kurz von der Ausstellungsbesichtigung erholen wollten, kauften im Sexshop in der Einfahrt neben ihrem Hotel einen Vibrator und starteten einen Rekordversuch mechanischer Orgasmen pro Stunde. Chrystyna hatte irgendwo Gras besorgt, das sie am ersten Abend zu Żubrówka rauchten, und am nächsten Tag wachten sie erst gegen Mittag auf.

„Das letzte Mal habe ich mich vor ein paar Jahren in einem Provinzhotel so zugedröhnt“, sagte Eva lachend, als sie in einem Café auf dem Rynok frühstückten. „Um fünf bin ich schlafen gegangen und war ganz erleichtert, dass mein Zug erst nachmittags fährt. Ein paar Stunden später stellte sich dann heraus, dass denjenigen, die nicht rechtzeitig zum Frühstück kommen, das Essen aufs Zimmer gebracht wird, verbunden mit der freundlichen Bitte, doch bis elf auszuchecken. Bloß gut, dass das hier nicht so ist.“

Nach dem Frühstück kauften sie Bier, veranstalteten in ihrem Zimmer ein Katerfrühstück, benutzten noch einmal den Vibrator und starteten in bester Laune zu einem Spaziergang über den jüdischen Friedhof von Kazimierz. Dort aßen sie auch zu Mittag und liefen dann am Ufer und über den Wawel zurück, um ein paar Kalorien loszuwerden.

„Eine wunderbare Stadt“, sagte Eva fröhlich, „obwohl ich mich wohl vor allem daran erinnern werde, dass ich mich selten so pudelwohl gefühlt habe.“

Um diesen Eindruck nicht zu verderben, beschlossen sie, den Abstecher nach Łódź zu streichen.

„Du erzählst einfach auf der Arbeit, dass das Hotel, in dem wir wohnen wollten, aus dem neunzehnten Jahrhundert stammt und noch sehr gut in Schuss ist. Die Zimmer sind groß, manche über Eck und mit Erker. Und natürlich goldbestickte grüne Tagesdecken auf den Doppelbetten. Und das Wichtigste: Den Fahrstuhl bedient ein Liftboy, der dir die Tür aufhält und kein Trinkgeld nimmt.“

„Toll“, rief Eva begeistert. „Vielleicht fahren wir doch hin?“

„Ich habe schon storniert. Wir gehen morgen noch mal da essen, wo wir gestern waren.“

„Überredet“, sagte Eva. „Aber dann müssen wir wirklich abreisen, ich passe nämlich bald nicht mehr in meine Hosen.“

„Also, in Łódź gibt es eine endlos lange Straße, die Piotrkowska. Da sind alle Läden und Kneipen und auch sonst alles. Das sieht aus wie in jeder anderen Großstadt auch. Aber sobald man nach links oder rechts abbiegt, landet man direkt im kommunistischen Polen. Die gleichen Läden, die gleichen Leute. Das ist alles, wofür man nach Łódź fahren müsste.“

„Gar nicht mal so wenig. Wenn das Essen in Krakau nicht so gut wäre, würde ich fahren“, sagte Eva lachend.

Auf dem Rückweg dösten sie im Zug und scherzten zwischendurch, wie gut doch jetzt eine Hasenkeule in Sahne munden würde.

***

Solomija fiel es schwerer, Arbeit zu finden, als Chrystyna. Die jüngeren Frauen wollten sie nicht als Babysitterin nehmen, weil sie um ihre Männer Angst hatten, und die älteren fühlten sich nur schmerzlich an ihre eigene, längst verflossene Jugend erinnert und lehnten auch ab.

Chrystyna erlebte zum ersten Mal, dass sie gegenüber der jüngeren Solomija im Vorteil war. Sie schämte sich ein wenig, dass sie, als ihr das bewusst wurde, weniger Mitleid als vielmehr geheime Freude verspürte.

Aber dann konnte Solomija schließlich bei der neunzigjährigen Hanna Kopyryz anfangen, die deren Sohn vor ein paar Jahren zu sich geholt hatte.

Hanna Kopyryz war trotz ihres stattlichen Alters noch gut bei Kräften: Sie bewegte sich selbstständig durch die Wohnung und, wenn es sein musste, auch nach draußen, wusch sich und zog sich allein an und kochte sogar noch selbst. Und sie bestand darauf, das alles allein zu machen, Solomijas Hilfe nahm sie nur in Anspruch, wenn sie mal krank war. Solomijas Aufgabe bestand also weniger darin, die alte Frau zu pflegen, als darin, ihr Gesellschaft zu leisten, damit sie sich nicht so einsam fühlte. Und außerdem ihre Lebenserinnerungen aufzuzeichnen. Darum hatte ihr Sohn Stefan gebeten, der Solomija eingestellt hatte. Er wollte die Lebensgeschichte seiner Mutter in allen Einzelheiten, an die sie sich nur erinnern konnte, aufschreiben, aber sooft er auch versucht hatte, ein Gespräch darüber zu beginnen, es wurde nie etwas daraus. Ob es nun daran lag, dass er nicht richtig fragen und zuhören konnte, oder daran, dass seine Mutter in Gegenwart ihres Sohnes nicht in der richtigen Stimmung war – sie erinnerte sich immer nur an unwesentliche Episoden aus Stefans Kindheit und nie an das, was er gern hören wollte.

Solomija gelang es vom ersten Tag an, sie zum Reden zu bringen. Sie nahm ihre Monologe mit einem Diktiergerät auf und transkribierte die Aufzeichnungen dann sorgfältig und mit allen sprachlichen Eigenheiten. Die Aufzeichnungen nannte sie:

Begebenheiten aus dem Leben der außerehelichen Enkelin der Susanna Strembosziwna, von ihr selbst erzählt

Wenn man alt is, da hat man's ja ganz gut. Als alter Mensch hat man ja nichts weiter zu tun wie sich zu erinnern, wie das früher mal alles so war. Ich bin ja nu schon alt und kann nich mehr viel machen, und da sitz ich die ganze

Zeit so da und denk dran, wie ich jung war. Und da kann ich mich an ganz schön viel erinnern, sogar mehr wie früher, weil ein alter Mensch vergisst schon schnell mal, was er grade gegessen hat, aber was vor zwanzig Jahren war, daran kann er sich ganz gut erinnern. Wann hatt ich denn schon mal Zeit, so dazusitzen und nachzudenken. Höchstens mal, wenn ich Kartoffeln geschält oder Warenyky gemacht oder Nüsse geknackt hab. Aber das is doch was ganz andres. Wenn man jung is, da gibt's immer was zu tun, da is keine Zeit für Sperenzchen. Was hab ich denn jetz noch groß zu tun. Gut, sonntags, da geh ich zur Kirche. Die is hier gleich ums Eck. Das war bei uns im Dorf so und hier is es genauso. Aber das hilft auch nich. Früher, da wär ich in fünf Minuten da, und jetz, da is der halbe Tag rum, bis ich da bin. Aber ich hab's ja nich eilig, das dauert halt so lange, wie's dauert, da hab ich meinen Platz und da setz ich mich hin und dann bin ich wenigstens beim Gottesdienst gewesen.

Tja, was soll man da auch sagen. Alt is halt alt. Aber dafür hab ich für alles Zeit. Manchmal denk ich ja sogar, das is viel besser, alt sein. Keinen Kummer mehr, man hat alles und lebt so vor sich hin. Die Jungen ham ja immer irgendwas. Jetz gibt's ja im Dorf nich mehr so viele so Alte wie ich. Eine Alte, die gab's noch, die hat da beim Friedhof gewohnt, und fünfundachtzig war die grade gewordn und war schon verwirrt und die konnt ja nu gar nich mehr allein. Da hatse ihre Tocher dann zu sich geholt.

Ich kann ja noch laufen und komm ja auch noch alleine klar, da braucht mir keiner was zu sagen und ich brauch auf keinen hören und ich würd ja jetz immer noch allein leben, wenn mich mein Sohn nich hätt holen wollen. Der hat dann nämlich irgendwann mal gesagt: Mama, das is zu weit, was soll ich denn machen, wenn Ihnen was passiert. Bis ich da bin, da sind doch drei Tage rum. Sie kommen zu mir, dann bin ich ruhiger. So halt. Ich hab dann zugestimmt, weil was soll ich auch machen. Aber das is nich wie alleine leben. Und was hab ich hier schon, keinen zum Reden, und raus kann ich auch nich.

Wo ich noch allein gelebt hab, das war gut. Da hat mir keiner was zu sagen gehabt. Mein Alter, der war ja schon gestorben. Und ich nur für mich selber zuständig. Aber das war auch schwer, manchmal. Da bin ich mal über den Hof gelaufen und gestolpert und hingefallen. Und da lag ich dann und hab gedacht, wenn jetz keiner kommt, was dann. Aber dann konnt ich doch allein aufstehn.

Tja, oder wo ich mal den Garten umpflügen wollt. Ich dacht mir so, ich leb ja ganz allein, und was, wenn ich im Winter keine Rente bekomm? Was soll ich denn dann machen? Da werd ich mal lieber was anbaun. Also hab ich mir ein Pferd geliehn zum Pflügen, weil ich bin ja schon ziemlich alt. Und geh so hinter dem Pflug her und da bin ich gestolpert und hingefalln und mit dem Knie auf den Pflug. Und das tut weh, sag ich dir. Und da lieg ich da, ganz allein auf dem Feld. Und weiß nich, was ich machen soll. Dann kam zum Glück der, dem das Pferd gehört hat. Der hat dann für mich fertig gepflügt und wollt auch gar kein Geld nehm, und zum Doktor hat er mich auch gebracht. Der hat mir dann so ne Salbe gegeben. Von da an hab ich aber auch nich mehr gepflügt.

Tja, und irgendwo da in Male Selo, da hat auch eine allein gewohnt. Die war schon ganz schön alt und da is ihr mal schlecht gewordn nachts, sie is ausm Bett gefalln und hat geschrien wie wild, morgens sind dann die Nachbarn gekomm. Jetz hatse nen Infarkt und liegt und kann sich nich mehr bewegen. Ich bete ja nur zu Gott, dass ich nich liegen muss. Weil das is ne Quälerei für mich und für alle andern auch.

Manchmal, da ruf ich zu Hause im Dorf an und frag, wie's jetz so aussieht da. Da hab ich irgendwann mal meine alte Nachbarin angerufen, und die hat mir erzählt, dass sie mal wieder den Priester verjagen wolln. Ich sag ja gar nichts, geht mich ja auch nichts an, aber langsam reicht's doch, oder? Da is grade erst ein neuer Priester gekomm und da wollnse den schon wieder verjagen. Was soll denn das? Da lachn uns doch alle aus, die ausm Nachbardorf.

Ich will ja gar nichts sagen, wir ham ne große Kirche, und die Leute gehn ja auch in die Kirche, nich so wie in andern Dörfern. Aber immer ham die den Priester aufm Kieker, schlimm is das. Da braucht nur mal einer was zu sagen, dass da das Geld von der Kollekte weggekomm is, und schon wird der Priester verjagt. Da werdn dann gleich Briefe geschriebn und in der ganzen Gemeinde Unterschriften gesammelt und dann is er weg. Also wenn die uns den Priester jetz wieder wegnehm, dann weiß ich auch nich, was das noch werdn soll.

Also dieser neue, der schon da war, wo ich noch im Dorf gewohnt hab, das war ein guter Priester. Der is immer mit dem Auto gekomm, und immer pünktlich war der. Obwohl der ja ganz schön zu tun gehabt hat, der war ja für vier Dörfer und musste alles allein machen: alle Gottesdienste und alle Taufen und alle Beerdigungen. Immer auf den Beinen, der Arme. Und die ganze Zeit von einem Dorf zum andern, in Knjasche und in Male Selo und in Jaseniwzi. Und dann muss er noch ständig Angst ham, der Arme, dass sie ihn wegjagn, so wie die drei vor ihm.

Aber hier in Deutschland, da gibt's so was nich. Da bringt keiner was mit in die Kirche, da wird nichts gesammelt. Die bezahln ihre Steuern und das war's. Und die Steuern, die werdn auch nich gestohln, und die Kirchen, die sind in Schuss. So wie das bei uns auch mal alles war, früher, in Polen.

Das war eins der gefährlichen Themen. Sobald sie darauf zu sprechen kam, wer wen irgendwann mal übers Ohr gehauen, betrogen, getäuscht, hintergangen, etwas geliehen, nicht zurückgegeben oder gestohlen hatte, waren Hanna Kopyryz' Erinnerungen völlig von solchen und ähnlichen Themen beherrscht, und es war unmöglich, sie von dieser unermüdlich wiederholten epischen Buchführung, in der sich wie Nusskerne in ihrer Schale wirklich interessante Geschichten menschlicher Schicksale vor dem Hintergrund epochaler Kollisionen verbargen, wieder auf andere Themen zu bringen. Jetzt war Solomija klar, warum Stefan sie eingestellt hatte, und sie befürchtete, dass sich Pani Hanna an sie gewöhnen und die Zaubernüsse ihrer Erinnerung nicht mehr so leicht und nebenbei aufspringen würden, sie sich stattdessen stundenlang alle Details ihrer Haushaltsplanung würde anhören müssen.

Da, wo jetz bei uns im Dorf die Schule is, da stand früher mal ein Palast. Kein großer, aber trotzdem ein Palast. Jetz sind da nur noch ein paar Mauerreste übrig, aber sonst is davon nichts mehr zu sehn. Ein Palast und ein Kloster war da. Wo wir noch klein warn, da ham die Leute erzählt, dass von dem Kloster unterirdische Gänge bis nach Solotschiw führn. Und dass sich die Leute im Krieg da versteckt ham. Und wo meine Kinder noch klein warn, da ham die auch immer da drin rumgetobt, und eins von den Nachbarskindern, das is sogar mal verlorn gegang, und da musste das ganze Dorf nach dem suchen, und dann hamse angefang, die Gänge zuzuschütten, damit die Kinder nich da reinkriechen, weil da konnt man sich wirklich drin verlaufen.

Und dann erzähln die Leute auch, dass, wo die Sowjets gekomm sind, da hamse ganz viele Leute in Solotschiw in die Gewölbe gesteckt, da war ein Gefängnis. Den Priester aus unserm Dorf und aus Welyke Selo den Priester und den Lehrer und den Doktor und wer sonst noch einen polnischen Pass gehabt hat. Und dann, wo die Sowjets abgezogen sind und die Deutschen gekomm sind, da ham die die Gewölbe aufgemacht, und da warn lauter Leichen drin. In der Nacht, bevor die abgezogen sind, da ham die alle erschossen. Die Fraun sind zwei Wochen lang nach Solotschiw gefahrn, ihre Männer identifizieren. Wen sie identifiziert ham, die hamse mitgenomm und auf dem Friedhof begraben, und die andern, die hamse in eine Grube geworfen und zugeschüttet.

Meine Nachbarin hat mir mal erzählt, dass eine Frau weglaufen konnt von dort, weil sie hat da einen unterirdischen Gang gefunden von diesem Verlies bis zu unserm Kloster, und durch den is sie unter der Erde bis zu unserm Dorf gekrochen. Vier Tage lang, hamse erzählt, is die da langgekrochen, das hatse wohl grade so überlebt. Aber sie wurde nich erschossen. Und dann is sie verrückt gewordn. Is dann immer in einem weißen Hochzeitskleid im Dorf rumgelaufen. Und ihren Busen hatse rausgetan. Die war noch gar nich so alt. Und keiner hatse angerührt. Nie. Nich mal, wo die Sowjets dann zurückgekomm sind und alle Fraun gefang und vergewaltigt ham, alle ham geschrien und sind weggerannt, aber das hat alles nich geholfen. Und sie is rumgelaufen in ihrem weißen Kleid und den Busen draußen, und keiner hatse angefasst.

Dann hatten schon alle Angst zu dem Schloss hinzugehn, aber als ich noch klein war, da kann ich mich noch erinnern, wie wir da immer die Böden und die Fenster geputzt ham. Die Fenster warn alt, da konnt man kaum noch durchgucken, aber da musste man ganz schön aufpassen, weil wenn da eine Scheibe kaputtgegang wär, dann hätten die aber zugeschlagen. Solche Scheiben warn richtig teuer. Ich hab mir immer die Fenster ausgesucht, von wo man die Kapelle sehn konnt. Die Kapelle, die war da beim Palast. Da sieht man beim Fensterputzen die Kerze flackern vor den Bildern. Die Bilder selber nich, aber die weißen Tücher. Die Tücher ham wir dann nach Hause geholt, und dann hat Mutter ihre Festtagsbluse angezogen und wir sind sie waschen gegang. Meine Mutter hat immer die Tücher aus der Kirche gewaschen, die andern Fraun konnten das nich so, dass sie weiß blieben. Und Mutter is immer zum Weiher hin und da hatse so ein spezielles Salz gefunden, und dann warn die Tücher schneeweiß hinterher und die Stickereien wie neu. Wo Mutter noch gelebt hat, da hatse mir auch gezeigt, wo man dieses Salz findet, und dann konnt ich das auch, aber jetz kann ich mich nich mehr erinnern, und die andern Fraun konnten dieses Salz nich finden, nur meine Mama.

Meine Mama war die außereheliche Tochter von Susanna Strembosziwna. Der Vater von dieser Susanna, meiner Oma, also mein Uropa, der hat ein Gut gehabt, das war unser Dorf und das Nachbardorf. Das war so: Der hieß Tomasz Strembosz und das war ein ganz schöner Gauner. Also ich hab den ja selber nie gesehn und kann mich auch gar nich mehr an so viel erinnern, was Mama erzählt hat. Aber das war wohl ein ganz schmucker Kerl, groß und kräftig und mit roten Wangen und is immer mit so nem Säbel durchs Dorf gelaufen und einen Hut mit Federn hat er immer aufgehabt. Solche hab ich mal im Fernsehen gesehn. Die Leute ham über ihn gelacht, aber nur, wenn er's nich gesehn hat. Weil der hat sich ganz schnell aufgeregt, der hätt wen umbringen können, wenn der gesehn hätt, dass da wer über ihn lacht.

Zuerst, also ganz früher, da is der Offizier in der österreichischen Armee gewesen. Na und dann hamse ihm das Gut gegeben und er is zu uns ins Dorf gekomm. Nach Welyke Ljadske. Da war früher ein Adelspalast und die Leute mussten da hingehn zum Arbeiten. In dem Schloss gab's siebzehn Zimmer und in jedem musste ja saubergemacht werdn. Dort war alles noch viel schöner wie in der Kirche. An der Veranda standen zwei Figuren, aber nich von der Mutter Gottes, sondern so merkwürdige, die Leute ham gesagt, das sind ägyptische, und noch zwei Adler obendrauf. Die Lehrerin hat uns erzählt, dass die Adler französische sind, von der Napoleon-Armee, und über dem Eingang, das warn zwei griechische Göttinnen, Minerva und Fortuna. Fortuna, das is die Göttin des Glücks. Und im Saal von dem Palast, da gab's Säulen und so ganz schöne Öfen und Uhren. Da kann ich mich noch gut erinnern, weil wo ich klein war, da hat Susanna, also meine Oma, schon nich mehr gelebt, und in dem Palast, da war ein Kloster und die Nonnen da, die ham das alles bewahrt und ham aufgepasst, dass da nichts kaputtgeht.

Damals gab's da sogar nen Pavillon und ein Gewächshaus mit Blumen gab's auch, Orangerie hieß das. Einen Park gab's auch mal, aber jetz schon lange nich mehr.

Früher war das so: Wenn der Herr gut war, dann war auch im Dorf alles gut, er hat den Leuten was zu tun gegeben und sich um alles gekümmert. Aber wenn der getrunken hat, dann war's schlimm. Mein Uropa Tomasz Strembosz, das war ein ganz schlimmer Trinker. Ich hab mal erzählt bekomm, der is sogar mal bis nach Rom gepilgert, um Buße zu tun, und da hat der Priester ihm gesagt, er soll nachts bei Mondschein eine Kapelle baun für seine Familie, und dann wird er ein paar von seinen Sünden los. Und er hat dann gleich, wo er wieder zurück war, gesagt, dass diese Kapelle gebaut werdn muss. Und die Leute ham gebaut, und er hat das alles persönlich überwacht, das hat er keinem andern überlassen. Und immer aufgepasst, dass sie am Tag nichts gemacht ham, sondern nur nachts, so wie der Priester gesagt hat. Die Leute ham gearbeit und er hat gebetet. Und so jede Nacht. Da ganz oben, hinter dem Friedhof, da sieht man auch immer noch die Mauern stehn von dieser Kapelle. Von dem

Hügel, da sieht man das ganze Dorf. Vielleicht geht seine Seele da immer noch um und sieht auf ihr Reich runter.

Vor Tomasz hatten sie ja alle große Angst im Dorf. Auch seine Kinder und seine Frau. Seine Frau, die is sogar vor ihm weggerannt. Und die Kinder auch. Und das war auch gut so, weil die, die nich weggerannt sind, die hat er dann umgebracht. So gereizt war der. Trinkt sich einen an und geht dann los auf alle. Wer ihm halt grad in die Quere kommt – Katze, Hund oder Mensch. Völlig außer sich. Und wenn er sich dann beruhigt hat, dann war's zu spät. Zwei Söhne hat er so umgebracht. Und eine Tochter, die hat er in seiner Wut mal so an den Haarn gezogen, dass sie gestorben is, die Arme. Und das ohne jeden Grund. Die Kinder warn ruhig, die hatten ja Angst vor ihrem Vater. Der war irre, was soll man da sagen.

Und die Tochter, wo gestorben is, das war die Schwester von meiner Oma. Aber Tomasz hat ja zwei Mädchen gehabt. Und die andre, meine Oma Susanna, die is weggelaufen nach Lwiw, wie sie vierzehn war. Ins Kloster. Da hatse sich dann vor ihrem Vater versteckt, damit der sie nich erschlägt. Und da war auch alles gut, aber dann hat Oma sich in einen armen Künstler verliebt. Und war dann schwanger mit meiner Mama. Der Künstler hatse auch geliebt, aber der hat ja gar kein Geld gehabt und konnt nich heiraten. Und das Mädchen hatt natürlich Angst, zurück nach Hause zu gehn, und im Kloster, da wollten sie sie natürlich auch nich behalten.

Irgendwann hatse dann endlich so einen alten Franzosen gefunden, wo sie heiraten wollt. Der soll irgendein Graf oder so was gewesen sein. Aber arm war der auch, überhaupt kein Geld hat der gehabt, und deshalb is er zum österreichischen Kaiser gefahrn und hat in dem seiner Armee dann gedient. Klar, der hat sich das natürlich ausgerechnet, dass er dann auch was abkriegt, wenn er ein Mädchen heiratet, wo ein Gut hat. Und darum hat er meine Oma genomm, auch schwanger. Aber das Kind wollt er dann doch nich und sie ham meine Mutter ins Dorf gegebn.

Susanna und dieser französische Graf ham also geheirat, sie hat das Kind bekomm und dann sind sie zurück in ihr Dorf gezogen. Tomasz Strembosz und sein Schwiegersohn, die konnten sich ja gar nich leidn. Die solln sich sogar mal duelliert ham. So hamse dann gelebt und sich immerzu gestritten und sich jedes Mal fast umgebracht. Das war echt nich auszuhalten.

Dann is Susannas Mann gestorben, ziemlich bald is der gestorben, der hat das alles nich ausgehalten. Tomasz is dann auch ganz bald gestorben. Aber Susanna war ja noch jung und hübsch und wollt noch mal heiraten. Sie hat dann einen polnischen Offizier gefunden und den geheirat. Aber der is ihr dann auch gestorben. Aber dafür war sie dann schon eine reiche Witwe und konnt machen, was sie wollt. Also hatse in dem Kloster eine Schule für Mädchen gegründet, und meine Mama, die wollt sie auch dahin holen. Aber Mama war schon eine junge Frau und hat geheirat.

Und Susanna, die hat ihr ganzes Leben lang diesen Künstler geliebt. Sogar wo sie schon Witwe war, da hatse noch nach ihm gesucht. Aber der war nach Wien gefahrn und da is er dann auch gestorben. Aber sie hat ihn nie vergessen und hat ihm sogar ein Denkmal aufgestellt im Wald mit so einem großen Auge in der Mitte. Meine Mama is zu Allerheiligen immer zu dem Denkmal hingegang und hat das genauso gepflegt wie die Grabsteine auf dem Friedhof.

Und dieses Kloster, das gibt's da immer noch. Susanna hat da die Nonnen hingeholt, den Orden von Gottes Gnaden, bei uns im Dorf erzähln sie, dass es den in Polen immer noch gibt, und auch ein Kloster in Italien. Da arbeiten auch welche aus unserm Dorf. Und wo im Dorf mal ein Feuer ausgebrochen war, da is wohl ein Mann zu der Kapelle im Schloss gelaufen und hat ganz doll gebetet, dass sein Haus nich abbrennt. Und so war's dann auch, alle Häuser rundherum sind abgebrannt, aber seins nich.

Früher warn ja die Dörfer bei uns noch nich so runtergekomm wie jetz. In Sasiw zum Beispiel, da war ein großer Kurort. Da is solche Luft, die heilt wohl fast alles. Aus ganz Österreich sind die Herrschaften dahin zur Kur gefahrn. Im Palast gab's auch immer Konzerte und jeden Abend war Ball und bei dem Schloss, da gab's eine große Klinik. Die hat vierhundert Kranke aufgenomm, jede Saison. Und drei Doktoren gab's. Und jetz ham wir in jedem Dorf grade mal einen Sanitäter, und der kommt überhaupt nich zurande. Sogar der österreichische Kaiser soll mal nach Sasiw gefahrn sein, also das war entweder zur Kur oder zur Taufe von dem Sohn von irgendwem. Aber dann, nach dem ersten Krieg, da is das dann alles verfalln. Und den Park, den ham die Sowjets mit ihren Panzern überrollt, wo dann der zweite Krieg war.

Und im Nachbardorf, da gab's sogar eine Papierfabrik. Ganz berühmtes Papier war das, sogar nach Frankreich wurde das verkauft und in die Türkei und nach Wien. Bei uns wurde das hergestellt und von Wien aus dann teurer verkauft, wie wenn das österreichisches Papier wär und nich aus unserm Dorf. So war das damals.

Meine Mama war Polin und mein Vater Ukrainer. Solche Familien gab's in unserm Dorf ne Menge, wo die Fraun Polinnen warn und die Männer Ukrainer. Oder umgedreht. Und früher ging's ja bei der Hochzeit immer nach der Frau, und wenn die Frau Polin war, dann wurde in der katholischen Kirche geheirat und die Kinder auch da getauft. Und diese Hochzeiten und Taufen, die wurden dann in die Kirchenbücher eingetragn.

Wo dann die Sowjets kamen, da hatten die Leute mächtig Angst, dass die ihnen alles wegnehmen und sie abtransportieren. Und wollten nichts mehr damit zu tun ham, dass sie keine Polen mehr warn. Und ham ihre Dokumente verbrannt. Aber die Kirchenbücher, die konnten sie natürlich nich verbrenn. Und jetz, wo man wieder Pole sein kann und dann auch leichter dahin zum Arbeiten fahrn kann, da will natürlich jeder einen polnischen Geburtsschein finden. Aber die einen ham ihre Dokumente verbrannt und bei den andern, da sind sie auf dem Dachboden vergammelt. Wir hatten auch eine ganze Truhe voller Dokumente und Fotos da auf dem Boden. Irgendwann hab ich da mal nachgeguckt, und da hatten die Mäuse schon alles aufgefressn. Aber meine Weste, wo daneben lag, die hamse nich angerührt. Bloß gut, dass die Weste wenigstens noch da war, aber um die Fotos, um die war's auch wirklich schade.

Also wir warn ja nich so sehr Polen wie so manch andre, die so durch und durch Polen warn. Weil die Familie, die Mama großgezogen hat, das sind ja Ukrainer gewesen. Aber sie sind in die katholische Kirche gegang und ham alle polnischen Feste gefeiert, Weihnachten und Ostern und den Verfassungstag. Und ich kann auch immer noch Polnisch lesen und schreiben.

Tja, aber unter den Sowjets, da war das ja nu ganz schlecht, Pole zu sein. Wenn die das mitgekriegt ham, da war's aus und vorbei. Da konnt man gleich nach Sibirien komm. Da is mein Vater dann zum Dorfschulzen gegang und hat Mama und mich zu Ukrainern umschreiben lassen. Und die polnischen Geburtsurkunden, die hamse versteckt.

Aber dann, sechzig Jahre später, wo meine Eltern schon längst tot warn, da musste ich die Papiere für die

Rente zusammsammeln. Tja, und da musste man sogar ins Archiv nach Solotschiw fahrn und da irgendein Dokument abholen. Und da hamse dann gesagt, dass meine Papiere nich bei den Ukrainern sind, sondern bei den Polen. Das hat alles mein Josyp gemacht, der Vater von meinem Stepan, ich hab ja von so was keine Ahnung. Der hat mir dann gesagt, dass er meine polnische Geburtsurkunde mitgenomm hat, also die, wo mein Vater versteckt gehabt hat, und dann hat er da mit irgendwem was ausgemacht, dass ich eine neue bekomm. Die hab ich dann auch bekomm. Von fünfundsiebzig. Eine sowjetische. Jetz bin ich nach dieser Geburtsurkunde rein ukrainisch und jünger wie meine Enkel.

Aber die Enkelin von den Nachbarn, die arbeitet in Solotschiw im Archiv als Sekretärin. Und die hat erzählt, dass jetz so viele ihren Geburtsschein suchen, dass die Kirchenbücher da bei ihnen auf dem Tisch liegn, eins ausm achtzehnten Jahrhundert, eins ausm neunzehnten und noch eins ausm zwanzigsten, die älteren hamse ins Archiv nach Lwiw gegeben. Und fast jeden Tag kommt jemand und guckt nach, ob da nich irgendwer aus der Familie als Pole eingeschriebn is. Sie musste sogar lernen, lateinisch zu lesen. Weil da is ja alles nur auf Lateinisch geschrieben. Da kann ich mich noch dran erinnern – Liber copulatorum heißen diese Kirchenbücher. Da hat die Kleine dann mal für irgendwen was gesucht in diesen Büchern und gesehn, dass da auch meine Mama eingeschrieben war, wo sie sie getauft ham, und ich auch, und Susanna und alle ihre Geschwister auch. Das warn alle Stremboszs, nur mich hamse schon unter Papas Namen getauft. Und so liegt das da alles in diesem Archiv, meine eine Urkunde, dass ich neunzehnhundertfünfzehn getauft wurde, und die andre, dass ich fünfundsiebzig geboren bin. So is das gewesen mit der Wahrheit unter den Sowjets. Jeder konnt sich da seine Dokumente umschreiben lassen, wie er wollte. Und jetz sieht da natürlich keiner mehr durch, wer da nu Pole is und wer Ukrainer, weil das ging ja alles wild durchnander.

Mein Vater, der war Vogt in Welyke Ljadske. Und wir ham auf dem Anger gewohnt, auf dem Vorwerk. Da gab's keine Kirche, nur ein paar Häuser. Damals warn sie grade dabei, eine neue Kirche im Dorf zu baun. Vater hat dafür Geld gesammelt und is zu jedem nach Haus gegang. Wer mehr gehabt hat, der hat mehr gegeben, und wer weniger gehabt hat, der weniger, aber jeder musste was geben für die Kirche. Dann hat Papa im Dorf eine ukrainische Schule aufgemacht. Weil davor gab's nur eine polnische.

Ich bin auch in die polnische Schule gegang. Ins Kloster. Da warn die Nonnen. Die ham die Mädchen unterrichtet und die Waisen und auch die Polen. Ich bin drei Jahre in die Schule gegang, und ich kann jetz immer noch auf Polnisch lesen und schreiben. Ich hab ja auch gern gelernt. Weil da konnt man sich erholn von der Arbeit zu Hause. Aber die Mädchen, die konnten nich so lange lernen, weil die mussten ja helfen und auf die Kleineren aufpassen. Und Vater is zum Doktor gegang und hat dem fünf Złoty gegeben, und der Doktor hat ihm eine Bescheinigung gegeben, dass ich schlecht seh, und da hamse mich dann von der Schule genomm. Tja, und zu Hause, da musste man ganz schön arbeiten. Ich beklag mich ja nich, wir ham ja alles gehabt und ham keine Not gelitten, aber ganz schön arbeiten mussten wir schon.

Unsre Mama, die konnt ja ganz gut nähen. Das ganze Dorf hat ihr immer was gebracht, Röcke und Hemden, alles Mögliche. Die Maschine, mit der Mama genäht hat, die steht immer noch da in der Ecke. Ich näh auch immer noch damit. Die funktioniert immer noch. Jetz werdn solche ja nich mehr hergestellt. Ich hab mal im Fernsehn gesehn, dass das jetz so ne Mode is, dass Nähmaschinen in den Cafés und Bars aufgestellt werdn und die Leute dann da dran ihr Bier oder Kaffee trinken. Da sollten wir unsre mal verkaufen, die bringt bestimmt noch ein bisschen was.

Wo Mama und Papa geheirat ham, da hamse ein paar Morgen Acker bekommen und ein Haus da draußen an der Weide. Aber das Haus war schon alt, der Ofen war kaputt und durch das Dach hat's durchgetropft. Vater hat gleich nach der Hochzeit angefang, ein neues Haus zu baun. Meine Eltern ham ganz gut gewirtschaftet, die konnten arbeiten und verkaufen und auch was beiseitelegen. Zu Anfang wurden sie ja dafür sehr geachtet im Dorf. Aber dann, wo die Kommunisten gekomm sind, da is dann nur der Pöbel übrig geblieben und da warn dann alle unbeliebt, die was hatten und ihr Geld beisamm gehalten ham. Da wollten die sogar unser Haus anzünden und die Kuh vergiften und den Hund auch. Die Menschen im Dorf warn damals so böse, weil das Elend kam.

Früher, da war das ja im Dorf nich so wie jetz. Wenn Hochzeit war, da wurde kein Geld geschenkt, da wusste jeder, was er mitzubringen hatte. Ich weiß das immer noch: Ich hab eine Schüssel Mehl genomm und da noch zehn Eier reingelegt, und das hab ich dann mitgebracht. Das war das Geschenk.

Die Burschen, die ham alle ein Fass Bier mitgebracht. Schnaps wurde ja früher wenig getrunken, mehr Bier. Und nich so, wie die jetz trinken, dass sie sich hinsetzen und nur schweigen und trinken, bis sie umfalln. Früher war das nich so, früher, da hamse gesungen und Geschichten erzählt. Das ganze Dorf is zusammgekomm und alle ham zusamm gesessen und getrunken und sich was erzählt und gesungen. Das war ein Fest. So was gibt's jetz nich mehr.

Zur Hochzeit, da musste man sich dann ja feinmachen. Ich hab ein Rock und Korallen gehabt, da musste man damals einen halben Morgen Acker dafür geben. Und Stiefel hatt ich auch. Auf seine Kleidung, da musste man achtgeben. Da hatt keiner, so wie ich jetz, den halben Schrank voll Tücher und Röcke, die ich ja im Leben nich auftrag. Vater hat ja alles, was er das Jahr über verdient hat, wieder für Land ausgegeben. Jedes Jahr hat er ein Stück Land dazugekauft. Da einen halben Morgen für Korallen abzugeben, das wär ja im Leben nich in Frage gekomm. Für Kleidung musste das reichen, was Mama auf dem Markt eingenommen hat. Für Samen oder Zwiebeln. Wir ham nur unsre eignen Sachen gegessen. Und da musste Mehl gemahlen werdn und Brotteig gemacht und Warenyky gekocht, und den Teig in heißes Wasser geben und Brühe kochen und Suppe und Brei jeden Tag und auch den Schweinen was und der Kuh und den Kälbern, den Hühnern und den Gänsen und den Enten. Die wollten ja alle was. Und dann noch der Gemüsegarten. Und das Feld. Wo dann die Sowjets kamen, da hamse uns das Feld weggenomm, und Vater hat die ganze Zeit geklagt und gesagt: Hätt ich dir doch lieber Korallen gekauft, Kind.

Wenn dann Mehl gemahln werdn musste, für das Hochzeitsbrot oder auch einfach nur so, dann kam immer mal der Mühlsteinhauer. Weil früher wurde ja alles mit der Mühle gemahln. Und dann kam immer mal der Mühlsteinhauer, der hatt eine Haue, also so einen Hammer, mit dem hat er die Mühlsteine behaun, oder auch was repariert, wo kaputtgegang war, der Stock, der war ja immer mal wieder kaputt, weil daran hat man ja angepackt, um den Mühlstein zu drehn.

Und dieses Mehl, wo noch Kleie drin war, das gab ganz leckere Fladen. Die hab ich immerzu gebacken. Die mochten alle, die Kinder und die Enkel auch. Dazu nimmt man Sauermilch und Mehl mit Kleie. Man knetet den Teig und tut so viel Mehl rein, wie der aufnimmt. Da muss man ordentlich kneten und immer schön aufpassen. Wenn der Teig dann geknetet is, dann muss man den ausrollen und in Stücke schneiden. Und dann in den Ofen tun und backen, aber immer schön aufpassen, dass die nich anbrenn. Und dann tut man die Fladen in die Schüssel und gibt heiße Milch drüber und Mohnzucker. Und das ham dann alle so mit den Fingern aus der Schüssel gegessen. Und alle wollten natürlich immer viel von dem Mohnzucker abkriegen. Die Fladen hab ich immerzu gemacht, wenn die Kinder mit ihren Fraun gekomm sind, zum Kartoffellesen oder zum Schweinschlachten. Sogar die erste Frau hat die gemocht, und die war ganz schön mäkelig.

Stefan, wie sich der gebürtige Stepan Kopyryz aus Kurowytschi jetzt, nachdem er die deutsche Staatsbürgerschaft erhalten hatte, nannte, erinnerte Chrystyna dunkel an eine Amphibie. Sie wartete nur darauf, dass sich jeden Moment in seinem Hals, irgendwo da unter der Haut, die an einer Stelle, unter dem Adamsapfel, verdächtig hing, ein verschlucktes Opfer bewegte. Schmutzig-rötliches Haar mit Geheimratsecken, helle Borsten, zahlreiche Muttermale im Gesicht, eine große Knollennase und weit aufgerissene Augen unter dichten, leicht gräulichen Brauen. Nicht sehr groß, leicht untersetzt und krummbeinig, nahm er immer, wenn er stehen blieb, eine kämpferische Abwehrhaltung ein. Beim Anblick seiner dicklichen und unbeweglichen Finger fragte sich Chrystyna, wie es überhaupt sein konnte, dass er damit Harfe spielte. Keiner ihrer Versuche, sich selbst davon zu überzeugen, dass man einen Menschen nicht nach seinem Äußeren beurteilen solle, half, ihre Einstellung zu Stefan zu ändern.

„Du bist entweder voreingenommen“, machte sich Solomija lustig, „oder eifersüchtig.“ Sie sah Chrystyna aufmerksam an und lachte dabei mit ihrem rechten Mundwinkel.

„Ich und eifersüchtig." Chrystyna war beleidigt. „Wenn du nur Lob hören willst, dann sage ich überhaupt nichts mehr. Ich dachte, du wolltest meine ehrliche Meinung wissen."

„Jetzt sei doch mal nicht eingeschnappt", sagte Solomija versöhnlich. „Also mir gefallen seine Finger. Die sind so was von grob und unbeweglich, fast hässlich, könnte man sagen. Ich weiß auch nicht, wieso, aber mich faszinieren die."

„Mir gefallen seine Finger nicht und seine krummen Beine nicht und auch nicht, wie er den Bauch und den Hintern einzieht, als würde er seinen Schwanz einziehen. Mir gefällt dieser Gesichtsausdruck nicht, als ob er in seiner Kindheit zu oft einen Einlauf bekommen hätte und er jetzt seinen Hintern immer ganz fest zusammenpressen müsste. Sogar die Beine drückt er immer so zusammen, dass er es im Zweifelsfall noch schnell zur Toilette schafft."

„Na mit der analen Fixierung, das ist jetzt aber echt übertrieben."

„Mir gefällt an dem gar nichts, und am allerwenigsten gefällt mir, wie er sich benimmt. Ständig schaut er sich um, als ob er Angst hat, dass ihn jemand hört und überführt. Und dann noch diese schreckliche Angewohnheit, ständig sein Käppi zu knautschen. Wo hat der bloß diese Käppis her?"

Früher, da sind die Leute ja auch zum Geldverdienen gefahrn. Wer arm war, der hat zugesehn, dass er nach Amerika fahrn und da was verdienen konnt. Manche sind dann zurückgekomm und manche sind da geblieben. Mama hat mir erzählt, dass in der Familie von meinem Vater seinem Vetter, da gab es so ein Mädchen, Josefa hieß die. Sie war die Älteste und dann gab es noch sieben kleine. Und alles Mädchen. Das war damals ein großes Unglück, weil wie soll man die alle verheiraten. Die lebten ganz arm, hatten kaum was anzuziehn, manchmal mussten sie hungern, grade mal ein kleines Stückchen Acker hatten die. Ihre Mutter, die war aus der Familie von dem Priester, deshalb konnt sie lesen. Und den Mädchen hatse auch lesen beigebracht. Die Mädchen sind dann groß gewordn, ganz feine Mädchen warn das, groß und schlank, aber heiraten wollt sie keiner, weil die hatten ja keine Mitgift und ohne Mitgift und Acker wollt im Dorf keiner eine heiraten früher.

Der Vater von dieser Josefa, der dachte auch, dass er am besten nach Amerika fährt und da was verdient. Und grade da kam so ein junger Mann ins Dorf. So ein ganz schicker, in weißem Anzug. Der is dann von Hof zu Hof gegang und hat allen erzählt, dass er von so einem Büro is, was die Leute nach Amerika schicken tut. Man braucht nur ein bisschen Geld für nen Pass und für die Reise, hat er gesagt, das wär alles. Mehr nich.

Er is dann auch zum Haus von dieser Josefa gekomm und hat dem Vater ganz lange was erzählt. Bis zum frühen Morgen hamse zusammgesessen. Und am nächsten Tag is er wieder gekomm und hat wieder alles Mögliche erzählt. Und dann noch mal. Die Leute ham schon angefang zu reden, dass er sich in die Josefa verguckt hat. Und das stimmte auch wirklich. Der hat dann nämlich um ihre Hand angehalten und ihr versprochen, sie mit nach Amerika zu nehm und dann auch ihrem Vater eine kostenlose Einladung zu schicken, dass der auch zum Arbeiten kommen kann. Die Eltern warn natürlich ganz froh und hamse verheirat. Ein Hochzeitsfest gab's nich, wovon auch. Und dann sind die jungen Leut auch bald abgefahrn.

Und unterwegs, da hat er ihr dann gestanden, dass das alles geschwindelt war und dass das nich so is, dass er Alten hilft, im Ausland zu arbeiten, weil die will natürlich keiner zum Arbeiten nehm. Und dass dieses Büro von ihm nämlich in den Dörfern junge Mädchen sucht und dass er die erst mal heiraten muss, und dann nimmt er die mit und verkauft sie in ein Bordell.

Josefa hat natürlich einen gewaltigen Schreck gekriegt und ganz doll geweint. Aber der Bursche hatse dann beruhigt und gesagt, dass das mit ihr ganz anders is wie mit den andern, die er vor ihr in den andern Dörfern geheirat hat, weil sie liebt er wirklich. Und so hat er sie dann nach Amerika gebracht, aber nich ins Bordell verkauft, sondern zu seinen Bekannten als Magd gegeben. Und seinem Chef, dem hat er was vorgeschwindelt, dass Josefa weggelaufen is, und dann hamse ihn rausgeschmissen.

Aber das hat die beiden nich bekümmert, Josefa hat ja als Magd gearbeit, und er hat da auch irgendwas gefundn, und sie ham sich dann immer getroffn, so wie wenn sie noch nich verheirat wärn, weil sie hatten ja kein Geld für ein eignes Zuhause. Und er hat ihr die ganze Zeit versprochen, dass er was spart und dann werdn sie ihr eignes Zuhause ham.

Aber dann is sie schwanger gewordn und er is verschwunden. Ob was passiert is mit ihm oder ob er weggelaufen is, das weiß keiner. Der is Arbeit suchen gefahrn und nich zurückgekomm. Josefa hat ihn nie wiedergesehn. Und sie is dann bei denen geblieben, wo sie gearbeit hat. Die hatten eine eigne Fabrik, und das warn Ukrainer. Die warn schon vor einer ganzen Weile nach Amerika gekomm und sind dann da geblieben. Die hatten keine eignen Kinder und ham sich ganz doll gefreut, wo Josefa schwanger wurde. Sie hat dann ein Mädchen geborn und sie hamse adoptiert und zur Schule geschickt und ihr dann das Haus vermacht und alles, was sie hatten.

So hamse bei uns im Dorf über Josefa erzählt.

Chrystyna war natürlich bewusst, dass ihre Reaktion auf Solomijas Erzählungen über Stefan unangemessen war. Abgesehen von dem nicht übermäßig attraktiven, aber auch nicht außerordentlich schlechten Äußeren eines Mannes in fortgeschrittenem Alter ließen sich an ihm keine wesentlichen Mängel feststellen. Stefan war in der Ukraine zweimal geschieden, hatte einen erwachsenen Sohn, der als Programmierer in Kanada arbeitete, half beiden Exfrauen finanziell und hatte seine alte Mutter zu sich geholt und sich nicht darauf verlassen, dass sich die Verwandtschaft zu Hause um sie kümmern würde. Er war schon ziemlich lange in Deutschland, war Miteigentümer eines ukrainisch-deutschen Handelsunternehmens, bereits mit einer Deutschen verheiratet gewesen und verwitwet. So hatte er jetzt nicht nur die Arbeits- und Aufenthaltserlaubnis, sondern auch die Staatsbürgerschaft.

Schon ein paar Monate, nachdem Solomija angefangen hatte, bei Stefan zu arbeiten, entwickelte sich zwischen ihnen eine ziemlich schüchterne Beziehung, was für sie äußerst untypisch war. Gewöhnlich begannen ihre Beziehungen euphorisch, verliefen stürmisch und endeten schlagartig in einer weiteren Tragödie.

Jetzt war alles anders. Stefan gehörte zu den wenigen Männern, die Solomijas erotischem Zauber nicht sofort verfielen und sich nicht verhielten wie ein Jäger auf der Jagd, was sie seit langem gewohnt war. Ihre Beziehung begann nicht mit Flirten und Verführungsversuchen und Solomijas üblichem, leicht phlegmatischem Widerstand und einem darauf folgenden ebenso intensiven Aufgehen in der neuen Beziehung, sondern mit Stefans rationalem Angebot, Solomija zu heiraten, damit sie den Kleinen zu sich holen könnte. Er schlug ihr das ganz einfach und beiläufig vor, in der Küche, als sie gerade das Geschirr einräumte. Vor lauter Überraschung zerschlug sie fast einen Teller.

Aber Stefan wiederholte seinen Vorschlag ruhig, bat sie, darüber nachzudenken, und erklärte, dass er keine schlechten Absichten habe. Er glaube einfach, dass das für sie das Beste sei.

Solomija nahm sein Angebot zwar erst mal nicht ernst, sah aber Stefan, der bisher für sie nichts als ihr Arbeitgeber gewesen war, jetzt mit anderen Augen. Die ungewöhnliche Rolle, die sie nun spielte, reizte sie, und das führte dazu, dass es zwischen ihnen irgendwann funkte. Diesmal widersetzte sich Solomija nicht und gab auch keinem Druck von außen nach. In dieser Beziehung war alles sachlich und maßvoll, ihre Emotionen schienen zunächst überhaupt nicht beteiligt zu sein. Solomija verspürte nicht einmal ein Gefühl von verletztem Stolz, wo sie doch zum ersten Mal nicht erobert worden war, sondern nur ein Geschäft zu beiderseitigem Nutzen vorgeschlagen bekommen hatte. Sie wusste natürlich, dass es einfach nur dumm wäre, nicht darauf einzugehen, konnte sich aber trotzdem nicht dazu durchringen.

Früher gab's noch ganz viele Polen bei uns im Dorf. Aber dann ham die Sowjets angefang, die abzutransportiern. Meine Base, die hamse auch abtransportiert. Frühmorgens sind sie gekomm, ihre Mutter hatt grade den Ofen angeheizt und Brotteig gemacht und Wasser für die Warenyky aufgesetzt. Und da klopft es auf einmal an der Tür. Wie sie das gehört hat, da hatse gleich ihre älteste Tochter geweckt und in den Keller geschickt. Und da hamse dann die mittlere mitgenomm. Und da hat's auch nich geholfen, dass die Mutter von dem Mädchen geweint hat und gesagt, die is noch nich mal vierzehn, weil die ham die mitgenomm, die schon fünfzehn warn. Sie hamse trotzdem mitgenomm.

Und dann hat das Mädchen irgendwann aus Polen geschrieben, dass sie drei Wochen lang gefahrn sind in einem Waggon zusamm mit Kälbern und Schweinen und allem, und Hunger hattense und krank warn alle, und nur einmal am Tag durften sie an die frische Luft und zu essen hamse kaum was bekomm und auch nur einmal am Tag. Da sind dann ganz viele gestorben. Bloß gut, dass sie noch ihre Weste angezogen hatt, weil viele sind auch einfach so losgefahrn, wie sie geschlafen ham, und das war ja ganz schön kalt, und da sind ganz viele krank gewordn und gestorben. Und Kinder sind viele gestorben in dem Waggon. Schrecklich war das. Sie hat auch geschrieben, dass eine Frau, die is verrückt gewordn, weil der ihre Kinder sind in ihren Armen gestorben. Sie hat die nich begraben lassen, is die ganze Zeit durch die Waggons gelaufen und hat um Medikamente gebettelt.

Tja, und meine Base, die is dann noch lange in dieser Weste rumgelaufen, weil was andres hatt sie ja nich. Meine bestickte Bluse hatse noch gehabt. Die hatt ich ihr am Tag vorher gegeben gehabt, weil sie ihre grade gewaschen hatt. Damals ham die Leute ja nich so viel gehabt wie jetz. Da is sie dann in meiner Bluse gefahrn. Ich hab immer noch ein Foto in dieser Bluse und mit Korallen. Die hamse dann in ein Dorf gebracht, wo vorher die Deutschen gewohnt ham. Und das konnt man sehn, dass die diese Deutschen auch mitten in der Nacht weggebracht hatten. Alles durchnander. Ein fremdes Haus, fremde Sachen. Da hatse auch geschrieben, dass sie ganz lange nachts Angst gehabt hat und immer geträumt hat, die Deutschen komm zurück und wolln ihre Häuser wiederham. Das war wohl nich nur bei ihr so, das is allen so gegang. Zwanzig Jahre lang hat da nich mal jemand was repariert, weil das war ja nich ihrs. Wie in der Fremde hamse da gelebt. Und meine Base, die hat dann einen von da geheirat. Sie hat dann ein Mädchen bekomm, ihr Mann is im Krieg gefalln und sie wohnt mit dem Mädchen immer noch in dem Dorf da.

Am schlimmsten war's bei uns im Dorf, wo der zweite Krieg war. Zuerst, dreiundvierzig, wo die Deutschen da warn, da war's ganz schlimm. Im Nachbardorf, da wurde ein Konzentrationslager eingerichtet, da kamen die Juden hin. Die mussten da arbeitn, kaum was zu essen hamse gekriegt. Und alles hamse ihnen weggenomm, sogar die Goldzähne, hab ich gehört. Da war extra ein Doktor, der hat ihnen die Zähne rausgezogen. Die sind gestorben wie die Fliegen, die Alten und die Kinder auch. Dann ham sich die jüdischen Partisanen aus Brody zusammgetan und das Lager überfalln und die Deutschen geschlagen und alle Juden freigelassen. Und auch noch Sprengstoff mitgenomm und nen deutschen Zug da irgendwo in der Nähe von Brody in die Luft gejagt. Aber die Deutschen ham diese Partisanen dann gekriegt und lange mit denen gekämpft. Da in unserm Wald. Den ganzen Tag lang warn Schüsse zu hörn, bis in die Nacht, bis sie dann alle erschossen hatten. Wir ham alle in unsern Häusern gesessen und uns mächtig gefürchtet. Weil die hätten ja jederzeit kommen könn und alle erschießn. Und wo den Juden die Patronen ausgingen, da hamse sich mit der letzten selber erschossen. Die Leichen, die ham dann noch ganz lange im Wald gelegn, da gab's niemanden, wo die hätte beerdigen könn, da war einfach keiner mehr übrig von den Familien. Ich bin dann manchmal mit den Fraun in den Wald, wenn's dunkel wurde, und da ham wir die dann nach und nach vergraben. Aber tagsüber, da ging das nich, weil die Deutschen ja aufgepasst ham, dass niemand die Leichen anrührt.

Hanna Kopyryz hatte nicht viel in ihrem Leben geändert, als sie nach Berlin gekommen war. Zu den Errungenschaften der Zivilisation hatte sie eine philosophisch-herablassende Haltung, wie sie Menschen vom Lande oft eigen ist, deren Wertesystem auf elementareren Dingen basiert, die immer und unter allen Umständen von Bedeutung sind. Da ist es weniger wichtig, ob ein Haus warmes Wasser und Zentralheizung hat, sondern vielmehr, ob der Ackerboden fruchtbar ist. Nun, da sie von dem ihr vertrauten Begriffs- und Wertesystem abgeschnitten war, konnte und wollte sie sich nicht umorientieren und plötzlich etwas schätzen, was sie nie für besonders notwendig gehalten hatte.

So konnte sich Hanna zum Beispiel nicht daran gewöhnen, Unterwäsche zu tragen. Ihre Kleidung bestand aus einigen langen alten, manchmal zerschlissenen, Röcken, die sie übereinander trug und darüber noch ein paar neuere. Dazu trug sie Baumwollstrümpfe, die Solomija zuvor noch nie gesehen hatte, da die Produktion offensichtlich schon vor ihrer Geburt eingestellt worden war. Hanna besaß weder Schlüpfer noch Unterhemden.

Außerdem konnte sie sich nicht daran gewöhnen, sich auf die Toilette zu setzen, und benutzte sie im Stehen, wobei sie danach immer jammerte, dass sie alles schmutzig gemacht habe und Solomija jetzt wieder saubermachen müsse. Aber den Vorschlag, sich doch hinzusetzen, lehnte sie vehement ab.

„Ach, Kindchen, ich bin's doch so gewohnt, das kann ich doch nich auf meine alten Tage alles ändern."

Genauso vehement lehnte sie es ab, ein Gebiss zu tragen oder ihre Zähne reparieren zu lassen, die dann nacheinander ausfielen, bis nur noch zwei übrig waren – einer oben und einer unten.

„Wenn Gott es so gegeben hat, dann muss das so reichen", sagte Hanna.

Als sie auf dem einen Auge einen grauen Star bekam und damit fast nichts mehr sah, bewegte sich Hanna einfach tastend vorwärts. Von einer Operation wollte sie nichts hören. Seit sie nicht mehr auf dem Feld arbeitete, hatte Hanna täglich stundenlang die Bibel oder Heiligenviten gelesen und sich nie so richtig ans Fernsehen gewöhnt.

Ihr Speiseplan war nicht weniger konservativ. Sie war es gewohnt, jeden Tag Brei und Kartoffeln, Zwiebeln und anderes Gemüse aus ihrem Garten zu essen, und versuchte jetzt, mit dem Gemüse vom hiesigen Wochenmarkt klarzukommen. Das aus dem Supermarkt wagte Solomija gar nicht erst, ihr anzubieten. Aber so richtig schmeckte Hanna nichts, und sie aß immer weniger, nur manchmal probierte sie das, was Stefan kochte. Wobei sie natürlich der Ansicht war, dass es sich für einen Mann, und erst recht für ihren Sohn, nicht geziemt zu kochen, dafür müsse eine Frau im Haus sein.

Von Zeit zu Zeit hatte sie einen Anflug kulinarischer Inspiration und machte für ihren Sohn Warenyky mit Kartoffeln und Quark. Solomija ließ sie dabei nur die Hilfsarbeiten verrichten: Kartoffeln schälen, Wasser aufsetzen und dann die fertigen Warenyky aus dem Wasser holen. Den Prozess an sich kontrollierte sie lieber selbst.

Ein paar Mal hatte Hanna versucht, Sülze zu machen, aber Solomija hatte nicht das passende Fleisch dafür gefunden, und es schmeckte bei weitem nicht so wie zu Hause.

„Da hast du mich hier aber auch in eine Ödnis verfrachtet, mein Sohn. Die essen und kochen hier ja überhaupt nichts Ordentliches. Kaufen sich Brötchen und Kaffee im Laden und das war's auch schon. Kochen tun die hier wohl gar nich. Aber ich reg mich ja nich auf. Hauptsache, dir geht's gut hier. Ich komm schon irgendwie zurande", sagte sie zu Stefan.

Ich hatt ja drei Kavaliere gehabt, die sind dann auch zu den Banderisten. Zwei sind sofort umgekomm. Aber einer hat lange durchgehalten. Stepan hieß der. Mit dem hab ich sogar ein Foto, auf dem Foto, da trag ich dieselbe Bluse, wo ich dann meiner Base gegeben hab, in der sie dann nach Polen gebracht wurde. Stepan hat auf dem

Foto auch ein schön besticktes Hemd an. Das war so ein richtiger Ukrainer, der hätt alles gegeben für die Ukraine. Also is er zu den Banderas. Hundertschaftsführer bei der UPA is er gewesn. Und nachts, da is er immer ausm Wald nach Hause gekomm, weil seine Mama hat ja ganz schrecklich geweint um ihn. Und wenn er dann wieder los is, von seiner Mama, dann is er auch bei mir vorbeigekomm und hat mir immer alles erzählt, was da so los war.

Am schlimmsten war es vierundvierzig, Gott bewahre, wenn ich mich daran erinner. Das war damals so: Unsre Banderisten, die hatten da schon eine ganze Weile gegen die sowjetischen Partisanen gekämpft. Also im Schwarzen Wald warn sogar noch mehr von den ukrainischen Burschen, aber hier bei uns, da waren's auch nich wenig. Und wo es dann hieß, dass es eine deutsche ukrainische Division geben wird, da ham sich dann alle untereinander gestritten. Weil die einzige richtige ukrainische Armee, das war ja die UPA. Aber nich alle, wo für die Ukraine kämpfen wollten, sind da hin. Weil die Deutschen, die ham ja ganz schön agitiert gegen die UPA. Natürlich wurd denen nich so viel geglaubt, aber irgendwas hatt ja jeder erlebt gehabt: Den einen ham die Partisanen ein Kalb weggenomm, jemand anderm eine Kuh, und wieder jemand anders wollt seinen Weizen nich hergeben, der hat das dann auch bereut. Die Burschen, wo ein bisschen gebildeter warn, die sind ja nich unbedingt in den Wald gegang, die wollten auch niemanden ausraubn. Aber dann hatten sie irgendwann keine Wahl mehr, da mussten sie entweder nach Deutschland zum Arbeiten oder zu den Banderas. Und da ham sich dann viele gesagt, dann gehn sie lieber in die Armee wie zu der Bande, und sind zu den Deutschen gegang.

Tja, und so is dann die SS-Division Galizien entstanden. Es gab ja auch in der UPA welche, wo sich gefreut ham und gesagt ham, dass sie sich mit den Deutschen leichter einig werdn wie mit den Sowjets und dass alle bis aufs letzte Bataillon in diese Division solln, damit die Ukrainer nich so abhängig sind von den Deutschen und, wenn sie wolln, einfach ihre Waffen nehm und in den Wald gehn könn. Aber es gab auch genug, die mit den deutschen Kollaborateuren nichts zu tun ham wollten.

Das warn wirklich schwere Zeiten. Bei den Sowjets war's schlecht und bei den Deutschen auch. Und bei den Banderas war's auch nich gut. Das Leben im Wald war ja auch hart, das hat nich jeder ausgehalten, da hat's an allem gefehlt. Denen ham ja auch nich alle geholfen. Das warn ja alles auch nur Menschen und die hamse auch schon mal verraten. Oder sie ham einfach selber nichts gehabt, was sie denen geben konnten. Und außerdem ham die Deutschen ja ganz schön Propaganda gemacht für diese Division und gegen die UPA. Na und die Burschen, die warn ja noch ganz jung und hattn ja noch keine Ahnung und ham da drauf gehört.

Aber Stepan hat erzählt, dass sie sich da von Anfang an nich wohl gefühlt ham. Es war wohl nich so schlecht wie in der Sowjetarmee, aber trotzdem nich gut. Die ham den kaum was beigebracht und auch keine Waffen gegebn. Die warn für die Kanonenfutter. Schon in den ersten Monaten, wo diese Division gegründet war, da sind wohl schon ein paar hundert aus der Division zur UPA gegang.

Ich hab die selber öfter mal getroffn, wenn ich vom Feld gekomm bin. Einmal, da hab ich gesehn, da kommt einer aufm Pferd angeritten. Und ich hab gleich gesehn, der kann gar nich reiten, der war irgendwo aus der Stadt, und hatt ein Buch in der Tasche stecken und hat sich kaum aufm Pferd gehalten. Ich sag zu ihm, willst du nich was essen, ich hab hier was zu essen dabei. Und er sagt, danke, aber ich hab schon gegessen. Und ich sag, dann trink wenigstens ein bisschen Milch, und er sagt: Ich will keine Milch, aber trotzdem vielen Dank. Aber ich hab gleich gesehn, dass der Angst hat, vom Pferd abzusteign. Das war dem peinlich, dass er das nich kann, und er wollt nich, dass ich das seh. Na und da hab ich ihm die Milch hingebracht, damit der was trinkt. Und er hat sich bedankt. Und hat sich dann runtergebeugt und mir den Milchkrug zurückgegebn, und da is ihm das Buch aus der Tasche gefalln. Ich guck so, das war das Evangelium. Ich hab's aufgehoben und ihm zurückgegeben. Und ein paar Wochen später, nach der Schlacht bei Brody, da hab ich dieses Evangelium im Wald gefunden. Und lange gebetet, dass da nur sein Buch im Wald geblieben is und nich sein Kopf.

Die armen Burschen, da sind so viele umgekomm. Ganz schlimm ham die Gefangene genomm. Die Deutschen und die Sowjets ganz genauso, und die hamse dann gleich an Ort und Stelle erschossen. Und unsre Burschen, wo die das gesehn ham, da sind die ganz blass gewordn, weil die einen ham ja Ukrainer erschossen und die andern auch. Auch bei uns im Dorf, da ham die Deutschen Gefangene erschossen. Und ein Bursche, der dabei war, auch in deutscher Uniform, aber einer von uns, der hat die dann aber angebrüllt auf Deutsch! Angebrüllt hat der die, dass ihr deshalb jetz abzieht und zurück in Galizien seid und nich hinter dem Ural, weil ihr Menschen einfach nich menschlich behandeln könnt. Dafür hat ihn einer fast erschossen, für diese Worte. Aber das stimmt ja wirklich, weil wenn die Deutschen nich genauso gewesen wärn wie die Russen, dann hättense in Galizien eine größre Armee gehabt und viel mehr Hilfe. Und so ham unsre Leute ihren Burschen geholfen und den Deutschen halt nich so sehr.

Stepan hat mir dann auch mal erzählt, dass vor der Schlacht bei Brody Kundschafter aus der Division bei ihnen warn. Die ham gesagt, bei ihnen im Zug is nich ein einziger Deutscher. Und dass die Deutschen gefragt ham, wo sie die Burschen im Wald finden, aber ihr Kommandeur hat sich geweigert, sie zu führn. So sind die sich entgegengekomm – die Burschen aus der Division ham denen ein paar Waffen in den Wald gegebn, und die Banderas hatten dafür immer die bessre Aufklärung. Und dann sind wohl direkt vor der Schlacht bei Brody zwei Banderas zu denen vom Divisionsabschnitt gegang. Die ham Warenyky mitgebracht und gefragt, ob sie den Kommandeur sprechen könn. Und der Kommandeur, der hat von ihnen die Warenyky angenomm und ihnen Zigaretten und Wein angeboten und dann hamse sich das alles ausgemacht. Die Strafhundertschaft der Banderas, die da war, sollte sich hinter die Frontlinie durchschlagn und weiter nach Polessien, wo schon die Sowjets warn. Und sie hatten drum gebeten, dass der Divisionsabschnitt nachts den Feind angreift und die Banderas das dann ausnutzen und sich auf die andre Seite der Front durchschlagen. Aber das ging nich, weil die Division war zu weit weg, so zehn Kilometer vor der ersten Frontlinie. Wo die Banderas das hörten und auch, wie die Deutschen kämpfen wolln, da ham die sich ganz schön gewundert. Und gesagt, das is Quatsch, weil die Bolschewiken, die würdn ja nich Brody angreifen, wo die ganze deutsche Armee steht und unsre Ukrainer in zweiter Linie, sondern die würden nach Busk und Solotschiw marschieren. Und Brody würdense umzingeln und unsre ganze Division wär dann eingekesselt. Und dass das alles so um den fünfzehnten Juli passieren würde und dass die Sowjets so um die tausend Panzer und genauso viele Flugzeuge ham. Die Ukrainer ham das dann an den Stab weitergegebn, weil das war ja schon eine Woche vor dem fünfzehnten Juli. Aber keiner hat denen geglaubt, und die ham alles so gelassen, wie's war, und eine Woche später, da is es dann genau so gekomm, wie die Banderas gesagt ham.

Zuerst, schon so um den fünften Juli, da ham die ganz viele von den ukrainischen Burschen in deutscher Uniform zu uns gebracht. Ich hab von den Fraun gehört, dass in Oschydiw, da am Bahnhof, ein griechisch-katholischer Priester stand, und immer, wenn ein Zug kam und die Burschen ausgestiegn sind, dann gab es ein Gebet und dann sind sie mit Wagen weitergefahrn bis nach Brody. Mit Wagen und auch mit Panzern. Nich nur den Weg lang, sondern auch quer übers Feld. Den Burschen vom Dorf, denen hat das ja in der Seele wehgetan, mit den Panzern über den reifen Weizen zu fahrn. Aber Befehl is Befehl. Da musstense gehorchen. Das Feld musste dann sowieso kaputt gemacht werdn, weil Gräben gegraben werdn mussten, um sich vor den Russen zu versteckn. Das war natürlich schade um den Weizen, aber um die Burschen noch viel mehr.

Und dann war Mittwoch, Peter und Paul. Bei uns heißt es ja: Nicht jeden Mittwoch ist Peterstag. Aber in dem Jahr war es nu mal grade am Mittwoch. Und das is bei uns im Dorf ein Kirchenfest und ein ganz wichtiger Feiertag. Da ham sich die Fraun dann verabredet, Warenyky gemacht, ihre bestickten Blusen angezogn und den Burschen die Warenyky in die Gräben gebracht. Sie sind zum Kommandeur und ham gesagt: Bitte, Herr Offizier, lassen Sie uns unsren Männern Warenyky in die Bunker bringen. Heut is Peter und Paul, und bei uns im Dorf is ein Festtag. Der Offizier hatse gefragt, ob sie denn keine Angst ham, weil die Russen ja schießn. Aber die Fraun ham ihm geantwort: Wir sind bereit, den Angriff der Russen zusamm mit unsren Männern zu ertragen. Na und da hat der Offizier sie dann durchgelassen. Die Männer ham die Warenyky gegessn und immer nur geguckt, wie die deutschen Geschosse übers Feld fliegen.

Wo die durch unser Dorf gekomm sind, da hattense auch eine Kanone dabei. Und der Fahrer, der hat wohl irgendwie geträumt und zu stark auf die Bremse getretn, und die Kanone, die is zurückgerutscht und dabei is dann irgendne Schnur gerissen. Große Panik, die hatten's ja eilig. Ins Nachbarhaus kam irgendein Fähnrich mit Revolver gelaufen und hat den Burschen angebrüllt, er soll ihm sofort Schnur geben. Und der Bursche hat ihm geantwort, er hat keine. Der Fähnrich hat sich aufgeregt und ihm auch auf Polnisch gesagt, wie kann das sein, so ein großes Haus und keine Schnur. Aber der hat drauf bestanden, dass das so is. Da is der Fähnrich zu ner andren Hütte gelaufn. Da war's das Gleiche. Und die Russen schießen, die müssen weiterfahrn. Aber die Kanone stehn lassen wär auch schade. Und da nimmt der Fähnrich seine Pistole und schreit diesen andren Burschen an, diesmal auf Ukrainisch, er soll ihm sofort Schnur geben. Und der gibt ihm immer noch keine. Da setzt ihm der Fähnrich die Pistole auf die Brust und sagt, dass er gleich abdrückt, und fängt an zu zählen. Die Frau von dem Burschen sieht, dass der das ernst meint, und wirft sich ihm vor die Füße und schreit: Halt! Er soll nich schießen, und sie gibt ihm gleich Schnur. Da hamse dann die Schnur genomm und sind weiter. Die Russen hätten den ganz bestimmt erschossen.

Und was warn diese russischen Katjuschas schrecklich, Gott bewahre. Einmal, da bin ich abends aus der Scheune gekomm, und da hab ich gesehn, wie da am Himmel ein schreckliches Feuer brennt. Wie in der Hölle, wirklich! Und wie wenn da der Teufel schallend lachen würde und alle bösen Geister zusammkomm und über unserm Dorf ein Begräbnis feiern.

Und ein Bursche, der is ganz allein auf einen Panzer zugelaufn. Das hab ich mit eignen Augen gesehn. Die ham ausm Wald auf die Russen geschossen. Und da sehn sie, da kommt ein Panzer angerollt, und da müssense was tun. Und die hatten solche Panzerfäuste, so hießen die Dinger.

Das hat mir mein Bruder erzählt, dass das so eine moderne Waffe gegen Panzer war, aber nich alle konnten damit umgehn. Na und da gab's halt einen jungen Burschen, der konnt das. Und der is damit auf den Panzer zugelaufen. Quer durch den Garten an der Weide da unterhalb vom Wald. Der rennt und hat gar keine Angst, und dieser Panzer, der kommt direkt auf ihn zu. Und dann wirft er also diese Panzerfaust, aber dem Panzer hat das nichts gemacht, der rollt einfach weiter. Da hat der nämlich zu früh geworfen gehabt, er war nämlich noch fünfzig Meter von dem Panzer weg und werfen muss man bei dreißig. Bloß gut, dass der noch so eine dabei gehabt hat, da is er dann ganz nah rangelaufen und hat die geworfen. Und der Panzer is ausgebrannt und der Bursche is am Leben geblieben. Schrecklich war das.

Zwischen Knjasche und Jaseniwzi, da is ein Tal, wenn man von unserm Dorf auf den Hügel raufgeht, da sieht man das ganz gut. Das war damals wirklich ein Todestal. Was wurde da geschossen und gestorben, die Menschen schrein, die Pferde wiehern, der Boden war kaum noch zu sehn vor lauter Blut und Fleisch, überall kaputte Fuhrwerke, Schutt, was man sich nur vorstelln kann. Da is alles nur so durch die Luft geflogn, Erde und Schlamm und abgerissne Arme und Beine und alles. Die Schreie warn nich so zu hörn, weil wir uns drinnen versteckt ham, aber so ein dumpfer Lärm die ganze Zeit, und unter dem Berg, da ham die Panzer gedröhnt. Wer sich aus dieser Hölle retten konnt, der war wirklich Gottes Schützling. Da is kaum jemand lebend rausgekomm.

Wir ham die ganze Zeit im Keller gesessen und sind nur ab und zu mal in den Stall rüber. Wenn jemand aus dem Tal da weglaufn konnt, der konnt bis zu uns ins Dorf rennen, obwohl das ganz schön weit is zu Fuß. Einmal, da bin ich nach draußen gegang und da hab ich gesehn, wie da so ein Junge mit Kamera angerannt kommt, so einer, mit der sie Filme gedreht ham. Das warn die Kriegsberichterstatter, die ham alles gefilmt, was passiert is, damit für später ein Film bleibt über dieses schreckliche Leiden und Sterben. Ich weiß aber nich, ob später jemand diesen Film gesehn hat, weil ich nich weiß, ob dieser Berichterstatter am Leben geblieben is, aber ich seh immer noch vor mir, wie der gerannt is und die Kamera an sich gedrückt hat.

Und ein andermal, da hab ich gesehn, wie da ein paar unsrer Burschen in deutscher Uniform ankamen und mit ihnen einer in russischer. Stepan hat mir erzählt, dass viele so vor den Russen geflohn sind. Die Burschen aus der deutschen Division ham unsre ukrainischen Burschen aus der russischen Armee gefangen genomm, und dann, wo schon klar war, dass keiner die Schlacht überlebt und dass sie zu ihren eignen Leuten überlaufen müssen, weg von den Deutschen und weg von den Russen, da sind sie dann zusamm in den Wald gegang, zu den Banderas. Und was die armen Kerle so erzählt ham, die aus der Roten Armee geflohn warn, wie die die behandelt ham, schrecklich war das. Die hatten da gar nichts, nichts anzuziehn, keine Waffen, nichts zu essen. Und so wurden die dann losgeschickt, wie sie warn, die einen barfuß, die andern in irgendwelchen zerrissnen Lumpen, ein Gewehr über die Schulter, Zwieback in die Tasche und ab ging's. Gott behüte einen vor so einer Armee. Und die Banderas, die hamse dann natürlich gefragt, warum sie nich weggelaufen sind zu ihren eignen Leuten, sondern bei den Russen geblieben sind. Und die ham dann gesagt, dass sie Angst gehabt ham, weil die Russen ham ja gleich alle erschossen, wo desertiert sind, wenn sie wen gekriegt ham. Da hatten's unsre Burschen bei den Deutschen immer noch besser.

Der Priester aus Male Selo, der hat mal erzählt, wie er dann am sechzehnten Juli mit seinem Motorrad gefahrn is und gesehn hat, wie da auf einmal russische Flugzeuge mit ausgeschalteten Motoren über dem Waldweg aufgetaucht sind, und die sind auf ihn zugeflogen und ham geschossen. Er hat das Motorrad hingeschmissen und sich schnell hinter einem Baum am Weg versteckt. Ein paar Kugeln ham den Baum getroffen, aber der Priester hat nichts abgekriegt. Er is dann noch ein Stück weitergefahrn, aber dann kam's noch schlimmer, weil er musste den ganzen Nachmittag im Weizenfeld bei Bily Kamen sitzen, so doll ham die Flugzeuge gebombt. Der Priester war auf dem Weg nach Male Selo, weil dahin wurden die gefallenen Unteroffiziere gebracht, in Teerplane eingewickelt, das warn Theologen gewesn, und er wollt sie auf dem Friedhof im Ort beerdigen. Sogar um sie geweint hat er und gesagt, das warn so kluge Kinder, die wollten für die Ukraine kämpfen. Und wurden alle erschossen. Dann is der Priester zum Tischler hin, der war auch zu Hause, und wollt vier Särge bei dem bestelln. Der Tischler, ein Pole war das, der hat ihm gesagt, dass er kein Material hat und überhaupt is Sonntag und da arbeitet er nich. Da hat der Priester eine Pistole rausgeholt, und wie der Tischler das gesehn hat, da wollt er dann doch arbeiten und Material hat er auch welches gefundn und los ging's.

So um den zwanzigsten Juli, da war schon allen klar, dass sie abziehn müssen. Und wer nur konnt, der hat irgendwie versucht, aus diesem Kessel bei Brody rauszukomm. Stepan hat mir auch erzählt, dass die Deutschen sich mit unsern Jungs aus der Division ganz gewaltig gestritten ham und gesagt, dass unsre Leute schuld sind, dass beim Rückzug so viele umgekomm sind, weil die Ukrainer mit ihren Wagen alle Wege blockiert ham und keiner mehr durchgekomm is, weder sie selber noch die Deutschen. Das stimmte auch wirklich, dass die Wagen alles blockiert ham. Wie alle losgerannt sind, da sind die Wagen auf den Wegen zusammgefahrn, Lebende und

Tote, alles durchnander und da kam keiner mehr durch. Aber da warn nich unsre Burschen schuld dran. Da warn die Deutschen selber schuld. Weil, wo die Banderas ihnen gesagt ham, dass es keinen Angriff auf Brody geben wird, da ham die das ja nich geglaubt und die Ukrainer mit den Kanonen und den Pferden und den Wagen und allem in dieser zweiten Linie gelassen. Und dann wussten sie schon selber nich mehr, was sie machen solln. Unsre Burschen ham erzählt, dass vom Stab tagelang überhaupt nichts kam. Die ham dagesessen und nich gewusst, was jetz der Befehl is. Und dann hamse gesagt, alle abziehn und alles mitnehm auf den Wagen und gut auf diese Wagen aufpassen. Weil die Deutschen ham ihre Leute da rausgeholt, wo sie konnten, und die Ukrainer, die mussten selber zusehn. Und außerdem hamse ihnen gesagt, dass sie die Wagen nich stehn lassen solln, weil's schade um die Sachen is. Irgendwann ham die dann nich mehr auf die gehört und alles stehn und liegen lassen und sind gerannt, so weit sie konnten. Aber zuerst, da hamse noch versucht zu fahrn und sind sich natürlich in die Quere gekomm. Klar, dass das ein Durchnander gab.

Stepan hat mir auch erzählt, wie da mal drei von unsern Burschen in deutscher Uniform zu ihnen in den Wald gekomm sind. Und gesagt ham, dass ihnen irgendwer erzählt hat, dass der Weg nach Knjasche fast frei is und dass man sich da nachts durchschlagen kann. Also sind sie los Richtung Knjasche. Und unterwegs, da hamse dann noch eine gut bewaffnete Hundertschaft Ukrainer aus der Division getroffen, die da aufm Vorwerk gestanden und gesagt ham, sie warten, bis Nacht wird, weil der Weg is unter Beschuss und tagsüber kommt man da nich lang. Und dann sind sie zusamm mit dieser Hundertschaft nach Knjasche und ein paar Deutsche warn auch noch dabei. Und geschossen wurde wie wild und dann sind sie ins Dorf gekomm und quer übern Torf und durch die Weiden gelaufn, da bei Knjasche, da is ja überall Moor. Und im Dorf, da hamse keine Menschenseele angetroffn, die hatten sich da alle versteckt gehabt und die Soldaten ham dann dreihundert Verletzte und Tote gefunden.

So war das in dem Krieg. Die hatten nich mal Zeit, unsre Burschen mal zusammzunehm, die hatten ja noch gar nichts gelernt, und schon wurden die armen Kinder vor die russischen Panzer gejagt. Wo gab's denn das schon mal, dass in ein paar Tagen eine ganze Division vernichtet wird. Elftausend warn das, und übrig geblieben sind vielleicht viertausend, vielleicht auch weniger.

Tja, und mein Stepan, der hat das alles mitgemacht und is am Leben geblieben. Wo der Krieg schon vorbei war, da war er immer noch im Wald bei den Banderas. Wo sollte er auch sonst hin. Aber seine Eltern, die warn ja schon alt, und seine Mutter hat die ganze Zeit schrecklich geweint, die hat Angst gehabt, dass die Russen sie nach Sibirien bringen. Er is dann oft ausm Wald zu ihnen gekomm. Und irgendwann mal, da war er wieder da, und seine Mutter war ganz krank und hat geweint und gebetet und gebettelt. Tja, und das hat er kaum ertragn und dann is er bis zum nächsten Morgen gebliebn und dann wollt er nich mehr zurück in den Wald. Tja, und dann sind die Banderas gekomm und ham ihn in seinem eignen Haus erschossen, weil er nich zurückwollt. Und seine Eltern, die hamse dann doch nach Sibirien gebracht und dort, in Sibirien, da sind sie dann auch gestorbn, die sind nie wieder zurückgekomm.

Harfe spielen hatte Stefan erst vor kurzem gelernt. Gegenüber von seiner ersten Wohnung in Deutschland war eine Musikschule gewesen. Als er eines Abends nach Hause kam, sah er dort einen Aushang, dass das Harfen-

studio Erwachsene aufnehme. In einem Fenster im ersten Stock brannte noch Licht. Er ging hoch.

„Ich würde gern Harfe spielen lernen“, sagte er in das verwaschene Graublau der Augen einer müden Frau, die in dem Zimmer, wo er geklopft hatte, am Schreibtisch saß.

Die Frau schrieb gerade etwas in ein Notenheft und reagierte gelassen auf Stefans Erscheinen, als hätte sie nur auf ihn gewartet.

„Schön“, sagte sie. „Ihre Lehrerin werde ich sein. Ich heiße Regina. Kommen Sie morgen wieder.“

Außer Stefan kamen noch zwei rüstige Rentnerinnen zum Unterricht. Allerdings hielten die beiden nicht lange durch und hörten schon nach drei Monaten wieder auf. Aber Stefan blieb. Und merkwürdigerweise wurde das Studio nicht geschlossen. Die Harfenlehrerin stand kurz vor der Rente. Wahrscheinlich wollten sie ihr einfach nicht kündigen. In der vorletzten Stunde bot sie Stefan an zu heiraten, damit er eine Aufenthaltserlaubnis bekäme.

Kurz nachdem er die deutsche Staatsbürgerschaft erhalten hatte, wurde bei seiner Frau Krebs diagnostiziert. In nicht operablem Stadium.

Und wo mein Josyp, der Vater von Stepan, um meine Hand angehalten hat, da war ich ja gar nich mehr so jung. So um die siebenundzwanzig war ich da. Das war schon nach dem zweiten Krieg. Josyp hätt eigentlich gar nich in den Krieg gesollt. Der war doch noch ganz jung, grade mal vierzehn war er da. Aber er war schon ziemlich groß und hat sich selber zwei Jahre älter gemacht. Jung und dumm. Die sind in der Familie sieben Kinder gewesen, und dann is ihre Mutter gestorben. Da wurden die Kleinen auf die Verwandten verteilt. Und Josyp kam zu seinem Bruder. Da hat er es dann nich so gut gehabt und deshalb hat er sich zwei Jahre älter gemacht. Und dann hamse ihn mitgenomm nach Deutschland. Zu Fuß bis nach Polen und von da ins KZ. Er hat als Einziger Glück gehabt. Entweder hat er da Bekannte gehabt oder die ham einfach gesehn, dass er noch ganz klein war. Und ham ihn in nem Sack mit Schmutzwäsche versteckt, wo alle gewaschen und ins Feuer geschickt wurden. Und er wurde in diesem Wäschesack rausgebracht und irgendwo im Feld abgeworfn. Er is dann den Weg langgelaufen und is dann nem Bauern begegnet. Aus Österreich. Der hat sich gedacht, ein junger Bursche, der kann gut arbeiten. Und hat ihn mitgenomm. Und da hat er's ganz gut gehabt bei diesem Bauern, hat bei den Kühen gearbeit und hat was zu essen bekomm. Aber dann hat er irgendwann mal einer Kuh das Euter kaputtgemacht. Die hatten da richtig viel Vieh, und da musste jeden Tag mehrmals gemolken werdn. Und er war ja noch ganz jung und hat keine Erfahrung gehabt, wo hat der denn schon mal ne Kuh gesehn. Wenn die Kühe schon älter sind, da macht denen das nichts, wenn sie mal später gemolken werdn. Aber die, die war noch jung und das Euter noch klein, da muss man ganz schön aufpassen, dass die Milch nich zu lange im Euter bleibt, und da hat er nich richtig aufgepasst. Da hat der Bauer ihn ganz schlimm verprügelt, sogar einen Zahn hat er ihm ausgeschlagn. Aber da hat Josyp sich beschwert und dann is er zu nem andern Bauern gekomm, und dem, dem wurden alle Helfer weggenomm, und dann hat er gar keine Helfer mehr gehabt. Das war wohl eine ganz schöne Strafe, weil der hat viel Acker gehabt und Vieh und die Milchnorm musste er liefern und alles.

Tja, und da, auf dem andern Hof, da hat er's dann ganz gut gehabt. Zu essen gab's sogar sechsmal am Tag und Milch, so viel er wollt.

„Weißt du, was einer Frau aus Ternopil passiert ist?", rief Solomija aufgeregt von der Tür und stürzte ins Zimmer, ohne sich die Stiefel auszuziehen. Seit kurzem ging sie sonntags immer zum Gottesdienst in die griechisch-katholische Kirche, wo sich fast alle ukrainischen Arbeitsmigranten der Stadt einfanden. Von dort kam sie meist mit genau diesem Satz zurück, der die Begrüßung ersetzte und in einen langen und verworrenen Bericht einer weiteren Ungerechtigkeit mündete.

Chrystyna hob nur verwundert die Brauen und sah mit dem tadelnden Blick einer Putzfrau auf Solomijas nicht gerade saubere Stiefel.

„Entschuldigung.“ Solomija hatte verstanden. „Ich zieh sie schon aus. Also, diese Frau, Oksana heißt sie, glaube ich, die ist heute ganz verheult zum Gottesdienst gekommen. Der haben sie ihr Kind weggenommen. Ihr eigenes Kind, stell dir vor!“

„Wie jetzt?“ Chrystyna verstand nicht so recht.

„Also, sie ist vor drei Jahren hergekommen. Hat über so ein Internetportal einen Deutschen kennengelernt und den geheiratet. Stell dir das mal vor. Solche Idioten gibt’s echt.“

„Hab ich auch schon gehört.“

„Sie selber ist ja Krankenschwester“, fuhr Solomija fort, ohne auf Chrystynas ironischen Unterton anzuspringen. „Hat in Ternopil gearbeitet, in irgend so einer Privatklinik. Hatte dort auch einen Mann. Aber keine Kinder. Und dann mit über dreißig hat sie sich so langsam Sorgen gemacht. Und hat sich von ihrem Mann scheiden lassen und diesen Hans gefunden. Der hat ihr angeboten, zu heiraten, sie hat eingewilligt, ist hierhergekommen und fast auf Anhieb schwanger geworden. Und der Typ ist arbeitslos. Keine Ahnung, was der überhaupt von Beruf ist. Vielleicht einer von denen, die immer nur von der Stütze gelebt haben. Na ja, sie ist also schwanger geworden, hat das Kind bekommen, alles bestens. Aber dann hat sich seine Mutter eingemischt.“

„Ach du meine Güte! So eine ganz typische ukrainische Geschichte, ja?"

„Mütter sind halt überall gleich. Zuerst ist sie ein paar Mal die Woche vorbeigekommen, dann jeden Tag, und dann ist sie auch über Nacht geblieben. Ein paar Monate, nachdem der Kleine geboren wurde, ist sie nur noch nach Hause gegangen, um sich umzuziehen. Und dann hieß es schon, dass sie am besten ganz bei ihnen einzieht, um der Frau zu helfen. Na, diese Hilfe kann man sich ja vorstellen. Von früh bis spät ist sie ihr hinterhergelaufen und hatte ständig was auszusetzen. Die Arme hat ja noch nicht mal die Sprache richtig gelernt, die hat gar nicht alles verstanden, was die von ihr wollten. Na, die Stimmung kann man sich ja vorstellen: Alle drei in einem Zimmer, leben von ein paar Groschen und machen sich gegenseitig fertig. Oder vielmehr machen die beiden sie fertig, die hatten sich ganz bestimmt gegen sie verbündet. Ist mir echt ein Rätsel, wie sie das überhaupt ausgehalten hat.

Was sie auch getan hat, immer war's das Falsche. Da sind die mal mit dem Auto gefahren, das Kind war im Kindersitz angeschnallt, der Mann und die Schwiegermutter vorne und sie hinten. Da hat das Kind angefangen zu weinen, sie hat es auf den Arm genommen, um es zu beruhigen, da haben die sie fast in Stücke gerissen. Da gibt's wohl irgend so ein Gesetz, dass Kinder im Auto immer angeschnallt sein müssen. Egal, wenn es an seinen Tränen erstickt, Hauptsache, es ist angeschnallt. Und so die ganze Zeit. Wenn das Kind schläft, ist das schlecht, weil es aktiver sein sollte, wenn es nicht schläft, ist's auch wieder nicht gut, weil es dann zu unruhig wird. Irgendein Fleck auf der Haut, ist natürlich die Mutter dran schuld, hat ihm was Falsches zu essen gegeben. Wenn sie ihn warm anzieht, dann heißt es, der kriegt keine Luft, wenn sie ihn luftiger anzieht, dann achtet sie nicht auf seine Gesundheit und riskiert, dass er sich erkältet.

Sie dachte ja erst noch, dass die sich deshalb solche Sorgen um das Kind machen, weil es so spät gekommen ist und weil sie sich's so sehr gewünscht hatten, und hat das alles irgendwie ertragen. Aber dann hat sich rausgestellt, dass alles ganz anders war.

Eines Tages, da war sie mal allein zu Hause und hat mit dem Kleinen gespielt. Und da klingelt's an der Tür. Sie macht auf, und da steht da so eine Tante vom Jugendamt. Da hätte sich jemand beschwert, dass sie sich nicht richtig um ihr Kind kümmern würde. Die haben dann die ganze Wohnung kontrolliert und ein paar offene Steckdosen gefunden und einen Fall draus gemacht. Also, das weiß sie jetzt, dass das die Steckdosen waren. Aber damals haben die sie so verwirrt mit ihrem Bürokratensprech, dass sie überhaupt nichts verstanden hat. Sie haben ihr dann irgendwas zum Unterschreiben gegeben und sind wieder gegangen. Sie war ja schon froh, dass sie davongekommen war.

Ein paar Wochen später noch mal genau das Gleiche, niemand weiter zu Hause, nur sie mit dem Kleinen. Wieder die Tante vom Jugendamt vor der Tür. Dieselbe. Fragt, warum das Kind nicht im Kindergarten ist. Oksana sagt, weil sie keinen Platz bekommen haben. Und sie auch selber auf das Kind aufpassen könnten. Beide arbeitslos, da hätten sie ja Zeit. Aha, arbeitslos. Das schreibt sich die Tante gleich auf.

‚Und warum spielt das Kind auf dem Fußboden? Das ist unhygienisch.'

‚Unser Fußboden ist sauber', sagt Oksana.

‚Saubere Fußböden gibt es nicht', antwortet die Tante.

Dann musste sie wieder was unterschreiben. Beim dritten Mal sind sie dann schon gekommen, um das Kind ins Heim zu stecken. Dann hat sich rausgestellt, dass nämlich ihr Hans und seine Mutter die Eingabe geschrieben hatten. Und ihr so das Sorgerecht entziehen wollten."

„Wieso das denn?", wunderte sich Chrystyna.

„Da gibt es offensichtlich so eine spezielle Vergütung, für Vormünder. Wenn man der einzige offizielle Vormund für ein Kind ist, sogar für ein fremdes, dann kann man dafür ganz gut Geld bekommen. Da hatte Hans wohl vor, sich was zu seiner Sozialhilfe dazuzuverdienen."

„Und was wird dann aus Oksana?"

„Na was wohl? Die lassen sich scheiden, klar. Dann wird sie in die Ukraine abgeschoben und das Kind bleibt bei ihm. So ist das."

„Ist ja furchtbar. Und nun?"

„Na, sie kämpft noch, hat sich einen Anwalt genommen und schreibt an alle Instanzen. Keine Ahnung, wie das ausgeht. Tja."

Und dann is mein Alter, also der Josyp, ausm Krieg zurückgekomm und musste heiraten. Ich weiß auch nich, wieso er überhaupt zurückgekomm is, das ham damals wenige gemacht, die meisten ham weiter bei den Deutschen gearbeit, weil sie mächtig Angst vor den Sowjets gehabt ham. Erst recht solche wie Josyp, die jung warn und keine Familie hatten. Tja, aber er is zurückgekomm und musste erst mal in die Partei eintreten.

Seine Verwandten, die wollten ihn auch nich mehr aufnehm. Die wollten ihn verheiraten. Damals gab es im Dorf extra so nen Burschen, wo Bräute gesucht hat. Josyp is also durchs Dorf gelaufen. Und da warn natürlich lauter Mädchen. Nach dem Krieg. Alle wollten heiraten. Aber auf dem Vorwerk, da warn die bessern Höfe, die hatten mehr Land und die Mädchen warn schöner.

Ich war ja nich so hinter den Burschen her. Wenn ich das gewesen wär, dann hätt ich vielleicht auch viel früher geheirat. Aber so nich. Davor hamse schon mal zwei Burschen zu mir gebracht gehabt. Ich hab mir die dann so angeguckt. Aber Sie wissen ja, wie das is nachm

Krieg – dem einen fehlt ein Bein, dem andern ein Arm. Die wollt ich nich.

Und Josyp, der is erst einmal gekomm und dann den ganzen Winter durch immer wieder. Tja, und im Frühling, da hat er mich dann mal im Garten erwischt und gesagt, jetz heiraten wir. Tja, und so war's dann.

Wo mein Josyp und ich dann geheirat ham, da ham wir zuerst aufm Vorwerk gelebt, auf Kasmyriwka. Aber dann kamen die Sowjets und ham uns da weggejagt, weil die Banderas leichter zu uns hingekomm sind. Klar, dass die gekomm sind. Und was soll man zu denen auch sagen?

Wir hatten mächtig Angst. Vor den Banderas hatten wir Angst und vor den Russen auch. Mal kommen die einen mitten in der Nacht und sagn, in zwei Stunden soll was zu essen für zwanzig Mann fertig sein. Und damals gab's ja kein Licht. Und nur Holzofen. Da musste man zuerst Mehl vom Boden holen und dann den Teig kneten und denen was zu essen kochen.

Und wie wir dann frühmorgens aufgestanden sind, da war alles weg – die Pferde und der Wagen und die Ferkel auch.

Und einmal, da ham die Nachbarn uns eine blau-gelbe Fahne ans Tor gebunden. Ich komm vom Feld und seh das und ruf sofort nach Josyp, dass der die runterholt. Kaum war die wieder unten, da kamen auch schon die Russen. Wenn die das gesehn hätten, dann wärn wir gleich nach Sibirien gekomm.

Und irgendwann, da war ich mit meiner Mutter allein zu Haus und der kleine Stepan in der Wiege, der hing ja noch an der Brust. Keiner da sonst. Und da hör ich, wie jemand zur Scheune schleicht. Mama weint und sagt, geh nich raus, die erschießen dich gleich. Aber ich hab mich angezogen und bin raus. Und schau mich um. Da steht so ein kleiner Bengel und guckt mich an.

Was soll das denn, sag ich so zu dem. Du bist ja noch ganz klein? Noch ein bisschen zu klein, oder? Wart mal, bis du ein bisschen größer bist. Wollnse was mitnehm? Ich hab noch ne kranke Mutter und ein kleines Kind im Haus. Was soll ich dem Herrn denn mitgebn?

Und der hat mich nur so angeguckt und is wieder gegang.

Und einmal, da bin ich in den Wald, denen Essen bringen. Ich geh so und tu so, wie wenn ich Pilze suchen würde. Und dann komm ich zu der Stelle, wo ich den Korb stehn lassen sollt, und da hör ich nen Schuss. Ich zurück. Da hat mich einer von den Burschen gewarnt, dass die Sowjets im Hinterhalt liegen. Wenn der mich nich gewarnt hätt, dann hätten die mich mitgenomm. Und dann ham die sich gegenseitig beschossen. Keine Ahnung, ob der am Leben geblieben is, der mich da gewarnt hat, oder nich, weil ein paar ham die Sowjets erschossen.

Der Krieg im Wald ging noch eine ganze Weile weiter. Noch in den Fünfzigern hamse geschossen. Die Russen ham dauernd in den Wäldern nach unsern Burschen gesucht. Und die hatten ja keine Wahl mehr, die warn ja schon jahrelang da im Wald, wo sollten die denn noch hin, die mussten kämpfen bis zum bittern Ende. Die ham wahrscheinlich schon selber nich mehr dran geglaubt, dass da noch mal was draus wird. Die ham Not gelitten, hatten nichts zu essen, die Leute warn denen schon böse, die wollten gar nichts mehr. Weil die Russen ham zugeschlagen und die Banderas auch. Schlimm war das, gar nich gut. Uns hamse dann auch ausm Haus gejagt. Ham uns im Dorfrat gesagt, dass wir, wenn wir nich vom Vorwerk wegziehn, Banderas für die sind. Dass wir den Partisanen am meisten helfen und dass wir ins Dorf ziehn solln. Aber wo sollten wir da hinziehn? Wovon ein neues Haus baun? Tja, und so sind wir da geblieben, bis die uns das Haus angezündet ham und unser ganzes Land in den Kolchos genomm ham. Und uns dann da ein kleines Stückchen Land gegeben ham. Zuerst wolltense uns auch ein Haus geben, von welchen, wo alle nach Sibirien gekomm sind. Von der Doktor'schen Januska. Aber ich hab zu meinem Josyp gesagt, ich werd nich in fremdem Eigentum leben. Weil auf fremdem Leid, da hat man nichts Gutes zu erwarten. Und das stimmt auch. In das Haus is dann Wirka Semeniw eingezogen. Die hat einen ganz guten Mann gehabt, wo nich getrunken hat. Davon gab's im Dorf nich viele. Zwei Mädchen. Und dann? Zuerst is ihr Bruder mit dem Motorrad verunfallt. Die beiden warn ja Waisen, sie und ihr Bruder. Und er hatse aufgezogen. Er war älter, nur ein paar Jahre, aber so, dass er seine kleine Schwester zu niemandem gegeben hat und selber auch zu niemand anderm gezogen is, die ham dann zu zweit gewohnt und sind auch gut klargekomm mit dem Garten und dem Vieh. Die Verwandtschaft hat geholfen, wo sie konnt, und so ging's dann. Und die ham ganz doll aneinander gehang, die beiden. Und sie hat so sehr geweint wegen ihrem Bruder, so sehr geweint. Das ganze Dorf war auf der Beerdigung.

Und kaum war ein Jahr um, da is ihr Mann krank gewordn. Krebs. Ein halbes Jahr später is er gestorben. Die Kinder warn auch oft krank. Die eine hat ein blindes Auge und die andre hinkt. Die ham dann auch nich geheirat. Sind bei ihrer Mutter geblieben. Und die ganze Zeit gestritten hamse sich. Immer wenn ich da vorbei bin, hab ich gehört, wie die sich streiten. Und irgendwann hat mir Wirka sogar selber mal gesagt, dass sie gar nich mehr leben will, so schwer is das alles. Die Mädchen ham keine Arbeit und leben mit von ihrer Rente. Und trinken auch noch dazu. Ich dacht ja immer, dass das nur die Burschen machen, aber der Wirka ihre Mädchen, die auch. Gehn in die Schenke und da sitzense dann und rauchen. Was solln denn die Leute denken. Aber so is das. Auf fremdem Leid wird man nich glücklich.

Bloß gut, dass Josyp und ich nich in dieses Haus gezogen sind. Wir ham dann unser eignes gebaut. Und ganz schön geschuftet, weil wir hatten ja kein Geld nich. Alles mussten wir selber machen. Fünf Jahre lang ham wir gebaut. Aber jetz steht's. Fertig. Alles gut gewordn. Im Haus und auch rundrum. Tja, wie's da jetz aussieht, das weiß ich natürlich nich, vielleicht is es ja auch verfalln, seit ich da weg bin. Vielleicht kümmern sich auch meine Enkel gut drum. Woher soll ich das denn wissen?

Tja, und die Sowjets, die ham uns beobachtet. Die ham Josyp keine Ruhe gelassen, bis sie alle ausm Wald rausgejagt hatten. Und die Burschen, die ham uns das Leben auch schwer gemacht. Wie wir da vom Vorwerk weggezogen sind, da warn die ganz schön böse. Einmal, da hamse sogar von meim Josyp den Traktor angezündet, wo er ins Nachbardorf zur Ernte gefahrn is. Bloß gut, dass der Traktor unten ein Loch gehabt hat, da konnt er rauskriechen und unter den Rädern weglaufn. Und der Traktor is ausgebrannt. Viele sind so verbrannt, weil die Banderas dagegen warn, dass wer für die Sowjets arbeit. Tja, und wo Josyp ausm Krieg zurückgekomm war, da musste er bereun, dass er für die Deutschen gearbeit hat. Seine Dokumente, die hat er ja alle verbrannt gehabt, da konnt ihm keiner was, aber bereun musste er. Und in die Partei eintreten. Sonst hätten sie ihn in der Lehranstalt nich genomm. Ich hab ihm ja gesagt, er soll nich in diese Lehranstalt gehn, sondern lieber im Kolchos arbeiten. Aber Josyp wollt ja immer wer Wichtiges werdn. Also hat er da angefang. Ich sag ja nichts, er hatt es ja auch gut da. Hat die Jungtraktoristen ausgebildet. Hat auch ganz gut verdient und is immer mal nach Lwiw zu Versammlungen gefahrn. Das wurde sogar mal im Fernsehn gezeigt. Aber die Burschen ausm Wald, die fanden das natürlich gar nich gut.

„Willst du mich wirklich heiraten?“, fragte Solomija, als Stefan die zweite Flasche Wein aufmachte.

Früher hatte er ja eher halbtrockenen Sekt getrunken. Aber hier in Deutschland war der Sekt trocken und viel teurer als Wein. Zuerst hatte er es trotzdem damit versucht, aber dann hatte die Sparsamkeit gesiegt und Stefan sich ans Weintrinken gewöhnt. Sparsamkeit war eine von Stefans wesentlichen Eigenschaften, und sie siegte immer, selbst in weniger grundsätzlichen Fragen.

„Probier doch den noch mal. Ich mag Beaujolais. Obwohl man den natürlich am besten in Frankreich vom Fass trinkt, wenn da der junge Wein verkauft wird. Ein göttliches Getränk.“

„Jetzt weich mal bitte nicht aus.“ Solomija blieb hartnäckig. „Ich schätze ja deine Bemühungen, Verliebtheit, Flirt und diese ganzen altmodischen Balzrituale zu imitieren. Aber jetzt sag mir mal bitte ganz ehrlich: Wozu brauchst du das? Du bist ja nun auch nicht mehr in dem Alter, wo man einfach mal eben so heiratet. Zumal du ja schon zwei Kinder hast, deine Mutter hier und zwei Exfrauen dort. Und allen musst du irgendwie helfen.“

„Ich mag halt Harfenistinnen“, versuchte es Stefan auf die scherzhafte Tour. „Und du, willst du mich etwa nicht heiraten? Wenn du dir wegen meiner Potenz Gedanken machst, da ist noch alles bestens. Da können sich selbst Jüngere verstecken. Wollen wir’s mal testen?“

Stefan reagierte immer verwirrt, wenn eine Frau die Initiative ergriff und ein ernsthaftes Gespräch beginnen wollte. Wesentlich angenehmer wäre es für ihn gewesen, wenn Solomija das kleine Dummerchen gespielt und brav über seine Witze gelacht oder schweigend ihren Wein getrunken hätte und sie bald in einen Modus hätten wechseln können, wo reden nicht mehr so wichtig war.

Es war nicht das erste Mal, dass Solomija davon anfing, und so langsam nervten sie Stefans Versuche, alles ins Lächerliche zu ziehen. Sie nervte, oder verunsicherte vielmehr, eigentlich diese ganze Situation, wo sie eine zukünftige Ehe besprachen wie den Kauf einer neuen Waschmaschine – von der rein praktischen Seite gesehen. Obwohl sie zugeben musste, dass das viel ehrlicher und natürlicher war, als wenn sie beide versucht hätten, unendlich verliebt und romantisch zu tun, um das festgelegte Ritual nicht zu stören. Und darin lag durchaus etwas Angenehmes, Heimeliges und Beständiges. Solomija hatte manchmal den Eindruck, dass Stefan sie nicht heiraten, sondern adoptieren wollte. Und wenn sie sich dann abends ins Bett legten und sich liebten, fühlte sie sich dabei ein bisschen merkwürdig, als täten sie etwas Unnatürliches oder Verbotenes.

„Meine letzte Frau hatte mir ja auch angeboten, mich zu heiraten, damit ich die Staatsbürgerschaft bekomme", sagte Stefan auf einmal in verändertem, ernstem und klarem Ton. „Sie wusste damals noch nicht, dass sie krank ist und nicht mehr lange zu leben hat. Aber sie hatte Mitleid mit mir und hat das auch gezeigt. Unser Zusammenleben war dann gar nicht mal so schlecht. Wesentlich lustiger als allein. Wir haben tatsächlich eine gemeinsame Sprache gefunden."

„Abends zusammen Harfenduette gespielt?"

„Das kannst du dir sparen. Ich versteh einfach ganz gut, wie's dir geht, ich hab das ja selber alles durch. Und du bist ja noch jung. Du kannst bestimmt eine bessere Arbeit finden. Und dann holst du deinen Jungen. Dann hat der endlich einen Vater. Und ich werde dich auch nicht betrügen."

„Du mich? Logischer wäre ja, wenn ich dir das versprechen würde."

„Tust du aber nicht."

„Du hast ja nie gefragt."

„So was Blödes fragt man nicht. Überleg's dir. Mein Angebot steht. Das wäre für uns beide erst mal keine schlechte Lösung. Und dann sehen wir weiter. Vielleicht gefällt's uns ja ganz gut."

Diesen Abend blieb Solomija nicht bei Stefan, sondern fuhr nach Hause. Chrystyna schlief noch nicht, als sie zurückkam. Sie tranken noch eine Flasche Wein zusammen, und dann spürte Solomija alles auf einmal: Chrystynas heißen Körper an ihrer Seite und die Hubschrauber hoch oben unter der Decke, dort, wo sie nur hinsehen konnte, wenn sie fest ihre Augen schloss. Chrystyna war besonders zärtlich und vorsichtig. In Solomijas Kopf drehte sich alles, nicht nur von dem Wein, sondern auch von dieser unerwarteten Zärtlichkeit, von ihrer Unzulässigkeit, davon, dass sie sich ständig voreinander und auch vor sich selbst versteckten. Seit sie zusammenwohnten, blieben sie auf Distanz, und Nächte wie diese gab es sehr selten.

„Heiratest du ihn?", fragte Chrystyna, als alles vorbei war.

„Weiß nicht, vielleicht. Wäre auf jeden Fall vernünftig."

„Das auf jeden Fall", stimmte Chrystyna zu und brach noch ein Tabu: Sie rauchte im Bett.

Ich hab ja nirgendwo so gern gearbeit wie im Kolchos bei den Bullen. Der Kolchos war ziemlich groß. Und wir selber hatten ja kaum Land. Das hattense uns ja gleich weggenomm, wo nach dem Krieg die Sowjets gekomm sind. Tja, und die Kinder warn noch klein und wir brauchten ja auch Geld. Also hab ich im Kolchos angefang. Hundert Bullen hatt ich. Morgens hab ich zuerst immer ausgemistet, dann hat mir Josyp auch geholfen, weil allein war das ganz schön schwer. Zu Anfang, da hatt ich ja ganz schön Angst vor diesen Bullen. Einmal hat mich einer so gestoßen, dass ich fast umgeflogen bin. Und ein andermal, da hat mir einer direkt vor die Füße geschissen, da war ich ganz voll davon. Ich hatt da solche Angst wie früher vor den Kühen, wo ich noch ganz klein war. Zuerst hab ich ja gar keine Angst gehabt vor denen, ich hab die gehütet und auch gemolken, das hat mir Mama alles beigebracht. Aber einmal, da hat eine auf der Weide ein Kalb bekomm. Und ich war ja noch ein kleines Mädchen. So fünf vielleicht. Was konnt ich denn da wissen? Und das Kalb, das hat sich an der Nabelschnur erwürgt. Ich seh das immer noch vor mir. Wie sich diese Kuh gequält hat, wie das Blut nur so aus ihr rausgeflossen is, und wie mich dieses Kalb dann angeguckt hat und nich atmen konnt. Und dann hat mich meine Mutter noch ausgeschimpft, dass ich diese Nabelschnur durchschneiden gemusst hätt und dann hätt das Kalb überlebt. Aber woher sollt ich das denn wissen. Ich war ja noch ganz klein, so was hatt ich ja noch nie gesehn.

Na und danach hatt ich natürlich Angst vor den Kühen. So ein Jahr lang konnt ich die nich allein hüten und auch nich melken. Aber dann war's irgendwann wieder gut.

Tja, und mit den Bullen, da war's genau das Gleiche. Zuerst hatt ich ja Angst, und dann hab ich mich an die gewöhnt. Der Mensch gewöhnt sich ja an alles. Ich hab also erst die Bullen gefüttert und bin dann nach Hause, da für alle Essen machen und im Garten alles. Damals war das nich so wie jetz, dass man alles schon fertig im Laden kaufn konnt. Da musste man alles selber machen, mit seinen eignen Händen. Getreide ernten, zur Mühle bringen, Mehl mahlen und sieben, Teig kneten, Brot backen, Nudeln für die Suppe und so weiter. Und das jeden Tag, Kühlschränke gab's ja auch keine. Und ich hatt ja drei Kinder. Und die wollten immerzu essen.

Tja, und mein Alter, wenn der ausm Kolchos gekomm is, dann hat er sich immer gleich hingelegt, gar nichts wollt der machen. Höchstens mal die Schweine füttern und die Hühner und ausmisten oder mal was repariern, aber sonst wollt der gar nichts machen. Nur seinen Schnaps, den hat er gebrannt. Das hat er gern gemacht und das konnt er auch gut. Klar wie Wasser war der. Das ganze Dorf hat gewollt, dass er für sie brennt. Aber wie das halt so is mit Säufern, was die auch brenn, alles trinken die selber. Kaum hab ich mal Samen verkauft und nen Sack Zucker gekauft dafür, da is der auch schon alle. Und wenn man mal Schnaps gekauft hat, da hat der nich eher aufgehört, bis alles alle war.

Na und dann, also schon nach den Sowjets, nach der Unabhängigkeit, da ham die Deutschen allen Geld gegeben, wo bei ihnen gearbeit ham. Unserm Nachbarn hamse was gegeben. Der war bei dem gleichen Bauern gewesen wie Josyp. Aber Josyp nich. Na weil er ja selber alle Dokumente verbrannt hat, wo solln die denn dann auch noch zu finden sein im Archiv. Und Josyp fand aber, dass, wennse dem Nachbarn was gegeben ham, dann müssense ihm auch was geben. Und hat dann an diesen Bauern geschrieben. Weil der Nachbar hat auch geschrieben, und der Bauer hat ihm dann einen Brief geschickt, und dieser Brief, der war wie ein Dokument. Aber wo Josyp dann geschrieben hat, da war der Bauer schon tot. Nur sein Sohn, der war noch da. Aber das war so ein ganz Böser und Gemeiner. Der wollt Josyp nich helfen. Und hat geantwort, dass er ihn nich kennt. Und Josyp hat den so oft auf dem Arm gehabt, wie der klein war. Und hat den Kleinen so geliebt, und der hat ihm das so gedankt. Solche Menschen gibt's auf der Welt.

Mein Josyp, das war ja ein ganz schrecklicher Säufer. Zur Hochzeit, da hatt ich einen Kasten Schnaps gekauft und den auf dem Dachboden versteckt. Und Josyp, der hat den heimlich ausgetrunken und dann Wasser in die

Flaschen gegossen. Bloß gut, dass ich das noch vor der Hochzeit mitgekriegt hab, da hätt ja sonst das ganze Dorf gelacht über uns.

Und wo dann dieses Gesetz gegen Alkoholismus kam, da wurd es dann so richtig schlimm: Was mein Josyp da nich alles getrunken hat, Kölnischwasser und Benzin und was weiß ich nich noch alles. Da hat er sich dann volllaufen lassen, und da hat er dann gelegen und gestunken. Und ich hatt die Scherereien.

Und wo er dann schon alt und krank war, da is er immer mit dem Fahrrad in die Schenke. Und kam ewig nich zurück. Ich hab mir natürlich immer Sorgen gemacht. Irgendwann is dann der Nachbar gekomm und hat gesagt, also Ihr Josyp liegt da, den müssense mal holn. Tja, und dann ham die Fraun und ich ihn da aufs Fahrrad gepackt und nach Hause gerollt. Oder mit dem Schlitten, im Winter. Was hatten wir mit dem nich alles für Ärger. Da is er dann plötzlich weg und du weißt drei Tage lang nich, wo der steckt. Und der is einfach nach Lwiw gefahrn, zu Stepan nach Hause, hat sich bei denen aufs Sofa gelegt und da liegt er nu. Und die waschen ihn und geben ihm zu essen, und er geht sich wieder betrinken und macht den Kindern noch Scherereien. Keine Ahnung, wie der überhaupt zu denen hingefunden hat. Sogar wo die umgezogen sind, da hat ihm niemand die Adresse gesagt, aber Josyp wusste alles. Und is zu ihnen hin und ab aufs Sofa.

Und in die Kurorte is er ja gern gefahrn. Kaum warn ein, zwei Jahre rum, da hat er schon wieder ne Reise gebucht. Und da war er dann drei, vier Wochen. Hat das ganze Geld ausm Haus getragen. Aber was soll der denn auf Kur, Säufer bleibt Säufer. Und dann will er von mir Geld, aber wo soll ich das denn hernehm?

Und dann sagt er zu mir: Wenn du willst, dann fahr doch auch mal auf Kur. Aber wie soll ich das denn anstelln? Wem soll ich denn die Kinder und den Haushalt lassn? Und Josyp, der versäuft alles.

Und wo wir dann unsre Jüngste verheirat ham, da hat er dann zu mir gesagt: So, das war's, jetz gibt's keine Alimente mehr. Und von da an hab ich von dem keine Kopeke mehr gesehn. Aber kochen sollt ich natürlich noch für ihn und waschen und hinter ihm herräum. Oje, was ich mit dem nich alles erlebt hab, ich kann dir sagen, nichts is so schwer wie mit einem Säufer.

Wo er dann schon alt war, da hat ihm dann die Blase wehgetan, irgendwelche Steine oder so. Da hat er sich ganz schön gequält. Und da hat ihm dann der Nachbar erzählt, dass man das operieren kann, also dass die Steine rausgeschnitten werdn und er so ne Röhre eingesetzt bekommt und dann is er wieder wie neu. Tja, und Josyp wollt nu natürlich unbedingt operiert werdn. Ich hab ihm gesagt, und Stepan auch, was soll denn das in deinem Alter. Der war ja schon siebzig. Was für eine Operation denn? Wozu? Aber der war ja stur – der Nachbar hat eine gehabt und ich will auch. Is dann selber zum Doktor gefahrn. Irgendwo nach Lwiw zu jemand ganz Hohem. Und hat gesagt: Tragen Sie mich für die Operation ein. Der Doktor hat dann irgendwie Stepan ausfindig gemacht, irgendwie hat er den dann ans Telefon gekriegt und gesagt: Ich kann ihn natürlich aufschneiden, mir is das egal, aber wie wird der das alles verkraften, der is ja schon siebzig. Und wer kümmert sich dann um ihn? Und Stepan hat zu ihm gesagt: Lassen Sie das alles, das hat kein Sinn, das is ein alter Trinker, der wird von dieser Operation auch nich gesünder. Und die beiden Alten wohnen weit weg aufm Dorf, wer soll sich denn da um sie kümmern. Aber Josyp is stur geblieben. Hat sich da einfach auf ein Bett gesetzt und sich da nich wieder wegbewegt. Die wollten ihn ja rausschmeißen aus dieser Klinik, aber das hat nich geklappt. Der hat geschrien wie am Spieß, von wegen dass er im Krieg war und jetz will ihn hier keiner operiern. Und da hat der Doktor dann aufgegeben und ihn aufgeschnitten. Nich mal Geld nehmen wollt er. Und, was glauben Sie? So schnell konnt man gar nich gucken, wie der wieder gesund war. Josyp is dann aber bis ans Ende seiner Tage mit einem Katheter rumgelaufen. Aber noch fünf Jahre nach der Operation war er glücklich und zufrieden, dass er jetz das Gleiche hat wie sein Nachbar.

Tja, und wo mein Josyp dann gestorben is, da hab ich ihm eine Beerdigung organisiert, wie sich's gehört. Der wollt ja ganz schön lange nich sterben. Drei Wochen hat er so dagelegen und ich wusste nich, ob er nu noch lebt oder nich. Ich hat ja schon Angst, dass ich da neben einer Leiche schlaf. Ich hab dann immer gelauscht, war nich zu merken, ob der noch atmet oder nich. Erst wenn er sich eingemacht hat, war klar, dass er noch lebt. Ich hatt schon gar keine Kraft mehr, dass immer alles wegzumachen. Bin ja auch nich mehr die Jüngste. Stepan is immer mal helfen gekomm und die Mädchen auch. Aber die warn dann ein Tag da und sind wieder gefahrn. Und ich hab mich gequält. Konnt kaum mal in den Garten oder zu den Ferkeln raus. Dann hab ich sogar schon den Doktor gerufen und den gefragt, wie lange sich mein Alter wohl noch quälen wird. Und der Doktor hat ihm dann immer was gespritzt und davon ist's dann ein bisschen besser gewordn. Da hab ich mal zu dem Doktor gesagt: Vielleicht spritzen Sie ihm nichts mehr, er quält sich ja doch nur und ich auch. Aber der Doktor hat nich auf mich gehört. Der is dann jeden Tag gekomm und wollt auch gar kein Geld nehm, sogar die Medizin hat er selber mitgebracht.

Tja, und dann is er endlich gestorben. Und da musste ich ja dann eine Beerdigung machen, die sollte nich schlechter sein wie bei andern Leuten. Ich hatt ja schon längst alles vorbereitet, da war mir nich bange, wovon ich die Beerdigung bezahlen soll. Was er mir nich für seinen Schnaps gestohlen hat, das is alles in seine Totenfeier geflossen. Ich weiß ja nich, ob das für mich auch mal wer alles so macht, aber ich hab das gemacht für meinen Alten. Sollt er auch mal was ham. Einen ordentlichen Sarg hab ich gekauft und ihm nen Anzug angezogen und neue Schuh und ein Hemd und nen Hut, und der Priester is zu uns gekomm, der hat sich auch ganz gut vorbereitet gehabt, sogar die Hände ham ihm gezittert. Weil ich hab ihm gesagt: Vater, machen Sie ein Begräbnis erster Klasse, ich bezahl Ihnen so viel, wie sein muss. Na und er hat sich auch wirklich Mühe gegeben, die Kleine von den Nachbarn hat ihm die ganze Geschichte aufgeschrieben, und die hat er dann vorgelesen und dazwischen immer die Gebete, und sogar ein Gedicht hat er aufgesagt. Und alle Nachbarn ham das gesehn, weil das war ja draußen. Und sogar schönes Wetter war, und geregnet hat's nich. Und dann hamse ihn im Auto zum Friedhof gefahrn, da is er das erste Mal im Auto hin, weil das sind ja nur ein paar Schritte und da gehn alle zu Fuß, aber zur Beerdigung, da muss man gefahrn werdn, und alle Nachbarn sind hinterhergelaufn und sind an jedem Haus niedergekniet. Und die Leichenfeier, die hatt ich in der Schenke bestellt. Na und wo ich dann zahlen wollt, da ham die zu mir gesagt: Also wir machen ja hier eigentlich keine Leichenfeiern. Aber Ihr Josyp, der is ja unser bester Kunde gewesn, für den machen wir das umsonst, geben Sie uns einfach nur das zurück, was wir für das Essen ausgegeben ham.

Wenn ich dran denk, wie viel der in dieser Schenke gelassen hat, dann war das ja ganz bestimmt nich umsonst. Na und die Fraun ausm Dorf, die ham gelacht und gesagt, jetz wissense ja, wenn ihre Säufer dann mal sterben, dann werdn sie da auch die Leichenfeier umsonst bestelln.

Stefan gehörte zu den Menschen, die so gut mit allem klarkommen, dass sie völlig unfähig sind, Einsamkeit zu ertragen. Nicht einmal an jenem angenehmen Ort, der „allein sein" genannt wird. Er war es gewohnt mit seinen Händen zu arbeiten. Die meiste Zeit seines Arbeitslebens hatte Stefan auf einem Bürostuhl verbracht, und so versuchte er bei jeder passenden und unpassenden Gelegenheit, alles wettzumachen, was ihm während seiner Arbeitszeit verwehrt blieb. In jeder neuen Wohnung, sogar in den nur vorübergehend angemieteten hier in Deutschland, richtete er zuallererst eine Werkstatt ein. Das war immer ein geräumiges Zimmer, unbedingt mit einem Fenster, damit er bei Tageslicht arbeiten konnte. Selbst wenn er dazu nur selten Gelegenheit hatte, wurde Stefan schon allein beim Gedanken an die Möglichkeit warm ums Herz. An den Wänden hing in perfekt durchdachter Ordnung sein Werkzeug – von allem nur das Beste, Solideste, Zuverlässigste. Jeden Abend inspizierte er gewissenhaft seine Besitztümer: die Wasserhähne, Türangeln, Dichtungsringe, Glühlampen, Schalter, Steckdosen und Möbeltürchen. Und wenn etwas davon kaputtzugehen drohte, machte er sich sofort an die Reparatur. Das war ein Ritual für sich. Zuerst zog sich Stefan seine Arbeitskleidung an: weiche Hosen mit viel Bewegungsfreiheit und Fleckverträglichkeit und ein bequemes Schlabbershirt mit abgeschnittenen oder kurzen Ärmeln. Manchmal setzte er dazu noch sein Käppi auf, eine alte Gewohnheit aus der Kindheit, wo er den ganzen Tag in der Sonne herumgelaufen war. Nachdem er sich umgezogen und den Gürtel durch die Hose gezogen hatte (ein Gürtel musste unbedingt sein, selbst dann noch, als er auf dem rundlichen Bauch eher störte), ging sich Stefan die Hände waschen. Dafür kaufte er im Spezialhandel eine desinfizierende, geruchsneutrale Seife, die niemand außer ihm benutzen durfte. Besonders hartnäckige Flecken entfernte er mit einem Bimsstein, den er als Student mal in einem Ferienort gekauft und aus der Ukraine mit nach Deutschland gebracht hatte. Nachdem er sich sorgfältig die Hände gewaschen und sie noch sorgfältiger abgetrocknet hatte, hob er sie, ganz so wie Chirurgen vor einer Operation, und trat an seinen Arbeitsplatz. Auch vor Drecksarbeiten wusch sich Stefan sorgfältig die Hände, da er die Ansicht vertrat, dass jede Angelegenheit den gleichen Handlungsablauf verlangt, was dabei hilft, sich zu konzentrieren und unerwartete Probleme zu lösen.

„Na, was haben wir denn heute?“, fragte er lächelnd das Waschbecken in der Küche, in das es langsam tropfte. „Na klar, ein türkischer Wasserhahn. Da braucht man sich ja nicht zu wundern.“

Dann schwieg er und sagte nur von Zeit zu Zeit konzentriert: „Schraubenzieher! Eine Mutter! Dichtung!“

Und da war die Anwesenheit einer anderen Person natürlich außerordentlich wichtig – idealerweise einer von seinen Fähigkeiten restlos begeisterten Ehefrau, die ihrem Mann im richtigen Moment die richtigen Gegenstände reicht. Und nach getaner Arbeit mit einem genauso begeisterten Lächeln allerlei Leckereien auftischt.

Dabei ging es ja nicht darum, dass Stefan nicht auch allein zurechtgekommen wäre. Oft nahmen die Erklärungen, welches Werkzeug er gerade brauchte, mehr Zeit in Anspruch als eine flinke Bewegung, mit der er selbst mit geschlossenen Augen den passenden Schraubenzieher und jede beliebige Schraube dazu finden konnte. Es ging darum, sich gebraucht zu fühlen, die angenehme Empfindung in diesem Schaffensprozess häuslicher Gemütlichkeit zu teilen, die bei solchem gemeinsamen Tun entsteht und die man nicht heraufbeschwören kann, wenn man sich nicht voll und ganz in diesen Prozess vertieft und darin aufgeht. Stefan war fest davon überzeugt, dass keine von den besten Fachleuten noch so perfekt ausgeführte Renovierung einen solchen Effekt haben könne wie eine eigenhändig reparierte Kleinigkeit. Er konnte es nicht nachvollziehen, wenn andere ganz überschwänglich erzählten, dass sie den Handwerkern die Schlüssel gegeben hatten und in den Urlaub gefahren waren und bei ihrer Rückkehr eine frisch renovierte und sogar noch geputzte Wohnung vorgefunden haben. Es hätte ihm leidgetan, die Freude am Tun gegen die vergleichsweise kurz anhaltende Freude beim Anblick des Resultats einzutauschen. Denn wenn er auf etwas, das ein anderer gemacht hatte, einen zweiten Blick warf, verflog die Freude meist augenblicklich, weil Stefan sofort diverse Mängel und Schludereien bemerkte, die ihn wahnsinnig ärgerten.

Er wäre im Gegenzug auch bereit gewesen, seiner Frau bei deren Kunststücken in der Küche zu assistieren. Früher konnte er nicht kochen und sah alles, was da vor seinen Augen passierte, als magische Verwandlung an, deren Ergebnis nicht nur von der Meisterschaft der Ausführenden abhing, sondern auch von ihrer jeweiligen Stimmung. Es freute ihn immer sehr, wenn ihm seine Frau ein paar wesentliche Details anvertraute, die in den üblichen Rezepten nicht auftauchten, zum Beispiel in welcher Reihenfolge das Gemüse in den Borschtsch kommt, dass man die Kartoffeln besser mit kochendem und nicht nur mit heißem Wasser übergießt oder dass der Kaffee ein besseres Aroma bekommt, wenn man die Bohnen leicht anröstet. Er liebte es, aufmerksam in die Bratpfanne zu starren und auf den Moment zu warten, in dem die Zwiebeln im Öl ganz leicht rot werden, um sie dann mit Zucker zu bestreuen und in einen idealen Zustand zu bringen, er liebte es, die Pilze sorgfältig aufzuschneiden, um sie dann lecker anzubraten, liebte es, in der Tonschüssel Mohn zu reiben und dabei mit dem Rücken an der Heizung auf dem Fußboden zu sitzen, genauso wie als Kind, wenn seine Mutter sonnabends Mohnplätzchen gebacken hatte.

All das hatte er in seiner ersten Ehe und auch in der zweiten gehabt. Nur Regina hatte kein allzu großes Verständnis für derartige Wünsche aufgebracht. Sie hatte nicht gern gekocht und war es nicht gewohnt, dass Reparaturen nicht von einem Fachmann ausgeführt wurden. Natürlich schätzte sie die Bemühungen ihres Mannes, ließ aber trotzdem durchblicken, dass er die Zeit ihrer Meinung nach sinnvoller verbringen oder sich einfach nur mal ausruhen könnte. Sie gehörte zu der Generation deutscher Frauen, die die Befreiung von Alltagsproblemen über alles schätzten. Primitive Routineaufgaben zu erledigen, verband sie mit der Küchensklaverei von Hausfrauen glücklicherweise vergangener Zeiten, auf keinen Fall aber mit etwas Angenehmem, und hatte daher nicht vor, sich jetzt, wo dazu keine Notwendigkeit mehr bestand, freiwillig damit abzugeben. Ihre Freizeit verbrachte Regina in der Regel nicht zu Hause. Sie ging zum Yoga oder schwimmen, traf sich mit ihren zahlreichen Freundinnen zum Kaffee, las oder spielte Harfe. Wenn sie mal etwas anderes essen wollte als aufgewärmte Fertiggerichte, lud sie Stefan in ein Restaurant ein.

Ihm zu assistieren und das Werkzeug zu reichen, lehnte sie ab, und so musste er sich damit zufrieden geben, sie zu rufen, wenn alles fertig war. Sie bewunderte jedes Mal höflich sein handwerkliches Geschick, lobte ihn und wandte sich dann wieder ihren Angelegenheiten zu. Aber Stefan wollte sich nicht damit abfinden, dass sie all seine Bemühungen einfach nicht rührten, dass seine ganze Welt, die sich aus kleinen Freuden, Empfindungen und Details zusammensetzte – der Geruch von Holzleim, der ihn träumerisch werden ließ, das langsame Abbinden von Beton, das Auswalzen von frischer Farbe auf der Wand, das Polieren der Windschutzscheibe am Auto oder der Fenster in der Wohnung mit einem speziellen Fensterleder, eine perfekte Anordnung der Werkzeuge an der Wand oder der Sachen im Schrank, das Sortieren der Winter- und Sommerschuhe, Ordnen, Waschen, Wachsen – dass all das für sie nicht mehr war als eine lästige Pflicht. Sie weigerte sich hartnäckig, darin eine wie auch immer geartete Poetik des Alltags zu sehen oder den Augenblick zu genießen, den er am liebsten hätte anhalten wollen, so langsam wie möglich verleben und dabei jedes Detail auskosten. Wenn sie eine Affäre mit einem anderen Mann gehabt hätte, er hätte es eher verkraftet als diesen allumfassenden, allerschlimmsten Verrat. Also fand er mit dem ihm eigenen Enthusiasmus immer neue Wege, ihre Aufmerksamkeit zu gewinnen und sie dazu zu bringen, ihn wenigstens ansatzweise zu verstehen. Er war überzeugt, dass sie ihn, wenn er sich noch mehr vervollkommnen würde, so richtig schätzen müsste. Und er gab sich sehr viel Mühe: Zimmerte selbst Küchenmöbel, brachte Wandmalereien an und erlernte die Kochkunst.

Und da zeigte sich nicht nur das Offensichtliche, also dass er dafür nicht weniger Talent hatte als für jede andere physische Arbeit. Es zeigte sich auch, dass Kochen eine noch viel allumfassendere und erfüllendere Welt war als sein Werkeln. Hier erfuhr Stefan eine unerwartete Befreiung. Es war ihm nicht mehr so wichtig, um jeden Preis die Anerkennung seiner Frau zu erringen, und er vertiefte sich voll und ganz in die Bewältigung neuer Rezepte. Der Geschmack frisch zubereiteter Speisen und das Glänzen in den Augen eines anderen Menschen, der nicht unbedingt seine Frau sein musste, waren ihm Ansporn genug. Zu Anfang fiel ihm das Kochen schwer, ihm fehlten die jahrelang antrainierten Fertigkeiten, die er auf zahlreichen anderen Gebieten besaß. Also musste er sich ganz und gar auf den Prozess konzentrieren, und da war kein Platz für formvollendetes Gabel- und Messer-Reichen. Das war es, was ihre Ehe rettete.

Kurz nachdem Stefan das erste Mal allein Nudelsoße gekocht hatte, konnte er auch schon Warenyky und Borschtsch zubereiten und pflegte freundschaftliche Beziehungen zu allen Eigentümern der türkischen Lebensmittelgeschäfte in der Umgebung. Schließlich bekam man nur dort Lebensmittel in ordentlicher Qualität. Samstags schleppte er frisches Obst und Gemüse vom Wochenmarkt nach Hause, suchte sich komplizierte Rezepte raus und realisierte sie mit großer Begeisterung. Natürlich hatte er die Küche nach dem neuesten Stand der Technik ausgerüstet.

Regina lobte ihn weiter höflich, wenn auch verhalten, aber es war ihr anzumerken, dass sie von der häuslichen Hyperaktivität ihres Mannes leicht genervt war. Allerdings war er eben auch nicht mehr so abhängig von ihrer Anerkennung. Er war darüber hinweggekommen, wie seinerzeit auch darüber, dass sein Sohn erwachsen geworden war, ohne auch nur einen Anflug handwerklicher Begabung zu zeigen. Eine Zeit lang hatte er noch versucht, ihm zumindest das Notwendigste beizubringen, was er jedoch schnell aufgab, da diese Versuche regelmäßig in Streit endeten und ansonsten zu nichts führten. Lange Zeit konnte er gar nicht mitansehen, wie die Söhne anderer Väter um diese herumwuselten, wenn sie das Auto reparierten. Aber dann beruhigte er sich allmählich und dachte darüber nach, welche Ausbildung er seinem Sohn angedeihen lassen konnte, damit der einmal im Ausland arbeiten könne.

„Mit seinen zwei linken Händen überlebt der hier nicht", begründete Stefan seine Entscheidung und ahnte damals noch nicht, dass auch er selbst, mit seinen beiden mehr als geschickten Händen, irgendwann aufgeben und ausreisen müsste.

Er bezahlte seinem Sohn Nachhilfestunden in Englisch und Mathematik, überzeugte ihn, sich für Informatik einzuschreiben, und schickte ihn in den Sommerferien nach dem zweiten Studienjahr zum Erdbeerenpflücken nach Polen. Im folgenden Jahr hatte sich der Kleine dann schon selbst einen Ferienjob in Deutschland organisiert, und einen Monat nach Studienabschluss war er nach Montreal geflogen. Dort hatte er nach einem Jahr verschiedener Fortbildungen Arbeit gefunden und war dann nur noch ein paar Mal in die Ukraine gefahren, um seine Mutter zu besuchen. Mittlerweile sprach er Ukrainisch schon mit Akzent und plante, seine Mutter zu sich zu holen. Seine Frau hatte gerade eine Tochter zur Welt gebracht, da konnten sie ganz gut Hilfe gebrauchen.

Manchmal dachte Stefan darüber nach, wie sich sein Leben wohl gefügt hätte, wenn er selbst früher ausgereist wäre, noch bevor seine zweite Ehe in die Brüche gegangen war. Wenn er sein jetziges Gehalt früher gehabt hätte und ein eigenes Haus hätte bauen können, mehr Kinder in die Welt setzen, ihnen all das beibringen, was er selbst konnte, und samstags mit den Älteren im Hof basteln, und nach getaner Arbeit würden sie sich alle unter dem großen Walnussbaum zum Mittag setzen.

Davon hatte er schon immer geträumt: Ganz in der Nähe einer Großstadt zu leben, aber auf dem Dorf, in seinem eigenen Haus mit Garten und kleiner Landwirtschaft, sich als echter Familienvater zu fühlen.

Als er nach Deutschland gekommen war, fing Stefan gleich damit an, alles zu reparieren, was bei seinen Nachbarn und Bekannten so kaputtgegangen war. Er war schnell beliebt, vor allem bei den Deutschen mit ihrem Sparsamkeitskult, und da er für seine Dienste kein Geld nahm, hatte er mit der Zeit zahlreiche nützliche Bekanntschaften und konnte, wie früher zu Hause, alle Fragen inoffiziell, durch Anrufe bei „den richtigen Leuten“ klären.

Jetzt, da er allein lebte, fehlten ihm vor allem die abendlichen Momente stillen Einvernehmens, eines idealen Verstehens. Vielleicht war es von allen Annehmlichkeiten des Ehelebens das, was ihm am meisten fehlte. Er hoffte insgeheim, dass dies bei ihm und Solomija, so wie mit seinen beiden ukrainischen Exfrauen, auf Gegenseitigkeit beruhen würde und sich sein Traum von einer richtigen Familie, einem eigenen Haus und samstäglichem Basteln mit den Kindern ja vielleicht doch noch erfüllte.

Stefan gehörte nicht zu den Menschen, die sich besonders eloquent und tiefschürfend ausdrücken konnten. Manchmal fiel es ihm selbst in seiner Muttersprache schwer, die passenden Worte zu finden, und sein Deutsch war nach all den Jahren immer noch auf einem sehr elementaren Niveau. Aber das bekümmerte ihn nicht. Er maß Worten keine große Bedeutung bei.

„Das Leben besteht aus Taten und nicht aus Geschwätz", wiederholte er immer wieder und setzte seine Überzeugung in die Tat um.

Was er dennoch nicht mochte, war Stille. Vielleicht wollte er deshalb Harfe spielen lernen, um die allzu stillen Abende nicht nur mit Fernsehrauschen zu füllen. Denn solange ihm das genügt hatte, war alles in Ordnung gewesen. Er hatte in seiner Wohnung ein paar Fernseher aufgestellt, im Schlafzimmer, im Wohnzimmer, in der Küche und im Badezimmer, sogar in seiner Werkstatt, und wenn er von der Arbeit nach Hause kam, schaltete er sie alle in minimaler Lautstärke ein. Was da eigentlich gesagt wurde, war schwer zu verstehen und auch unwesentlich, wichtig war der Effekt einer belebten Wohnung, und den erreichte Stefan. Aber dann halfen irgendwann auch die vielen Fernseher nicht mehr, die Atmosphäre einer unbelebten Wohnung zu verscheuchen. Also verließ er die Wohnung abends. Und ging regelmäßig zum Musikunterricht.

Seine deutsche Frau hatte etwas gegen die Fernseher gehabt. Sie hatte jahrelang ohne Fernsehen gelebt und reagierte genervt, wenn Stefan das Gerät den ganzen Abend lang laufen ließ. Zuerst vereinbarten sie, dass er es nur dann einschaltete, wenn er sich wirklich davorsetzen und schauen würde, aber nicht als Hintergrundgeräusch, wenn er mal wieder dabei war, das eine oder andere Bügeleisen zu reparieren. Sich hinzusetzen und fernzusehen fand Stefan langweilig, er wollte dabei etwas werkeln. Manchmal versuchte er es trotzdem, wurde aber immer auf frischer Tat ertappt. Dann gab er auf und schaltete den Fernseher aus, wenn er in seiner Werkstatt arbeitete. Nach verhältnismäßig kurzer Zeit stellte er fest, dass ihm das Fernsehen gar nicht fehlte. Er hatte es sich, ohne es zu merken, abgewöhnt. Und nun, da er weder eine Frau hatte noch eine Möglichkeit, die Leere mit irgendetwas zu füllen, half nicht einmal mehr das Werkeln gegen die schweigsamen Abende. Stefan wunderte sich über sich selbst, hatte er die Fähigkeit zu schweigen doch immer geschätzt und sich in Gesellschaft geschwätziger Menschen sehr unwohl gefühlt. Besonders solcher, die nicht nur selbst redeten, sondern auch noch von ihrem Gegenüber verlangten, sich an dem Gespräch zu beteiligen. Ideale Gesprächspartner waren für Stefan immer Menschen wie er selbst gewesen, schweigsam und zurückhaltend, und er schätzte jede Gesellschaft, in der man einfach nur stumm bei einem Gläschen Kognak zusammensitzen konnte.

Seine beiden ukrainischen Exfrauen hatten sich regelmäßig darüber beklagt, dass man mit Stefan so schwer reden konnte. Entweder hörte er nur schweigend zu und zeigte dabei nicht einmal eine mimische Reaktion auf das Gehörte, oder er hatte unerwartete Redeanfälle, die in der Regel nicht gerade angemessen waren. Jeden Morgen zwischen sechs Uhr und sechs Uhr dreißig ergriff ihn der überwältigende Wunsch, mit jemandem zu reden. Früher hatte er dann seine Frau geweckt und mit Fragen zur Tagesplanung oder der Planung des nächsten Wochenendes oder des nächsten Urlaubs genervt. Seine Frau, und hier reagierten alle drei gleich, nämlich gereizt, schwieg ihn an und versuchte, wieder einzuschlafen und das Thema auf den Abend oder eine andere für derartige Gespräche etwas geeignetere Zeit zu vertagen. Aber Stefans Mitteilungsbedürfnis war verflogen, sobald der Uhrzeiger halb sieben überschritten hatte, und dann konnte seine Frau lange versuchen, ihm auch nur ein Wort über seine Pläne für den Tag oder andere Dinge zu entlocken. Erst am nächsten Morgen um exakt die gleiche Zeit erwachte sein Mitteilungsbedürfnis von neuem. Da war einfach nichts zu machen. Zumal Stefan darin auch kein Problem sah, es schien ihm im Gegenteil ganz natürlich, früher aufzustehen, um den Tag möglichst gut planen zu können. Genauso wenig sah er ein Problem darin, abends schweigend mit seiner Frau bei einem Glas Wein zu sitzen, den ganzen Abend lang kein einziges Wort zu sagen und selbst auf direkt an ihn gerichtete Fragen nur mit einem Nicken oder Kopfschütteln zu antworten.

Aber die Stille einer leeren Wohnung bedrückte ihn. Er bemerkte, dass er sich zu Hause immer öfter mit Gegenständen unterhielt, im Supermarkt und an anderen öffentlichen Orten unbekannte Leute ansprach, stundenlang jedes einzelne Wort analysierte, das er zu jemandem gesagt hatte, und dass er auch in allem, was derjenige zu ihm gesagt hatte, viel öfter als früher nach versteckten Anspielungen, Spitzen und einem eventuell herablassenden Tonfall suchte, sich im Spiegel musterte und an seiner Kleidung, seinem Schuhwerk oder seiner Rasur zweifelte, kurzum alle Anzeichen zeigte, die er früher für das Vorrecht nicht ausgelasteter Hypochonder gehalten hatte.

Seit er seine Mutter zu sich geholt hatte, war es etwas leichter geworden. Mit ihr konnte er reden, beziehungsweise ihr zuhören, da sie nur zu Monologen oder zu friedlichem Dösen in der Lage war, was man als aufmerksames Zuhören verstehen musste. Wie jeder ältere Mensch lebte seine Mutter ganz in ihren Erinnerungen. Manchmal hatte er den Eindruck, dass sie sich nicht mehr in Raum und Zeit orientierte und ihn auch bald nicht mehr erkennen würde.

Jetz is ja aus der Familie kaum noch wer am Leben, aber Tante Jadsja in Amerika, die lebt noch. Das is von meinem Alten die Schwester. Die war nich Polin wie ich, die war Hanuska aus dem Haus von Iwan, aber die hat sich nen polnischen Geburtsschein gemacht und is Jadsja Konezpolska gewordn. Wie, weiß ich auch nich mehr, die muss irgendwie zum Dorfvorsteher hin sein und dem irgendwas versprochen ham. Ich sag da lieber nichts dazu, weil das weiß ich ja nich. Josyp und ich warn da noch nich verheirat, da war Jadsja mit diesem polnischen Geburtsschein schon nach Polen ausgereist. Da war sie gleich nachm Krieg irgendwie gelandet. Und wollt auch gar nich mehr zurück, aber sie hat ja keine Papiere gehabt. Also is sie zurück ins Dorf und hat diesen Geburtsschein gemacht und dann is sie wieder irgendwie rüber, keine Ahnung, wie. Weil da wurde eigentlich schon keiner mehr ins Ausland gelassen. Aber die Jadsja, die war so eine ganz Schlaue. Die hat dann mit irgendnem Grenzer geredet, und der hatse rübergelassen.

Dann hatse da in Polen einen kennengelernt, und der hatse dann geheirat. Der hat irgendwo aufm Bau gearbeit, und Jadsja, die hat dann nen Sohn bekomm, Slawko, und da wolltse dann nich mehr arbeiten, hat nur noch zu Hause gesessen. Manchmal hatse ihr Mann dann auch angetrieben, dass sie nich nur zu Hause rumsitzen soll, da is sie dann mal irgendwo was arbeiten gegang, abwaschen irgendwo in nem Restaurant oder so. Aber groß Mühe gegeben hatse sich wohl nich, weil die is überall gleich wieder rausgeflogn. Und dann hatse wieder zu Hause gesessen, und ihr Mann, der hat das Geld verdient.

Irgendwann warse auch mal bei uns zu Besuch mit ihrem Sohn. Wo der noch klein war und sie noch in Polen gewohnt ham. Mein Gott, das war vielleicht was. Wir warn ja noch am Hausbaun, da warn ja noch nich mal die Böden drin. Alle ham in einem Raum geschlafen, eng war's und stickig. Alle stehn früh auf und wolln was essen. Aber Jadsja, die schläft bis Mittag und ich renn rum wie blöde. Die Kühe und die Kälber und die Gäste, alle wollten ja was. Da war ich ganz schön auf Achse. Zwei Wochen warn die bei uns, danach hat's mir wirklich gereicht.

Wo Jadsja ihr Sohn dann groß war, da hat der Medizin studiert und dann irgendwo als Doktor gearbeit. Aber dann hat er sich irgendwie mit den Aufständischen eingelassn. Weil in Polen war das ja nich so wie bei uns, dass da auf einmal die Unabhängigkeit da war. Die ham da viel früher angefang, dafür zu kämpfen, und da sind auch viele junge Leut im Gefängnis gelandet. Na und mit denen hat Slawko zu tun gehabt. Die Tante hat dann erzählt, dass er auch irgendwelche verbotenen Bücher gedruckt hat und Flugblätter verteilt und dass sie schon Angst gehabt hat, dass er auch eingesperrt wird. Weil der is immer zu den Versammlungen von so ner Gruppe gegang, wo die Parteifunktionäre umbringen wollt. Die hatten sich das auch schon alles überlegt, wie sie da eine Explosion machen könnten und alles. Aber da hat die Tante dann von irgendwelchen Bekannten erfahrn, dass Slawko beobachtet wird, und hat ihn angefleht, dass sie alle zusamm nach Amerika gehn. Zuerst wollt er ja gar nich, aber dann hatse ihn doch irgendwie überredet.

Weil Slawko war da ja schon verheirat und hat zwei kleine Jungs gehabt, da wär das gar nich gut gewesen, wenn sie ihn eingesperrt hätten.

Also hamse versucht, irgendwie in dieses Amerika zu komm. Aber das war natürlich schwer damals. Die wollten ja niemand reinlassen. Noch schlimmer wie jetz. Na und da hat Jadsja dann nen andern Mann gefunden. Auch nen Polen, aber mit amerikanischem Pass. Der war wohl bei seiner Familie zu Besuch und da hamse sich kennengelernt. Jadsja war ja schon ziemlich alt damals. So um die vierzig oder sogar noch älter. Aber irgendwie konnt die die Männer rumkriegn. Dieser Amerikaner, der wollt sie unbedingt und hat gesagt, dass er sie heirat. Und is sie dann holen gekomm. Und ihr erster Mann, der wollt sie auch gar nich gehn lassen. Der soll wohl fast bis zum Flugzeug auf Knien hinter ihr her sein, so sehr wollt er sie nich gehn lassen. Aber da war nichts zu machen, sie is gefahrn.

Manchmal denk ich ja so, dass das im Leben doch wirklich ungerecht zugeht. Da leiden so viele Fraun unter ihren Männern, wo trinken und sie schlagen und kein Geld nach Haus bring, und die quälen sich ihr ganzes Leben lang und keiner hat Mitleid mit denen nich. Aber diese Jadsja, wo sich nie um andre gekümmert hat und immer nur um sich, nich gearbeit hat und sich für alles zu fein war, die hat erst den einen rumgekriegt und den andern dann gleich auch noch und bei der war alles bestens. Wenn da doch alle so viel Verstand hätten, wenn sie jung sind!

Und dann mussten sie natürlich noch Slawko und seine Frau und die Kinder rausbring. Da hab ich keine Ahnung, wie sie das geschafft ham. Die Tante hat mal erzählt, dass Slawko da irgendwen bestochen hat und dann hamse Pässe bekomm. Aber das kann ich nich genau sagen. Jadsjas neuer Mann, der hat auch aufm Bau gearbeit, und sie dachte schon, dass sie da auch nich zu arbeiten braucht, aber daraus is nichts gewordn. Weil die da mehr Geld brauchten. Slawko war erst mal arbeitslos, nirgendwo hamse ihn genomm. Aber sie hamse zum Abwaschen in nem Restaurant genomm. So hamse dann die ersten paar Jahre gelebt, alle in einem Zimmer, alle aufnandergehockt, hatten grade mal so viel Geld, dass es fürs Essen gereicht hat. Und dann is Slawko auch noch krank gewordn und dann hat er zu trinken angefang, und so nahm das Elend seinen Lauf. Ich hab mir ja ganz schön Sorgen gemacht um die. Weil ich ja auch nich wusste, was da los is. Ganz selten kam mal ein Brief, und wenn dann mal einer kam, stand immer so was drin. Ich hab ja schon zu Jadsja gesagt, sie solln zurückkomm und dass die Kartoffeln hier für alle reichen. Aber die warn stur und sind da gebliebn.

Tja, und dann wurd es auch irgendwann leichter. Slawko hat sich zusammgenomm und aufgehört zu trinken, der hat da irgend so nen Guru gefunden und is immer zu so Treffen gegang, wie zur Kirche. Nur dass das anders heißt. Die meditieren, sagense. Die Tante hat dann erzählt, dass sogar dicke Fraun, wenn die meditiern, dann sitzen die so auf dem Boden und sitzen und sitzen und auf einmal schweben sie in der Luft. Und danach fühlen sich alle so gut wie nach der Beichte. Und sie küssen sich alle und gehn nach Hause. Und das machense ein paar Mal die Woche. Und einmal die Woche, sonntags, da treffen sie sich auch in ner normalen Kirche, und nach dem Gottesdienst gehn sie alle zusamm zu jemandem Warenyky essen. Na alles so wie bei uns im Dorf auch.

Dann hat Slawko umgelernt von Mediziner auf Ingenieur, weil als Mediziner, da hat er nichts gefunden. Und seine Frau, die is auch arbeiten gegang, irgendwo im Laden. Dann hamse sich ein Haus gekauft, und die Tante hat sich auch ein Haus gekauft, und dann war alles ganz gut.

Die Tante war ja auch gut zu uns, da kann man nichts sagen, hat immer angerufn und war auch ein paar Mal da. Wo meine Kinder dann groß warn, da mussten wir ja für alle Hochzeit machen.

Zuerst für die Älteste, Marusja. Der hab ich eine ganz schöne Hochzeit ausgericht. Also ich hab ja für alle eine ordentliche Hochzeit gemacht, aber für Marusja hat die Tante aus Amerika das allerschönste Kleid mitgebracht, mit Schleier und Schuhn und allem.

Wir hatten die Tante gebeten, dass sie zu der Hochzeit kommt, weil sie gehört ja zur Familie. Aber das war gar nich so einfach damals. Also früher, unter den Sowjets, da wurden die nich einfach so ins Dorf gelassen. Da mussten sie in Lwiw wohnen, im „Intourist", so hieß dieses Hotel. Und da wurden auch nur die Verwandten zu denen gelassen, aber man musste ein Papier zeigen, dass man auch wirklich ein Verwandter war.

Da sind wir also zuerst zu der Tante gefahrn. Die ganze Familie. Ganz viele Leute. Und meine Marusja. Da standen wir dann in dem Zimmer, wo die Tante geschlafn hat, und die hat lauter Sachen ausm Koffer gezogn und die an alle verteilt. Die hat dann alle so angeguckt von oben bis unten und dann in ihren Taschen gewühlt und irgendwas rausgezogn. Für den einen ein Kostüm, für den andern ein Tuch. Mir hatse lauter Tücher mitgebracht. Zehn Stück. Die liegen immer noch irgendwo zusammgefaltet. Ich hatt die noch nich mal um. Ich werde ja nich mit diesen Tüchern durchs Dorf laufen. Ich hätt gern rote, mit Fransen. Aber diese amerikanischen Seidendinger, die tu ich doch nich um.

Und dann hat die Tante noch son Apparat dabeigehabt, der Fotos macht. Das war schon lange her, bei uns gab's solche noch nich. Da kommt das Foto gleich ausm Apparat raus. Dann hat die Tante manchmal, wenn sie was Schönes mitgebracht hat, gesagt, wir solln das anziehn und sie macht dann ein Foto, wo sie in Amerika zeigen kann. Ich hab da sogar noch irgendwo welche von den Fotos. Marusja im Kostüm, Stepan im Nylonhemd. Und ich in so nem Tuch, wo man sich für schämen muss. Alles wegen der Tante.

Na, aber zur Hochzeit von meiner Marusja, da hatse ein ganz feines Kleid mitgebracht. So eins hattense im Dorf noch nich gesehn. So ein modischer Stoff, Crêpe de Chine, so hieß das, und so eine Farbe wie Kaffee mit ganz viel Milch, das war ein Kleid, ganz schön und lang, mit Stickerei und nem Schleier bis zum Boden. Die Schuhe warn ein bisschen zu groß, aber das war nich schlimm, da ham wir Watte reingestopft und dann ging's. Besser zu groß wie zu klein. Marusja war ja ein großes Mädchen, und lange, schwarze Haare hatse, die sah richtig schön aus in diesem Kleid.

Die Tante ham wir dann zur Hochzeit ins Dorf geholt. Nachts, damit's keiner mitkriegt. Der Nachbar is mit dem Auto gefahrn und hatse geholt. Und dem Major, dem ham wir zehn Rubel gegebn, der hat keinem was gesagt. Zuerst wollt der auch mit auf die Hochzeit, aber wo der gehört hat, wie weit das is, sechzig Kilometer, da wollt er dann doch nich mehr. Bloß gut. Der hätt uns da grade noch gefehlt.

Die Hochzeit war drei Tage lang und in drei Häusern: beim Bräutigam und bei der Braut und für die Jugend im Club. Und das war ja im Herbst, draußen hat's geregnet und war kalt, meine Marusja is in diesen Schuhn durchs ganze Dorf gelaufen, von Haus zu Haus und immer durch die Pfützen, bis ein Schuh dann im Schlamm stecken geblieben is und sie den gar nich mehr rausgekriegt hat. Aber das war schon am dritten Tag und da hatse dann einfach ihre Gummistiefel angezogn.

Und dann hab ich irgendwann mal wieder einen Brief von Slawkos Onkel bekomm. Der is fast verrückt gewordn, wie die Tante gestorben is. Wollt unbedingt wieder heiraten. Aber wie sollte man den denn noch verheiraten, der war ja schon fast siebzig. Wer hätt den denn noch gewollt. Zuerst, da wollt er die Lehrerin ausm Nachbardorf. Das is wirklich eine feine Frau, da kann man nichts sagen. Groß und schlank, Direktorin von der Schule is sie gewesen, jetz is sie in Rente. Und eine gute Rente hatse auch. Hundert Dollar. Aber die wollt nich so recht. Hat gesagt, ich will nich in dieses Amerika. Mir gefällt's hier ganz gut. Hier hab ich mein Haus, meine Rente, dazu noch ein paar Schüler. Ich lebe so, wie ich will, was soll ich denn mit diesem Alten im Haus. Er hatse immer angerufen und is auch hingefahrn, aber sie wollt einfach nich.

Da hat er dann ne Weile allein gelebt. Na, aber wir wissen ja, wie das für die Männer allein so is. Ich kann mich noch gut erinnern, wo mein Josyp noch schwach war. Und sich dann eingemacht hat und darin geschlafen hat. Das war vielleicht eine Quälerei, bis ich den gewaschn und umgezogn hatt. Da hab ich vielleicht gejammert. Aber meine Nachbarin, die hat dann zu mir gesagt: Jammernse mal nich, wenigstens hamse noch nen Mann im Haus. Da könnse sich wenigstens noch mit wem streitn. Wenn ich wenigstens noch ein paar Hosen aufhäng könnt, dann wär das alles schon lustiger.

Das wollt ich ja nu damals gar nich hörn. Aber jetz denk ich auch manchmal, dass das vielleicht gar nich alles so schlecht war mit meinem Alten. Aber schuften musste ich ganz schön.

Tja, und der arme Kerl is allein, noch dazu in Amerika. Der is ja auch das Arbeiten nich gewohnt. Irgendwann früher, da hat er mal aufm Bau gearbeit und da is ihm was aufn Kopf gefalln, und nu is er auf dem ein Ohr taub, auf dem hört er gar nichts mehr. Da hat ihm der Staat dann ne Rente gegebn, und von dieser Rente lebt er jetz. Der macht ja nu gar nichts mehr. Wo seine Frau noch da war, da hat die ihm wenigstens noch Essen gekocht und für ihn gewaschen und da ging das alles irgendwie. Aber jetz is das hart.

Tja, und irgendwann hat er dann da in Amerika eine gefundn. Son jungen Hüpfer. Dreißig Jahre jünger wie er war die. Eine Gute, hat er gesagt, hat sich immer um ihn gekümmert. Und er, blöd wie er war, hat alle ihre Schulden bezahlt und dann hatse ihn verlassn. Was sollte sie auch mit dem. War ja schon alt.

Tja, und nu hat er sich in den Kopf gesetzt, sich in der Ukraine ne Frau zu suchen. Das hat er mir am Telefon mal ne ganze Stunde lang erzählt. Dass er da im Computer irgendwo eine in Ternopil gefunden hat. Und dass die geschieden is und erwachsene Kinder hat und nach Amerika will. Aber die müssen da heiraten, weil sonst lassense sie nich nach Amerika. Und nu will er da hinfahrn und um ihre Hand anhalten. Aber irgendwer muss ihn dann aus Lwiw nach Ternopil bringen, weil der is ja schon alt, das schafft der nich allein. Aber was muss der auch noch mal heiraten. Ich will ja nichts sagen, soll jeder machn, wie er denkt. Aber alt is nu mal alt, da is nichts zu machen.

Perfektionismus war Stefans wesentlicher Charakterzug. Wenn er loszog, um irgendetwas zu kaufen, selbst wenn es nur eine Kleinigkeit war, gab er sich nicht eher zufrieden, bis er das ganze Möglichkeitsspektrum erfasst hatte. Wenn ihn zum Beispiel eine seiner ukrainischen Exfrauen gebeten hatte, mal schnell Öl zu holen, weil es beim Kartoffelpufferbacken gerade ausgegangen war, lief Stefan nicht etwa zum nächstgelegenen Laden, der hatte nämlich rund um die Uhr geöffnet, was befürchten ließ, dass die Preise dort höher waren als anderswo. Und selbst wenn nicht, musste das schließlich erst einmal überprüft werden. Also lief er ein paar Ecken weiter zum nächsten Markt und dort zu allen Ständen, wo Öl verkauft wurde, bis er das beste Preis-Leistungs-Verhältnis gefunden hatte. Dass dies über einen Stunde dauern konnte, störte ihn nicht weiter, das Ergebnis war es ihm wert.

Hier in Deutschland fiel ihm das Einkaufen wesentlich leichter, war doch die Staffelung billigerer und teurer Supermärkte mehr oder weniger stabil, und von Sonderangeboten und Aktionspreisen konnte man aus den Reklameprospekten erfahren, die immer im Briefkasten lagen. Das bereitete ihm größtes Vergnügen und er konnte den halben Tag damit zubringen, nach Hühnerfilet im Angebot oder Oliven kurz vor Ablauf des Haltbarkeitsdatums zu suchen. Stefans Bekannte fanden diese beharrliche Schnäppchenjagd durchaus beachtlich, obwohl kaum jemand darin Stefans angeborenen Perfektionismus erkannte, und ihn die meisten einfach für knauserig hielten.

Wobei er das nun wirklich nicht war. Zumindest hätte er nie zugestimmt, dass die Fähigkeit, sein hart verdientes Geld nicht sofort zu verpulvern, etwas mit Knauserigkeit zu tun hatte. Knauserig waren seiner Meinung nach die Leute, die ihr Geld nur horteten und es nicht wagten, etwas davon auszugeben. Er selbst gab durchaus gern Geld aus, es war für ihn einfach eine besondere Freude, wenn seine Investition optimal war. Außerdem hatte er ziemlich eigene Vorstellungen davon, was es wert sei, dafür Geld auszugeben, und worauf man ruhig verzichten konnte. Beim Autokauf hätte er sich zum Beispiel nie im Leben mit dem einfachsten und preiswertesten Modell zufriedengegeben. Stefan fand, ein Auto sollte so aussehen, dass man sich beim Einsteigen nicht dafür schämen musste. Und dieses „nicht schämen" setzte sich aus Dutzenden Punkten zusammen, die er ohne nachzudenken zu jeder Tages- und Nachtzeit hätte aufzählen können.

Stefan wusste auf Anhieb, was genau für Scheibenwischer die Windschutzscheibe seines Autos reinigen sollten, was für Bezüge die Sitze haben sollten, wie die Scheinwerfer, die Zentralverriegelung und die Alarmanlage beschaffen sein mussten, wie der Kofferraum auszusehen hatte und welche Radkappen die besten waren, von solchen Selbstverständlichkeiten wie Farbe, Marke und aktueller Marktpreis des Autos ganz zu schweigen.

In Fragen, die für Stefan wesentliche Ausgaben betrafen, war er das Gegenteil von knauserig und kaufte immer nur das Beste oder zumindest das Teuerste, damit niemand auf die Idee kam, dass er an wirklich wichtigen Dingen sparen würde.

Dafür war er bei Dingen, die nicht auf seiner Prioritätenliste standen, genauso fest davon überzeugt, dass das entscheidende Argument der Preis und nichts als der Preis sei. So kam es, dass er mit einem repräsentativen Luxusauto durch die Gegend fuhr, aber dabei eine billige, stinkende Rasiercreme benutzte und synthetische chinesische Socken in ätzenden Farben trug, die er im türkischen Ein-Euro-Shop erwarb, und den billigsten Wein trank, da er dessen Geschmack für „völlig ausreichend" hielt. Zum Glück seiner jetzigen Bekannten war der Geschmack einiger billiger Weinsorten hier auch tatsächlich ausreichend.

Sparsamkeit und eine rationale Lebenseinstellung hatte Stefan von seiner Mutter mitbekommen, die es selbst in Zeiten großer finanzieller Schwierigkeiten schaffte, über die Runden zu kommen. Sie hatte ihrem Sohn auch beigebracht, auf diese Fähigkeit stolz zu sein, da es ja keine Kunst sei, sich an Luxus zu gewöhnen, das könne schließlich jeder. Dafür sei es nur wenigen gegeben, ihre Bedürfnisse auf das absolut Notwendige zu beschränken, aber gerade sie seien wirklich unabhängig, denn nur diejenigen, die von ihren eigenen Schwächen unabhängig seien, wären wirklich in der Lage, über ihr Leben zu bestimmen. Davon war Hanna Kopyryz fest überzeugt, und ihre rauen Erfahrungen hatten sie täglich und stündlich in dieser Überzeugung bestätigt.

Stefan war stolz darauf, diese Fähigkeit von seiner Mutter geerbt zu haben. Aber seit er sie nach Deutschland geholt hatte, wollte sie sich aktiv an der Gestaltung seines Budgets beteiligen. Und das gefiel ihm schon weitaus weniger. Auf einmal war es, als würde ihm jemand einen Spiegel vorhalten: Seine eigene Standhaftigkeit und Unnachgiebigkeit in Fragen „überflüssiger" Ausgaben hatte jetzt die Gestalt seiner Mutter angenommen. Das wäre auch gar nicht so schlimm gewesen, wenn sich ihre Vorstellungen von notwendig und überflüssig gedeckt hätten. Aber sie deckten sich nicht. Oder vielmehr gab es, wie Hanna Kopyryz fand, praktisch keine notwendigen Ausgaben. Sie hatte sich an einen äußerst asketischen Lebensstil gewöhnt und warf ihrem Sohn ständig vor, unverhältnismäßig viel für allen möglichen Unsinn auszugeben. Zuerst diskutierte Stefan noch mit ihr und versuchte, ihr zu beweisen, dass er sich diese Ausgaben durchaus leisten könne und sich nun wirklich nicht alles versagen müsse. Aber so langsam verlor Hanna mehr und mehr die Verbindung zur Realität, sie konnte nicht immer etwas neu Gekauftes von etwas schon Dagewesenem unterscheiden, und Stefan begriff, dass seine Überzeugungsversuche keinen Sinn hatten. So hatten es auch seine Exfrauen früher oder später aufgegeben, ihn von irgendetwas zu überzeugen, und sich einfach ordentliches Parfüm oder modische Kleidung und nicht die allerbilligsten Sachen gekauft. Vielleicht zum ersten Mal, seit er bewusst lebte, hatte Stefan nun eine Vorstellung davon, wie sich Menschen mit ihm fühlen mussten, wenn er stundenlang nach der billigsten Milch suchte oder im Restaurant immer das billigste Essen auf der Speisekarte bestellte.

Jetzt versteckte er selbst, ganz so wie seine beiden ukrainischen Exfrauen, vor seiner Mutter die neuen, teuren Werkzeuge, die er kaufte, ohne auf den Preis zu achten. Er konnte sich einfach nicht beherrschen und kaufte einen neuen Bohrer nur deshalb, weil der ein bisschen stärker war als die fünf Bohrer derselben Firma, die er schon hatte und die noch ganz neu waren. Wenn es ihm beim Autokauf noch irgendwie gelang, seine Ausgaben zu rechtfertigen, so musste er in diesem Punkt zugeben, dass es schlichtweg eine Art Sucht war und er Werkzeug sammelte, weil es ihm gefiel und nicht, weil er das alles wirklich brauchte.

„Das sind meine Handtaschen und Tücher", erklärte er Solomija, und sie zweifelte nicht im Geringsten daran, dass er noch vor ein paar Jahren nicht hatte begreifen können, warum Frauen überhaupt Handtaschen und Tücher kaufen, wo das doch völlig unnütze Dinge waren.

Sein Verhältnis zu Solomija hatte etwas von der Beziehung eines Großvaters zu seinem Lieblingsenkel, dem er alles erlaubt, was er seinen Kindern früher verboten hat, da er nun etwas begriffen hatte, für das er damals keinerlei Verständnis gehabt und das er hinter leeren pädagogischen Formeln versteckt hatte.

Jetzt versuchte Stefan, all das zu kompensieren, was er sich früher freiwillig versagt hatte, und überredete auch Solomija zu leichtsinnigen Ausgaben, und sie hatte nicht die leiseste Ahnung, wie neu und ungewöhnlich dieses Verhalten für ihn war.

Tja, und wo mein Sohn, der Stepan, noch klein war, da war's wirklich schwer. Ich hatt ja drei Kinder, vier Gärten, die Bullen im Kolchos, das hing ja alles an mir. Aber wenn ich so gesehn hab, wie die Nachbarn leben, da hatten wir's noch ganz gut. Weil die Nachbarn hatten ganz viele kleine Kinder. Sieben oder acht. Und immer gehungert. Die hatten nich mal genug Kartoffeln zu essen. Und mein Stepan is immer zu denen rüber. Der kommt nach Hause, steckt sich seinen Löffel in den Gürtel und ab zu den Nachbarn. Und die setzen sich zum Essen, alle um den Tisch rum und eine große Schüssel mitten auf den Tisch, und alle mit ihren Löffeln, wer was erwischt hat, der hat sich sattgegessen. Na und mein Stepan, der hat die Kleinsten da weggeschubst und sich sattgegessen. Ich hab mich ja so geschämt vor den Nachbarn. Ich hatt ja immer alles Mögliche gekocht und gebacken, das hat er nich mal probiert, immer gleich zu den Nachbarn rüber, und da hat ihm alles geschmeckt, sogar Kartoffeln ohne alles. Ich hab immer mit ihm geschimpft, aber da war nichts zu machen. Der war ja noch klein und wollt immer zu den andern Kindern.

Also Jungs sind ja nu wirklich schwer zu erziehen. Nich so wie Mädchen. Wenn die mal was nich machen wolln, dann schreit man die kurz an und dann geht das. Aber mit nem Jungen, da geht das so nich. Da muss man erst mal rausfinden, was der fürn Charakter hat. Denn wenn der zu gehorsam is, dann kommandiert ihn seine Frau später rum. Also, ich hab meinem Stepan ja früher alles erlaubt, wo der klein war. Wenn der spielen wollt, dann is er spielen gegang, da musste er dann auch nich im Haushalt helfen. Wo er dann zur Schule gegang is, da hat er dann nur gelernt, da hab ich nich drauf bestanden, dass er immerzu hilft, damit der ordentlich lernt und später klarkommt im Leben. Zuerst is er auf die Schule bei uns im Dorf gegang. Aber die ging nur bis zur achten Klasse. Danach musste er ins Nachbardorf, nach Jaseniwzi. Jeden Tag fünf Kilometer zu Fuß, bei Wind und Wetter. Aber da war nichts zu machen. Mein Stepan, der wollt ja unbedingt was lernen. Danach is er noch auf die Berufsschule und hat Elektriker gelernt, da is er dann immer nach Lwiw gefahrn. Da hab ich ihm dann immer die Tasche vollgepackt, mit Brot und Schmalz und Wurst und Käse, damit er die Woche über was zu essen hat. Und Geld für die Fahrt hab ich ihm gegebn, wenn ich welches gehabt hab, wenn nich, dann musste er sich was leihn, aber er hat ja auch ein Stipendium gehabt, da ging das irgendwie.

Tja, und wo er dann älter war, da hab ich die Zügel nich mehr so locker gelassen. Er weiß immer noch gut, dass man seine Mutter achten muss. Man sieht's ja, so viele Alte in den Dörfern, die ihre Kinder da allein gelassen ham und nich mal anrufen. Und mein Stepan, der hat mich sogar nach Deutschland geholt, der kümmert sich um mich.

Na ja, seine erste Frau hat ihn dann doch ganz schön rumkommandiert. Aber er musste ja auch unbedingt ne Russin heiraten. Ich hab ihm ja gleich gesagt, dass das nich gut geht. Aber er war ja noch jung, und die hat ihm den Kopf verdreht, und dann is sie schwanger gewordn, also hat er sie geheirat. Was hab ich geheult wegen dieser Hochzeit, mein Gott. Wo ich meine Mädchen verheirat hab, da hab ich nich so geweint. Aber Mädchen hat ich ja zwei und nur den einen Sohn. Und Sohn bleibt Sohn, da kann man sagen, was man will. Der ihre Mutter, die wollt sie ja erst nich verheiraten, die war viel zu stolz, hat wohl gedacht, weil sie aus der Stadt is, da is mein Stepan nich gut genug für ihre Tochter. Da war ich dann aber auch störrisch und hab gesagt: Wenn die dich nich wolln, dann heiratest du die halt nich, dann wird's halt ein Bastard. Aber mein Stepan, der is ja ein anständiger Kerl, der hatse geheirat. Aber während sich erst der ihre Mutter gesträubt hat und dann ich, da war das Kind schon auf der Welt. Und da is das mit ner großen Hochzeit dann nichts mehr gewordn. Also ham wir die in der Stadt gemacht und im Dorf nur so in einem Haus.

Sweta hieß seine erste Frau. Die hat eine gute Arbeit gehabt, hat zu Hause auf Bestellung genäht. Da kann man nichts sagen, gut verdient hatse und war immer topschick angezogen. Aber für die Arbeit im Dorf, da hatse überhaupt nich getaugt. Die stand immer nur da und hat geguckt wie'n Schwein ins Uhrwerk. Da sag ich zum Beispiel zu ihr: Sweta, bring mir doch mal den Durchschlag. Und die läuft los und kommt ewig nich zurück, und ich steh da und warte wie blöde, bis die endlich den Durchschlag aus der Sommerküche geholt hat, und dann kommt sie wieder und was hatse dabei – natürlich nich den Durchschlag, sondern die Schlage. Sagt man ihr das eine, bringt sie das andre. Sagt man ihr, das heißt so, findet sie natürlich, das heißt so. Sagt man hü, sagt die hott. Da kann man ihr tausendmal erklärn, wo der Unterschied is, da war sie ja bockig. Was soll man denn da machen, wenn die einfach nichts versteht. Und ja nu auch gar nich verstehn will. Die fand immer, dass das nich besonders gebildet klingt, wenn man ukrainisch redet.

Aber nähen konntse gut. Die hat nen Haufen Fraun gehabt, wo bei ihr bestellt ham. Mir hatse sogar auch irgendwann mal son Kostüm mit Rock genäht, damit ich mich auch anziehn kann wie so ne Dame aus der Stadt. Aber wo soll ich denn damit rumlaufen. Also hängt das nur im Schrank. Die ham dann ein Jungen bekomm, Jurko. Ein ganz feiner Kerl. Der arbeitet jetz in Kanada, irgendwas mit Computer. Weiß ich nich so genau.

Mein Stepan hat ja von Anfang an gewollt, dass der Kleine mal ins Ausland geht. Hat immer gesagt: Ich werd ja nirgendwo hinfahrn, ich kann ja keine Fremdsprachen. Aber der Kleine, der soll ruhig was sehn von der Welt, da wird er's auch leichter ham. Und jetz is es so gekomm – er is selber gefahrn, und den Kleinen hat er auch geschickt, und mich auf meine alten Tage auch noch geholt. Und jetz sitz ich hier wie ein Waisenkind: Kenn keinen und komm alleine gar nich klar.

Jurko is ja gar nich nach meinem Stepan gekomm. Der is ganz die Mutter. Ekelt sich vor allem und hat zwei linke Hände. Stepan war so oft mit dem da und hat immer versucht, ihm irgendne Arbeit zu geben, das konnt man vergessn. Der is schon als Ingenieur auf die Welt gekomm. Ohne Saft und Kraft.

Wo Stepan das dann klar war, da hat er ihn aufs Ausland vorbereitet. Dass der Computer lernt und Fremdsprachen. Aber der Kleine, der wollt das ja zu Anfang gar nich mit diesem Computer. Hat sich immer bei mir ausgeheult: Oma, ich will nich mit Computern arbeiten. Ich will lieber was mit Menschen machen. Und nich den ganzen Tag lang nur auf irgendwelche Zahlen gucken.

Also, mir hat der ja immer leidgetan. Wo der das erste Mal nach Hause gekomm is von diesem Studium, da war der ganz dünn und blass. Das is doch auch nichts für ein Kind in der Stadt. Da kommt er nich an die frische Luft, und im Garten kann er auch nich arbeitn. Ich werd ja hier selber verrückt. Auch wenn ich schon alt bin und bestimmt nich mehr im Garten arbeitn könnt, aber wenigstens mal raus an die frische Luft gehn. Sehn, wie alles wächst. Davon geht's einem doch gleich viel besser.

Was hab ich denn hier. Überall nur Häuser. Und die Deutschen. Wie im Krieg.

Und dann is der Kleine also wirklich gefahrn. Obwohl Sweta das ja gar nich gefallen hat. Die hat die ganze Zeit geweint und immer gesagt: Was soll ich denn machen, so ganz allein ohne ihn. Aber dann hatse sich irgendwann beruhigt. Was sollte er denn sonst auch machen – keine Arbeit, und er is ja jung und will was ham vom Leben. Schon Zeit zu heiraten. Was soll das denn werdn ohne Arbeit. Wenn der bei mir im Dorf gewesen wär, dann hätt der nie gehungert. Weil wer arbeiten kann, der hungert nich im Dorf. Aber was soll ich denn machen, wenn die alle nich im Dorf bleiben wollten. Die hatten sich ja schon so an das Leben in der Stadt gewöhnt, wo alles fertig is. Aber das hamse jetz davon.

Zu Anfang, wie er dann nach Kanada is, gleich wie er fertiggelernt hat, da war das ganz schön hart für ihn. Ich hab ja immer zu Stepan gesagt, er soll die Tante anrufn. Die is doch da, in Amerika. Vielleicht kann die ja helfen. Aber Stepan wollt nich, hat immer gesagt, die Tante is ja nich in Kanada. Und außerdem wohnt die irgendwo in ner Kleinstadt, und da gibt's auch keine Arbeit, genauso wie in Lwiw. Da wohnen nur noch alte Leute, wo schon in Rente sind. Die Tante hat ja selber auch nichts gelernt, die hat ja ihr Leben lang abgewaschen in Restaurants. Woher soll die denn wissen, was man lernen muss, damit man ne gute Arbeit bekommt. Da sag ich lieber nichts mehr. Stepan muss es ja wissen, was soll ich denn dazu sagen. Aber mit Verwandten in der Nähe wär's ja doch leichter.

Aber der Kleine war störrisch. Der fand, dass das Diplom, wo er hat, nich das Richtige is und dass er noch mal studieren wird. Stepan hat sich nur an den Kopf gefasst. So lange hat der den ja schon unterstützt gehabt, ihm was beigebracht, und jetz alles von vorn. Sogar gestritten hamse sich. Aber dann hat Jurko irgendwo was gefunden, wo er für das Studium nich zu bezahlen brauchte. Und ein Zimmer hat er auch gefunden, bei einer alten Frau, wo aus der Nähe von Solotschiw war. Die ham sich dann unterhalten, und sie hat gesagt: Ich kenn das Dorf, wo deine Oma wohnt. Und das war eine gute Frau, die wollt nich mal Geld von ihm für das Zimmer, nur dass er ihr manchmal hilft im Haus und im Garten. Die hat ja allein gelebt, da brauchte sie schon mal wen.

Na ja, und mein Jurko, der hat ja die Arbeit nu auch nich grade erfunden. Stepan hätt ihr da mehr geholfen. Aber da musste er durch. Und so hat er da gewohnt, irgendwo hat er noch n bisschen was dazuverdient. Morgens Zeitungen ausgetragen oder die Straßen gefegt. Was er halt so konnt. Hauptsache, er konnt studiern.

Er hat mich dann immer mal angerufn und gesagt: Oma, Sie könn sich ja nich vorstelln, wie die Ukrainer hier reden. Da versteht man kein Wort. Die schmeißen alles durchnander, Ukrainisch und Russisch und Englisch. Also ich will das nich. Ich lern ordentlich und werd wie die Kanadier.

Und nach dem Studium, da hat er dann irgendwo ne staatliche Anstellung gefundn. Und da gefällt's ihm jetz ganz gut.

Zuerst, da war's wirklich schwer, hat er immer gesagt. Da hat er Kurse besucht und Englisch gelernt und Französisch auch. Und abends, da hat er dann gearbeit, damit er was zum Leben hat. Die ham ihm sogar vorgeschlagen, in irgend so ne Fabrik zu gehn. Aber die Lehrerin von diesen Kursen, die hat zu ihm gesagt: Mach das nich, mein Junge. Wenn du in die Fabrik gehst, dann hast du keine Zeit mehr zum Lernen. Dann bist du den ganzen Tag da. Und das dein ganzes Leben lang. Wenn du mal ne bessre Arbeit finden willst, dann halt noch ein bisschen durch und lern ordentlich, dann hast du's mal besser. Weil, welche sind auch in die Fabrik gegang. Und dann hamses da nich ausgehalten und gekündigt. Und da zahlt ihnen der Staat gar nichts und sie könn nur ganz schwer eine andre Arbeit finden. Und lange hältst du das da in der Fabrik nich aus. Weil du hast ja ein Kopf zum Denken und das wird da schwer für dich. Und Jurko hat auf sie gehört und sich durchgebissen. Hat bei dieser alten Frau gewohnt. Zuerst war's ja ganz gut, hat er gesagt. Aber dann nich mehr. Die hat sich über alles aufgeregt, dass er zu viel Wasser verbraucht und zu viel Strom. Wenn die Glühbirne kaputt war, war er natürlich schuld, wenn die Tür kaputtgegang is, auch. Ihr Sohn, der hat irgendwo in nem Laden gearbeit und hat dann immer alles mit nach Hause gebracht, was nich mehr frisch war, was die da wegwerfen wollten. Und das hamse dann gegessen. Und Jurko hamse auch was davon gegeben, weil das hättense ja sowieso weggeschmissn. Manchmal ging's wohl sogar, aber manchmal, da hat er sich richtig vergiftet an diesen Lebensmitteln.

Mir hat das ja in der Seele wehgetan. Wieso schickt man denn sein Kind in die Fremde, damit's da irgendwelche Chemie isst und sich da dran vergiftet? Und da hatten wir ja unsre Kartoffeln und auch Speck und alles. Ich wollt ihm ja schon ein Päckchen schicken. Aber Stepan hat gesagt, ich soll das lassen. Weil das unterwegs verdirbt. Aber wie soll denn Speck bitte schön verderben? Also wirklich. Diese Männer.

Und er war da bei dieser fremden Frau. Lass dies, tu das nich. Aber selber hatse sich um gar nichts gekümmert, wenn was kaputtgegang is, da hatse nichts reparieren lassen. Aber in Kanada, da is das anders. Wenn man da bei wem in der Wohnung wohnt, dann muss der alles heilemachen lassen, wo kaputtgeht. Tja, aber da konnt Jurko ja nichts sagen, weil er hat ja umsonst bei der gewohnt. Da hat er mal gesagt, umsonst, das is schlimmer wie im Gefängnis. Und er konnt dann noch ne ganze Weile nich weg von dieser Oma, weil da gibt's ja nich so viele Ukrainer und die kennen sich alle, und die Oma hätt dann allen erzählt, was das für einer is, und da hätt keiner mehr was mit ihm zu tun ham wolln.

Das is schon schwer, so ganz allein. Das war wohl das erste Mal, wo er mit der Wand geredet hat, hat er gesagt, weil er konnt ja die Sprache noch nich und keiner wollt mit ihm reden von den Einheimischen. Und die Ukrainer warn alle auf Arbeit. Höchstens sonntags nach dem Gottesdienst, da hat er mal wen getroffn.

Aber Kollegen hat er da keine gehabt. Weil da warn mehr alte Leute, die schon viel früher rübergekomm warn. Junge gab's da nich. Und die Älteren, das warn alles Fabrikarbeiter. Was sollt er denn mit denen reden, die betrinken sich am Wochenende und das war's.

Mir hat das Kind ja so leidgetan, die ersten Jahre da. Aber dann hat er sich langsam eingewöhnt. Und jetz is er seinem Vater ganz dankbar, dass der ihn dahin geschickt hat.

Wo mein Jurko dann das erste Mal nach Hause gekomm is, da hab ich ihm meine halbe Rente gegebn, so froh war ich, mein Enkel wiederzusehn. Stepan hat ja mit mir geschimpft und gesagt, dass er ja nu schon selber klarkomm sollt und nich meine Rente in der Schenke versaufen. Aber ich dachte dann, wie viel hat mein Alter denn in dieser Schenke gelassen, da soll mein Enkel doch auch mal was ham. Was brauch ich denn noch? Ich hab doch alles. Auf dem Feld und hinterm Haus auch.

Und dann, wo Jurko schon verdient hat, da hat er mir immer was geschickt. Hundert Dollar jeden Monat. Ich hab dann am Telefon zu ihm gesagt, er soll das lassn, ich brauch doch nichts. Er soll sich lieber selber was Schönes davon kaufen oder für sein Mädchen. Aber er hat gesagt: Nein, Oma, kaufen Sie sich was davon, Sie ham so viel für uns ausgegeben, da will ich Ihnen jetz auch mal was geben.

So einen Enkel hab ich. Da hab ich auf meine alten Tage noch meine Freude an ihm.

Mit dieser Sweta war Stepan ja nich so lange zusamm, so zehn Jahre vielleicht. Dann hamse sich getrennt. Sie hat wen neuen getroffn, und mein Stepan hat seine neue Frau kennengelernt, die Olja. Die war schon viel besser. Auf ihn hatse gehört, und mich hatse auch mehr geacht. Die sind dann auch oft helfen gekomm. Olja is Lehrerin gewesen. Viel Geld hamse ja nich gehabt, ich hab ihnen dann immer ein Viertel Schwein und Kartoffeln für den Winter gegeben. Dafür hamse mir immer geholfen. Die ham dann ein Mädchen bekomm, die Oksana.

Mit Olja war wirklich alles viel besser. Weil Sweta konnt man ja bitten, wie man wollte, mal zu komm. Ich ruf die ganze Zeit Stepan an und sag: Morgen müssen wir im Garten pflanzen. Und er sagt zu mir: Mama, Sweta hat einen Auftrag, sie kann jetz nich, erst nächste Woche. Aber was soll man denn pflanzen, wenn das Wetter nich dafür is. Die verstehn das in der Stadt nich, dass man diesen Auftrag auch liegen lassen und später machen kann, aber wenn man nichts anpflanzt, dann hat man später auch nichts. Aber die Sweta, die hat ganz gut verdient, und da musste Stepan auf die hörn und nich auf seine Mutter.

Mit Olja, da war das dann schon anders. Die hat immer gehört, und wenn ich gesagt hab, wir müssen pflanzen, dann hatse sich bei sich auf der Arbeit entschuldigt und dann sindse helfen gekomm. Und wenn dann gehackt werdn musste, dann sindse hacken gekomm. Und beim Schweine schlachten hamse geholfen und bei allem. Und ich hab ihnen ja auch immer geholfen. Oksana war immer den ganzen Sommer bei mir. Und das Kind is ordentlich gewachsen, Milch und Quark gab's immer und alles. Und dann is sie immer ab in den Wald, wir ham da ja ganz nah am Wald gewohnt, und husch war sie weg. Und hat da Himbeeren gesammelt und Erdbeeren und Brombeeren und alles. Und ordentlich Quark hatse gegessen und ich hab ihr noch Brot abgeschnitten, das Brot hab ich ja immer selber gebacken, ausm Laden hat bei mir nie jemand welches gekriegt, und dann Butter aufs Brot und Marmelade und hopp. Kaum hatse gegessen, da war sie schon wieder weg. Und ganz gesund war sie. Aber den Ältern, Sweta ihrn, den hamse nie zu mir gebracht. War ja nich dran zu denken, die warn ja aus der Stadt, wer fährt denn da aufs Dorf.

Sweta hat sich ja auch immer geekelt, in den Stall zu gehn, das hat ihr immer viel zu sehr gestunken. Das war schon so ne feine Dame.

Na und dann hat Stepan irgendwann keine Arbeit mehr gehabt, da warn auf einmal alle arbeitslos, das Geld in den Banken war weg und die Leute sind zum Arbeiten ins Ausland gefahrn. Stepan hat dann irgendnen Deutschen kennengelernt, und der hat ihm Arbeit organisiert. Ich hab ja schon gesagt, das is ja schon fast wie mit meinem Josyp. Nur dass sie den mit Gewalt hingebracht ham, und jetz will ja jeder in dieses Deutschland zum Arbeiten.

Na und dann is mein Stepan in Deutschland geblieben, der hat jetz eine ganz gute Arbeit hier. Aber er musste sich von Olja scheiden lassen, damit er hier heiraten und bleiben konnt. Und die, die er hier geheirat hat, wegen irgendwelcher Papiere, die is ihm dann bald gestorben. Er hat's grad noch so geschafft, sich als Deutscher zu registrieren. Aber jetz hat er die Staatsbürgerschaft, da muss er niemand mehr heiraten.

***

Bevor sie die Wohnung verließ, in der Bettina und Rudolf, genauer gesagt momentan nur Bettina und ihre Kinder lebten, steckte Chrystyna die Zeitung mit dem Artikel über Solomijas Selbstmord ein, kontrollierte mechanisch, ob Licht, Gas und Wasser abgeschaltet waren, schloss die Tür zu und ging in den ersten Stock, wo Bettinas Vater wohnte.

Heute hatte sie unten niemanden angetroffen. Das letzte Mal hatte Bettina in der Küche gesessen und geweint. Rudolf hatte für alle völlig unerwartet seine Familie verlassen und war zu einer Geliebten gezogen. Das war sogar für Chrystyna ein Schock gewesen. Nicht, dass er eine Geliebte hatte, das hatte sie schon früher an nur für eine Putzfrau sichtbaren Zeichen erkannt, sondern dass er es tatsächlich fertiggebracht hatte, seine Familie zu verlassen. Rudolf hatte für sie immer zu den Männern gehört, die nie und nimmer ihre Familie verlassen würden, selbst wenn alle Beteiligten deshalb ihr ganzes Leben lang leiden müssten.

Chrystyna hätte heute nicht schon wieder Bettina gegenübersitzen und verlegen auf ihre Tränen blicken wollen. Sie wusste nicht, was man in solchen Situationen am besten sagte, und noch viel weniger, was man am besten nicht sagte.

Zum Beispiel, ob sie Bettina sagen sollte, dass das Problem weniger bei der jüngeren und kinderlosen Geliebten lag, als vielmehr bei Bettina selbst, deren eigenes Leben sich, seit die Kinder da waren, völlig im Familienleben aufgelöst hatte. Sie hatte keine Freizeit mehr, keine Hobbys, keine eigenen Vorlieben oder gar Wünsche. Wie eine vorprogrammierte Maschine funktionierte sie nach einem strikt durchgeplanten Tagesablauf. Ihre gesamte Zeit wurde von der komplizierten Alltagslogistik absorbiert, sie lief entweder durch die Gegend und versuchte, die Planungen des Vortages in die Tat umzusetzen, oder war damit beschäftigt, neue Pläne zu machen und dabei alle bisherigen Versäumnisse und Fehler zu analysieren, um sie nicht zu wiederholen. Bettina setzte ihre ganze Kraft dafür ein, das Leben ihrer Familie angenehm, bequem, gesund, ausgewogen und ereignisreich zu gestalten, voller nützlicher und sinnvoller Beschäftigungen, pädagogisch wertvoller Spiele, gemeinsamer Abende, Wochenenden und Ferien. Nicht einen Moment lang erlaubte sie sich innezuhalten, sich zu entspannen, etwas Ungeplantes und Spontanes zu tun oder auch nur zu denken. Wenn sie Rudolf auf der Arbeit anrief, wusste er genau, dass etwas passiert war. Einfach so hätte sie nie angerufen. Wenn sie schlechte Laune hatte, gab es dafür immer einen Grund, und meist einen wichtigen. Sich einfach so ihrer Stimmung hinzugeben, hätte sie sich nie gestattet, schließlich musste sie den Kindern ein Vorbild sein. Sie war sehr bemüht, immer auf der Höhe zu sein, immer in Form, immer kontrolliert, tatkräftig und aktiv.

Und das gelang ihr hervorragend. Sie hatte gelernt, sich darüber zu freuen, dass alle anderen zufrieden waren, ihre eigene Zufriedenheit war ihr nicht mehr so wichtig. Anfangs hatte Rudolf das fasziniert, er bewunderte Bettinas Selbstdisziplin, Organisiertheit und Tatkraft. In weiterer Folge war er meist ganz zufrieden damit, schätzte ihren Altruismus, ihre Hingabe und ihr Organisationstalent. Er versuchte zu helfen, wo er konnte, spürte aber mit der Zeit, dass er von dieser gemäßigten, heiteren Existenz aufgesogen wurde wie von einem Sumpf. Dieser Prozess verstärkte sich, als die finanziellen Probleme ein Ende hatten und sie sich mehr leisten konnten als das Allernötigste.

Da zeigte sich, dass ihre Wünsche durch die Jahre erzwungener Askese abgestumpft waren und jetzt weder Bettina noch Rudolf so richtig sagen konnten, was sie eigentlich wollten. Sie erfüllten gern die Wünsche ihrer Kinder und beneideten sie insgeheim darum, wie leicht sie eine unendliche Wunschkette generieren und sich über die Erfüllung jeder Kleinigkeit freuen konnten. Ihnen selbst konnte mit der Zeit nicht einmal mehr ihr freiwilliger oder erzwungener Altruismus Befriedigung verschaffen.

Vor allem das hatte Rudolf bewogen zu gehen oder vielmehr schändlich davonzulaufen, die Rolle des Ekels, Verräters und Feiglings zu spielen, was, womit er vielleicht rechnete, Bettinas Leiden mildern würde. Ihm war klar, dass er es nicht schaffen würde, einfach ruhig und bestimmt zu gehen, dafür war er nicht entschlossen genug. Und außerdem hätte ihn Bettina, wenn sie von seiner Absicht erfahren hätte, fest zwischen all ihren Gewohnheiten, Verpflichtungen, Drohungen, Klagen, Erinnerungen, Ängsten und Unsicherheiten eingezwängt. Und er hätte sich ergeben, wie er sich schon so oft ergeben hatte. Deshalb war er so und nicht anders gegangen – nach einer peinlichen Szene mit Geschrei, gegen die Wand geworfenen Tassen und sogar ein paar ausgerissenen Haarsträhnen. Danach hätte er, davon war er zumindest überzeugt, endgültig die letzten Reste von Achtung seiner Frau verlieren müssen, von den Resten ihrer Gefühle ganz zu schweigen. In dem Moment war nicht so wirklich klar, ob Bettina außer ihrem alles durchdringenden und beherrschenden Pflichtgefühl noch Gefühle hatte.

Vielleicht hoffte er unbewusst auch auf einen ganz anderen Effekt, darauf, dass sie beide durch den plötzlichen und ungerechten Verrat endlich aufwachten und sich aus den lästigen Verhaltensmustern und eingefahrenen Gesprächen befreiten, die schon durch ihre Vorhersehbarkeit nervten: Jeder von ihnen konnte mit geschlossenen Augen sagen, wie der Partner oder die Partnerin auf diesen oder jenen Satz reagieren würde, und wenn der Partner oder die Partnerin dann wirklich so reagierte, nervte das nur noch mehr.

Aber diese übertriebene und geschmacklose Inszenierung brachte natürlich keine Erleichterung, sondern das genaue Gegenteil. Obwohl sich in Bettina nun tatsächlich Emotionen regten. Genauer eine Emotion, die selbst ihr Pflichtgefühl überlagerte: Schmerz, eine in ihrer Intensität und Kraft ganz grundlegende Emotion. Sie verspürte einen Schmerz, der sich nicht in seine Einzelteile zerlegen ließ: den Schmerz des Verlustes, den Schmerz des Betrugs, den Schmerz des Hasses, den Schmerz der Enttäuschung, den Schmerz der Ratlosigkeit, den Schmerz der Selbstzweifel, der Zweifel daran, ob ihr ganzes bisheriges Leben nicht ein einziger Betrug und Fehler gewesen war. Und dieser letzte Schmerz war der stechendste. Vielleicht würde er auch am längsten anhalten, auch dann noch, wenn alle Verletzungen vorbei wären und die rettende Gleichgültigkeit käme. Oder vielmehr zurückkäme, denn gekommen war sie schon lange.

Chrystyna war sich nicht sicher, ob Bettina unbedingt wissen musste, dass ihre beste Freundin, der sie die intimsten Dinge anvertraute, auch eine von Rudolfs Geliebten gewesen war, früher, in einer harmonischeren Periode ihrer Beziehung, und sich Rudolf damals nicht zu dem entscheidenden Schritt hatte durchringen können. Und dann war Bettina zum zweiten Mal schwanger geworden, und das Thema hatte sich von selbst erledigt. Die Freundin verstand Bettina jetzt viel besser, als diese vielleicht dachte.

Wenn sie Bettina so ansah, wusste sie nicht, ob die jetzt an ihre eigene Affäre mit dem sympathischen Briefträger dachte. Das war natürlich kein ernsthafter Betrug gewesen, nicht einmal irgendeine Art von Beziehung, sondern eher Zufall. Im Übrigen war der jetzt mit einem sehr sympathischen Automechaniker zusammen und das Ganze hätte wohl sowieso nicht lange gehalten. Aber das war auch nicht mehr so wichtig.

Chrystyna wollte immer wissen, wie diese unsichtbaren Kanäle menschlicher Emotionen funktionieren, die den ruhigen Fluss rationalen Handelns und Denkens so plötzlich unterbrechen, Strudel und Stromschnellen schaffen und einen im unerwartetsten Moment an gefährliche Klippen stoßen lassen. Vor diesen rätselhaften Prozessen hatte sie eine fast religiöse Angst und hätte es nie gewagt vorherzusagen, wie sich jemand verhalten würde, wenn man in ihm wirklich starke Emotionen entfachte.

Obwohl sie gerade jetzt, da in ihrer Tasche die Zeitung lag, die ihr gleich ein Loch in den Rücken zu brennen schien, überhaupt nicht darüber nachdenken wollte. Genauso wenig wie darüber, ob Solomija geahnt hatte, dass Stefan noch eine Geliebte hatte – eine Frau aus Ternopil, die jünger war als Solomija. Chrystyna wusste das schon lange, hatte aber beschlossen, Solomija nichts zu sagen. Und nun war sie nicht sicher, was ihr die größeren Schuldgefühle verursachte: dass sie sich wieder einmal die Schuld gab an Dingen, die nicht von ihr abhingen, oder dass sie nicht versucht hatte, die Situation zu beeinflussen, aus Angst, dass sie alles nur schlimmer machen würde.

Als Bettinas Vater die Tür öffnete, dachte Chrystyna, wie dankbar sie gewesen wäre, wenn auch er heute nicht zu Hause gewesen wäre.

„Darf ich reinkommen?", fragte sie und betrachtete dabei den abgebrochenen Nagel am kleinen Finger ihrer rechten Hand.

Auf dem Tisch lief langsam das Wasser aus einem zu eifrig gegossenen Blumentopf. Chrystyna dachte daran, dass sie heute in den Bücherregalen in der Bibliothek Staub wischen müsse, was sie meist noch mehr nervte als gewöhnliches Putzen. Um sich dabei zumindest ein wenig abzulenken, teilte sie sich die Arbeit so ein, dass sie so oft wie möglich den Ort wechseln konnte. Zum Beispiel pfiff sie, während sie auf den ersten drei Regalbrettern Staub wischte, etwas aus Vivaldis „Vier Jahreszeiten", machte dann eine Pause und ging ins Badezimmer, wo sie nur den Spiegel putzte und dabei Ravels „Bolero" summte, danach ging sie in den Flur, wischte dort Staub, polierte den Spiegel am Garderobenschrank und versuchte sich an Prokofjew. Dann kehrte sie zu den Büchern zurück und begleitete die Aktion mit Wagners „Nibelungen".

Die Geschwindigkeit und Sorgfalt ihrer Bewegungen hing vom jeweiligen Repertoire ab, und die gesamte Tätigkeit sollte einer inneren Logik oder wenigstens einem rhythmischen Muster folgen. Wenn die Musik, die Chrystyna in Gedanken oder pfeifend intonierte, anspruchsvoller wurde, dann wurden auch ihre Bewegungsabläufe komplexer, wohlüberlegt und sorgfältig auf die Musik abgestimmt. Da sich ihre Bewegungen mehr an der Melodie orientierten als daran, wie sie möglichst schnell und effektiv ihre Arbeit erledigen könnte, musste sie sich wohl oder übel mit einigen Unzulänglichkeiten abfinden, die beim Putzen unweigerlich auftraten.

Sie musste eine ziemlich komplexe Logistik der Ortswechsel im Kopf behalten, diese jedes Mal nach einem anderen Prinzip anordnen und ständig ihr Arbeitstempo ändern. So wirkte die ganze Tätigkeit kompositionell vollendet, zumindest schien es Chrystyna so.

Sie machte sich keine Gedanken darüber, was wichtiger war – eine bestimmte Bewegung auszuführen, die eine entsprechende musikalische Begleitung verlangte, oder umgekehrt die Musik, an die sie ihr kleines Repertoire an Schritten anpassen musste. In ihrer Fantasie wurde das Putzen zu einer besonderen Art Amateurballett, gleichermaßen weit entfernt von künstlerischer Perfektion und angelernter Mechanik. All die komplizierten Vorbereitungen dienten nur einem einzigen Zweck: zumindest ein wenig Abwechslung in die unerträglich langweilige Arbeit zu bringen, an deren Resultaten sich andere erfreuen würden, die sie wahrscheinlich nicht einmal bemerkten, auf die sie erst achten würden, wenn alles wieder schmutzig wäre und das Ganze von vorn losginge. Zugleich aber befreite sie diese Sisyphusarbeit, zu der sie sich zwang, indem sie jedes Mal eine schmutzige Wohnung betrat und eine saubere verließ und nie umgekehrt, von etwas anderem, das unumgänglich ist, wenn man für sich selbst putzt – sie sah den Prozess der Verschmutzung nicht, musste sich über niemanden aufregen, der aus Versehen seinen Kaffee auf dem schneeweißen Teppich verschüttete, den sie doch gerade erst gereinigt hatte. Sie hatte keinen Anlass, jemanden dafür zu kritisieren, dass er wieder den ganzen Badspiegel mit Rasierschaum oder Zahnpasta vollgespritzt hatte, durchlebte keine stummen Wutausbrüche, wenn jemand auf ihre Bemerkung hin nur müde abwinkte – das lässt sich doch saubermachen, wozu die Aufregung. Manchmal dachte sie, dass es schmerzhaft wäre, diesen Prozess zu beobachten, und dass es so tatsächlich viel leichter war – ein Kaffeefleck blieb für sie einfach ein Kaffeefleck, den sie mit keiner konkreten Person in Verbindung brachte. Alle Emotionen, die vertrocknete Essensreste, blutige Binden, benutzte Kondome oder andere allzu intime Zeugnisse eines fremden Lebens hervorriefen, drückte sie in einem zur Situation passenden musikalischen Thema aus. Und das Nachdenken darüber, was genau in welcher Situation angemessen war, stellte ihre Hauptzerstreuung beim Putzen dar.

Aber beim Staubwischen in den Bücherregalen half das alles nicht, da konnte sie sich keine Handlung ausdenken. Selbst wenn sie sich in regelmäßigen oder unregelmäßigen Abständen einer anderen Tätigkeit zuwandte, musste sie doch früher oder später zu den endlosen und in dieser Endlosigkeit hoffnungslosen Reihen der Buchrücken zurückkehren, bei deren Anblick jedwede Musik langsam verstummte, überflüssig und lästig wurde. Der statische Zustand und die schiere Menge der verstaubten Buchrücken bedrückten Chrystyna und ließen sie sich elend klein und nutzlos fühlen. Außerdem war sie gegen Bücherstaub allergisch. Aus irgendeinem Grund gerade gegen Bücherstaub.

Beim Staubwischen bemerkte Chrystyna, dass eine Glühlampe durchgebrannt war. Während sie die austauschte, dachte sie daran, dass es in ihrer jetzigen Wohnung nur eine einzige Glühlampe gab, die ohne Lampenschirm dicht unter der Decke hing. Die ersten drei Tage in der neuen Wohnung konnte Chrystyna nicht verstehen, warum sie sich dort nicht wohlfühlte, bis sie diese Glühlampe bemerkte. Das Licht war im Prinzip ausreichend, wenn man nicht gerade versuchte zu lesen. Das war absolut unmöglich. Schon nach ein paar Minuten taten einem die Augen weh, als wäre feiner Sand hineingeraten, und nach einer halben Stunde gesellte sich der Kopf dazu, zuerst mit dem bekannten Pochen in der linken Schläfe und dann im ganzen Kopf, und wenn sie nicht sofort aufhörte zu lesen, hatte sie bald richtig Migräne und dann war an Schlaf nicht mehr zu denken. In jedem Winkel des Zimmers, selbst wenn sie der Lampe den Rücken zudrehte, spürte sie geradezu körperlich, wie sie das Licht mit unsichtbaren Spitzen durchbohrte. Irgendetwas störte sie in diesem Zimmer, dessen Beleuchtung so fantasielos und unangenehm grell war. Und bereits am vierten Tag hatte sie diverse Tisch- und Wandlampen gekauft und sie überall im Zimmer verteilt. Die Lampe unter der Decke ließ sie hängen. Jetzt war es ein bisschen besser, aber irgendetwas bedrückte sie immer noch. Manchmal hatte Chrystyna den Eindruck, dass es nur um ein paar Zentimeter ging – wenn die Lampe zehn Zentimeter weiter links oder rechts hängen würde, wäre wahrscheinlich alles in Ordnung. Dabei hing sie genau in der Mitte, und das verursachte ein körperliches Unbehagen, das zu sehr an eine halluzinatorische Psychose grenzte, als dass Chrystyna irgendjemandem von ihren geheimen Problemen mit der Glühlampe erzählt hätte. Sie versuchte auch nicht weiter, sie mit Lampenschirmen oder Zusatzbeleuchtung aufzulösen.

Die Glühlampe störte zudem nur sie. Solomija war mit der Beleuchtung voll und ganz zufrieden, sie studierte seit ihrer Ankunft vor allem die kostenlosen Werbeprospekte der Supermärkte, um zu planen, wo sie in ihrer arbeitsfreien Zeit was am billigsten kaufen könne. Solche Prospekte brachte Chrystyna gerade in einer großen grünen Tonne vor das Haus. Die Papiertonne wurde einmal wöchentlich geleert und man durfte nicht vergessen, sie rechtzeitig rauszustellen. Bettina und Rudolf und auch Bettinas Vater warfen die Prospekte weg, ohne sie zu lesen. Offensichtlich gingen sie nicht auf Schnäppchenjagd.

Für die Arbeitsmigranten waren die Ausverkäufe so ziemlich die einzige Freizeitbeschäftigung und beanspruchten auch ihre gesamte Freizeit – ebenso wie die letzten Reste des ohnehin schon begrenzten freien Raumes in den Wohnungen. Solomija klagte oft, dass die Supermarktbesuche all ihre Ersparnisse auffraßen, denn so sehr sie sich auch bemühte, immer nur das Allerbilligste zu kaufen, stellte sie jedes Mal, sobald sie ein Geschäft betrat, fest, was ihr, Ostap und ihrer Mutter, bei der ihr Sohn nun lebte, alles noch fehlte, sodass sie nach jedem dieser Besuche ihr gesamtes Geld los war und das Geschäft ganz unglücklich wieder verließ, denn je mehr und billiger sie einkaufte, desto schmerzlicher wurde ihr bewusst, wie viele dringend benötigte Dinge immer noch in den Regalen warteten.

Bei Chrystyna war das zu Anfang ganz genauso gewesen, aber seit kurzem fühlte sie sich im Supermarkt wie an einem üppig gedeckten Tisch, wo sie bei der Erkenntnis, dass es einfach zu viel zu essen und zu trinken gab und sie nicht einmal die Hälfte davon probieren würde können, plötzlich den Appetit verlor und nur noch daran denken konnte, dass ihr am nächsten Tag von all den Leckereien sehr schlecht sein würde. Dieser Gedanke war so aufdringlich, dass er alle anderen überlagerte und ihr das Vergnügen endgültig verdarb. So war auch jedes Bedürfnis, etwas zu kaufen, schlagartig verschwunden, sobald sie sich zwischen den endlosen Regalen und Auslagen wiederfand, wo das Überangebot jedwede Entscheidung zugunsten des einen oder anderen Gegenstandes zweifelhaft erscheinen ließ und aus der Freude am Einkaufen die Qual der Wahl wurde.

Ebenso schwer fiel es Chrystyna, sich in einer fremden Bibliothek ein Buch auszusuchen. Oder in einer öffentlichen Bibliothek, wo die Bücher nach dem Alphabet oder thematisch aufgestellt waren und nicht nach einer von irgendwem speziell erdachten Ordnung. In der Montagswohnung wurden die Bücher zum Beispiel nach den Jahren, in denen sie gekauft wurden, angeordnet, da ihre Besitzer keine Zufallskäufe tätigten und sich immer erinnern konnten, wann sie das eine oder andere Buch ungefähr gekauft hatten. Beim Staubwischen vertiefte sie sich immer häufiger in die Titel, hinter denen sich verschiedene Lebensereignisse verbargen, und versuchte zu ergründen, was gerade in der Familie passiert war, als sie zum Beispiel diese Ausgabe des „Zauberbergs" gekauft hatten. Die Geburt des ersten Kindes? Oder des zweiten? Und was hatte sie veranlasst, die gesammelten Werke Dostojewskis zu erwerben? Ein Streit? Ein Betrug? Langeweile? Ein zu kalter Winter? Langsam versöhnte sie das selbst mit der Prozedur des Staubwischens, und sie sah das Ganze nicht mehr so negativ wie früher. Vor allem nicht, wenn sie rechtzeitig daran dachte, ihre Allergietabletten zu schlucken.

Früher hatte Chrystyna auch geglaubt, dass sie von einer Unzahl unbedingt notwendiger Dinge umgeben war und alles nur Mögliche unternehmen müsse, um wenigstens einen Teil davon zu besitzen. Damals dachte sie, dass jeder neue Gegenstand oder Lebensmittelvorrat ihr in Zukunft Zeit und Kraft ersparen würde. Auch ihre Schränke waren damals voller unnötiger Zufallskäufe, die sie sofort wieder vergaß.

Mittlerweile war ihr klar, dass es sich dabei eher um nicht vollständig bewusste Mechanismen handelte, die

die Psyche beherrschten. Unabhängig von ihrem Denken hatte ihre Psyche eine Armutsgrenze, wie es Chrystyna für sich nannte, eingerichtet. Alles, was weniger kostete und somit darunterlag, war als „erlaubt" markiert, und alles, was teurer war, als „verboten". Dieser Mechanismus war allerdings nicht ganz eindeutig, so verbot er zum Beispiel, ein Paar Jeans für vierzig Euro zu kaufen, aber drei Paar für je zehn Euro erlaubte er. Für die „gesparten" zehn Euro wurde dann noch etwas völlig Überflüssiges gekauft, zum Beispiel ein viertes Ersatzportemonnaie – und das nur deshalb, weil es früher fünfzig Euro gekostet hatte und jetzt nur noch neun Euro neunzig. Und so kam Chrystyna statt der erträumten Jeans, die immer noch unerreichbar teuer schienen, in den Besitz von vier nutzlosen Dingen, die im Schrank darauf warteten, ein- oder zweimal angezogen und dann durch ebenso beliebige Modelle einer anderen Kollektion ersetzt zu werden. Sie versuchte sich selbst davon zu überzeugen, dass es ihr in Wirklichkeit nicht nur um das Geld für teurere Anschaffungen leidtat, sondern dass sie auch daran dachte, was sie morgen oder übermorgen tragen und essen würde. Dann versuchte sie sich damit zu rechtfertigen, dass es sich bei einem Hang zu sinnlosen Käufen um eine Kompensation für die Jahre handelt, wo man nicht einfach kaufen konnte, was man wollte. Tatsächlich aber hing sie zwischen dem Herumstochern in der Vergangenheit und ihren Vorbereitungen auf die Zukunft fest und mied die Gegenwart, um nicht schon jetzt eine Entscheidung treffen zu müssen, den Moment ein für alle Mal zu durchleben, sich keine Illusionen zu machen, dass man etwas ins Reine schreiben könne, sich auf das Unbekannte vorbereiten, schwierige Entscheidungen im Voraus treffen und Probleme vermeiden könne, von deren Existenz man noch nicht wusste.

Den Augenblick, in dem sie sich dessen bewusst geworden war und sich verboten hatte, weiter so zu handeln, hatte Chrystyna noch gut in Erinnerung. Das war ungefähr zwei Jahre nach ihrer Ankunft in Deutschland gewesen. Sie hatte in einem Geschäft zufällig zwei Ukrainerinnen gesehen, die schlecht genähte Jacken aus dem Winterschlussverkauf anprobierten und einen Dialog wiederholten, den Chrystyna eine Woche zuvor mit sich selbst geführt hatte, als sie genau die gleiche Jacke gekauft hatte. Jetzt trug sie sie schon eine Woche und gab sich Mühe, nicht aus Versehen in einen Spiegel zu schauen. Wie zu erwarten gewesen war, saß die Jacke schlecht, und Chrystyna sah darin fünf Kilo dicker und fünf Jahre älter aus. In Gedanken lachte sie abschätzig, als sie den beiden zuhörte, und hielt den unbekannten Kolleginnen eine Moralpredigt darüber, dass es sinnlos sei, zehn Euro an einer Winterjacke zu sparen, die man ein paar Jahre trägt, und dass es viel besser wäre, an etwas anderem zu sparen und sich dafür eine Jacke zu kaufen, die man gern trägt, schließlich würde davon nicht nur die Stimmung, sondern auch der potentielle Verdienst abhängen: Eine unsichere Frau, die sich vor ihrem eigenen Spiegelbild fürchtet und sich nicht traut, den Preis ihrer Arbeit zu nennen, würde niemand achten und sie entweder gar nicht erst einstellen oder nicht entsprechend bezahlen.

Und erst, als sie das alles in Gedanken formulierte, blieb Chrystyna plötzlich stehen und betrachtete sich aufmerksam im nächsten Spiegel. Das Bild einer erschöpften, unausgeschlafenen Vierzigjährigen mit einem ängstlich umherirrenden Blick machte ihr bewusst, dass das alles nicht nur auf die beiden Frauen zutraf, sondern vor allem auf sie selbst.

Von dem Moment an begann sie einen erbitterten Kampf gegen den Mechanismus in ihr und ließ nicht mehr zu, dass ihre Psyche diese Armutsgrenze zog. Langsam gewöhnte sie sich daran, nicht mehr darüber nachzudenken, was sie noch alles kaufen müsste, sondern eher darüber, worauf sie noch verzichten könnte. Das erwies sich als der angenehmere, produktivere und aussichtsreichere Weg. Auf einmal hatte sie wieder Freizeit und sogar ein paar Ersparnisse. Und vor allem war sie sich sicher, dass sie alles Notwendige besaß.

Das Putzmittel, mit dem Chrystyna die Bücherregale abwischte, hatte einen ganz speziellen Geruch, von dem ihr schwindelig und der Schmerz in den Fingern stärker wurde.

Ihre Finger hatten ihr wehgetan, solange sie sich erinnern konnte. Zuerst waren das nur Probleme mit den Gefäßen, die sich als leichtes Zwicken in den Fingerspitzen bemerkbar machten. Sie waren nicht gut durchblutet, und jeder, der Chrystyna die Hand gab, zuckte erschrocken zurück und rief: „Du hast aber kalte Hände!"

An die kalten Hände hatte sie sich gewöhnt, und das Zwicken in den Fingerspitzen beachtete sie nicht weiter, es zwickte ja auch nur im Winter, wenn sie lange in der Kälte war. Da halfen auch die dicksten Handschuhe nicht. Ihre Zehen waren ebenso kalt, und Chrystyna schlief sogar im Sommer mit Socken. Sie brauchte nur kurz barfuß auf dem kühlen Boden zu stehen und schon waren ihre Zehen eiskalt und sie fand lange keinen Schlaf, während sie vergeblich versuchte, sie warmzumassieren. Manchmal wachte sie nachts von einem plötzlichen Zucken auf, das ihren ganzen Körper wie feine Nadelstiche durchzog. Der Schmerz sackte langsam nach unten, bis er sich in den Fußsohlen sammelte und Chrystyna zwang, die Füße hin und her zu bewegen und manchmal sogar aufzuspringen. Wenn der Krampf dann endlich vorbei war, konnte Chrystyna nur selten wieder einschlafen.

Dann ging sie in die Küche, kochte sich einen Lindenblütentee, sah aus dem Fenster und betrachtete aufmerksam die ersten grauen Streifen am dämmrigen Himmel.

Meist wachte Chrystyna noch vor Morgengrauen auf, und die erwartungsvolle Stimmung, die um diese Zeit in der Luft lag, ließ sie nicht wieder eindösen. Erst gegen acht ging der Tag in die Routine des grauen, fahlen Lichts über, der eiligen Passanten, des Bewusstwerdens eines neuen Tagesanfangs. Um diese Zeit wollte sie immer unbedingt wieder einschlafen und diese öde Hast verschlafen, bis sich gegen Mittag draußen die Träge vor dem Mittagessen breitmachte, wenn die Mütter und Babysitterinnen ihre Kinder aus den Sandkästen holten, ihnen ein Bonbon versprachen, wenn sie brav ihrem Borschtsch aufessen würden, und sich dann einen gemütlichen Kaffee mit der Nachbarin gönnten, während das Kind Mittagsschlaf machte, bevor sie dann die nachmittäglichen Einkäufe oder die morgige Wäsche planten. In solchen Augenblicken lebte etwas in Chrystyna auf, ihre Fähigkeit, sich auf die eigenen Gedanken zu konzentrieren, kehrte zurück, es bestand keine Notwendigkeit, irgendwohin zu rennen, um den Tag mehr oder weniger gelungen zu beginnen oder zu beenden. Die vormittägliche Siesta befreite von dieser Pflicht, selbst wenn Chrystyna sich in Wirklichkeit erst im Morgengrauen wieder hingelegt hatte und zum zweiten Mal gegen elf aufgewacht war. Und das passierte oft, der Unterricht in der Musikschule begann ja erst nachmittags.

Meist verbot sie sich langes Ausschlafen, kamen doch nach einem ruhigen späten Morgenkaffee mit schöner Musik und einem guten Buch unweigerlich die Gewissensbisse wegen allem, was sie nicht geschafft hatte, und das verdarb ihr die Laune für den Rest des Tages.

Jetzt gab es solche faulen Morgen nicht mehr. Und selbst wenn es ihr gelang, ein paar zusätzliche Stunden Schlaf zu bekommen, hätte sie doch nie die Atmosphäre der eigenen, einsamen Wohnung herstellen können, der bis ins letzte Detail vertrauten Aussicht aus dem Fenster, das Gefühl völliger Harmonie, das der in der Kupferkanne gekochte Kaffee verströmte und das die zum Wetter, zur Stimmung und zum Buch passende Musik ergänzte.

Zum Kaffeetrinken gingen sie und Solomija in letzter Zeit öfter in den Park. Sie nahmen den Kaffee in der Thermosflasche mit, kauften unterwegs in der Konditorei Kuchen und ließen sich im Sommer auf dem Rasen und im Winter auf einer Bank nieder. Schweigend tranken sie ihren Kaffee und betrachteten die Passanten. Sie spielten, wer in einer bestimmten Zeit die meisten Typen einer bestimmten Sorte sieht, zum Beispiel kahlköpfige und dickbäuchige Männer oder vollbusige Blondinen oder kleine Jungen mit Geige oder kleine Mädchen mit ihrer Oma. Manchmal fand Chrystyna dieses Spiel und den Kaffee im Park sogar amüsanter als das einsame morgendliche Kaffeetrinken in ihrem früheren Leben vor ihrer Zeit als Arbeitsmigrantin. Allerdings brachte es sie nie in philosophische Stimmung und sie spürte, dass ihr die Zeit für produktives Lesen fehlte, ein Lesen, das zum Denken und Analysieren zwingt und nicht einfach nur Zeitvertreib und Erholung nach körperlicher Arbeit ist. Die Zeit fehlte ihr auch für die abendlichen Konzerte nur für sich allein, die für sie zu Hause eine feste Gewohnheit gewesen waren. Ganze Partituren hatte sie einstudiert, ohne konkrete Absicht, spielte sie nicht einmal ihren Freunden vor. Einfach nur, um sich selbst zu beweisen, dass sie das konnte. Das half damals, ihre Freizeit sinnvoll zu verbringen und nicht daran denken zu müssen, dass sie keine anderen Pläne für den Abend hatte. Eine Art Flucht vor der allzu grauen, eintönigen und perspektivlosen Wirklichkeit. Sowohl damals als auch jetzt war nahezu ihr ganzes Dasein auf diese Flucht ausgerichtet. Nur dass sie früher davor geflohen war, sich dem Grau der äußeren Existenz auszusetzen, dieses Grau in sich hineinzulassen und diesen charakteristischen schweren Blick anzunehmen, der

Menschen eigen ist, die völlig von dem Grau beherrscht sind. Jetzt musste sie eher vor sich selbst fliehen, vor all dem, was sich doch in ihrem Innern hatte einnisten können und ganz plötzlich alle Bemühungen, sich an der sorgfältig getünchten Fassade der jetzigen Wirklichkeit zu erfreuen, zunichte machen konnte. So sah ihr Leben jetzt aus – oberflächlicher, weniger belastend, leichter in allen Bedeutungen dieses Wortes, selbst in den negativen.

Chrystyna schätzte und übernahm die hiesige Gewohnheit, mit diversen Kleinigkeiten die Laune zu heben – mit Farben, Düften, Geschmäckern, oder einfach nur der Art zu sprechen – ruhig, freundlich und wohlwollend. Sie war davon überzeugt, das alles würde wirklich helfen. Und mit den Jahren war diese ständige und unermüdliche Flucht vor dem äußeren oder inneren Grau, vor unnötigem Ärger und Anspannung, vor Angst und Unsicherheit für sie zum Sinn des Lebens geworden. Dieser winzige und bescheidene Sinn, dieses Gefühl von Harmonie, das so schwer zu erlangen und so leicht wieder zu verlieren war, dass es bisweilen unerreichbar schien, reichte ihr völlig aus.

Manchmal wunderte sie sich, wie leicht und schmerzlos sie sich von ihrem früheren Leben verabschiedet hatte, das jetzt so weit entfernt und irreal wirkte wie die Fotos in einem fremden Album. Als hätte sie den Fluss auf einer Brücke überquert, die schon längst hätte einstürzen müssen und dann auch eingestürzt war, direkt hinter ihr, aber da war keine Trauer, dass sie nicht zurückkonnte, vielmehr Erleichterung, dass sie es noch auf die andere Seite geschafft hatte. Sie verspürte tatsächlich keinerlei Nostalgie und verglich, im Gegensatz zu vielen ihrer Bekannten, nie „hier“ und „dort“, darin sah sie keinen Sinn, ebenso wenig wie in den endlosen Litaneien der Arbeitsmigranten, dass „dort“ niemand ihre Opfer schätzen und sie „hier“ niemand angemessen bezahlen würde und dass sie schon gar nicht mehr wüssten, wo es schlimmer sei – hier oder dort, und ob sie zurückgehen oder bleiben sollten, und dass sie ja zurückgehen würden, „wenn“, aber blieben, „weil“. Dabei waren diese „Wenns“ und „Weils“ nur imaginierte Grenzen, die niemand vorhatte zu überqueren. Es war nur viel einfacher, alle Probleme auf eine geographische Ebene zu verlagern und sich damit zu trösten, dass man die Geographie nicht beeinflussen konnte.

Natürlich wollte sie manchmal ihre Lwiwer Lieblingsstraßen entlanglaufen und ihre Bekannten und Verwandten wiedersehen, aber das war ungefähr das Gleiche wie an einem grauen Herbst- oder Wintertag ans Meer fahren zu wollen – abstrakt und stimmungsabhängig, und wenn man dann wirklich am Meer war, achtete man weniger darauf, wie das Wasser im grellen Sonnenlicht funkelte, als vielmehr auf den überfüllten Strand, die unerträgliche Hitze, die Langeweile, den Lärm der Urlauber, die ungemütliche Atmosphäre und die verbrannte Haut. Und fuhr man dann vielleicht sogar jedes Jahr ans Meer, dachte man selbst an einem Herbst- oder Wintertag an all die unangenehmen Dinge und fühlte sich plötzlich, wenn es draußen regnete, in seinem bequemen Sessel ganz wohl.

Chrystyna hatte sich nie angewöhnt, ein Vergnügen an der Summe des dafür ausgegebenen Geldes zu messen, wie das hier und in letzter Zeit auch zu Hause üblich war. Vielleicht machte das auf gewisse Weise immun und gab keinen Anlass, sich schlecht zu fühlen, weil in ihrer Kindheit die Möglichkeiten und in ihrem jetzigen Leben das Geld fehlten. Chrystyna war immer in der glücklichen Lage gewesen, das schätzen zu können, was sie hatte, und nicht dem hinterherzutrauern, was sie nicht bekam. Sich diese Überzeugung zu bewahren, war nicht einfach, aber sie war in der Hinsicht diszipliniert – genauso wie in der täglichen Morgengymnastik. Und sogar, wenn sie bedrückt war, sich selbst bemitleiden oder von jemand anderem bemitleidet werden wollte, zwang sie sich, nicht nur die Dinge aufzuzählen, für die sie Mitleid verdiente, sondern auch alles, womit sie im Vergleich zu vielen anderen Glück gehabt hatte. Und das half – genauso wie die Morgengymnastik.

Die ersten Schwellungen an ihren Fingergelenken hatte sie bereits kurz nach ihrer Ankunft bemerkt. Sie hatte damals zusätzlich zu ihrer Arbeit bei Marianna noch einen Job in einer Firma gefunden, die Büros reinigte. Arbeit gab es genug, und der Eigentümer zahlte etwas mehr als die Leute, bei denen sie zu Hause putzte. Chrystyna musste das Geld für die Reise zurückzahlen und war bereit, so viel wie möglich zu arbeiten. Nach zwei Wochen merkte sie, dass ihre Finger stark angeschwollen waren.

Auch der Eigentümer der Firma, der mit ihr zusammen zu den Kunden fuhr, hatte bemerkt, dass es Chrystyna schwerfiel, einen Wassereimer zu halten, weil sie ihre Finger fast nicht krümmen konnte, und empfahl ihr, Handschuhe zu tragen und etwas gegen Allergien einzunehmen.

Aber das half nicht. Eine andere Arbeitsmigrantin aus der Ukraine, die von Beruf Ärztin war, diagnostizierte Arthritis und lächelte nur traurig, als Chrystyna fragte, wie das zu heilen sei. Dann sagte sie mit dem gleichen traurigen Lächeln: „In der Regel wird empfohlen, die Hände nicht in kaltes Wasser zu tauchen, Vitaminpräparate einzunehmen und die Hände zu massieren."

Jetzt wie damals lächelte Chrystyna in Gedanken zurück und wischte das nächste Regalbrett ab. In anderthalb Stunden würde sie hier fertig sein. Der Gedanke daran und an das übliche Montagabendbier mit Eva wärmte sie für gewöhnlich. Aber nicht heute. Heute dachte sie mit Schrecken daran, wie sie nach Hause kommen und die Tür aufschließen würde, in der Hoffnung, dass ihr Solomija entgegenkam. Dann würde sie in die Wohnung gehen und in jede Ecke sehen, selbst unter das Bett. Und irgendwann aufgeben und doch Eva anrufen und sie um Hilfe bitten. Aber jetzt musste sie versuchen, nicht daran zu denken. Zunächst lag noch einige Zeit sicherer Beschäftigung vor ihr – Staub wischen, Fenster putzen, die Bücher abwischen.

Um sich abzulenken, dachte Chrystyna daran zurück, wie sie letzten Sonntag mit Solomija in der griechisch-katholischen Kirche gewesen war, wohin diese sie schon lange mal mitnehmen wollte.

Hinter Chrystyna saßen zwei Frauen Mitte zwanzig, die den gesamten Gottesdienst über miteinander flüsterten.

„Wo bistn du her?", fragte die eine.

„Rawa-Ruska. Und du?"

„Noch weiter."

„Der Bus kam ewig nich, mir is echt schon der Schweiß in die Hosen gelaufen", beklagte sich die andere.

„Biste Linkshänderin?", wollte die Erste wissen.

„Ja", antwortete die Zweite.

„Ich setz mich beim Essen nie neben Linkshänder, mein Bruder is auch so einer, und der schubst am Tisch, schlimm is das."

„Wieso das denn? Man muss einfach ordentlich essen", sagte die Linkshänderin verwundert. „Der is einfach nich gut erzogen. Also, mein Mann zum Beispiel, der trinkt zwar nich, dafür isst er aber anständig viel. Und is ganz klein. Das is aber auch gut so. Einen größeren würde ich gar nich sattkriegen."

„Also meiner is so um die dreißig", fuhr die Nicht-Linkshänderin verträumt fort. „Und als Persönlichkeit is der gar nich mal so schlecht, aber als Mann unfertig."

„Hä?“, die andere verstand nicht. „Steht er nich?“

„Nee. Wie soll ich dir das erklären. Also, bei Tante Olja sind die Warenyky immer ganz, und bei deiner Oma eben nich. Wie halbe Warenyky. So is das mit ihm auch.“

„Hab ich jetzt irgendwie nich so ganz verstanden.“

„Ich weiß nich, was ich machen soll. Ich mag doch eigentlich Ältere. Aber der is so unfertig, echt.“

Die Frauen schwiegen eine Weile, und dann sagte die Linkshänderin mit verträumter Stimme: „Weißte, ich musste da auch grade an so eine Geschichte denken. Das war was. Soll ich's erzählen?“

„Na klar, is doch eh öde, hier rumzusitzen“, sagte die Nicht-Linkshänderin.

„Also. Da war ich noch ganz jung. Meine Mutter war da grade gefahren. War sogar noch illegal. Na, und ich war natürlich gleich die Coolste von allen. Und hab dann einen Typen kennengelernt. So ein halbes Jahr lang bin ich mit dem gegangen. Mal haben wir uns gezofft, dann war Schluss, dann doch wieder nich. Sogar heiraten wollten wir, und unsre Eltern kannten sich schon und alles, aber dann hatte ich ne Affäre. Ich weiß nich mal mehr, wie das gekommen war, is halt manchmal so im Leben.“

„Ach, echt?“, die Nicht-Linkshänderin war ganz Ohr. „Und mit wem? Wie war'n der so?“

„Na so ganz anders als der. Der war ja blond gewesen, und ich fand ja dann braunhaarig voll gut. Aber das war alles nichts Ernstes, hat auch echt nich lange gehalten. Aber Affäre bleibt Affäre. Und ich konnte das echt nich lange für mich behalten. Also hab ich ihm alles erzählt und gesagt, er soll mir das verzeihen, weil es hat mir ja echt leidgetan, und er hat mir dann auch verziehen.“

„Hat er dich geschlagen?“, fragte die Nicht-Linkshänderin mitfühlend.

„Fast gar nich.“

„Echt? Gibt's ja nich.“

„Danach haben wir immer mal wieder zusammengewohnt und waren auch ganz dicke. Das is alles noch in der Ukraine über die Bühne gegangen."

„Über was für ne Bühne denn?" Die Nicht-Linkshänderin verstand nicht so ganz.

„Gar keine. Das heißt ‚is passiert'."

„Was du nich alles weißt", sagte die Nicht-Linkshänderin beeindruckt.

„Aber meine Mutter fand ihn dann auf einmal gar nich mehr gut und wollte nich, dass ich in der Ukraine bleib, und da musste ich dann weg, aber ich hab mich bemüht, dass ich nich so weit weg geh, und bin dann hierher", fuhr die Linkshänderin fort. Sie kam jetzt richtig in Fahrt und versuchte, sich immer gewählter auszudrücken: „Genau zwei Wochen nach meiner Abfahrt hat er mir am Telefon einen Antrag gemacht und ich hab ja gesagt. Meiner Mutter hab ich nichts von unserer Verlobung erzählt. Später is Mama dann hier weggegangen, und ich bin geblieben und hab gearbeitet, ganz allein, ohne Freunde und alles. Ich war auch sehr krank, aber das hab ich alles allein durchgestanden. Und dann hab ich erfahren, dass mein Freund eine Neue hat. Das war vielleicht ein Schock!"

„Echt!" Hinter Chrystyna wurde intensiver auf der Bank herumgerutscht. Vielleicht vor lauter Aufregung.

„Ich hab ja wirklich versucht, ihm nich zu schreiben und nich anzurufen", erzählte die Linkshänderin weiter. „Aber das ging einfach nich. Ich hab ihm dann geschrieben, dass ich weiß, dass er eine Neue hat, aber dass mir das egal is, weil ich ohne ihn nicht leben kann! Und da hat er mir geantwortet, dass er für sie nichts empfindet und dass das alles im Suff war und dass er mich liebt und nich sie, und dann hat er sich noch am gleichen Tag von ihr getrennt! Er hat mir dann sogar gezeigt, dass er alle ihre SMS gelöscht hat. Und sie hat ihm immer noch geschrieben und versucht anzurufen. Also, das war echt korrekt von ihm."

„Ein Idiot war das, wieso hast du das denn nicht gemerkt", die Nicht-Linkshänderin konnte sich nicht beherrschen. „Gott, verzeih!", fiel ihr dann offensichtlich ein, dass sie in der Kirche war.

„Ich hab dir doch gesagt, ich war noch voll jung. Als ich dann so fünf Monate hier war, da bin ich zu ihm in die Ukraine gefahren. Wir haben das so gemacht, dass das niemand mitkriegt, damit's keinen Skandal gibt, da haben uns Freunde geholfen. Na und da sind wir dann in die Kneipen und Discos und so. Ich war ja ganz schön verknallt. Und dann hab ich ihn so was von vermisst. Nach einer Woche bin ich wieder zurück, aber da hatte ich schon keine Arbeit mehr und große Probleme mit der Gesundheit, und da hat Mama gesagt, ich soll zu ihr kommen. Ich hab gesagt, ich will nich, mir fällt schon was ein, aber das hat alles nich geklappt, und da musste ich zu Mama fliegen. Und Mama hat mir nich erlaubt, das Kind zu behalten, und da musste ich dann abtreiben. Und das is hier ganz schön teuer, also sind wir zurück in die Ukraine. Zum Glück ging das alles ohne Komplikationen, aber von da an war meine Mutter noch mehr gegen ihn."

„Also, ich hätte ihm ja die Eier abgerissen, wenn ich deine Mutter wäre!", echauffierte sich die Nicht-Linkshänderin.

„Also, das war für ihn ganz schön schwer, weil er wusste ja, dass das nich einfach wird, zu ihm in die Ukraine zu fahren. Und Mama und ich, wir streiten uns immer, manchmal reden wir wochenlang nich miteinander. Ich war damals vielleicht so einen Monat bei Mama, und die ganze Zeit hab ich zu Hause gesessen, konnte grade mal noch einkaufen gehen, und das auch nur einmal die Woche, damit ich dann nich mehr losmuss. Die ganze Zeit hab ich an ihn gedacht, wir waren dann immer über Internet in Kontakt, und er hat gesagt, dass er mich liebt. Dann hab ich's nich mehr ausgehalten und Mama gebeten, dass sie mich in die Ukraine lässt. Mama fand das gar nich gut, aber mein Stiefvater hat gesagt, dass ich für kurz fahren kann. Ich dachte dann, wenn ich da bin, suche ich Arbeit und eine Wohnung und bleibe dann bei ihm, er hat ja damals auch schon gearbeitet und war ja auch schon fast achtzehn. Und er hat gesagt, dass er einverstanden is, aber wenn ich bei ihm in der Ukraine bleibe, dann würden mir meine Eltern überhaupt nich mehr helfen, und meine Mutter stellt mich vor die Wahl: entweder sie oder er. Damals dachte ich ja noch, mir is schon klar, dass das hart wird, aber ich bin ja selbstständig. Meine Mutter war ja immer im Ausland gewesen und ich bin allein aufgewachsen, und kaum war sie mal für ein paar Tage da, da hat sie mir gleich die Schuld an allen ihren Problemen gegeben. Wir können immer noch nich lange zusammen sein, das is die reinste Hölle. Aber mit ihm, da haben wir ja zusammen echt was durchgemacht: Affären, Depressionen, sogar Selbstmord. Bei mir war das zwei Mal: Einmal, da wollte ich vom Dach springen, das war, weil ich mit meiner Affäre nich klargekommen bin, und da kam er dann angerannt und hat geweint und gesagt, ich soll das lassen, weil er mich ganz doll liebt und nich ohne mich leben kann und wenn ich springe, dann springt er hinterher. Da hab ich's mir dann anders überlegt. Das nächste Mal war dann, als ich ihm von der Affäre erzählt hab und er mich nicht sehen wollte und sich ganz verschlossen hat. Da hab ich dann auf dem Weg zur Schule Tabletten geschluckt, und in der Schule, da is mir dann schlecht geworden. Mama hat angerufen und gefragt, was los is. Da hab ich ihr gesagt, dass ich Tabletten geschluckt hab und nich ohne ihn leben will, und da hat Mama ihn dann angerufen und gebeten, er soll mich überreden, nach Hause zu gehen, aber das hab ich nich gemacht. Und da is er zu mir in die Schule gerannt gekommen und hat mich bis nach Hause gebracht. Und nach dieser Geschichte mochte Mama ihn noch weniger."

„Du bist ja echt cool!"

„Ich hatte dann mit Mama wieder Zoff, als ich gesagt hab, dass ich zurück in die Ukraine will, weil ich ihn liebe und nich hier bleiben will. Und da hat sie ihn dann dauernd angerufen und erst gebeten, dass er Schluss macht, und dann hat sie ihm gedroht, sie zeigt ihn an, weil wir hatten ja was miteinander, und ich war noch minderjährig, aber er hat gesagt, dass alles von mir abhängt. Da hab ich dann beschlossen, für eine Weile zu fahren, damit sich die Lage beruhigt. Ich hab dann sogar an so eine Zeitschrift geschrieben und um Rat gefragt, wie ich mich entscheiden soll: für meine Mutter, die immer nur lügt und in dieser Lüge und mit einer sicheren Zukunft im Ausland lebt und mit der ich mich ständig streite, oder für den, den ich liebe, der alles für mich tun würde und mit dem ich sogar verlobt bin und schon so viel durchgemacht habe und nach all dem können wir nich ohne einander sein. Das hab ich da alles hingeschrieben, kannste dir das vorstellen? Und unterschrieben mit: ‚Frau, 15 Jahre'."

Die Frauen kicherten fröhlich und waren dann still, sehr lange sogar, fast bis zum Ende des Gottesdienstes.

***

Chrystyna hatte den Eindruck, dass sich in den fünf Stunden, die sie erst bei Rudolf und Bettina und dann bei Bettinas Vater geputzt hatte, die Straße, in der ihr Haus stand, bis zur Unkenntlichkeit verändert hatte.

Die Zeit zog sich heute besonders lang hin. Chrystyna konnte schwer sagen, was in ihr stärker war: die Angst und die Ungeduld, so schnell wie möglich erfahren zu wollen, was mit Solomija geschehen war und warum es so unerwartet und ohne erkennbare Anzeichen geschehen war, oder im Gegenteil der Wunsch, die Zeit so lange wie möglich auszudehnen, in der sie noch von nichts wusste, außer von dieser Zeitungsnotiz, die sich doch auf wundersame Weise plötzlich als falsch erweisen könnte. Willkürlich griff Chrystyna in die Tasche, auf deren Boden immer noch bedrohlich die Morgenzeitung raschelte.

Von Bettinas Haus zur Wohnung des blinden Musikwissenschaftlers Mikschunesku, wo sie heute noch putzen musste, fuhr sie meist mit der Straßenbahn. Dann hatte sie noch Zeit, ein bisschen spazieren zu gehen, in ihrem Lieblingsladen mit dem iranischen Silberschmuck vorbeizuschauen, einen Kaffee zu trinken oder einfach nur auf dem kleinen Platz auf einer Bank zu sitzen. Aber heute beschloss sie, zu Fuß zu gehen. Vielleicht würde das helfen, den Kloß im Hals hinunterzuschlucken und zu entscheiden, was sie nach der Arbeit tun sollte. Einfach nach Hause fahren, Eva mitnehmen oder schon jetzt Stefan anrufen und ihn fragen, was da eigentlich passiert war. Aber je mehr Chrystyna versuchte, sich auf die Frage zu konzentrieren, was sie tun sollte, desto weniger Kraft schien sie für irgendetwas zu haben. Sie war rein körperlich nicht in der Lage, Stefans Nummer zu wählen, das Putzen abzusagen, die rettende Alltagsroutine, die es ihr ermöglichte, alles, woran sie nicht glauben mochte, noch ein paar Stunden aufzuschieben, auch nur einen Schritt zu verlassen.

Chrystyna lief durch das adrette Villenviertel, das noch gebaut worden war, bevor Energiesparmaßnahmen in Mode kamen. Die Gebäude waren alle unterschiedlich entworfen, die Räume großzügig geschnitten, und durch die bodentiefen Fenster blickten die Eigentümer auf die umliegende Landschaft und den schmalen Weg, der sich zwischen den Häusern entlangschlängelte und auf dem nur selten Fußgänger liefen.

Um zu Rolf Mikschuneskus Anwesen zu gelangen, musste man am Zaun klingeln. An der Klingel war ein Schild mit der Aufschrift „Doktor der Philosophie“ angebracht, und an genau so einer Klingel an der Tür zum Vorzimmer ein identisches, nur mit der Aufschrift „Doktor der Philologie“. Chrystyna hatte sich nie getraut, Rolf Mikschunesku zu fragen, wie viele Doktortitel er eigentlich führte, da er selbst sich ihr als emeritierter Professor der Musikwissenschaft vorgestellt hatte. Er war erblindet, nachdem er sich auf einer musikwissenschaftlichen Expedition nach Afrika mit einem exotischen Virus infiziert hatte. Rolf Mikschuneskus Spezialgebiet war die Folklore afrikanischer Stämme. Jetzt unterrichtete er zwar nicht mehr, führte aber weiterhin ein sehr aktives Leben, lernte die Brailleschrift und die dazugehörigen Computerprogramme und hatte sein Haus nach dem neuesten Stand der Technik so ausgestattet, dass auch ein alleinstehender Blinder darin bequem leben konnte.

Neben Chrystyna arbeiteten noch ein Gärtner und eine Haushälterin bei ihm. In Haus und Garten herrschte stets eine mustergültige Ordnung und es musste vor allem darauf geachtet werden, dass alle Sachen an ihrem Platz blieben und Mikschunesku sie allein finden konnte. Dies war die einzige, aber sehr wesentliche Forderung des Professors.

Chrystyna drückte auf den Klingelknopf mit der Aufschrift „Doktor der Philosophie“, und das Tor öffnete sich automatisch. Ebenso automatisch und lautlos öffnete sich die Schiebetür am Eingang. Chrystyna ging ins Vorzimmer und von dort in die Küche. Auf dem Tisch standen für sie, wie immer, frisch gebrühter Kaffee, Saft, Gebäck, belegte Brote und Obst. Mikschunesku war im Wohnzimmer.

„Was hören wir denn heute?“, fragte er anstelle einer Begrüßung, ohne den Kopf von der Musikanlage abzuwenden, als Chrystyna das Zimmer betrat.

Wie alle Blinden konnte er an Chrystynas Schritten, die sie selbst kaum hörte, da in allen Zimmern und im Flur dicker Teppichboden lag, mühelos erkennen, wo sie sich gerade befand. Irgendwann einmal hatte Mikschunesku ihr erklärt, dass er den Teppichboden hatte verlegen lassen, weil ihn laute Schritte störten.

„Heute Beethovens Opus Nummer 101, Schumanns Carnaval oder irgendeine Sonate von Prokofjew“, antwortete Chrystyna noch außer Atem vom Herweg.

„Oho! Heute haben wir eine leichte Geschmacksverwirrung?“ Der Professor lachte in seinen dichten Bart und legte Prokofjew auf. „Glauben Sie an Musiktherapie?“, fragte er dann.

„Nein. Aber die Musik soll mich alles andere vergessen lassen. Falls das nicht hilft, dann das Wohltemperierte Klavier, Richters Interpretation.“

„Die Lage ist ernst, wie ich sehe. Ich lege alles auf, was Sie wünschen, in der eben genannten Reihenfolge.“

So war es hier immer. Chrystyna putzte gern bei dem alten Professor, wo sie sich freier fühlte als bei Bettina und Rudolf, weil es Mikschunesku tatsächlich egal war, wie ordentlich sie putzte. Er verließ das Haus nur selten, empfing noch seltener Gäste und schätzte die Gespräche mit ihr sehr.

„Letztes Mal hatten wir ja über die Rolle des Egoismus für die Selbstbestätigung von Genies gesprochen“, fuhr Mikschunesku fort wie nach einem Schluck aus seiner Kaffeetasse und nicht wie nach einer Pause von einer Woche. „Also, ich bin nicht ganz Ihrer Meinung, dass sich eine talentierte kreative Persönlichkeit nur dann erfolgreich entfalten kann, wenn sie sich voll und ganz auf die eigenen Bedürfnisse konzentriert und zum letzten Egozentriker wird. Das ist natürlich einfacher, aber nicht das einzige Modell.“

„Ich weiß nicht“, Chrystyna zuckte mit den Schultern. „Die Welt der erfolgreichen Künstler besteht doch vor allem aus Männern, die die Aufmerksamkeit ihrer Mitmenschen verdorben hat und deren Frauen sich geopfert und ihr Leben dem Genie gewidmet haben. Gegenbeispiele kenne ich zumindest in der Musikgeschichte keine.“

„Ja, für patriarchale Gesellschaften ist das wirklich ein gängiges Modell, aber das ändert sich ja jetzt alles.“

„Ich wollte auch gar nicht von Genderstereotypen anfangen“, rechtfertigte sich Chrystyna. „Da ist ja sowieso alles mehr oder weniger klar. Aber in einem männlich dominierten Umfeld können sich Egozentriker leichter verwirklichen. Und bestimmt spielt die Wahrnehmung der Mitmenschen auch eine Rolle. Irgendwie sind die Leute doch eher gewillt, diejenigen für Genies zu halten, die selbst von ihrer Genialität überzeugt sind, und weniger die, die trotz ihres Talents bescheiden bleiben. Das beste Beispiel sind doch Wagner und Verdi. Beide kamen aus der Unterschicht, beide haben auf wundersame Weise Karriere gemacht und Weltruhm erlangt, aber Wagner wird immer für elitärer gehalten und niemand würde es wagen, sich kritisch über seine Musik zu äußern, selbst seine nazistischen Überzeugungen wurden ihm verziehen. Verdi hingegen wird immer vorgeworfen, zu trivial zu sein, obwohl ja längst klar ist, dass es vor allem plumpe Interpretationen sind, die ihn trivial wirken lassen, und dass das eine sehr tiefgehende Musik ist, wenn man sie gut spielt. Also, ich glaube ja, dass das daran liegt, dass Wagner ein kompletter Egozentriker war und fest von seiner Überlegenheit überzeugt. Verdi aber war, selbst als er schon berühmt war, immer noch sehr umgänglich und achtete seine Mitmenschen.“

„Ja, das stimmt. Wagner und Verdi sind ein klassisches Beispiel. Nicht umsonst sind die Partien in Wagners Opern für die Stimme oft so problematisch, während Verdis Partien leicht zu singen sind und die Stimmen der Sänger wunderbar klingen. In Wagners Biographie irritiert mich am meisten seine Ehe. Darüber hätte Verdi eine gute Oper schreiben können. Genau sein Thema. Moralische Überlegenheit und die Dominanz eines Menschen über einen anderen. Ich kann mir sogar einzelne Szenen vorstellen: Das Orchester spielt etwas Melodisches, aber Bedrohliches als Hintergrund zum letzten Gespräch zwischen Wagner und Cosimas Vater. Cosima ist noch mit Freiherr von Bülow verheiratet, der im Sterben liegt, dabei aber schon die potentielle Frau von Wagner. Cosimas Vater Franz Liszt erinnert Wagner daran, wie er ihm unter Einsatz seines eigenen Lebens das Leben gerettet hat, und bittet ihn, wenigstens so lange zu warten, bis sein jetziger Schwiegersohn von Bülow entweder genesen oder sterben wird. Wagner gibt sein Ehrenwort, holt Cosima aber schon am nächsten Tag zu sich. Und noch eine Szene mit Orchester: Nachdem Liszt jahrelang auf seine Tochter und seinen Schwiegersohn böse gewesen ist, lenkt er endlich ein und nimmt wieder Kontakt mit ihnen auf, und seine Enkel fallen ihm glücklich um den Hals. Pauken."

„Mir fällt auch noch eine Szene ein", sagte Chrystyna lächelnd. „Wagner stirbt in Venedig. Cosima lässt eine Woche lang niemanden zu seiner Leiche. Und dann verbietet sie ihrem eigenen Sohn, seine Opern zu inszenieren, damit der nicht etwa seinen Vater übertrumpft. Pauken."

„Und eine Wagner-Oper über Verdis Privatleben wäre eine griechische Tragödie ohne die lang erwartete Katharsis am Ende", scherzte Mikschunesku weiter. „Zuerst der Tod seiner Frau und beider Kinder, dann eine jahrelange Depression, darauf eine glückliche, aber kinderlose Ehe, die Verrisse der Kritiker und der Zwang, der Welt mit jeder neuen Oper etwas beweisen zu müssen. Und zum Schluss sein Testament: Sein Haus vermacht er vereinsamten Schauspielern, die auf ihre alten Tage nichts und niemanden haben, ihnen kommen auch alle Einnahmen aus den Operninszenierungen zugute. Obwohl Wagner sicher nichts dergleichen geschrieben hätte. Zu langweilig und ohne Titanen im Hintergrund."

„Oder er würde den Schluss ändern. Zum Beispiel Verdi zwingen, all seine Ersparnisse Mussolini zu vermachen."

Sie lachten beide.

„Ich möchte mal wissen, warum bescheidene Wohltätigkeit nicht so szenisch ist wie bösartige Dreistigkeit", dachte Mikschunesku laut weiter. „Vielleicht deshalb, weil die meisten von uns moralische Normen nur aus Angst nicht verletzen und nicht aus Überzeugung, dass das so richtig ist?"

„Es gibt so eine moralphilosophische Theorie, ich glaube von Lefebvre, über zwei mögliche Verhaltensmodelle", sagte Chrystyna. „Für das erste ist eine ideale Persönlichkeit jemand, der unter keinen Umständen einen Kompromiss zwischen Gut und Böse eingehen kann. Nach dem zweiten Modell geht der Mensch davon aus, dass der Zweck die Mittel heiligt, und ist unter bestimmten Umständen bereit, einen Kompromiss mit dem Bösen einzugehen. Das erste Verhaltensmodell bestimmt die Regeln des Zusammenlebens in demokratischen Gesellschaften, wo die Interessen des Einzelnen wichtiger sind als die kollektiven und die Menschen bestrebt sind, in ihren Beziehungen Kompromisse zu schließen. Das zweite Modell dominiert in totalitären Gesellschaften, wo kollektive Interessen wichtiger sind als individuelle und wo persönliche Beziehungen eher von Feindseligkeiten als von Kompromissfähigkeit geprägt sind."

„Na wenn man das so sieht, besteht ja Grund zur Hoffnung", meinte Mikschunesku. „Dann ist das zweite Modell einer erfolgreichen Persönlichkeit nach Lefebvre doch genau das Wagner'sche egozentrische und patriarchale Modell, das ebenso wie totalitäre Regimes aus der Mode kommt. Oder sich zumindest auf letztere beschränkt. Und die Zukunft gehört dem Verhaltensmodell ‚à la Verdi'. Nicht umsonst benehmen sich nicht alle berühmten Künstler wie Stars im schlechtesten Sinne. Das ist doch nur noch in der Popkultur oder in wenig gebildeten Milieus üblich, manchmal in patriarchal geprägten Gesellschaften. Russland zum Beispiel. Eine Kultur, die sich an anspruchsvollere Rezipienten richtet, bringt Künstler hervor, die sich viel angemessener verhalten, auch weil sie ihr Publikum so eher akzeptiert."

Während Mikschunesku seine Überlegungen weiterführte, trank Chrystyna ihren Kaffee. Davon wurde sie etwas munterer, verspürte aber trotzdem keinen Wunsch, den hochtrabenden Dialog fortzusetzen. Jetzt wollte sie nur eins: in Ruhe gelassen werden und allein sein.

Und so fing sie mit ihrer Arbeit an und polierte zuerst den Bösendorfer-Flügel im Wohnzimmer, auf dem Mikschunesku manchmal spielte.

Die langsame Musik zog sie in ihren Bann und sie konnte sich tatsächlich ganz auf das Staubwischen, das Polieren der Möbel, die Reinigung der Armaturen und der Küchenschränke und das Staubsaugen konzentrieren. Als sie im Erdgeschoss fertig war, machte sie eine Pause, aß in Ruhe die Brote, die die Haushälterin, die ihre Arbeit immer beendete kurz, bevor Chrystyna kam, für sie vorbereitet hatte, trank den Kaffee aus und ging ins Obergeschoss, wo sich das Schlafzimmer, die Bibliothek, das Arbeitszimmer, das Billardzimmer, zwei Gästezimmer und drei Bäder befanden.

Nach einer längeren Gesprächspause brummelte Mikschunesku: „Na dann werde ich Sie mal nicht weiter stören“, und rollte in seinem Sessel aus dem Zimmer. Auch das war an ihm sehr sympathisch: Er hielt sich nicht zwangsweise an irgendwelche Konventionen. Wenn ihn ein Gespräch nicht mehr interessierte, beendete er es einfach. Bettina hätte an seiner Stelle noch lange hin und her überlegt, ob es Chrystyna nicht unangenehm wäre, wenn sie das Gespräch so abrupt abbrechen würde, und sie das als Hinweis auf ihre untergeordnete Position, darauf, dass sie hier nur die Putzfrau war, verstehen könnte. Und genau diesen Effekt erreichte Bettina für gewöhnlich: Ihre übertriebene Rücksichtnahme ließ Chrystyna nicht nur spüren, dass sie die Putzfrau war, sondern auch, dass Bettina das für etwas Schlechtes hielt. Chrystyna hingegen hatte diese pseudointellektuelle Neurose längst überwunden. Für sie war das Putzen, genauso wie jede andere körperliche Arbeit, einfach nur eine Arbeit, nicht schlechter und nicht besser als Musik zu unterrichten oder eine eigene Firma zu führen. Sie schämte sich nicht dafür, dass sie ihr Geld mit Putzen verdiente. Ganz im Gegenteil, zum ersten Mal in ihrem Leben hatte sie eine Beschäftigung, die keine völlige Hingabe verlangte, sie emotional nicht berührte, ihr keine schlaflosen Nächte bereitete, aus Angst, dass sie beim Vorspielen nicht gut genug wäre, sich die Hand brechen würde, dass ihre Schüler schlecht spielten, dass sie alles falsch machte und den Kindern nur die Lust am Üben nahm, dass sie sich mehr auf ihre eigene Karriere hätte konzentrieren und sich nicht mit der bescheidenen Rolle einer Musiklehrerin zufriedengeben sollen und seinerzeit besser bei Teodosija Borysiwna Violoncello gelernt hätte und eine der wenigen Solistinnen im Konservatorium oder in der Oper geworden wäre und jetzt durch die Konzerthäuser und nicht durch schmutzige Wohnungen touren würde.

Normalerweise erlaubte sich Chrystyna nicht, darüber nachzudenken, war sie doch der Ansicht, dass Gedanken, die man lange genug ignoriert, früher oder später verschwinden oder in Vergessenheit geraten. Und als Eva ihr vorschlug, „die Gestalt zu schließen“ und damit zum Psychoanalytiker zu gehen, lehnte sie entschieden ab. Früher hatte sie schlichtweg nicht daran geglaubt, dass das helfen könnte, jetzt war sie eher der Meinung, dass sie Angst hatte. Angst davor, dass der in all den Jahren des Schweigens errichtete Damm, der sie vor ihren eigenen Ängsten und ungelösten Problemen schützte, plötzlich brechen könnte, wenn sie endlich darüber reden würde, und der Strom der angestauten negativen Emotionen ihr sorgfältig umrissenes jetziges Ich wegspülen könnte, ihr ausgeglichenes, kontrolliertes und an ihre jeweiligen Wünsche angepasstes Ich. Sie hatte Angst vor dem, was anstelle des weggespülten, künstlich geschaffenen Ichs zurückbleiben würde. Angst davor, dass das vielleicht nur eine schmutzige Pfütze wäre, deren Anblick sogar sie selbst ekeln würde.

***

Chrystynas Mutter war an Krebs gestorben, als sie acht war. Ihr Vater arbeitete als Geigenlehrer in derselben Schule, in der Chrystyna dann auch anfing.

Der erste Besuch mit ihrer Mutter bei der Ärztin hatte sich tief in ihr kindliches Gedächtnis eingeprägt. An dem Tag war Chrystyna nicht zur Schule gegangen, ihre Mutter hatte sie mitgenommen. Sie fuhren lange mit der Straßenbahn und liefen dann noch zu Fuß weiter. Die Ärztin arbeitete nicht in einer gewöhnlichen Klinik, sondern in einer Praxis, die in einem geräumigen Haus in der Innenstadt eingerichtet war. Sie war eine bekannte Onkologin, bei der nicht jeder einen Termin bekam, und Chrystynas Mutter hatte lange gewartet, bis eine Bekannte endlich die Untersuchung vereinbarte. Während ihre Mutter untersucht wurde, betrachtete Chrystyna den Stuck am Nachbargebäude, auf das die Fenster der Praxis hinausgingen. Sie blickte gern in den Brunnen im Innenhof, wo es feucht und süßlich roch, so wie es in alten Häusern immer riecht, und dieser süßliche Geruch übertönt manchmal den Gestank des Drecks, der von der alten Holztreppe nicht mehr abgewaschen werden kann. Über die abgeblätterte graue Wand rankte sich der Efeu und hinterließ feuchte Spuren. Die Ärztin war eine große schlanke Dame mit streng zusammengekniffenen Lippen und hastigen Bewegungen. Ihr blondes Haar war zu einem festen Zopf geflochten.

„Sie haben einen kleinen Knoten", sagte sie und sah Mama dabei fest in die Augen. „Wenn Sie sich gleich operieren lassen, wird alles gut."

„Danke", antwortete Mama.

„Hier ist die Nummer von einem Chirurgen. Den würde ich Ihnen empfehlen", sagte die Ärztin.

„Danke", sagte Mama wieder und nahm den Zettel. Aber sie rief nicht bei dem Chirurgen an.

Schon ein Jahr später lag sie, mit lauter Verbänden, in die der Eiter lief, und bekam nicht mehr viel von der Außenwelt mit. Chrystynas Vater, der es gewohnt war, in allem auf seine Frau zu hören, war angesichts ihrer Krankheit völlig ratlos.

„Was hätte ich denn machen sollen?" Wenn ihn jemand aus der Verwandtschaft darauf ansprach, zuckte er nur mit den Schultern. „Sie hätte doch sowieso nicht auf mich gehört."

Chrystyna hatte das ihrem Vater zwar nie gesagt, aber tief in ihrem Innern war sie davon überzeugt, dass ihre Mutter genau darauf gewartet hatte, dass er in diesem kritischen Moment endlich einmal anders handeln würde als sonst. Dass er nicht alle Entscheidungen auf sie abwälzen, nicht in seine Noten, Bücher oder Alkohol fliehen würde, sondern etwas zu ihrer Rettung unternähme. Oder dafür sorgen würde, dass sie selbst etwas unternähme, aber nicht wie immer einfach nur dasitzen und abwarten, was weiter passierte. Durch den Nebel ihrer weit entfernten Kindheitserinnerungen drangen Fetzen aus den Streits ihrer Eltern durch, die für gewöhnlich stets nach demselben Szenario abliefen und Chrystyna nicht so sehr durch das Angst machten, was ihre Eltern da sagten, wie durch ihre Gereiztheit.

„Wir müssen endlich mal entscheiden, wohin wir in den Urlaub fahren", sagte zum Beispiel ihr Vater. „Weil, wenn wir wieder in die Karpaten wollen, dann kann Mama uns da was organisieren, aber wir müssten ihr halt mal Bescheid geben."

„Dann gib ihr Bescheid", Mama zuckte gleichgültig mit den Schultern.

„Willst du in die Karpaten?", fragte Vater.

„Nicht unbedingt", antwortete Mama genauso gleichgültig.

„Dann sag doch, wo du hinwillst."

„Weiß nicht."

„Aber so langsam sollten wir's wissen."

„Und wo willst du hin?"

„Ich fahr mit dahin, wo du hinwillst, aber sag endlich, sonst kriegen wir gar nichts mehr."

„Entscheide du, mir ist es egal."

„Dir ist es immer egal. Und dann buche ich was, und dann fängst du an, dass du ja eigentlich lieber ans Meer gefahren wärst. Das kenne ich schon.“ Vater war schon ziemlich genervt.

„Von mir aus auch ans Meer.“

„Also ans Meer oder in die Karpaten?“

„Geht beides. Wie du willst.“

„Ich weiß nicht, wie ich will. Jetzt sag, wo wir hinfahren.“

„Na dann ans Meer.“

„Aber dann müssen wir uns selber drum kümmern. Eine Unterkunft finden, Fahrkarten kaufen. Und wer macht das?“

„Weiß ich auch nicht.“

„Also irgendwas musst du doch nun mal wissen! Geh doch einfach morgen mal ins Reisebüro und frag nach, was es so für Varianten am Meer gibt.“

„Und du?“

„Ich arbeite morgen.“

„Ich auch.“

„Dann fahren wir halt überhaupt nicht.“

„Dann eben nicht.“

„Jetzt hör mal, so geht das nicht, ich versteh echt nicht, was mit dir los ist. Du konntest doch sonst immer so gut planen.“

„Aber egal, was ich plane, deine Mutter mischt sich doch sowieso wieder ein, und dann wird nichts draus, weil du wieder machst, was sie sagt. Das kann ich mir sparen.“

„Aber jetzt ist meine Mutter ja wohl nicht hier. Da können wir ja wohl mal selber planen und entscheiden.“

„Gut, dann fahren wir ans Meer. Aber versprich mir, dass du dann nicht wieder alles abbläst, wenn deiner Mutter, so wie letztes Jahr, kurz vor unserer Abreise einfällt, dass ihr Flur ganz dringend renoviert werden muss und dass du derjenige bist, der das machen muss.“

„Aber der Flur musste doch wirklich renoviert werden.“

„Gerade als wir in den Urlaub fahren wollten?“

„Wenn ich arbeite, habe ich dafür keine Zeit.“

„Aber das hätte man doch auch rechtzeitig planen können. Ich bin rumgerannt wie eine Irre, bis das alles organisiert war, und dann mussten wir die Reise absagen.“

„Aber manchmal kann man doch auch auf etwas verzichten, um anderen zu helfen, oder? Mama hatte ihren Flur schon jahrelang nicht renoviert, und ans Meer können wir immer noch.“

„Dann organisierst du das dieses Jahr.“

„Schatz, das kann ich doch nicht ohne dich. Da gibt's doch so viel zu bedenken und zu beachten. Wir machen das zusammen, ja?“

„Und versprichst du, dass du's dann nicht verschiebst?“

„Ich versuch's ...“

„Da mache ich lieber gar nichts. Da weiß ich dann lieber gleich, dass wir nirgendwo hinfahren, als dass es dann wieder so kommt wie immer.“

„Nun lass doch mal gut sein. Diesmal klappt das alles ...“

Aber es kam alles so wie immer. Chrystynas Eltern brauchten nur einmal ohne die Oma zu planen, schon fiel der in letzter Minute irgendein unüberwindliches Hindernis ein, und Vater wagte es nie, sich ihr zu widersetzen.

Mutter gab ihrer Schwiegermutter oft die Schuld an allen Problemen und die tat natürlich das Gleiche. Aber in Wirklichkeit war in der Beziehung von Chrystynas Eltern alles viel komplizierter, wie eben in jeder Beziehung. Mutters Passivität nervte Vater nicht weniger als ihre Versuche, zu dominieren. Genauer nervte ihn die Unvorhersehbarkeit ihrer Reaktionen: Manchmal wollte sie einfach nur ihren Kopf durchsetzen und widersprach allem und jedem, und dann wurde sie auf einmal ohne erkennbaren Grund so passiv wie jetzt und reagierte überhaupt nicht. Mal warf sie ihrem Mann Initiativlosigkeit und Infantilität vor, ein andermal, dass er sie terrorisiere und sie nichts entscheiden oder seine Entscheidungen nicht beeinflussen könne.

Auch Vaters Verhalten war recht inkonsequent. Er kümmerte sich nur dann, wenn er selbst etwas unbedingt wollte, und dann duldete er keine andere Meinung. Er blieb stur, selbst wenn er ganz offensichtlich im Unrecht war, und reagierte empfindlich auf Mutters Versuche, den Entscheidungsprozess zu beeinflussen. Wenn es dann aber um die Umsetzung ging, verlangte er von ihr, dass sie bei allem half, und war schrecklich beleidigt, wenn sie sich weigerte. Angelegenheiten, die ihn nicht besonders interessierten, schob er hingegen auf die lange Bank und tat so, als ginge ihn das alles nichts an. Und wenn seine Frau dann doch sehr deutlich wurde, versprach er, etwas zu tun, schob das aber so lange vor sich her, bis ihr der Geduldsfaden riss und sie es selbst in die Hand nahm. Das war meist der Fall, und dann machte sie Vater Vorwürfe. Im Prinzip verfolgten sie beide dieselbe Strategie, vielleicht nervte es sie gerade deshalb auch beide so.

In Chrystynas kindlicher Psyche fanden diese ganzen Fetzen, nicht so sehr der Gespräche als vielmehr der Ton, das Gestreite, die Beleidigungen und das angespannte Schweigen, zu einer endlosen musikalischen Komposition zusammen, geschickt arrangiert, aber nicht gut interpretiert. Ein schwieriges Konzert für ein Kammerorchester, in dem schlecht gestimmte Instrumente und ein unfähiger Dirigent hartnäckig versuchen, zueinanderzufinden, was ihnen einfach nicht gelingen will. Wenn Chrystyna im Tonfall des Gesprächs einen weiteren Streit herannahen hörte, fühlte sie sich wie ein Tier im Käfig, das nicht weiß, wo es sich vor dem drohenden Gewitter in Sicherheit bringen soll, und das dieses Gefühl seinen dafür unempfänglichen Herrchen nicht mitteilen kann, die die Unruhe des Tieres zwar bemerken, aber nicht verstehen und ihm nur schweigend Wasser nachgießen oder Futter hinschütten.

Manchmal träumte Chrystyna von einem der vielen Streits ihrer Eltern und schrak hoch in dem Bewusstsein, dass sie kurz davor gewesen war, sie zu versöhnen und in dem kaputten Mechanismus ihrer Kindheit ein für alle Mal etwas zu ändern, es aber letztlich nicht geschafft hatte. Dieser Traum ging oft in die klassische Variante über, die Angst vor einer Prüfung, die Träume flossen ineinander, und am Morgen wusste sie nicht mehr, wovor sie mehr Angst hatte: davor, dass sie zum Schluss wieder Mama in ihrem Sarg sehen, oder dafür, dass sie eine schlechte Note im Solfeggio bekommen würde.

Kurz bevor Chrystynas Mutter krank geworden war, hatte sie sich mit Oma endgültig zerstritten.

Das war an Omas Geburtstag gewesen, den sie angeblich nie feierte. Also, sie lud offiziell niemanden ein, erwartete aber, dass ihr Sohn mit seiner Familie zum Abendessen kam. An jenem Tag musste Mama länger arbeiten, und sie waren erst zwei Stunden später als sonst bei Oma. Sie mussten lange klingeln, bis Oma ihnen endlich öffnete. Ihr versteinerter Gesichtsausdruck verhieß nichts Gutes.

„Kommt rein“, sagte sie trocken.

„Herzlichen Glückwunsch zum Geburtstag, Mami. Entschuldigen Sie, dass es so spät geworden ist, wir mussten länger arbeiten.“ Vater gab ihr die Blumen und das Geschenk und küsste sie auf die Wange.

„Natürlich ist euch eure Arbeit wichtiger als eine alte Frau. Wer braucht mich denn noch, alt und krank, wie ich bin. Als ich noch für euch arbeiten konnte ...“

Oma warf die Blumen auf den Tisch und kehrte demonstrativ in ihren Sessel vor dem Fernseher zurück. Auf dem Esstisch bekamen die Salate und der kalt gewordene Braten langsam eine Haut.

„Mama, wollen Sie uns nicht einen Kaffee anbieten?", fragte Vater zaghaft.

„Macht euch einen, wenn ihr wollt", blaffte Oma ihn an und wechselte den Sender. „Ihr seid ja nicht gekommen, um mich zu besuchen, sondern um zu essen."

„Wir haben uns doch für die Verspätung entschuldigt", presste Mama mühsam beherrscht hervor.

„Du bist besser mal ganz still", fuhr Oma sie an. „Glaubst du, ich weiß nicht, dass das alles wegen deiner blöden Arbeit ist. Jede normale Frau wäre längst zu Hause, würde kochen und sich um ihren Mann kümmern, aber du sitzt ja nur mit deinen Freundinnen in den Cafés rum."

„Aber was soll denn das, Mama", brummelte Vater noch verzagter. „Was hat sie Ihnen denn getan?"

„Wie, was getan?" Oma kam jetzt richtig in Fahrt. „Das ganze Leben hat sie uns verdorben, dir und mir und dem Kind. Jetzt sag mir doch mal, bitte schön, wer so eine Frau braucht. Keine Hilfe, kein gutes Wort. Nicht mal zum Geburtstag ihrer Schwiegermutter kann sie rechtzeitig kommen. Wo alles fertig ist. Von helfen rede ich ja gar nicht."

„Mama", sagte Vater mit überspannter Stimme. „Jetzt wollen wir mal nicht streiten, Sie haben doch heute Geburtstag."

„Wir bleiben auch nicht lange, wir wollten bloß gratulieren. Aber wenn wir stören, können wir auch gleich wieder gehen", fügte Mutter hinzu.

„Könnt ihr gerne machen, auf eure Almosen kann ich gut verzichten. Wenn ihr mich wirklich hättet besuchen wollen, dann wärt ihr rechtzeitig gekommen und nicht erst nach eurem ganzen anderen Kram, aber die Mutter kommt ja bei euch immer an letzter Stelle. Klar, dass ihr mich jetzt nicht mehr braucht, das Kind habe ich euch ja großgezogen. Wenn ich nicht gewesen wäre, dann wäre Chrystynka vor Hunger gestorben mit so einer Mutter."

„Finden Sie nicht, dass Sie sich ein bisschen zu viel erlauben?" Mutter konnte sich kaum noch beherrschen.

„Wieso, stimmt doch. Willst du vielleicht sagen, dass du nicht rumhuren warst, wenn du dein Kind bei mir abgeladen hast? Das wissen doch alle, was du für eine bist. Sei bloß still."

„Seien Sie selber bloß still, ich setze keinen Fuß mehr in dieses Haus. Komm, Chrystyna, wir gehen." Mutter drehte sich um und knallte die Tür zu.

Chrystyna lief ihr hinterher. Vater blieb, um sich wieder mit seiner Mutter zu versöhnen. Ihre Streits verliefen immer nach dem gleichen Szenario. Oma provozierte sie, und dann entschuldigte sich Vater lang und breit bei ihr, ohne zu wissen, wofür eigentlich. Wenn er dann erschöpft und ausgelaugt nach Hause kam, erwartete er von Mama Hilfe und Unterstützung, da er fand, dass er alles richtig machte, wenn er versuchte, es sich mit Oma nicht zu verderben. Schließlich konnte man ihr ihr unpassendes und aggressives Verhalten nicht übel nehmen, das lag alles nur am Alter.

Aber diesmal zeigte Mama kein Verständnis für Vaters schwierige Lage.

Oma war eine starke Frau, die vier Männer überlebt, ihr ganzes Leben lang die Wohnraumverwaltung geleitet hatte und ihren einzigen Sohn nicht dafür großgezogen hatte, dass er jetzt unter dem Pantoffel stand. Sie war immer dagegen gewesen, dass Mama und Papa von ihr getrennt lebten, sie konnte sich ein Eheleben ihres Sohnes nur unter ihrer Kontrolle vorstellen und versuchte, diese Kontrolle auch auf Distanz auszuüben. Vater beriet sich mit ihr über alles, und wenn ihr etwas, das seine Frau vorgeschlagen hatte, nicht gefiel, behielt sie gewöhnlich die Oberhand. Anfangs versuchte Mama noch, dagegen anzukämpfen – mit der Schwiegermutter, mit ihrem Mann und mit sich selbst. Dann wurde ihr klar, dass sie keinen von den dreien würde ändern können, genauso wenig wie die ein für alle Mal missglückte Beziehung. Diese Erkenntnis stürzte sie in eine gewisse Verwirrung und sie versuchte nicht mehr, wie früher, ihre Rechte zu verteidigen, sondern beobachtete nunmehr schweigend, was sich da abspielte. Vater war ähnlich verwirrt, er wusste nicht, was er mit dieser plötzlich entstandenen Möglichkeit, jede beliebige Entscheidung annehmen zu können, seine eigene oder die seiner Mutter, anfangen sollte, wusste nicht, welche davon richtiger war, und konnte meist einfach überhaupt nichts entscheiden. Diese Lähmung erfasste nach und nach alle Bereiche ihres Familienlebens, so wie sich Efeu an einer Fassade immer mehr Territorium erobert, alles bedeckt und die feuchte Wand für immer vom Sonnenlicht abschirmt.

Mamas Arbeit war einer der offiziell anerkannten Gründe für Omas chronische Unzufriedenheit. Chrystynas Mutter war Pianistin und als Musikerin wesentlich erfolgreicher als ihr Mann. Sie spielte im Orchester der Oper und fuhr oft auf Gastspiele. Als Chrystyna noch klein war, blieb sie öfter bei ihrer Oma, ihr Vater übernachtete dann auch dort, und für diese kurze Zeit war Oma wie ausgewechselt. Sie verlor ihre Gereiztheit und zur Schau getragene Kränklichkeit. Tagelang kümmerte sie sich um den ganzen Haushalt und summte dazu, spielte mit Chrystyna, kochte leckeres Essen und sang ihr sogar Schlaflieder. Als hätte sie vergessen, dass ihre eigene Jugend längst vorbei war, und würde sich wieder in der Rolle der jungen Mutter und Ehefrau befinden, und Vater wäre in ihrer Vorstellung vom Sohn zum Ehemann geworden. Sie umsorgte ihn, bat ihn hier und da um eine kleine Reparatur, und die

Abende verbrachten sie gemeinsam auf dem Sofa vor dem Fernseher. In solchen Momenten war Oma glücklich und schimpfte mit Chrystyna nie wegen irgendetwas.

Aber sobald ihre Mutter zurückkam, war alles beim Alten. Wenn Chrystyna krank wurde und zu ihrer Oma anstatt in den Kindergarten gebracht wurde, war Oma ganz anders. Sie regte sich ununterbrochen über Papa und Mama auf, schimpfte mit Chrystyna wegen jeder Kleinigkeit, kochte Essen, das ihrer Enkelin überhaupt nicht schmeckte, und wirkte die ganze Zeit über traurig und genervt.

Aber in Gegenwart ihrer Schwiegertochter hätte sie nie und nimmer zugegeben, dass sie sich über deren ständige Reisen freute. Im Gegenteil, sie machte ihr bei jeder sich bietenden Gelegenheit Vorwürfe, dass sie ihre Familie vernachlässige und dass sie ohne ihre Hilfe nicht einmal mit den einfachsten Dingen klarkommen würde.

„Hallo, Schatz, ich bin völlig fertig, Mama war heute irgendwie besonders böse. Trinkst du ein Bier mit mir?“, fragte er von der Tür, als er nach Omas Geburtstag nach Hause kam.

„Nein“, antwortete Mama nur.

„Und warum nicht?“ Vater war ehrlich verwundert.

„Deine Mutter hat mich heute vor Chrystyna beschimpft und ohne jeden Grund beleidigt, und du, anstatt mich zu verteidigen, bist bei ihr geblieben, und dir ist es völlig egal, wie ich mich danach gefühlt habe.“

„Jetzt sei doch nicht so, versteh mich doch auch mal. Du kennst meine Mutter doch. Sie ist halt eine alte Frau, das darf man alles nicht so ernst nehmen. Sie ist einfach einsam und will Aufmerksamkeit. Weißt du, was es mich gekostet hat, sie wieder zu beruhigen?“

„Und weißt du, was es mich jedes Mal nach so einer Szene kostet, mich wieder zu beruhigen? Hast du bei all dem auch nur ein einziges Mal an mich gedacht? Daran, dass du mit mir verheiratet bist und nicht mit deiner Mutter. Manchmal habe ich den Eindruck, dass ich euch einfach nur störe."

„Ihr reicht mir langsam beide!" Vater, der während der Gespräche mit Oma immer seine letzten Reserven an Geduld aufbrauchte und sich dann zu Hause gehenließ, verlor jetzt endgültig die Beherrschung. „Sie hält mir vor, dass ich nur auf dich höre, und du, dass ich nur auf sie höre. Sie nennt mich Pantoffelheld und du Muttersöhnchen. Aber ich zeig's euch beiden noch. Es reicht, echt!"

Nach dieser Szene sprachen Chrystynas Eltern lange nicht miteinander. Und von da an war Mama auch wirklich nicht mehr bei Oma gewesen, und ihr Verhalten Vater gegenüber änderte sich grundlegend. Aus einer unabhängigen, selbstsicheren und aktiven Frau, die volles Verständnis für alle Fehler und Schwächen ihres Mannes hatte, wurde ein passives, in sich gekehrtes Wesen, das tagelang kein Wort sprach und dem alles gleichgültig war.

Aber wenn Chrystynas Vater seiner Frau früher häufig vorgeworfen hatte, dass sie zu dominant war, und erklärte, dass er leichter mehr Verantwortung übernehmen und selbstständig Entscheidungen treffen könnte, wenn sie ihn nicht so unter Druck setzen und ihm mehr Handlungsfreiheit geben würde, so fiel es ihm jetzt, da seine Handlungsfreiheit unbegrenzt war, noch schwerer, selbstständig Entscheidungen zu treffen. Er überlegte lange hin und her und wusste nie, was er tun oder vorschlagen sollte, und fiel letztendlich, anstatt sich zu einer konkreten Entscheidung durchzuringen, in die gleiche Apathie wie seine Frau oder reagierte übermäßig aggressiv. Seine frühere Nachgiebigkeit und extreme Zurückhaltung anderen gegenüber schienen mit zunehmendem Alter in Aggression umzuschlagen. Er wollte nicht mehr in allem nachgeben, aber Kompromisse finden, etwas vorschlagen oder dominieren konnte er einfach nicht. Wenn es ihm dann doch einmal gelang, eine Entscheidung zu treffen, verspürte er bei ihrer Umsetzung stets ein starkes Bedürfnis nach Lob und Anerkennung. Und wenn er auch nur den kleinsten Anflug von Kritik vermutete, war er sofort beleidigt und bekam einen Wutanfall.

Je größer Mutters Apathie und Kummer wurden, desto häufiger und grundloser wurden Vaters Wutausbrüche. Ein empfindliches und kaum spürbares Gleichgewicht, auf dem ihre Beziehung basierte, war plötzlich ins Schwanken geraten wie ein Steg über einem Bach, der auf einem Stein in der Mitte aufliegt, und der, sobald das Zentrum aus dem Gleichgewicht gerät, nicht aufhören kann zu schaukeln. Jeder von ihnen vermisste beim anderen gleichermaßen Entschlossenheit und Sanftmut und Nachgiebigkeit, und ihre Erwartungen an sich selbst und an den anderen wurden immer verworrener. Unverändert waren nur ihre Streitereien, die immer nach demselben, festgefahrenen Muster abliefen, als würden sie versuchen, eine belagerte Stadt zu stürmen, was von vornherein zum Scheitern verurteilt war, aber notwendig für die schrittweise Zermürbung, Schwächung und ein nahendes Ende. Mutter warf Vater mangelnde Entschlossenheit vor, aber zugleich aggressives Verhalten, er ihr Initiativlosigkeit und übermäßigen Druck. Und beiden war klar, dass das so nicht funktionierte, dass man sich entscheiden und entweder das eine oder das andere verlangen müsste, oder am besten überhaupt nichts verlangen, sondern lernen, sich gegenseitig so anzunehmen, wie sie während all der durchlebten Enttäuschungen, gegenseitigen Kränkungen, nicht gehaltenen Versprechen und schlaflosen Nächte nach ihren Auseinandersetzungen geworden waren.

Manchmal glaubte Chrystyna, dass das Gefühl der Ausweglosigkeit, das sie alle während ihrer grundlosen Streitereien befallen hatte, und die Klümpchen ratloser Trauer sich allmählich in der Brust ihrer Mutter angestaut und zu dem Geschwulst verhärtet hatten, das entfernen zu lassen sie nicht die Kraft hatte.

Nach Mutters Tod schlug Oma ihrem Sohn und ihrer Enkelin sofort vor, ihre Wohnung zu verkaufen und zu ihr in ihr geräumiges Haus am Stadtrand zu ziehen. Aber irgendwie hatte es Vater damit nicht besonders eilig. Entweder war da plötzlich der Mann in ihm erwacht oder er wollte sich schlichtweg nicht um den Umzug kümmern. Aber natürlich sagte er das seiner Mutter nicht einfach, sondern verschob alles nur in unbestimmte Zukunft.

Da beschloss Oma, die Sache selbst in die Hand zu nehmen, heuerte einen Makler an und versuchte, Vaters Wohnung zu verkaufen. Und wieder protestierte Vater nicht offen, nannte aber jedes Mal, wenn Interessenten kamen, zuerst einen viel zu hohen Preis und dann alle möglichen Mängel der Wohnung bis hin zu dem, dass Plattenbauten sowieso nicht für länger als vierzig Jahre gebaut waren und seinen Berechnungen zufolge die Wohnung nicht mehr lange genutzt werden könne und es gar keinen Sinn habe, sie zu verkaufen.

Oma scheiterte dann auch mit ihrem Vorhaben. Nicht einmal ein Jahr nach Mamas Tod wurde auch bei ihr Krebs diagnostiziert. In nicht operablem Stadium.

Nachdem er seine Mutter beerdigt hatte, verkaufte Vater ihr Haus und die eigene Wohnung in dem Plattenbau und kaufte zwei Wohnungen im Zentrum. In die eine zog er mit Chrystyna, die andere vermietete er. Er trank immer mehr und interessierte sich überhaupt nicht für das Leben seiner Tochter. Manchmal sprachen sie wochenlang kein Wort miteinander.

Wenn Chrystyna dann doch einmal mit ihren Problemen zu ihm kam, was immer seltener der Fall war, hörte er ihr aufmerksam zu, sah sie aus seinen blauen Augen an und zuckte anstelle eines Rates einfach nur mit den Schultern. Und Chrystyna dachte daran, wie sich ihre Mutter in solchen Momenten aufgeregt hatte, sich wie von einem Schlag in den Rücken gekrümmt und die Schultern eingezogen hatte und schwermütig gegangen war. Und Vater hatte ihr nur hinterhergesehen.

Chrystyna war immer eine fleißige Schülerin und ein artiges Mädchen gewesen. Erst als sie achtzehn wurde, setzte eine verspätete jugendliche Rebellion ein. Sie schnitt sich die Haare ab, ließ sich auf der rechten Schulter tätowieren und sang in einer Punkband. Die Lehrer der Musikspezialschule, die sie besuchte, rangen die Hände, luden ihren Vater zu einem Gespräch und flehten ihn an, auf seine Tochter einzuwirken. Aber er zuckte wieder nur mit den Schultern und sagte wie immer: „Was soll ich denn machen? Sie hört ja sowieso nicht auf mich."

Chrystyna rauchte Gras, hatte ein paar ältere Liebhaber und noch ein paar in ihrem Alter und ließ das erste Mal abtreiben. Dann kam sie aufs Konservatorium, und auf einmal war alles vorbei. Sie ließ sich die Haare wieder wachsen, trug knöchellange Röcke und ließ sich ihr Tattoo entfernen. Sie war eine ausgezeichnete Studentin, und ihrem Vater wurde öfter nahegelegt, doch mal mit dem Lehrstuhlleiter zu sprechen, dann könnte seine Tochter zum Doktoratsstudium bleiben, ins Orchester aufgenommen werden und eine Weile im Ausland studieren. Aber Vater ging nicht zum Lehrstuhlleiter, und Chrystyna beendete einfach ihr Studium mit Auszeichnung und fing dann in der Musikschule an, weil dort gerade eine Stelle freigeworden war und die in Vater verliebte allmächtige Sekretärin des Direktors durchsetzte, dass Chrystyna diese Stelle bekam.

Im vierten Studienjahr ging Chrystyna in Lesbenclubs und erfreute sich dort großer Beliebtheit. Sie hielt das vor ihrem Vater nicht unbedingt geheim, aber der fragte auch gar nicht weiter nach, wenn er morgens in der Küche eine von Chrystynas Freundinnen antraf. Nach dem Konservatorium zog Chrystyna in die Wohnung, die sie bis dahin vermietet hatten, und war dann das erste halbe Jahr mit einer Kommilitonin zusammen, mit der sie sogar plante zusammenzuziehen und ein Kind zu adoptieren. Aber dann betrog die Kommilitonin Chrystyna und von da an plante sie mit niemandem mehr eine gemeinsame Zukunft.

Einmal träumte sie, dass sie in einem dunklen Zimmer saß und große Angst hatte. Neben ihr saß Eva und vor ihr standen drei leere Stühle. Eva bat Chrystyna sich vorzustellen, dass auf den Stühlen ihr Vater, ihre Mutter und ihre Oma sitzen würden, und zu versuchen, mit jedem von ihnen über das zu sprechen, worüber sie in ihrer Kindheit nicht gesprochen hatten. Chrystyna wollte nicht und sagte, dass sie nicht wüsste, worüber sie mit ihnen sprechen solle. Da fragte Eva sie, ob sie ihre Fußsohlen spüre. Chrystyna überlegte und spürte dann tatsächlich, wie Wärme in ihre Füße strömte. Dann meinte sie: „Gut, ich spreche mit ihnen, aber sie sollen einzeln kommen. Zuerst Oma."

Und auf dem leeren Stuhl vor ihr tauchte ihre Oma auf. Der Stuhl wurde davon gleich höher und irgendwie sauberer, Chrystyna richtete sich auf, zog ihre Kleidung zurecht und sagte: „Guten Tag, Oma. Sie fehlen uns. Wissen Sie, ich wollte Ihnen sagen, dass es schwer war ohne Sie. Aber auch, dass ich Sie manchmal gehasst habe, Oma, für den Grießbrei, den ich immer essen musste, für die langen Haare, die ich tragen musste, und dafür, dass Sie mir Angst gemacht haben, dass ich kahl werde, wenn die Haare nicht richtig geschnitten werden, dafür, dass Sie mir als Kind mit dem Kobold gedroht haben und mir erzählt haben, dass es den Weihnachtsmann nicht gibt und die Eltern die Geschenke bringen. Warum haben Sie das gemacht? Ich habe noch ein paar Jahre lang an die Zahnfee geglaubt, die die Milchzähne gegen Münzen eintauscht, aber an den Weihnachtsmann habe ich nur in Gedanken geschrieben und mich dafür geschämt. Ich habe Sie dafür gehasst, dass Sie meine Mama nie angelächelt haben und zu mir gesagt haben, dass sie alles falsch macht und dass ich so werde wie sie, wenn ich nicht gehorche. Und ich habe nicht gehorcht, weil ich so werden wollte wie Mama. Ich habe Sie sehr geliebt, Oma, aber wegen Ihnen haben sich meine Eltern immer gestritten, und danach war es bei uns zu Hause immer so still und leer, als ob jemand gestorben wäre. Und die Pflanzen sind gewelkt, weil sie nicht gegossen wurden, vielleicht aber auch, weil sie spürten, was da los war. Und ich habe heimlich Seifenlauge und heißes Wasser in Ihre Pflanzen gekippt und die Blumentöpfe raus in die Kälte gestellt, damit Ihre Pflanzen auch welken und sie Ihnen leidtun. Aber die Pflanzen haben Ihnen nicht leidgetan, das waren für Sie keine Lebewesen. Sie haben gnadenlos grüne Triebe abgeschnitten, wenn Ihnen die überflüssig erschienen, und die Topfblumen erfrieren lassen, die Ihnen nicht gefallen haben. Sie haben Ihre Kater kastrieren lassen und sie dann nach draußen gescheucht, wo sie von den Hofkatern gebissen wurden. Ich habe Ihnen das alles nie gesagt, Oma, das hätte ich mich nie getraut. Aber trotz allem habe ich Sie sehr geliebt."

„Ja, Mama", fuhr Chrystyna dem nächsten Stuhl zugewandt fort. „Oma ist schon wieder weg. Und ich weiß, dass sie an vielem schuld ist. Aber wir sind auch schuld, dass wir ihr erlaubt haben, sich in unser Leben einzumischen, und alles kaputtgemacht haben, was gut war. Man kann niemals nur Opfer sein, das würde bedeuten, das in sich zu leugnen, was jemanden provoziert, einen ungerecht zu behandeln. Wir hätten uns alle ändern müssen. Gemeinsam. Unser Fehler war, dass wir nicht gemeinsam waren. Aber ich weiß, dass du immer mit mir warst. Und wenn du geblieben wärst, dann wäre vielleicht alles anders gekommen. Ich weiß, ich habe Schuld, dass ich dich nicht verteidigt habe, aber ich war doch noch so klein und konnte dir nicht verzeihen, dass dir deine Kränkungen wichtiger waren als die Zeit, die du noch mit mir hättest verbringen können. Weißt du, ich war immer eifersüchtig auf dich. Wegen deiner Arbeit, weil du so hübsch warst und so viele Absatzschuhe hattest und ich gar keine, und deine durfte ich nicht tragen, weil du mich ins Bett geschickt und dann mit Papa einen Film geguckt hast und ihr ganz froh wart ohne mich, weil du mich immer zu Oma gebracht hast und dann auf Reisen gegangen bist. Weil ich nur noch diese idiotischen Kindheitserinnerungen an dich habe, weil aus ihnen keine erwachseneren Probleme und Konflikte geworden sind. Weil du mir nie gesagt hast, mit wem ich mich abgeben soll und mit wem nicht, weil ich nie die Möglichkeit hatte, nicht auf dich zu hören und das dann zu bereuen, weil ich alle wirklich wichtigen Entscheidungen im Leben ohne dich treffen musste. Ich habe manchmal immer noch das Gefühl, dass ich die Mutter bin und du mein viel zu früh verstorbenes Kind. Und davon bin ich ganz verwirrt und weiß nicht mehr, was richtig ist und was falsch. Ein Teil von mir ist noch nicht erwachsen geworden, weil er dafür dein Einverständnis braucht. Und manchmal glaube ich, dass ich unter den Menschen, die ich näher an mich heranlasse, immer nach dir suche, aber zugleich weiß ich, dass es dich nicht gibt, weil alles, was ich über dich weiß, mehr aus meiner Fantasie kommt als aus realen Erinnerungen. Mir ist klar, dass man nicht sein ganzes Leben lang nach einem Menschen suchen kann, der einem das ersetzt, was man nie hatte. Aber ich weiß nicht, wie ich diese Suche beenden kann. Wenn du nur ein bisschen länger geblieben wärst, hätte ich noch von dir enttäuscht sein können und du wärst in meinem Bewusstsein nicht so allmächtig, wie es nur die Mütter kleiner Mädchen sein können. Und diese Allmächtigkeit ist während deiner Abwesenheit in mir immer größer und zu einem Teil meiner selbst geworden. Und nun weiß ich nicht mehr, was genau in mir du bist und was ich und was meine Vorstellungen von uns beiden, die ich sogar vor mir selbst für die Wahrheit halten will. Mama, entschuldige, dass das jetzt alles so verworren und sentimental ist. Du bist wie ein Spielzeug, das ich als Kind verloren habe, und als Erwachsene lässt mir das keine Ruhe. Entschuldige für alles, was wir nicht geschafft haben."

Dann schwieg Chrystyna. Nach einer Weile zitterte sie und sagte zu Eva: „Mit meinem Vater kann ich nicht sprechen. Dafür müsste ich tiefer gehen, in die Ecke, wo man nichts sieht. Und davor habe ich Angst."

„Das stimmt alles", antwortete Eva. „Du hast Angst vor dem, was du vor dir selber verbirgst. Versuchst, so zu tun, als gäbe es das nicht. Aber wenn du da reingehst und es siehst, dann kannst du damit abschließen und bist in Zukunft gelassener. Alle bekannten Ängste verlieren ihren Schrecken. Das weißt du ja."

„Nein", antwortete Chrystyna entschlossen. „Ich kann nicht. Es reicht mir, dass ich mit Oma und Mama gesprochen habe. Wenn deine Therapie irgendetwas taugt, dann sollte mir davon leichter werden. Aber in diese dunkle Ecke werde ich nicht gehen."

In diesem Moment wachte Chrystyna auf und begriff, dass ihr Traum von dem Buch ausgelöst worden war, das sie vor dem Einschlafen gelesen hatte. Eins von Evas Büchern über therapeutische Praktiken. Und in einer der beschriebenen Fallstudien stockte die Patientin auch mitten in dem Versuch, ihre Kindheitserlebnisse aufzurufen, und weigerte sich, das dunkle Zimmer zu betreten, in dem sie vor sich selbst die nicht beendeten Gespräche und Konflikte mit ihrem Vater verbarg. Chrystyna machte sich einen Tee und las das Kapitel zu Ende. Nach ein paar weiteren Sitzungen betrat die Patientin das dunkle Zimmer dann doch, und es stellte sich heraus, dass ihre Phobien und Komplexe damit zusammenhingen, dass sie in früher Kindheit ihre Eltern beim Sex gesehen hatte, was das kindliche Gehirn als Gewaltszene interpretiert und tief ins Unterbewusstsein abgeschoben hatte. Die Tatsache selbst hatte die Patientin vergessen, aber in ihrem Unterbewusstsein war eine nicht abgeschlossene Angelegenheit geblieben, die sie an nicht nachvollziehbaren Ängsten leiden ließ, und diese Ängste würden sie beherrschen und ihr Albträume verursachen, bis sie die Szene noch einmal, mit den Augen einer Erwachsenen sehen würde. Sie wurde reizbar und litt unter anhaltender Schlaflosigkeit und Depressionen. Nachdem sie sich ihres Kindheitstraumas bewusst geworden war, ging es ihr deutlich besser.

Gleich nach dem Tod ihrer Mutter bemerkte Chrystyna unter ihrer Brust eine faustgroße Vertiefung. Sie drückte ihre Hand dagegen und versuchte zu ergründen, was sie fühlte. Da war ein dumpfer Schmerz und zugleich eine große Ungerechtigkeit und Bitterkeit, wie sie sie bei Mamas Beerdigung verspürt hatte. Damals war ihr, als würde ihre Mutter sie wegstoßen und für immer verlassen und es bliebe nur dieser dumpfe Schmerz, wie nach einem Faustschlag in die Brust.

***

Stefan war der einzige Mann, den Solomija kannte, mit dem sie über Musik reden konnte. Na, vielleicht nicht über Musik an sich. Dafür war er einfach zu sehr Amateur. Aber zumindest über das Spüren der Saiten und des Rhythmus, darüber, dass man von dem Schmerz in den Fingern träumt, wenn man lange nicht spielt. Darüber, wie die Qualen langsam und faszinierend zum Vergnügen werden. So faszinierend, dass man darüber alles andere vergessen kann. Indem sie das alles besprachen, redeten Stefan und Solomija nie über Dinge, die sie vergessen wollten, obwohl es ihnen natürlich trotzdem nicht völlig gelang zu vergessen, höchstens, sich für den Augenblick abzulenken.

Im Unterschied zu Solomija, die stets lange überlegte, das Problem von allen Seiten betrachtete, zu einem logischen Schluss kam und dann eine Entscheidung traf, die diesem Schluss für gewöhnlich entgegenstand, war Stefan ein rationaler und zielgerichteter Mensch. Zumindest war er selbst fest davon überzeugt. Wenn er eine verantwortungsvolle Entscheidung zu treffen hatte, wog er alle Argumente gegeneinander ab und handelte dann abhängig davon, ob das Für oder das Wider überwog. Spontaneität und Impulsivität beim Entscheiden waren ihm fremd, ebenso die Frage, inwiefern die getroffene Entscheidung seinen eigenen Wünschen entsprach oder was ihm seine Intuition raten könnte, sofern er ihre Existenz nicht leugnete. Wie alle Menschen, die geneigt sind zu glauben, dass die Realität nach klar festgelegten konkreten Regeln und Schemata funktioniere und entsprechende Handlungsweisen verlange und dass persönliche Empfindungen und Wünsche nur Schwächen seien, die dabei stören, ein Ziel zu erreichen, hatte sich Stefan angewöhnt, seine Innenzone, wie es Evas Psychoanalytikern genannt hätte, komplett zu ignorieren.

Und fand er sich plötzlich in einer Situation wieder, in der die gängigen und ihm vertrauten Schemata nicht mehr griffen, verwirrte ihn das meist. Wenn die Notwendigkeit bestand, etwas zu entscheiden, indem er auf seine eigenen Wünsche und Gefühle hörte, spürte er in sich lediglich eine völlige Abwesenheit dieser Wünsche und wusste nur, was er in diesem Moment fühlen sollte, aber nicht, was er wirklich fühlte. So war er in solchen Situationen absolut ratlos und wartete einfach, bis ihm jemand die Entscheidung abnahm. Das war Solomija schon bei ihrem ersten Treffen aufgefallen.

„Stell dir vor", erzählte sie Chrystyna danach, „er konnte einfach nicht bestellen, weil er nicht wusste, ob er lieber Kaffee oder Tee wollte, und hat mir dann lang und breit erklärt, dass er manchmal nicht einschlafen kann, wenn er Kaffee getrunken hat, und manchmal nicht, wenn er Tee getrunken hat, und manchmal kann er auch nicht einschlafen, wenn er weder Kaffee noch Tee getrunken hat. Und dann, dass um die Zeit in Lwiw meist Kaffee getrunken wird, bei den Engländern aber Tee, und dass es deshalb ganz schön schwer sei, die richtige Entscheidung zu treffen. Das hat er wirklich gesagt: die richtige Entscheidung – über Kaffee oder Tee. Ich habe dann einfach für ihn bestellt, und er hat sich so gefreut, das kannst du dir nicht vorstellen."

Aber Chrystyna konnte sich das ganz gut vorstellen. Alles, was Solomija da über Stefan erzählte, erinnerte sie an ihren Vater. Der hielt sich auch gern an erprobte Muster und traf die Entscheidungen, die er in der jeweiligen Situation treffen „musste", als würde er jedes Mal in ein unsichtbares Lehrbuch schauen, in dem sein Leben Schritt für Schritt beschrieben war und dazu immer die Varianten für richtiges und falsches Verhalten angegeben waren und auch die Punkte, die er bekommen würde, wenn er sich für die eine oder andere Variante entschied. Und wenn in dem Lehrbuch dann plötzlich eine Seite fehlte oder es das entsprechende Kapitel einfach nicht gab, war ihr Vater unendlich verwirrt und verspürte eine Kälte zwischen den Zehen und ein Zittern in der Brust, das bei ihm immer mit der Angst vor einer Entscheidung einherging, die niemand überprüft und bestätigt hatte. Solche Situationen versuchte er um jeden Preis zu vermeiden und zögerte entweder, so lange wie möglich, oder versuchte, sich mit irgendwem zu „beraten“, um sein Gewissen zu beruhigen und die Verantwortung wenigstens teilweise abzugeben.

„Das klingt wie eine erstarrte Gestalt mit einer autoritären Mutter, die immer und alles für ihren Sohn entscheidet und kein schädliches eigenständiges Handeln zulässt“, sagte Chrystyna lächelnd. „Evas Psychoanalytikerin hätte dazu sicher was zu sagen.“

„Da ist vielleicht was dran. Seine Mutter ist wirklich hyperautoritär. Aber du kennst ja diese galizischen Omas, die auch mit neunzig noch mühelos zwei Scheffel Weizen hucken können. Denen kann man nicht widersprechen. Wenn man von so einer Mutter ausgeht, ist Stefan doch ziemlich in Ordnung. Aber er spürt seinen Körper einfach überhaupt nicht. Wenn man ihn fragt, was er spürt, dann verwirrt ihn das nur, sein Atem wird flach, der Rücken steif und sein Gesicht zu einer Maske. Er kann kein einziges Gefühl beschreiben, nicht einmal, ob sich sein Bein steif anfühlt, ob er es spürt und wenn ja wie – warm oder kalt, angespannt oder locker, beweglich oder starr. Seine Innenzone ist völlig blockiert. Und natürlich ist er fest davon überzeugt, dass alle Gefühle und Wünsche nichts als Schwächen sind, die man sich nicht erlauben darf, weil einen das am Vorwärtskommen hindert. Aber wohin ‚vorwärts‘ und vor allem warum, das gehört schon zu den ‚unerlaubten‘ Fragen.“

Solomijas Eltern waren ein Paar wie aus dem Bilderbuch. Eine jener seltenen studentischen Ehen, die die Prüfungen der Zeit überstanden hatten. Sie waren zu einem Mechanismus geworden und sprachen und handelten stets klar und abgestimmt. Sie hatten ein gutes Gespür füreinander und trafen ihre Entscheidungen und setzten sie um, als ob sie Tennis spielen würden, so gut spielten sie sich die Bälle zu. Ideal war vor allem Solomijas Mutter. Aufrecht, als ob tief in ihr eine Saite gespannt wäre, immer gepflegt, sorgfältig geschminkt und frisiert, war sie genauso tadellos in allem, was sie tat. Bei ihnen zu Hause herrschte immer eine mustergültige Ordnung, das Essen war immer frisch gekocht, nie aufgewärmt und immer etwas Besonderes. All ihre Bekannten fragten sich, wie Solomijas Mutter das alles schaffte: einmal im Monat die Fenster zu putzen, alle zwei Wochen eine Großreinigung einzulegen, die selbst bestickten Servietten für den Mittagstisch zu stärken, das Silberservice, das sie täglich benutzten, auf Hochglanz zu polieren und Pasteten in Blätterteig zu backen, den sie natürlich auch selbst herstellte. Und nebenbei noch eine kleinere Handelsfirma zu leiten.

Solomijas Vater vergötterte seine Tochter, und wenn Mama nicht zu Hause war, rebellierten sie manchmal ein bisschen: Sie aßen Brote mit Wurst und Käse, tranken danach Tee und sahen fern – alles Dinge, die ihre strenge Mama nicht erlaubte. Fernsehen fand sie nicht weniger schädlich als Wurst-und-Käse-Brote vor dem Schlafengehen. Manchmal erlaubte ihr Vater Solomija heimlich, nach solchen Orgien ins Bett zu gehen, ohne sich die Zähne zu putzen und die Füße zu waschen (Mama badete sie jeden Tag vor dem Schlafen), dafür lasen sie lange in einem von den Kinderbüchern, die Mama verboten hatte (Mama fand, dass Kinder nichts Gruseliges oder Gewalttätiges lesen sollten, womit schon mal viele Kinderbuchklassiker wegfielen), und erzählten sich gegenseitig Gruselgeschichten. In diesen Geschichten war ihr Vater meist der Wolf und Solomija Rotkäppchen, aber kein naives und schutzloses, sondern ein hinterlistiges und gemeines, und sie dachten sich verschiedene Versionen von Rotkäppchen und dem Wolf aus, in denen das Opfer meist der Wolf war.

Solomijas Vater war ein für seine Zeit sehr untypischer Mann. Er interessierte sich für Mode und gab seiner Tochter immer nützliche Ratschläge, was sie am besten anziehen sollte. Er kaufte ihr selbst modische Kleidung, die nur schwer zu bekommen war, empfahl ihr Frisuren und Schuhe und beriet sich mit ihr wie mit einer Erwachsenen, wenn eine wichtige Entscheidung anstand. Solomijas Mutter witzelte manchmal, dass ihre Tochter sie bald als Ehefrau ersetzen könne, so erwachsen benahm Solomija sich. Solomija selbst war insgeheim eifersüchtig auf ihre Mutter und träumte davon, einmal ihren Vater zu heiraten.

Als Solomija elf wurde, verließ ihr Vater sie. Er hatte schon seit ein paar Jahren einen festen Freund gehabt und endlich den Mut gefunden, es seiner Frau zu sagen. Er schlug ihr vor, weiter zusammenzuleben, um das Kind nicht zu traumatisieren, aber Mutter warf ihn mit einem Skandal raus. Solomija konnte sich noch erinnern, wie Mutters Freundinnen danach öfter zu Besuch kamen, sie saßen in der Küche und tranken Mamas selbstgemachte Liköre, und an Solomijas Ohr drangen manchmal Gesprächsfetzen im Sinne von „wie konnte er bloß", „du bist eine so ideale Ehefrau", „eine solche Frau zu verlassen, ist ein Verbrechen", „das wird er noch bereuen, eine wie dich findet er nie wieder". Jetzt wusste Solomija, dass das alles stimmte und ihre Mutter wirklich nicht nur eine ideale Ehefrau war, sondern überhaupt eine ideale Frau, Mutter, Freundin, ein idealer Mensch. Alles, was sie tat, hätte man getrost in einen Verhaltensratgeber für Kinder und Eltern aufnehmen können. Sie sagte immer nur die Wahrheit, setzte sich für die Schwachen ein, fütterte herrenlose Tiere, hatte mit allen Mitleid, wurde nie laut. Alles, was sie machte, machte sie tadellos. Aber selbst wenn ihr Vater nicht schwul gewesen wäre, hätte genau das früher oder später ihre Beziehung zerstört. Denn mit der Zeit kostete diese Tadellosigkeit ihre Mutter immer mehr Mühe und verdrängte langsam alles, was störte: Schwäche, Empfindlichkeit und Gefühle. Solomijas Mutter war so sehr auf ihre Organisiertheit und Tadellosigkeit fixiert, dass sie nicht in der Lage war, auch nur im Geringsten von ihren Planungen abzuweichen. Vaters sämtliche Bemühungen, hinter ihre ideal kalte Fassade zu dringen, waren zum Scheitern verurteilt. Wenn er das samstägliche Großreinemachen verhindern wollte und spontan vorschlug, in den Wald zu fahren und Würstchen zu grillen, sträubte sich Mutter entweder, weil das ja so nicht geplant war, oder sie willigte ein und fing sofort an, alles ihrer Meinung nach Notwendige zusammenzusammeln. Sie suchte auf dem Zwischenboden nach dem Picknickkorb, spülte das Plastikgeschirr daraus und trocknete es ab, wusch Gemüse und schälte Gurken und Tomaten, übergoss Zwiebeln mit siedendem Wasser, verpackte geschälte Knoblauchzehen sorgfältig in einer Extratüte, schnitt nicht weniger sorgfältig Brot, bedeckte alles mit den gestärkten Servietten und füllte Butter in ein Glas mit kaltem Wasser, selbst wenn sie gar nicht weit fahren wollten und der Butter keine Gefahr drohte zu schmelzen. Gewöhnlich dauerten diese Vorbereitungen so lange und verlangten so viel Anstrengung, dass die ganze Freude an dem spontanen Ausflug vorbei war und sie missmutig am Feuer saßen und ideal gegrillte Würstchen aßen, was Mama mit Informationen über die darin enthaltenen karzinogenen Stoffe begleitete.

Die längste Zeit spielte Solomijas Vater die Rolle des idealen und folgsamen Ehemannes und gab es allmählich auf, die Beziehung reanimieren zu wollen, die immer mehr versteinerte und zu einer in ihrer Tadellosigkeit erstarrten Fassade eines hohlen Gebäudes wurde.

Nachdem ihr Vater gegangen war, sprach Solomija ein Jahr lang nicht. Ihre Mutter ging mit ihr zu verschiedenen Kinderpsychologen, aber nichts half. Ihre elfjährige Tochter hatte ihre erste echte und erwachsene Depression. Sie schwieg in der Schule und schwieg zu Hause, machte nur die schriftlichen Aufgaben, die mündlichen verweigerte sie.

Ein Jahr später sprach sie wieder, aber das war bereits eine andere Solomija. Erwachsen und in sich gekehrt, reif geworden durch den ersten und größten Verlust ihres Lebens.

Von da an waren all ihre Männer nur Versuche, die Hingabe ihres Vaters wiederzufinden. Und da sie nicht einmal im Entferntesten an ihn heranreichten, behandelte Solomija sie mit der entsprechenden Nachsicht und nahm sie nicht allzu ernst. Ihre Lebensfreude, Emotionalität und Neugierde existierten auf wundersame Weise parallel zu einer tief verschütteten düsteren Melancholie und völligen Verzweiflung. Diese verborgene Seite ihres Wesens schien nur Chrystyna zu kennen. Solomija hatte unter der Brust genau die gleiche Vertiefung wie Chrystyna, nur in die andere Richtung gedreht. In Chrystynas Vertiefung passte der Form nach besser eine rechte Faust und in Solomijas eine linke.

***

In einem Gespräch mit einer Bekannten sagte Chrystyna einmal: „Manchmal bedaure ich es wirklich, dass ich nicht hetero bin. Mein Beschützerinstinkt ist sehr ausgeprägt und ich wäre eine wunderbare Mutter und meinem Mann eine gute Frau. Aber es hat nicht sollen sein."

Später sagte die Bekannte, die ihrerseits bisexuell war, zu jemand anderem: „Chrystyna bedauert, dass sie nicht normal ist."

Ihre sexuelle Orientierung war häufig Gesprächsthema zwischen Chrystyna und ihren Bekannten. Das war irgendwie merkwürdig, wäre es doch niemandem eingefallen, darüber zu sprechen, wenn sie heterosexuell gewesen wäre.

Ihre Beziehung mit Eva war frei von jedweden Verpflichtungen. Ab und zu übernachtete Chrystyna bei Eva, manchmal gingen sie zusammen in einen Lesbenclub, wo Eva oder jemand anderes Chrystynas Getränke bezahlte. Irgendwann einmal nahmen sie Solomija mit, die beeindruckt feststellte, dass sie zum ersten Mal in einer gebildeten deutschsprachigen Gesellschaft behandelt wurde wie eine von ihnen und nicht wie ein Mensch zweiter Klasse. Da dachte Chrystyna, dass ihre sexuelle Orientierung, die ihr zu Hause nur Probleme gemacht hatte, hier eher hilfreich war, verspürten die Lesben hier doch den lesbischen Arbeitsmigrantinnen gegenüber eine größere Solidarität als ihren Freundinnen aus den EU-Ländern gegenüber. Einmal hatte Eva Chrystyna sogar erzählt, dass es als ziemlich cool galt, eine Freundin aus Osteuropa zu haben, weil die Frauen von dort oft erst im Ausland ihre latenten sexuellen Neigungen entdecken würden. Die in strengen patriarchalen Familien aufgewachsenen Osteuropäerinnen in ihrem Alter konnten sich manchmal nicht einmal eine andere sexuelle Orientierung als die allgemein anerkannte vorstellen. Eine solche latente Lesbe zu finden, galt als echter Glücksfall, verfügten diese Frauen doch für gewöhnlich über ein gewaltiges sexuelles Potential, was eine stürmische und oft langfristige Beziehung versprach. Die für Ukrainerinnen typische Treue und Hingabe war in lesbischen Kreisen auch eher selten und wurde hoch geschätzt.

„Hast du nicht auch den Eindruck, dass Eva durchaus nichts gegen eine feste Beziehung mit dir hätte und sich einfach nur nicht traut, dir das vorzuschlagen?", fragte Solomija Chrystyna irgendwann einmal.

„Warum sollte sie sich nicht trauen?"

„Na, wenn du keine feste Beziehung willst, dann müsstest du ihr das so sagen, und weil ja von einer guten Beziehung zu ihr dein legaler Status abhängt, ist die Situation nicht gerade fair."

„Da ist was dran", stimmte Chrystyna zu. „Ich habe auch schon überlegt, sie darauf anzusprechen, weil wir uns ja wirklich gut verstehen. Aber ich habe da die gleichen Bedenken. Wenn sie noch nicht dafür bereit ist, dann wird es für sie unangenehm, das so zu sagen, damit ich mir nicht blöd vorkomme. So, als würde mir nur etwas an ihr liegen, weil sie mir hilft."

„Aber irgendwie müsst ihr euch ja nun mal verständigen." Solomija nervten solche unklaren Verhältnisse prinzipiell. „Wenn du willst, kann ich mit ihr reden."

„Bloß nicht. Wir sind doch nicht mehr in der dritten Klasse. Das ist unsere Sache, wir klären das schon", sagte Chrystyna erschrocken.

„Vielleicht irritiert sie ja auch, dass wir beide zusammen wohnen und ihr nicht so ganz klar ist, was da zwischen uns ist?" Solomija sah Chrystyna aufmerksam in die Augen.

„Was ist denn da zwischen uns?"

„Wir sind einfach nur Freunde, so lange schon, dass wir es uns manchmal erlauben dürfen, uns sexuell zu vergnügen, ohne uns gleich darüber den Kopf zu zerbrechen, ob das jemanden verletzen könnte oder Anlass für grundlose Hoffnungen gibt."

„Hoffnungen worauf?"

„Na zum Beispiel auf irgendeine Art von Beziehung. Wie die von dir und Eva, zum Beispiel."

„Also ernsthaftere?" Chrystyna wusste genau, wie Solomija zu ihrer Beziehung stand, aber diese Offenheit berührte sie trotzdem unangenehm.

„Nein, wir beide haben doch die ernsthafteste aller möglichen Beziehungen. Sie ist stabil, haltbar und unabhängig von irgendwelchen Hormonschwankungen. Wenn in eine Beziehung zu viele Emotionen reinspielen, schadet das der Ernsthaftigkeit doch nur. Na, ein bisschen belebt es natürlich auch."

„Und was passiert, wenn Eva und ich auf einmal beschließen sollten, dass wir zusammenleben wollen?"

„Da passiert gar nichts, alles bleibt so, wie es ist."

„Vielleicht müssen wir ja dann auch gar nichts ändern? Dann kann doch auch einfach alles so bleiben, wie es ist?"

„Das musst du entscheiden. Ich habe nur den Eindruck, dass du und Eva glücklicher wären, wenn ihr die Distanz verringern würdet."

„Oder auch nicht. Das weiß man vorher nie."

***

Evas Wohnung schloss Chrystyna mit ihrem eigenen Schlüssel auf. Sie ging rein, sah sich um und bemerkte, dass Evas Hausschuhe nicht an ihrem Platz standen und in der Dusche Wasser rauschte.

„Grüß dich, ich komme gleich", rief Eva aus dem Badezimmer.

Chrystyna ging in die Küche, wo sie nicht die gewöhnliche Unordnung erblickte. Auf dem sauber abgewischten Tisch standen frische Blumen, die Scheiben der Küchenschränke blitzten, das Spülbecken war leer und selbst im Kühlschrank herrschte eine verdächtige Sauberkeit.

Chrystyna ging ins Zimmer. Aber auch dort war alles viel sauberer als selbst nach ihrem Putzen.

„Staunst du?" Eva stand auf einmal hinter Chrystyna und umfasste ihre Taille. Von ihren nassen Haaren tropfte es auf den Boden, in der Hand hielt sie ein Glas Weißwein, Chrystynas Lieblingssorte. „Weißt du, ich dachte, dass das nicht fair ist, wenn wir hier beide Dreck machen und nur du sauber machst. Und weil du mir ja nicht erlaubst, eine illegale Putzfrau einzustellen, und das auch gegen das Gesetz wäre, werde ich jetzt auch manchmal aufräumen, wenn ich dazu komme. Schimpfst du nicht mit mir, wenn es nicht ganz so perfekt ist?" Eva lächelte und hoffte auf eine Fortsetzung des erotischen Spiels.

„Du, in der Zeitung stand, dass Solomija heute aus dem Fenster gesprungen ist", sagte Chrystyna.

Evas Gesichtsausdruck änderte sich schlagartig.

„Sicher? Hast du versucht, sie anzurufen?"

„Hab ich. Sie geht nicht ran."

„Wieso bist du dann hierher gefahren und nicht nach Hause?"

„Ich habe Angst, da allein hinzufahren."

„Ich bin gleich so weit", rief Eva, stellte ihr Weinglas auf den Tisch und lief sich anziehen.

Zwanzig Minuten später hielt Evas Auto vor dem Haus, wo Solomija und Chrystyna wohnten.

„Darf ich dich um etwas bitten, bevor wir reingehen?", fragte Eva.

„Sag."

„Versteh das jetzt bitte nicht falsch, aber ich hatte schon lange vor, dir das heute zu sagen, und trotz allem, was passiert ist, möchte ich das tun. Und ich bitte dich, entscheide nichts aus lauter Höflichkeit. Was immer du sagst, sollte keinen Einfluss auf unsere Beziehung haben.

Ich finde nur, dass wir langsam versuchen könnten, zusammenzuleben. Denk darüber nach, und wenn du nichts dagegen hast, zieh zu mir."

„Ich werde darüber nachdenken", antwortete Chrystyna knapp und stieg aus dem Auto.

Vor der Tür gab sie Eva den Schlüssel: „Mach du auf."

Eva schloss die Tür auf. Von der Schwelle sahen sie Solomija in der Küche hantieren.

„Hallo. Du bist ja heute früh dran. Ach, hallo Eva."

Chrystyna dachte, dass sie an dieser Stelle eigentlich ohnmächtig werden und, wie in einem altmodischen Melodram, in Evas Arme sinken müsste. Aber einfach so ohnmächtig zu werden war ihr noch nie gelungen, nicht einmal, um schwierigen oder unangenehmen Situationen wie dieser zu entgehen. Stattdessen schwirrten ihr in solchen Momenten alle möglichen Dinge durch den Kopf und sie konnte sich auf nichts Konkretes konzentrieren. Jetzt zum Beispiel fiel Chrystyna aus einem unerfindlichen Grund ein, dass sie letzte Nacht im Traum endlich in dem dunklen Zimmer gewesen war, wo auf dem leeren Stuhl ihr Vater saß. Er werkelte irgendetwas und war in die Betrachtung eines Gegenstandes vertieft, den Chrystyna nicht erkennen konnte. Dabei trug er nur Unterhosen. Weite, ausgeleierte Karounterhosen mit einem Schlitz vorn. Aus dem Schlitz lugte die Spitze seines Glieds hervor. Runzelig und rot. Chrystyna schauderte, wenn sie daran dachte.

„Geht's dir wieder besser?", fragte Solomija sie. „Zeig doch mal diese Zeitung."

„Guck mal in der Tasche", antwortete Chrystyna.

„Hab ich schon. Da ist nichts", sagte Eva.

Chrystyna stand schwankend auf und schüttelte den Inhalt ihrer Tasche auf den Tisch. Aber da war tatsächlich keine Zeitung. Draußen wurde es dunkel. Der längste Tag in Chrystynas Leben neigte sich seinem Ende zu.

„Ich geh mal Wein holen", sagte Solomija.

„Mach das", antworteten Chrystyna und Eva im Chor.